SC

Sarah Stonich

ACCADDE UN'ESTATE

SONZOGNO EDITORE

A Sam
e ai suoi bisnonni
Julia e Joseph

Ho fatto questo, ho dimenticato
E ricordo.
Le sartie afflosciate e i ferzi fradici
Fra un certo giugno e un altro settembre.
T.S. ELIOT

Estratto da Marina, *di T.S. Eliot, in* Collected Poems 1909-1962, *pubblicato con il permesso di Faber & Faber Ltd.*

Titolo originale
THESE GRANITE ISLANDS

Traduzione di
MAURA MAIOLI e FRANCESCA DEL MORO

ISBN 88-454-2425-1

Via Mecenate 91 - Milano

I edizione "Tascabili Sonzogno - Best Seller" maggio 2003

Ringraziamenti

In molti mi hanno aiutata a scrivere questo libro.

Tempo e denaro mi sono stati messi a disposizione dalla Fondazione McKnight, la Fondazione Oberholtzer, la Fondazione Ucross e la Fondazione Ragdale. Sylvia Brown della Ragdale mi è stata particolarmente d'aiuto con la sua gentilezza e comprensione.

Ringrazio i pazienti lettori: Susan Bonne, Catherine McKee, Valerie Stonich Schooley, Danielle Sosin e Pat Weaver Francisco. Grazie a Wendy Sherman per il suo ottimismo e il suo coraggio, a Judy Clain della Little, Brown and Company, e a Linda Biagi per aver portato questo libro ai lettori d'oltremare.

La mia gratitudine a Terry Anderson per la sua sincera amicizia (e per avermi offerto un posto dove lavorare). Ringrazio anche lo staff della Electronic Media, le sorelle della Villa Maria di Old Frontenac, e l'albergo Rap-in-Wax. Grazie a Georgina per avermi fatto riscoprire la magia della vita e dei libri, e a William per aver riso e scherzato insieme con noi.

E grazie, Woody. La tua pazienza e le tue premure hanno reso possibile questo libro.

Nelle calde giornate estive lavoravano fianco a fianco e la sera superavano i margini della città verso il canneto sulla spiaggia, camminando a braccetto come le donne facevano un tempo. Là si sedevano, ed era soprattutto Cathryn a parlare, coprendo con le sue parole il sussurro delle onde.

Parole: storie, racconti; le confidenze scherzose e tragiche che le donne si fanno tra loro.

"Ogni donna ha il dovere di stupire un uomo, almeno all'inizio."

"Che cosa voglio dalla vita? Semplice: tulipani, tulipani *bianchi*. E gigli bianchi."

E altre parole ancora, più serie, che costringevano Isobel a ripararsi gli occhi dal sole basso sull'orizzonte mentre le stava ad ascoltare. Ma fu solo molto più tardi, quando Cathryn se n'era andata già da tempo e quell'estate era soltanto un ricordo, che rivoltò quelle frasi come calzini per cercare di capire.

"Come puoi essere infedele?" le aveva chiesto, e Cathryn aveva risposto: "Quando sono con Jack, mi sento messa a nudo... mi conosce così bene, mi vede dentro. Guardami: sono piena di rughe e grinze come una prugna secca, eppure lui mi trova bella e mi ama".

In quel momento una lacrima cadde sulla sabbia ghiaiosa, dove un'onda la catturò con la sua lingua pigra. Una goccia del dolore o della felicità di una donna portata via, assorbita dalla grigia canzone di un lago glaciale.

Distogliendo gli occhi dal luogo in cui era caduta la lacrima guardarono nella stessa direzione, ma videro cose differenti. L'una osservò le lunghe ombre proiettate sull'acqua, l'altra vide isole distanti sparpagliate sul mare come note su un pentagramma.

1
1936

Quell'estate cominciò con la storia dell'isola, e questa saltò fuori il Natale dell'inverno precedente. Le campane della chiesa preannunciarono il Natale e in un certo senso annunciarono anche l'esistenza dell'isola. Isobel ne aveva un ricordo preciso, ora, chiaro come il suono del carillon del campanile di Nostra Signora del Lago in un pomeriggio di neve.

Il giorno della vigilia, Victor arrivò a casa senza neanche un regalo per i bambini: in cambio aveva portato tre bastoncini di zucchero alla menta.

Si scrollò di dosso la neve nella veranda sul retro, il tonfo delle sue scarpe sull'assito a punteggiare le domande di Isobel. "Regali?" commentò in risposta: il tono era beffardo, malizioso. "Bah, Isobel, qualsiasi bambino riceve regali a Natale." Si strinse nelle spalle entrando in cucina.

Interdetta, sconcertata, lei tornò a sedersi. "I nostri figli non sono forse come *qualsiasi* altro bambino?"

Cosa mai poteva rendere un bambino diverso da un altro, il giorno di Natale? Se c'era un'emozione universalmente condivisa a quell'età, pensò Isobel, era proprio l'eccitazione che i bambini provano al risveglio la mattina di Natale, in qualsiasi parte del mondo. Bambini cristiani, ovviamente. Cosa aveva in mente suo marito?

"Non scherzare, Victor. Cosa intendi dire, che non hai portato regali?"

Victor si chinò su di lei e le disse in tono da cospiratore: "Izzy, ho portato qualcosa di meglio di semplici regali".

Isobel gli sentì addosso l'odore di alcool e balzò su dalla sedia. "Ma che ti salta in mente di venire a casa ubriaco la vigilia di Natale?"

Victor la sospinse gentilmente a sedersi di nuovo e si allungò su una sedia. "Buon Dio, Isobel, non ci si può bere un bicchiere neanche durante le feste? È Natale, Cristo santo!" Ridacchiò e ripeté la frase battendo le nocche sul tavolo. "Natale, Cristo santo!"

"Ho capito. Ubriaco e blasfemo. Victor! E i..."

"Regali?" Tirò fuori uno stretto rotolo di carte dalla tasca interna del cappotto e lo depositò sul tavolo di fronte a lei. "Ecco qua." Spiegò un titolo di proprietà e un atto notarile. Prese poi una piccola fotografia dal taschino della camicia e la sbatté giù insieme al resto.

Da una prima occhiata superficiale ai documenti, Isobel arguì che aveva comprato un terreno.

"Un terreno? Victor, non capisco."

"È un'isola, Izzy, un posto magnifico."

Isobel gettò uno sguardo di traverso all'atto di vendita e rimase senza fiato. *Millecinquecento* dollari! L'equivalente di quanto aveva guadagnato lei quell'ultimo anno lavorando alla sartoria. La firma di Victor era scarabocchiata accanto alla data, scritta a tutte lettere: *Ventiquattro Dicembre Millenovecentotrentacinque*. Dal timbro dell'ufficio del catasto della contea era colato un po' d'inchiostro sulla descrizione: *Lotto di cinque acri e mezzo di isola, unità 78, Lago Cypress*. Isobel prese la foto. Cinque acri e mezzo. Non un granché all'apparenza. Sembrava esattamente quello che era: una montagnola di granito punteggiata di pini che sporgeva da una nera distesa d'acqua. Mentre guardava la fotografia, una domanda le bruciava sulla lingua.

"Perché non mi hai chiesto se ero d'accordo?"

Per tutta risposta Victor mostrò i palmi vuoti.

In sedici anni di matrimonio avevano sempre preso insieme qualunque decisione, anche in merito alla questione più insignificante. Proprio quella mattina avevano discusso allegramente se fare le patate in purè o arrosto per la cena della vigilia. Senza l'approvazione di Isobel, Victor non si sarebbe neppure azzardato a mettere un annuncio pubblicitario per la sartoria. Procedevano all'acquisto di un nuovo macchinario solo dopo essersi consultati e aver convenuto di comune accordo che un certo modello era il migliore. La scelta tra una carta da parati verde bottiglia o verde oliva per il soggiorno richiedeva giorni interi di discussioni, così come potevano volerci settimane, e spesso così era stato, per decidere quale nome dare a ciascuno dei loro figli. Ma alla fine si trovavano d'accordo. Sempre. E insieme. Lei tornò a guardare furiosa la foto. La cucina era silenziosa: si udivano solo le campane lontane di Nostra Signora del Lago che annunciavano la vigilia di Natale.

Quando l'ultimo rintocco svanì, Isobel si alzò dalla sedia e con un unico gesto preciso colpì con uno schiaffo il viso del marito: la testa di lui si girò dall'altra parte immobilizzandosi di colpo, come se il suo sguardo fosse assorbito dalla contemplazione del muro.

Nel silenzio che seguì, ancora pervaso dall'eco di ciò che era avvenuto, Isobel si guardò il palmo della mano come se non le appartenesse. Tremando, appese il grembiule a un gancio. Gridò a Louisa di scendere, si voltò verso l'acquaio e aspettò, contando i passi di sua figlia, quei pochi secondi che impiegò a balzare giù per la scala sul retro. La porta si aprì cigolando.

"Sì, mamma?"

Controllando a fatica la voce, Isobel le raccomandò di ungere ogni tanto il tacchino, controllare la cottura delle patate e preparare la tavola nella sala da pranzo. Louisa guardò incuriosita sua madre e annuì, lanciando un'occhiata di sbieco al padre, ancora girato verso il muro nel suo strano atteggiamento.

Isobel girò sui tacchi e uscì dalla stanza, piantando là Victor da solo. Lo immaginò intento a strofinarsi la guancia mentre osservava la porta della cucina oscillare e poi chiudersi alle spalle di lei.

Salì le scale grattando le nocche contro la ringhiera scura ed entrò nella stanza che divideva con Victor. Accese la luce e cominciò a rovistare nel cassetto della biancheria finché non trovò la busta con i risparmi del suo lavoro alla sartoria. Estrasse con cura le banconote dal sottile involucro. La faccia compiaciuta di Victor le comparve davanti agli occhi e Isobel rimise nella busta tre dollari.

Per fortuna Thomas e Henry erano fuori. Li aveva visti poco prima dalla finestra della cucina, intenti a pasticciare nella neve. Avevano passato tutto il pomeriggio a tentare di costruire un igloo sulla riva del ruscello, con i loro berretti rossi che spiccavano tra gli alberi spogli e i blocchi incolori di neve gelata.

Scese da basso, si calò il cappello di feltro sugli occhi e uscì spingendo con la spalla controcorrente la porta della veranda. Si avviò verso il centro della città per ricavare da quei magri risparmi un Natale decente per la sua famiglia.

Il corso principale era quasi deserto, i negozi avevano già chiuso per le festività. Battendo le palpebre sotto le sottili sferzate della neve, Isobel avanzò con decisione nonostante i piedi affondassero fino alle caviglie. A ogni passo, neve mista a fango le schizzava sulle calze e sull'orlo della gonna.

Vide qualcuno dirigersi verso di lei e si alzò la sciarpa sul viso, ma non abbastanza in fretta da evitare di essere riconosciuta dalla signora Sima. La macelleria dei Sima era proprio accanto alla sartoria di Victor. La signora Sima si affrettò a raggiungerla sollevando una scia di neve, e la sua voce infranse quella candida cortina.

"Isobel Howard!"

Cercando di mimetizzarsi sotto il suo cappello, Isobel finse di non aver sentito.

"Signora Howard!"

Nel voltarsi Isobel sfoderò uno sguardo sorpreso, lieta che la neve pungente le offrisse una giustificazione per gli occhi arrossati.

"Se cerca Victor, cara, ha lasciato il negozio... oh, molte ore fa." La signora Sima si strofinò le braccia con energia. "A mezzogiorno, mi pare." Un nugolo di neve farinosa si sollevò dalla sua pelliccia. Quando Isobel si limitò a sorridere, la signora Sima piegò la testa da un lato. "Non lo ha perduto, per caso?"

Isobel batté le palpebre, continuando a sorridere. "Credo di no, Mavis. Perché me lo chiede? Aveva creduto di sì?"

Dopo un istante di esitazione, la donna ridacchiò. "Ah, ah, allora..."

"Allora?"

"Allora, non è una vigilia perfetta? Sembra ordinata su misura!"

"Sì." Isobel annuì guardando l'ingresso dell'emporio. Una torre di voluminose e luccicanti scatole in confezione regalo era accatastata contro la vetrina decorata con neve finta.

"Mi fermo qui, Mavis."

"Spese dell'ultimo minuto? Santo cielo, io ho già comprato e impacchettato tutto fin dal giorno del Ringraziamento."

Isobel afferrò la maniglia della porta. "Sempre efficiente, la nostra signora Sima, come un vero boy-scout."

"Ah! Auguro alla sua famiglia un felice..."

"Sì, felice, lo stesso alla sua." Isobel s'infilò dentro il negozio, ma non prima di aver sentito Mavis borbottare nella pelliccia: "*Le acque chete...*"

Se la mattina dopo i bambini rimasero delusi alla vista dei salvadanai di latta, dei libri d'avventure e degli album da disegno che Isobel aveva rimediato sugli scaffali dell'emporio, non lo diedero a vedere. Ma neppure finsero entusiasmo. Nel ricevere i loro baci frettolosi e i loro tiepidi ringraziamenti, lei dovette sforzarsi di non piangere. Era stanca: era rimasta alzata fino a tardi a pulire la cucina e a impacchettare i regali. Si era poi rigirata tutta la notte accanto a Victor che ronfava. Ancora in vestaglia e con le ciabatte ai piedi, sprofondò in una poltrona. Victor staccò dall'albero il rotolo di documenti legato a un ramo con un nastro d'argento.

L'acquisto dell'isola suscitò una sorta di timore eccitato nei ragazzi, man mano che Victor descriveva le sporgenze rocciose, i boschi di pioppi, la misteriosa torbiera che se non stavi attento poteva risucchiarti i piedi, i dirupi di granito, una spiaggetta di massi perfetti per rimbalzarvi dall'uno all'altro, franati dal pendio di scisto che si ergeva come il piede di un gigante sui bassi fondali a nord dell'isola, il capanno di tronchi che aveva giusto bisogno di qualche riparazione. Spiegò che avrebbero avuto il loro campo permanente, accessibile solo con la barca e completo di tende e falò. Un paradiso. Sarebbero stati come i Rough Riders* in missione di perlustrazione.

Louisa se ne stava raggomitolata ai piedi di Isobel, un cuscino stretto tra le braccia, mentre i ragazzi si contendevano il posto sulle ginocchia del padre, rubandosi la fotografia dell'isola finché non fu tutta sporca e spiegazzata.

"Ci sono gufi?"

"Ci sono tassi?"

"Papà, ci sono pipistrelli?"

E in coro: "Ci sono orsi?"

Victor scosse la testa. "Niente gufi. Niente orsi, ma faremo i picnic con i nostri orsacchiotti, proprio come i figli di Roosevelt."

Isobel alzò gli occhi, perplessa. "Di Teddy o di Franklin Delano?"

Victor la ignorò. "Saremo come Lewis e Clark",** disse facendo l'occhiolino, "esploreremo la natura selvaggia e tracceremo una mappa del nostro territorio." Entusiasti i due ragazzi si strinsero al collo del padre. Attraverso quel groviglio di braccia Victor lanciò a Isobel un'occhiata trionfante. Si stava vendicando dello schiaffo ricevuto. Lei si accasciò sulla sedia, a guardare l'albero.

* Il più famoso reggimento di cavalleria americana, comandato da Theodore Roosevelt.

** Esploratori incaricati dal presidente Jefferson di effettuare una ricognizione nell'Occidente americano allora sconosciuto.

Riuscì a scacciare l'isola dai suoi pensieri, almeno finché arrivò la primavera e si sciolsero gli ultimi ghiacci che coprivano la grande baia. Una sera d'aprile Victor la fece salire in macchina e la condusse all'approdo di Chalmer's Point.

"Sono sicuro che la penserai diversamente non appena l'avrai vista, Izzy. È un posto meraviglioso."

Mentre lui trafficava con l'ancora e preparava la barca per salpare, Isobel si liberò delle scarpe, tirò fuori dalla borsa un binocolo preso in prestito e con precauzione si arrampicò sul cofano della Ford. Assicuratasi di non ammaccare il metallo con il suo peso, salì più in alto e si mise in piedi sul tettuccio nero dell'auto.

Quando Victor alzò lo sguardo, rimase sbalordito nel vedere la moglie in cima alla macchina in equilibrio come un bompresso, che perlustrava l'orizzonte. I biondi riccioli sciolti le fluttuavano sulle guance e la gonna le si gonfiava intorno ai polpacci. Incurante dell'altezza, Isobel puntava il binocolo sulla superficie del lago mettendo a fuoco le piccole lenti. Regolandole con movimenti precisi e concentrati scrutava lentamente la costa lontana. Poi di colpo si fermò.

Rimase ritta immobile, una donna slanciata dalla pelle chiara e con i lineamenti scolpiti dei suoi antenati europei. I capelli erano incendiati dalla luce dorata del tramonto che le faceva socchiudere gli occhi e conferiva alla sua pelle il colore di una rosa tea. La brezza che spirava dal lago trasportava refoli gelati che le facevano aderire la maglia addosso, disegnando il contorno dei seni minuti e delle spalle angolose. Victor si diresse a passi lenti verso la macchina, salì sul predellino e tese la mano per afferrarle una caviglia.

Per tenerla salda?

La sua mano si chiuse facilmente intorno a essa. Mentre premeva con delicatezza il pollice nella carne e nei muscoli, provò una stretta al cuore nel sentire quanto fossero fragili le sue ossa. Le nubi si specchiavano sulla vernice della Ford, spostandosi sulla cangiante superficie nera con un movimento all'unisono con quello della sua gonna frustata dal vento.

Le aveva mai stretto così la caviglia? Victor si sorprese a chiederselo. Se lo aveva fatto, era successo senza che vi prestasse attenzione. Erano sedici anni che viveva con Isobel: possibile che non avesse mai toccato quella zona delicata? I piedi di lei erano sottili e minuti, talmente arcuati che avrebbe potuto passarci sotto una foglia senza che lei se ne accorgesse. Il calore di Isobel sotto la sua mano gli ridestò improvvisamente un intenso desiderio.

Non facevano l'amore da prima di Natale.

Lei non lo aveva mai rifiutato apertamente, ma si faceva trovare addormentata ogni volta che lui entrava nel letto. Al mattino era già in piedi e vestita prima che lui si alzasse.

Forse al loro ritorno dall'isola?

Avvertì il proprio palmo ruvido mentre faceva risalire la mano lungo il polpaccio della moglie, facendo attenzione a non tirarle un filo della calza. Duri calli prodotti dal suo lavoro di sarto gli costellavano le dita come creste montuose. Si chiese oziosamente se avrebbe potuto limarli con la pietra che usava per affilare le lame delle forbici.

Si mise a ridere per aver soltanto preso in considerazione un'idea così sciocca.

Isobel abbassò il binocolo al petto e gli fece un sorrisetto di traverso.

Le restituì il sorriso pieno di speranza. Avevano l'abitudine di uscire andandosene a zonzo anche solo per una mezz'ora, dopo che i bambini si erano addormentati. Parlavano camminando a braccetto: lei rideva mentre lui le raccontava barzellette o storielle sentite in giro, scimmiottando le voci della gente di città e riportando i pettegolezzi recenti ascoltati in negozio.

Non era passato molto tempo dall'ultima volta che l'aveva fatta ridere, eppure sembrava un secolo. Possibile che fosse stato in autunno?

Quella sera stavano passeggiando nel loro quartiere ben tenuto, sotto gli aceri che stavano mutando colore. Prendendo a calci le foglie, Victor aveva scorto qualcosa per terra. Raccolto un pezzo di carta, lo aveva piegato in quattro e se l'era accostato al collo, imitando il forte accento irlandese di padre Thiery. Con voce lugubre aveva sussurrato all'orecchio di Isobel: "Be', giovanotto, anche a me piace la biondina con i riccioli, come a qualunque uomo, ma in quanto aspirante pastore di anime tali pensieri impuri sugli agnelli potrebbero... Che c'è, ragazzo? Forse non è tutto questo peccato grave, se si pensa al buon san Francesco quando..." Victor aveva aggrottato le sopracciglia per simulare costernazione e Isobel era scoppiata a ridere al punto da doversi aggrappare alla siepe del vicino. "Ho capito bene? Hai detto *gregge*, figliolo?"

Isobel si era accovacciata, piegata in due dalle risa, e si asciugava gli occhi col dorso della mano. Victor aveva gettato un'occhiata su e giù per la strada aspettando che sua moglie smettesse di ridere e le aveva teso la mano.

"Alzati, su, c'è una ragazza."

"Non posso!" aveva protestato Isobel con una punta di isteria nella voce.

Victor si era chinato su di lei, dicendole ancora con quell'accento sinistro: "E perché mai, figliola?"

"Basta!" Adesso le lacrime erano mescolate alle risa e la risposta era uscita in un singhiozzo: "P-p-perché me la sono fatta addosso". Gli aveva dato una pacca sul petto. "Mi hai fatto... Ho pisciato sul marciapiede della signora Perlin!"

Avevano ricominciato a ridere tutti e due, ma la risata di Isobel era ora più sommessa, e mentre camminava con un certo impaccio aveva lanciato a Victor uno sguardo di accusa. "Succederebbe anche a te se avessi messo al mondo tre bambini."

"Aha", aveva commentato lui con lo stesso pesante accento, "pensa cosa poteva succedere se fossero stati quattro, carina."

Isobel lo aveva guardato costernata e poi si era staccata dal suo braccio. "Victor, ci sono cose su cui non si deve scherzare."

Cercando di tenersi salda contro un vento improvviso che aveva cominciato a soffiare dal lago, Isobel scese con cautela dalla macchina, accettando la mano che Victor le porgeva. Dopo il metallo liscio della carrozzeria, la ghiaia fu un trauma per i suoi piedi: zoppicando si rimise le scarpe, spazzolandosi poi la gonna con zelo repentino.

Quel gesto ricordò a Victor il suo comportamento sul lavoro, i suoi movimenti rapidi e parchi. Isobel aveva cominciato ad aiutarlo in negozio quasi tutti i giorni da quando Thomas, il loro figlio più piccolo, aveva iniziato la scuola. Portava il pranzo e mentre lui mangiava si occupava della contabilità o serviva i clienti. Se c'era da confezionare o da modificare un vestito, oppure da cucire qualcosa per i bambini, restava china sulla macchina per tutto il pomeriggio e si alzava solo al suono della campanella della scuola per correre a casa ad accogliere i figli.

Dopo aver guardato ancora una volta il lago e il puntino lontano dell'isola, Isobel si volse e fissò suo marito negli occhi.

"L'ho vista. Ora portami a casa."

2

1999

Isobel sentì il proprio corpo risalire attraverso l'acqua scura. Era una lenta ascensione dalle profondità d'ardesia, verso la luce che baluginava in superficie. Bolle d'aria intrappolate sotto lo scafo della barca brillavano come sguscianti lumache. Victor era piegato sopra la sponda e la sua faccia tremolava sulla superficie mentre le faceva dei cenni, le dita simili a denti fosforescenti piantati nell'acqua.

Scalciò con tutte le sue forze, a ogni calcio allontanandosi sempre più dalla voragine oscura che si apriva sotto di lei. Finalmente irruppe in superficie, tra le onde schiumose e nel caldo dell'estate. Inalando l'aria sbiancata dalla luce del sole, tese le mani verso la barca e Victor le afferrò. La pelle di lui era calda, le dita trasmisero conforto a quelle di Isobel mentre il suo corpo si sollevava, senza peso e ormai salvo.

Mi sei mancato, Victor. Non sai quanto.

Ora sono qui, finalmente.

Con te.

Ma mentre formulava quelle parole, le dita di Victor scivolarono via dalle sue e lei riaffondò, sotto il peso degli anni. Quando chiuse gli occhi, Isobel udì pronunciare il proprio nome come attraverso una conchiglia. A lungo restò immobile laggiù, da qualche parte vicino al fondo melmoso. Goffa creatura marina, ondeggiante.

Raggomitolata negli abissi.

Poi sentì di nuovo chiamare il proprio nome. Più volte.

Aprì gli occhi in una grande distesa asciutta e attraverso la gradita nebbia della sua cataratta distinse i contorni tremolanti di un uomo.

Non di Victor. Ma di qualcun altro.

Qualcuno che conosceva, un tempo.

L'uomo le teneva il polso stringendolo delicatamente tra le dita. Isobel cominciò a piangere, ma le lacrime si seccavano come ceneri all'angolo dell'occhio.

Lo spinse via. Chi era? Non ne ricordava il nome. I suoi lineamenti apparivano e scomparivano come in un'abbagliante dissolvenza. Cercò di sollevare una mano per ripararsi gli occhi dal riflesso del sole ma non riuscì a staccarla dalla sponda, dove si era congelata come se lei cercasse di mantenere in equilibrio se stessa e la canoa oscillante. Una barca completamente diversa, del resto.

"È sveglia." Il timbro di voce dell'uomo si addiceva al volto, largo e dai lineamenti irregolari, e le riportava un'eco di luminosi anni passati. Chi era? Una specie di compasso argenteo era agganciato chissà come al suo collo. Isobel batté le palpebre. Strano aggeggio da portare su una barca.

L'uomo si chinò e la sua voce si franse su di lei. "Isobel, riesce a parlare? Ho qualche domanda da farle." Lei si volse e lo scrutò.

Non ne abbiamo tutti?

L'uomo disse altre parole, che fluirono tutte insieme in una corrente sonora tranne una. *Colpo apoplettico.*

Isobel provò a sollevarsi. Curiosamente, si trovava dentro, non più sotto la canoa.

Dov'è la mia pagaia?

"Isobel, può dirmi dove e quando è nata?"

Che domanda stupida.

Gli guardò il collo, quei curiosi uncini d'argento che gli pizzicavano la carne. Aveva il collo muscoloso di un uomo che fa esercizio fisico. Quando lui spostò la testa, Isobel venne aggredita dalla luce del sole. Strizzò gli occhi, cercando di sollevare il braccio, ma non riuscì a muoverlo. L'uomo le diede le spalle e fece un ampio gesto con la mano. La luce si attenuò.

Ci volle un momento prima che gli occhi di Isobel si adattassero all'improvvisa oscurità. L'orizzonte infinito e la distesa d'acqua si trasformarono, condensandosi in linee rigide fino ad assumere l'aspetto di una stanza qualunque. Una tenda fu tirata e la barca di Isobel prese la forma di uno stretto letto. La sua mano sul bordo si rivelò un artiglio chiazzato chiuso intorno a una ringhiera di metallo. Una luce fluorescente guizzò sopra la sua testa con un monotono ronzio e lo strano ornamento indossato dall'uomo assunse l'aspetto di un normale stetoscopio.

Un dottore. Ovvio. Tuttavia questo non spiegava la sua aria familiare. Un nome le arrivò quasi sulla punta della lingua, ma le sfuggì come le era sfuggita la barca. Come Victor.

Mentre pian piano la situazione le si faceva più chiara, Isobel avvertì una punta di rimorso. Non era morta in fin dei conti, solo intontita. Viva a sufficienza da provare ripugnanza per la disgustosa membrana che le ricopriva i denti di sotto. Passandosi la lingua sulle gengive fu sorpresa della loro nudità: qualcuno – un'infermiera? – le aveva tolto la dentiera. Un colpo? Voleva tornare al suo sogno, a quello spazio freddo e setoso in cui aveva fluttuato.

L'uomo ripeté la domanda con impazienza.

"Isobel, sa quand'è nata? E dove?"

Quando e dove sono nata. Cosa voleva in realtà? Era già stata in ospedale, prima. Le avrebbero fatto altri esami, altre analisi. Sembravano farle analisi all'infinito, prelevando fiale di sangue dalle pieghe pergamenacee delle sue braccia, fissando il suo corpo con cinghie su barelle di metallo prima di infornarla dentro macchine vibranti e lampeggianti, come se la stessero sottoponendo a un qualche sinistro esperimento. In quei terribili momenti Isobel cadeva in preda a una paranoia che non le era abituale, terrorizzata al pensiero che l'essenza del suo essere venisse manipolata e alterata. Gli addetti a queste procedure tendevano a chiamarla per nome più volte nei momenti più penosi dell'operazione, quasi che sentirlo ripetere come un mantra potesse rassicurarla. Ma di cosa? Che il suo corpo non si stesse decomponendo, cellula dopo cellula? Che il suo destino – e il loro, se per questo – non fosse già stabilito, che una serie di miracoli li avrebbe sottratti chissà come al loro arido destino di ossa e cenere?

Spazzata via dal vento.

Dopo, al sicuro nel suo letto, Isobel si era sempre data della ridicola per aver drammatizzato, pentendosi di essersi comportata come una bambina. O peggio, come una vecchia.

Un colpo.

Magari se fosse stata gentile, ubbidiente, l'uomo se ne sarebbe andato. Si schiarì la gola emettendo un suono rauco e rispose con una pronuncia un po' blesa, dovuta alla mancanza degli incisivi superiori: "Sono nata a Cypress, il 17 maggio del 1900".

L'uomo annuì e si chinò per scrivere qualcosa sulla sua cartella, aggrottò le sopracciglia e la guardò di nuovo. "Cipro? L'isola vicina alla Turchia?"

Isobel udì chiaramente la domanda, ma il torpore che la invase fu più forte del desiderio di correggere l'errore. Sorrise e chiuse gli occhi davanti al contorno sfocato del viso incuriosito del dottore.

Tre giorni dopo Isobel si era quasi del tutto ripresa. Si era riconciliata con l'idea di essere viva e si sentiva risoluta, quasi ottimista alla prospettiva di riprendere il corso della sua esistenza. Mentre metteva a fuoco la carta da parati gialla e le sedie di plastica arancione che davano alla stanza un'aria di falsa gaiezza, ricordò i fuggevoli momenti in cui era stata colpita dall'ictus.

Secondi di estrema lucidità, una serie di impressioni incise in scene distinte che poteva far scorrere nella testa come una pellicola cinematografica. Prima c'era stato il dolore. *Colpita!* aveva pensato. *Colpita alle spalle, proprio qui nella mia cucina.* Aveva sentito uno schiocco da qualche parte nel cervello, proprio al di sopra dell'orecchio, e la palpebra sinistra le si era chiusa all'istante. La carne le formicolava lungo lo zigomo e giù per il collo, mentre la forza invisibile che le aveva fatto mollare la presa sul suo sostegno si era trasferita di scatto alla gamba e cercava di farle lo sgambetto.

Nessuno mi ha colpita.

Sono sola. Sto morendo. A poco a poco.

Finalmente. Finalmente me ne andrò. Ma perché ora?

Oh, Dio, Dio mio.

Nel momento in cui si era aggrappata a un mobile, iniziando la lenta caduta verso il pavimento, aveva provato stupore, persino paura, come non ne sentiva fin da bambina, soprattutto per l'ironia del fatto di continuare a porsi domande anche mentre scivolava verso la morte!

Proprio adesso?

Adesso. Davanti allo scolapiatti, mentre metto via una tazza da caffè che ho sempre odiato?

Sulla tazza era dipinta una M stilizzata, parte del logo di una compagnia assicuratrice, che somigliava a un diagramma di ovaie e trombe di Falloppio come se ne vedono nei manuali di medicina.

Perché non l'ho mai buttata via? Un raggio di sole aveva fatto risplendere il manico mentre la tazza le sfuggiva di mano.

In pieno giorno? Ridicolo. Nessuno dovrebbe morire a mezzogiorno! Così come alla nascita, non si addicono piuttosto alla morte la solitudine e la segretezza della notte?

Aveva provato un senso di sconcertante soddisfazione rendendosi conto che le domande trovavano risposta nel momento stesso in cui venivano formulate. Semplicemente non avevano più alcuna importanza.

La morte? All'improvviso sembrava più un cortese invito che una spaventosa ineluttabilità.

Una rassegnazione molto prossima al consenso l'aveva invasa e si era scoperta a desiderare improvvisamente quel riposo che la sua nuova condizione le prospettava. Sì. La morte. Vi avrebbe acconsentito come una novella sposa. Nel momento di allentare la presa sul bordo del lavandino a cui si era aggrappata aveva avvertito – invece del duro schianto del suo corpo sul linoleum e delle tenebre che le sarebbero calate davanti agli occhi – la sensazione di lasciarsi cadere in una spirale di pace, calda e confortante come un abbraccio.

Seduta ora sul letto con indosso una camicia da notte sgualcita e la sottile vestaglia dell'ospedale, Isobel prese una cucchiaiata di farinata d'avena acquosa e si chiese a voce alta se suo figlio Thomas si fosse ricordato di passare dal suo appartamento per annaffiare le orchidee.

"Sì, mamma. Stamattina."

Sentendo la sua voce, Isobel sorrise. "Oh, sei qui. Pensavo che te ne fossi andato già da un pezzo."

"Ti confondi con ieri." Thomas abbassò il giornale e si infilò una matita sopra l'orecchio. Vedendone il viso, Isobel trasalì: si era quasi aspettata di veder emergere da dietro il suo libro di fumetti un ragazzino sdentato di nove anni, che faceva palloncini con la gomma da masticare. Si era aspettata quel ragazzo dagli occhi verdi capace di provocarle una stretta al cuore con una strizzata d'occhio. Ne era capace, prima che le cose si complicassero per lui. Per tutti loro.

Isobel batté le palpebre e lo guardò di nuovo. La luce della lampada sul soffitto si rifletteva sulla fronte alta di Thomas. Suo figlio aveva i capelli grigi e l'aria stanca; la cravatta allentata penzolava sulla camicia inamidata. Perché sua moglie non si prende cura di lui, pensò Isobel, in modo che non sembri così vecchio?

Un'altra voce maschile le giunse dai piedi del letto.

"Buon giorno, Isobel."

Quando alzò lo sguardo, il cucchiaio le sfuggì dalle dita e

cadde a terra rumorosamente schizzandole un po' di farinata tiepida sul dorso della mano. Schizzi di poltiglia punteggiarono le macchie brune che costellavano la sua pelle grinzosa.

Il dottore teneva in mano una cartella e dalla tasca del camice bianco gli pendevano i tubicini di gomma dello stetoscopio. Sotto indossava una camicia scozzese, blu e verde tratteggiata di grigio.

"Sono il dottor Hertz." Aveva gli occhi gonfi e i capelli spettinati.

Ci volle un momento prima che Isobel ritrovasse la voce. "Credo che ci siamo già incontrati." Recuperò il cucchiaio. "Dottor Hertz, ha detto?"

"Già."

Lo guardò attentamente, protendendosi verso di lui. Dopo qualche istante di silenzio imbarazzante per tutti e tre, Isobel appoggiò il cucchiaio e tamburellò con le dita della mano ancora sana sul vassoio di plastica. "Dato che mi chiama per nome, potrei fare lo stesso?"

"Come?" Dapprima il dottore non si rese conto della nota pungente nel tono di Isobel: era intento a cogliere eventuali difetti di pronuncia.

"Dottore... Qual è il suo nome di battesimo?"

"Sta meglio, vero? Joel, mi chiamo Joel."

Isobel lo scrutò in volto e con il dito a uncino gli fece cenno di avvicinarsi. "Dato che sono abbastanza vecchia per essere sua nonna, anzi la sua bisnonna, io la chiamerò Joel. E lei, se vuole, può chiamarmi signora Howard."

Thomas sorrise, seguendo la conversazione. Eccone un altro sistemato a dovere.

Il dottore arrossì leggermente e si passò una mano tra i capelli biondo-rossicci. "Non volevo mancarle di rispetto." Cercò di nascondere un sorriso, mentre due fossette gli comparivano agli angoli della bocca.

Isobel aggrottò le sopracciglia. "Mi ricorda ancora qualcuno."

"Ancora?" Il dottore controllò il tubicino dell'endovenosa che serpeggiava dentro la mano solcata di vene di Isobel. "Qualcuno di speciale?" Alzò gli occhi e la vide che guardava fuori dalla finestra. Aspettò che proseguisse, ma sembrava aver perso il filo.

Il dottore aggiunse in tono stanco: "Immagino che lei sappia dove si trova adesso".

Isobel sospirò. "Ospedale St. Joseph di St. Paul, reparto geriatria, suppongo. E credo che oggi sia il 2 di settembre, o forse il 3?"

"C'è andata vicina. Allora, come si sente signora Howard?"

Isobel lo guardò. "Mi chiami Isobel." Nel sorridere mostrò una fila sbilenca di denti di un bianco innaturale. Le avevano rimesso a posto la dentiera. "Sto bene. A parte questo braccio, sto bene. E lei?"

Il dottore batté le palpebre. "Bene anch'io, grazie." Scribacchiò qualcosa sulla cartella, poi la appese in fondo al letto. "Tornerò più tardi a vederla." Si allontanò e uscendo fece un cenno con la testa a Thomas. "Sua madre sta reagendo molto bene, tutto considerato."

Isobel d'un tratto si girò sul fianco. "Joel?"

Il dottore si fermò e si volse verso di lei. Aveva altre visite da fare. "Sì, signora... Isobel?"

"Ora ricordo."

"L'ictus?"

Con un gesto della mano lei respinse la domanda. "Quello non ha importanza. Ricordo a chi assomiglia. I suoi capelli, il suo profilo, persino la camicia che indossa. Mi ricorda qualcuno che conoscevo quando avevo la sua età." Isobel intuì che il dottore stava trattenendo l'impulso di guardare l'orologio.

"Davvero? E di chi si tratta?"

"Perché non riesco a ricordarne il nome? Eppure lo so." Si puntò l'indice alla tempia. "Ce l'ho qui... l'uomo che era scomparso."

Thomas si raddrizzò sulla sedia e si piegò verso di lei. Aprì la bocca per parlare ma si fermò di colpo mordendosi i baffi.

Il dottor Hertz avanzò di un passo. “Scomparso dove? A Cipro?”

“Oh! Come si chiamava?” Isobel fissava la coperta. “No, non a Cypress. È stato al lago, vicino a Cypress.”

“Ah!” Il dottore annuì con l'aria di aver capito e indietreggiò verso la porta. “Arrivederci, allora.” Voltandosi scosse la testa. *Demenza senile*. Per quello che ricordava di geografia, Cipro era un arido lembo di terra circondata dal mare. Improbabile che vi fossero laghi.

Camicia scozzese. Camicia scozzese. Gli occhi di Isobel non riuscivano a staccarsi dal colletto di quella camicia. Riconobbe il tessuto: Pendleton. Lana di prima qualità. Non senza una certa reticenza tese il braccio per stringere la mano dell'uomo che la indossava. Aveva quasi avuto paura di guardarlo in faccia, ma sentendo la stretta di Cathryn intorno alle sue spalle aveva alzato lo sguardo.

Aveva occhi verdi profondamente infossati e folti capelli biondi ondulati. Indubbiamente era piuttosto bello, pensò Isobel. Non aveva l'aria nervosa o colpevole come lei si aspettava che potesse avere. O che dovesse avere, in verità. Lentamente Isobel ritirò la mano. L'uomo parlò con un tono calmo e profondo; la sua voce sembrava quella di un annunciatore, di un politico, una voce insolita per un uomo comune.

“Il mio nome è Jack Reese.”

Isobel ricordò che Cathryn le aveva parlato dei suoi studi in seminario. Lo immaginò sul pulpito, dove la sua voce e la sua alta statura gli sarebbero tornate utili. Cathryn versò il tè e rimase in piedi vicino a loro, stranamente tranquilla mentre l'amica e l'amante facevano conoscenza.

Erano seduti nel retro della sartoria. Isobel aveva chiuso a chiave la porta e voltato l'insegna dalla parte della scritta CHIUSO. Aveva tirato giù le tende e preso l'ulteriore precauzione di piazzare le loro tre sedie ben lontane dalle finestre. Ora stava scomodamente appollaiata sul bordo della sua e fissava Jack con circospezione, le mani giunte sulle ginocchia.

Jack si schiarì la voce e cominciò col distogliere subito l'attenzione da se stesso per porre a Isobel alcune domande amichevoli. Le chiese del lavoro di Victor e della sua nuova attività come modista, dei figli. Come pensava che stessero suo marito e i due ragazzi sull'isola? Isobel lanciò uno sguardo glaciale a Cathryn, poi tornò a guardarlo.

"Mi sembra che lei sappia già abbastanza di me."

Jack continuò con la stessa cordialità. Dapprima le risposte di Isobel furono brevi e secche. Faceva così tante domande, e tutte poste con genuina sincerità, come se fosse sul serio interessato alla sua vita. La sollecitò ad approfondire certi punti e accostò la sedia alla sua, piegandosi in avanti per sfiorarle il braccio ogni volta che esitava o si interrompeva. Senza rendersene conto, Isobel cominciò a parlare più liberamente. Dopo un'ora si accorse di non aver fatto ancora nessuna delle domande che si era preparata. Colta da improvvisa impazienza, interruppe il discorso per chiedere a Jack della sua vita.

"Ha famiglia?"

Lui sorrise a quella domanda fatta a bruciapelo. "Sì, la maggior parte vive a Philadelphia. Mio padre fu ucciso in Belgio nel 1918 ma mia madre è ancora viva e ho un fratello a Cleveland. Non li vedo molto spesso."

Isobel non riuscì a trattenersi: la domanda che indugiava da tempo sulle sue labbra le uscì in un balbettio. "Lo ha mai f-fatto prima d'ora? Voglio dire, con una donna sposata?"

Jack scosse la testa, senza evitare lo sguardo di lei. "Capisco la sua preoccupazione." Non si tirò indietro. "Ha tutto il diritto di chiedermelo. Certo che no. Mai."

Dopo un attimo d'impaccio Isobel continuò, addolcendo appena il tono. Gli chiese del suo lavoro nel servizio forestale, dell'isolamento che comportava.

"Non è molto diverso dal seminario, in realtà", le rispose. "Essere solo in una torretta, ad aspettare, o da solo in una cella, a pregare e ad aspettare... che cosa? Non ne sono più così sicuro. Chiarezza, immagino." Rise. "Forse il mio fallimento al seminario ha a che fare con la mia mancanza di un'idea chiara su cosa stessi cercando."

Isobel si sorprese a posare una mano sulla sua, per incoraggiarlo. "Ma ci deve essere stato qualcosa che l'ha attirata verso la Chiesa. Qualcosa che le ha fatto desiderare di diventare un prete."

"A essere sincero, non ne sono più sicuro. Probabilmente pensavo che ci fosse bisogno di me." Rise e scosse il capo. "Pensavo che avrei salvato delle anime."

"Salvato delle anime... da che cosa?"

Si piegò in avanti, serio in volto. "Ebbene, dalla disperazione. Dalla perdita della fede."

Isobel annuì e disse in tono ironico: "E ora fa il guardaboschi. Deve essere stato un bel cambiamento per lei".

"Non proprio. Ero attratto dalla solitudine. Entrambe le vocazioni hanno un vantaggio in comune, che è anche un lusso. Il tempo."

"Tempo per...?"

"Oh, per leggere, per pensare." Si interruppe, guardò Cathryn con tenerezza, poi di nuovo Isobel. "Tempo per notare le cose più infime, apparentemente insignificanti." Raccolse un semplice copricapo di velluto che Isobel aveva appena terminato. Sfiorò le piume di zigolo di palude che ne ornavano il bordo.

"Per esempio, ha mai avuto un intero pomeriggio a disposizione per starsene seduta a osservare un uccello costruirsi il nido?"

Guardando i gesti naturali di Jack, ascoltando la sua descrizione del pomeriggio passato a osservare quell'unico uccello, Isobel si rese conto che era ben diverso da come lo aveva immaginato. Ma quali erano i tratti che definivano un uomo che porta via la moglie a un altro?

Uno spietato cospiratore? Un disperato? La conversazione si spostò sul territorio, sui siti naturalistici e gli studi di botanica che Jack aveva fatto in quella regione: Isobel si rese conto che l'uomo che le stava davanti non era né l'uno né l'altro. I suoi occhi erano luminosi e vulnerabili e la sua timidezza gli faceva preferire la compagnia degli uccelli e delle piante.

"Piante?"

"Una mia passione." Alzò lo sguardo verso Cathryn e sorrise. "Una delle mie passioni. Questa zona è un paradiso, per un botanico dilettante."

"E lei lo è?"

"Un dilettante? Per molti aspetti, sì." Parlò dei suoi ritrovamenti in quel campo, fece perfino lo schizzo a matita di una felce che aveva scoperto per caso. Descrivendo l'ambiente, la luce di quel giorno in cui aveva fatto un'escursione nei boschi, Jack Reese riuscì perfino a far sembrare romantica la scoperta di una pianta senza fiori. Avrebbe parlato di Cathryn con tanta effusione se Isobel gli avesse chiesto della loro storia d'amore? Avrebbe voluto incontrarlo da sola ma, proprio mentre ci stava pensando, Cathryn sbucò da dietro la sedia e le appoggiò le mani sulle spalle guardando nervosamente l'orologio. Jack era raggiante.

"Vi porterò tutte e due a vedere quelle felci, se volete. Crescono fuori dalle vecchie fattorie finlandesi sulla costa occidentale."

Isobel deglutì e fissò le tavole del pavimento sotto i suoi piedi.

Cathryn tossì piano. "Jack, forse un'escursione non è una buona idea."

Jack si volse e la fissò. "Certo, mi dispiace, volevo solo..."

Per un attimo ciascuno dei tre si concentrò su un punto lontano dagli altri due. Jack si chinò a stringere i lacci dei suoi stivali di cuoio, mentre Cathryn si esaminava alcune linee interessanti sul palmo della mano.

Isobel ruppe il silenzio con una barzelletta che sua figlia Louisa le aveva raccontato la sera precedente.

"... e poi il primo punto disse al secondo punto: '*Cuciti* la bocca'!"

Jack proruppe in una risata contagiosa, Cathryn sorrise. La faccia liscia dell'uomo si corrugò, mentre due fossette gli apparivano ai lati della bocca che scoprì denti bianchi, grandi e regolari.

Se fosse stato il desiderio a spingere Cathryn nelle braccia di Jack, Isobel l'avrebbe capita. Quando Jack gli aveva toccato la mano, aveva perfino pensato: *Nessuna meraviglia che Cathryn voglia averlo.* Ma al momento sembravano ignari di una cosa tanto materiale come il desiderio fisico. La mano di Cathryn spinse indietro un ricciolo caduto sulla fronte di Jack e Isobel vide lo sguardo che si scambiarono. Era bisogno? Jack aveva trovato in lei la sua vocazione? Era l'anima tormentata di Cathryn quella che voleva salvare?

Isobel guardò i suoi occhi chiari e innocenti e si chiese: *Ci riuscirà?*

Sul punto di congedarsi, Jack le prese la mano senza riuscire a incontrarne lo sguardo. "Mi dispiace di averla conosciuta in circostanze così imbarazzanti."

"Capisco", replicò Isobel, rispondendo più ai propri pensieri che a quelle scuse. "Ora capisco." Si accorse che stava continuando a stringergli la mano. "Farò quello che posso per aiutarvi."

Cathryn le baciò la guancia per ringraziarla e Isobel si rivolse a lei: "Solo non chiedetemi di mentire". Ma sapeva che, se glielo avessero chiesto, lo avrebbe fatto.

Il *Reader's Digest* che le avevano lasciato sul comodino era ancora avvolto nel cellofan.

"Non le piace leggere?" Il dottor Hertz indicò la rivista con un cenno del capo.

"Oh, al contrario. Adoro leggere. Proprio questa mattina stavo pensando che vorrei leggere un romanzo."

"Che genere di romanzo? Un giallo?" Le strizzò l'occhio. "Un romanzo d'amore?"

Era bello quanto Jack, forse anche di più, con quella mascella che sembrava copiata da una statua. Ma i suoi modi erano troppo disincantati, sembrava disilluso e stanco di tutto. Di Jack, Isobel aveva apprezzato l'innocenza quasi infantile, la sua mancanza di qualsiasi forma di disprezzo, la sua incrollabile speranza.

Sospirò. "No, no. Un libro vero, magari dei racconti. Magari Joyce." Alzò gli occhi verso il dottore e rifletté un attimo. "Non ho mai finito di leggere Joyce. Avevo intenzione di farlo, di leggere tutte le sue opere. Ma il tempo è volato via." Gli conficcò un dito puntuto nella carne muscolosa dell'avambraccio. "Pensa che vivrò abbastanza per finire Joyce?"

Lui rise, affettando ignoranza. "Io sono solo il suo medico. Non conosco Joyce."

"Bene." Isobel sembrava essersi estraniata. "Forse proverò con Proust. Lui aveva l'abitudine di leggere Proust ad alta voce a Cathryn mentre io stavo di guardia nella barca."

"Lui?"

"L'uomo a cui lei assomiglia." Sorrise e si batté la fronte. "Mi sono ricordata il suo nome. Jack Reese."

"E lui è...?"

"È l'uomo scomparso a Cypress."

"A Cipro? Ci risiamo."

"Sì, Cypress. La città dove vivevo allora. Là si trovava la sartoria, là confezionavo i cappelli di Cathryn."

"Cipro è una città?"

Isobel cominciava a stancarsi. "Cypress, nel Minnesota. È anche un lago. Un lago molto grande. Lei non è di queste parti, vero?"

"No." Il dottor Hertz aggrottò le sopracciglia leggendo la temperatura sul monitor. "Washington D.C." Lo aspettavano alla reception già da cinque minuti. "Così un uomo che mi assomiglia e che si chiama Jack è scomparso in qualche lago su al Nord?"

"A cui *lei* assomiglia. Sì... be', no. Nessuno li ha mai trovati..."

"Chi?"

"Jack e Cathryn."

"Così ora sono *due* le persone scomparse?"

Isobel aggrottò le sopracciglia. "Non ora, Dio mio. Molti anni fa. Una vita fa."

Il cercapersone del dottore suonò e lui lo inclinò per leggere le cifre luminose che lampeggiavano nel riquadro. Distrattamente le diede un buffetto sulla mano. "Mi interessa, questa storia, ma devo andare. Mi prometta che mi racconterà il seguito."

Quando Isobel alzò gli occhi era già uscito.

Raccontare il seguito. Come se ce ne fosse uno. Usando i denti finti e la mano che ancora funzionava Isobel riuscì a scartare il *Reader's Digest*. Diede un'occhiata al sommario. Le erano stati fatti ogni sorta di esami, forse era ora che fosse lei a mettere alla prova se stessa per vedere se la sua mente fosse stata danneggiata. Sforzandosi di leggere arrivò all'articolo "Accrescere le proprie capacità verbali funziona", e sorrise all'ironia del titolo. Cercò gli occhiali a tentoni, accostò alle tempie le stanghette tremanti e riuscì a sistemarli. I caratteri minuti si sfocarono e Isobel avvertì un lampo di disperazione.

I miei occhi. Ora anche i miei occhi.

Si volse verso la luce sul comodino tenendo il libro così vicino da sfiorare quasi le pagine col naso. Le parole che riusciva a distinguere le suonavano familiari: divinazione, recalcitrante, sonoro, lugubre.

Scorse la pagina fino a una parola che le era estranea. Ne assaporò sulla lingua le sillabe e di nuovo lesse la definizione. La rivista le ricadde lentamente sul petto.

È strano come si conosca una cosa da sempre e si scopra solo alla fine che esiste una parola più adatta per definirla. Le sillabe le rimbalzavano piacevolmente contro la dentiera mentre la pronunciava a voce alta. *Tintinnio*: il suono prodotto dai campanelli.

3

A maggio Isobel Howard compì trentasei anni. Quando si svegliò il sole non si era ancora levato e il silenzio regnava nella casa. Restò immobile accanto al marito e il silenzio assoluto portò alla luce un gioiello riposto in un luogo segreto della sua memoria. Doveva solo tendere le braccia e prenderlo in mano per saggiarne la preziosa consistenza.

Era rimasto là per tutto quel tempo?

Era piccola, una bambina di appena quattro o cinque anni, e una slitta piena di scolari, sbandando, l'aveva appena investita. Supina su un cumulo di neve blu nel crepuscolo gelato, guardava, nonostante il dolore, i fitti cristalli di neve che piroettavano negli ultimi bagliori del giorno. La slitta sparì dal suo campo visivo proseguendo la sua discesa verso un orizzonte che avrebbe potuto essere il confine ultimo della terra. L'aria le era stata strappata dal minuscolo petto e, nell'attesa che il respiro tornasse, avvertì un dolore lacerante.

L'istinto le suggerì di non muoversi; dopo qualche minuto si rese conto che se stava ferma la fitta era meno intensa.

Mentre il dolore pian piano si attenuava, Isobel si meravigliò del silenzio stupefacente che la circondava. All'improvviso divenne consapevole di ogni singola parte di se stessa: percepiva ogni fibra del proprio corpo, le membra minute, il morbido guscio della pelle, la sua compattezza e il miracolo del sangue che vi scorreva. La perfezione.

Se l'avessero dimenticata là, sarebbe stata contenta di restare sdraiata sul suo letto di neve per tutta la notte. Magari per sempre.

Senza muoversi, senza un respiro che le appannasse la visuale, contemplò la curva completa del cielo che si proiettava da oriente striato dei toni indaco e lavanda. Galleggiava tra neve e cielo, senza peso, sostenuta da una terra che girava per lei e con lei. Era parte di quanto la circondava e al tempo stesso ne era separata. Cosciente.

Per un indimenticabile istante provò una sensazione di sublime, perfetta serenità.

Dopo un lasso di tempo che le sembrò un'ora, ma che doveva essere stato di qualche minuto, sentì uno stridio di stivali di gomma da neve che si avvicinavano e da lontano le giunse il grido: "Eccola!" come filtrato da una coltre di ghiaccio. La terra pulsava sotto il suo corpo e la fibbia metallica di uno stivale clicchettava vicino alla sua tempia. L'ombra di una figura si piegò su di lei oscurandole la vista. Neve fangosa scalciata da qualcuno le schizzò sulla guancia. Isobel scosse la testa battendo le palpebre per tornare alla realtà.

Il cielo, l'aria, la neve e il suo respiro – tornato ora a sgorgare liberamente dalle narici come vapore di drago – furono ridotti in molecole, insieme con gli ultimi istanti del momento che aveva vissuto e che già svaniva. Il tempo si compresse fino a ridursi della misura di un ninnolo di cristallo e si collocò sul ripiano più alto della sua memoria.

Un tesoro. Conservato là per lei.

Distesa accanto a Victor, i suoi pensieri andarono ai bambini e si chiese se avessero sperimentato istanti come quelli, se li avessero custoditi nella memoria. Le venne in mente che, se li avessero provati, non avrebbero potuto esprimerli, come lei a cinque anni non era stata in grado di descrivere a parole la sua confusa ma indimenticabile sensazione di sgomento e di appartenenza. Dei tre figli, Thomas era l'unico che poteva aver vissuto un'esperienza simile, con la sua spontaneità e la sua fame di emozioni forti, così simile a Victor nel credere che tutto gli fosse predestinato. Thomas era una sorgente inesauribile, con la bocca sempre aperta al riso e l'innata capacità di accattivarsi l'affetto di tutti, cani ed estranei compresi.

Sì, nel caso di Thomas era sicuramente possibile. Louisa esaminava con circospezione qualsiasi cosa incrociasse la sua strada, perfino i regali. Henry era sempre altrove, come se la sua mente giudiziosa, catturata da qualche nebulosa fantasticheria, fluttuasse al di sopra del resto della famiglia. Isobel scosse la testa meravigliandosi per la centesima volta delle profonde differenze di carattere tra i suoi figli.

Scese dal letto, si diresse verso la finestra e rimase in ascolto, aspettando che un rumore da fuori entrasse a rompere quel nuovo silenzio. Cosa sarebbe stato questa volta? Un furgone, il vento, treni lontani, i primi uccelli del giorno? Guardò sopra gli alberi del giardino: al di là dell'orto e dello stretto ruscello si estendeva una folta barriera boschiva. Oltre il bosco, si diramavano appartati vialetti costeggiati da case modeste, nettamente isolate dal resto di Cypress da un poggio argilloso coperto d'erbacce. Costruite per le famiglie finlandesi, erano disposte in fila sulle sporgenze del terreno terrazzato. L'area era stata soprannominata Finn Row e i genitori, diffidenti delle tendenze socialiste dei finlandesi, del loro cibo dallo strano odore e del loro rito del bagno in comune, raccomandavano ai figli di starne lontani. La maggior parte delle loro case era costruita con assi di cedro grezzo sbiadite dal sole e dalle intemperie. Alcune erano dipinte nel blu acceso della bandiera finlandese e sembravano gemme incastonate nel paesaggio grigio. Ancora immerse nell'oscurità dell'ora mattutina, erano come pezzi smarriti di lapislazzuli, un nome che Isobel trovava difficile da pronunciare come quelli sulle cassette per le lettere di fronte a quelle case, carichi di vocali come Aukee, Heikkala, Tuumi. Tribù di tenaci immigrati che per un misero salario lavoravano in miniera accanto ai gallesi, tutto il giorno curvi sottoterra tra gli accenti discordanti e il fracasso dei martelli pneumatici. Ogni sera uscivano dai pozzi per separarsi in due file distinte: i gallesi svoltavano verso le loro pensioni familiari costruite con assi di legno e le loro cene a base di pasticci e birra scura, e i finlandesi raggiungevano le loro baracche dove spose dalle facce rotonde cucinavano pesce e patate. Mentre i gallesi dormivano, i finlandesi si riunivano di nascosto per dare voce alle loro rivendicazioni nei confronti delle maestranze della miniera, del clero o dei non finlandesi, e per leggere manifesti di dottrine sospette. Sedevano nudi sulle panchine di cedro delle loro saune, bevendo un liquore distillato da fetide marasche. A volte, nel cuore della notte, Isobel li sentiva cantare dolci melodie che salivano al cielo mescolate al fumo e al vapore dai camini di mattoni coperti di cenere.

Al di là di questo ammasso di case si ergeva un'altra barriera di alberi, poi il terreno si inclinava in una ripida discesa fino al limitare della città, dove la luce lattiginosa dei lampioni cominciava a smorzarsi via via che il cielo si schiariva. Il piccolo parco con il suo chiosco per l'orchestra esposto ai venti, vicino alla spiaggia pubblica, delimitava il confine della città, oltre il quale si estendeva in tutte le direzioni l'immenso bacino del lago Cypress.

Isobel chiuse gli occhi, premendo la fronte contro il vetro freddo della finestra. Il lungo silenzio fu rotto finalmente da un fischio lontano proveniente dalla cresta del Mesabi. L'annuncio del primo turno della miniera. Erano le cinque del mattino. Presto i frantumatori avrebbero cominciato a ruggire.

Sette giorni su sette, per dodici ore al giorno, le macchine frantumavano grandi pezzi di minerale riducendoli in pietrisco che veniva poi caricato sui vagoncini diretti alle fonderie di città lontane.

Quel martellio costante si ripercuoteva in ogni punto della città come una pulsazione cardiaca. In certe giornate di vento contrario, il rumore trapassava i timpani di Isobel; nei giorni buoni era una vibrazione distante e monotona come un insistente bisbiglio.

Victor si stirò leggermente e si tirò il lenzuolo fino alle orecchie. Si girò bocconi con un sospiro. Era tempo per Isobel di vestirsi. Si era portata dal negozio un cesto pieno di indumenti con gli orli da rifinire; avrebbe potuto terminare il lavoro e preparare i cestini per il pranzo dei bambini prima che si alzassero, per poi occuparsi della colazione.

Ricordando all'improvviso che giorno era, si sedette di nuovo sul bordo del letto: 17 maggio, il giorno del suo compleanno. Il ricordo di quel momento di estasi sul cumulo di neve era stato un regalo.

Il copriletto scivolò a terra e Isobel si piegò a raccoglierlo percorrendo con lo sguardo gli oggetti della stanza avvolti nell'oscurità: il cassettone in legno d'acero, il tappetino fatto all'uncinetto, il servomuto nell'angolo che, con indosso la giacca di Victor, sembrava una terza presenza, comica, nella stanza. Una debole luce si rifletteva sui vetri convessi di due ritratti ovali, raffiguranti i genitori di Isobel: suo padre, un bell'uomo malgrado l'aspetto severo, e sua madre, imponente con i suoi occhi infossati, il vestito nero che tirava sulla gobba da vecchia nobildonna che neppure l'inquadratura sapiente del fotografo aveva saputo mascherare. Aveva sessantacinque anni ma ne dimostrava ottanta, sciupata da troppi figli nati morti e da una rassegnata amarezza. Isobel si volse verso il cassettone e sorprese la propria immagine allo specchio.

Per la prima volta dopo tanti anni pregò, e lo fece con un tono di supplica. "Dio, non farmi morire senza che io sia riuscita a vivere momenti di pace come quello", mormorò, faccia al muro alla parete. "Non chiedo altro."

Posò la mano sulla schiena calda di Victor e si chinò su di lui. Avrebbe potuto svegliarlo. Avrebbero fatto l'amore e lui le avrebbe chiesto scusa. Da lungo tempo lei aspettava che questo succedesse. Da quanto ormai? Mesi. Lo aveva respinto di proposito, né lui l'aveva cercata come faceva di solito,

non aveva mai tentato di imporsi mentre lei fingeva d
mire. Come se non la desiderasse più. Bruscamente Isob
tirò su a sedere sul letto.

Aveva messo al mondo i suoi figli, li aveva allevati, avev lavorato al suo fianco in negozio. Quando era accanto a lui si sentiva ormai come una sua estensione, una protesi che lui non vedeva né ascoltava più ma su cui comunque poteva sempre contare. Victor era consapevole della sua esistenza come lo era di quella del proprio braccio. Isobel non riusciva a ricordare l'ultima volta che le aveva raccontato una barzelletta, che l'aveva persuasa con le lusinghe a uscire di casa per una passeggiata, l'ultima volta che aveva cercato di farle piacere anche con una piccolezza. Avrebbe potuto girarsi verso di lei in quel preciso momento, metterle una mano sul fianco e sussurrarle una parola gentile.

Si chiese, per la prima volta dopo tanti anni, se avesse un'altra, un altro orecchio a cui sussurrare cose dolci.

Respinse in fretta quel pensiero prima che le si annidasse in petto.

Si sollevò a fatica, stanca come se non avesse dormito affatto, e si mosse piano verso il bagno, oltrepassando le stanze dei bambini addormentati. Passò mentalmente in rassegna le cose che doveva fare, cancellando subito il minimo pensiero del proprio compleanno.

Dopo cena, mentre Louisa era in cucina, presumibilmente intenta a raschiare i piatti e a mettere via gli avanzi di cibo, Isobel udì una risata soffocata e un improvviso frastuono metallico provenire da dietro la porta della sala da pranzo. Guardò in quella direzione e fece per alzarsi da tavola, ma Victor la trattenne obbligandola a sedersi di nuovo. "Bevi il tuo caffè, Iz."

Henry schizzò dalla sedia e spense di colpo la lampada.

Isobel sospirò: "Che diavolo..."

Camminando a ritroso, Louisa uscì dalla porta della cuci-

"Izzy, sei stata brusca coi bambini, sei..."

"Sono cosa?"

"Non lo so. Dimmelo tu."

"Non c'è niente da dire, Victor."

La guardò.

"È il mio compleanno. Lo sai che non mi è mai piaciuto festeggiare il mio compleanno."

"Non hai compiuto gli anni tutti i giorni, negli ultimi cinque mesi."

Isobel si tirò su, raccogliendosi la camicia da notte attorno alle caviglie. "Bene. Vuoi fare una delle tue solite discussioni?" Strinse le labbra e si guardò i polsini della camicia.

Lui si sollevò sui gomiti. "Hai perso il tuo senso dell'umorismo."

Isobel rise.

Quando Victor le chiese per la terza volta che cosa avesse, si strinse nelle spalle e gli rispose con un sorriso pieno di risentimento: "Non preoccuparti per me".

"Non sono preoccupato soltanto per te. Sono preoccupato per tutti noi."

"Oh, Dio, Victor. Per favore!"

All'improvviso lui si spostò sul bordo del letto. "Non so cosa ti stia succedendo."

Indovina, avrebbe voluto dirgli. Indovina che cosa mi sta succedendo.

Victor spense la luce sul suo comodino e, la faccia affondata nel cuscino, borbottò: "Buon compleanno".

Isobel pensò di toccarlo. Lui si sarebbe girato e lei gli avrebbe chiesto: "Cosa sai di me?"

Rimase a fissargli a lungo la schiena e poi spense a sua volta la luce. Avvertì il lieve movimento delle spalle e il lento sollevarsi della schiena ogni volta che inspirava, vide al chiarore della luna la fragilità di quel respiro all'unisono con il suo. Aria dentro e aria fuori. La stessa aria. Lo avrebbe toccato, alla fine. Sarebbe stata *lei* a chiedergli scusa, a convincerlo a parlare. Quella storia era andata avanti troppo a lungo. Stava tendendo una mano verso di lui, quando Victor inspirò a scatti ed espirò russando piano.

Isobel si lasciò ricadere sul cuscino. Non avevano parlato dell'isola fin dal giorno in cui l'aveva condotta a Chalmer's Point. L'isola... Era in cima alla lista delle cose che erano per lei fonte di una vaga tensione e a cui non voleva pensare. Nell'oscurità, il suo malcontento parve giungere a maturazione: un frutto da strappare via prima che scoppiasse e marcisse.

Victor cominciò i preparativi per il loro insediamento sull'isola. Dal portico sul retro Isobel osservava lui e Henry mentre caricavano il rimorchio, sistemando preziosi sacchi di farina di frumento e di mais, sale, riso, pasta, un cartone di scatolette di manzo. Le braccia incrociate, Isobel guardava senza dire una parola, mentre metà delle suppellettili della sua cucina andava a finire sul rimorchio: pentole, posate, bicchieri, gran parte del suo servizio di piatti blu in legno di salice. Aspettava. Appena Victor scese in cantina, si affrettò a recuperare una teiera di porcellana cinese, facendo scivolare al suo posto un surrogato marrone sbreccato. Frugò nella cassa dove era stata riposta la biancheria, tirò fuori le lenzuola di finissimo lino che erano state uno dei suoi doni di nozze e le sostituì con lenzuola di flanella.

Dall'emporio erano arrivati un barile di kerosene, cinque galloni di olio per lampade, rotoli di corda di canapa, metri di tela, assi grezze, brande pieghevoli e un fornello a carbone con due fuochi. Tutto a credito, pensò, mentre guardava con espressione accigliata. Victor e i ragazzi in qualche modo riuscirono a caricare tutta quella roba sul rimorchio lasciando anche un po' di spazio libero. Louisa portò fuori alcune cose alle quali il padre non aveva pensato e le piazzò in cima alla pila di scatole perfettamente ordinata: cappelli di paglia, l'astuccio del pronto soccorso, una zanzariera, una borsa incerata piena di saponette.

Henry decretò di essere l'unico che poteva usare la nuova vanga per il campo da allestire e strappò l'arnese dalla mano di Thomas. Isobel si sedette sulla sedia a dondolo di vimini sotto il portico e scosse la testa. Sembrava che si stessero preparando a una spedizione nel Klondike, non a poche settimane di campeggio.

Dopo pranzo trainarono il rimorchio con la Ford fino a Chalmer's Point e ne trasferirono il carico sul battello che recapitava la posta ai residenti sull'isola e alle famiglie di indiani ojibwa che abitavano la remota riva settentrionale del lago. Mentre caricavano il battello, Isobel attese appoggiata a una palizzata.

Curvo sul parapetto, Doug Green, il capitano, era intento a fumarsi con calma una sigaretta. "Ne hai di roba lì, eh, Victor?" Fece una smorfia guardando Victor e i ragazzi scaricare ancora dal rimorchio, chiedendosi come avrebbe potuto distribuire un peso simile a bordo.

Una volta che tutto fu a posto, Victor lo pagò per il peso eccedente e aggiunse un dollaro di mancia.

"Bene, puoi partire per Lucy Island, allora."

Doug alzò lo sguardo. "Ancora Lucy Island? Non l'avete ribattezzata? Pensavo che ormai fosse l'isola degli Howard o l'isola di Isobel. O qualcosa di simile."

Thomas armeggiava vicino al timone del battello, toccando tutto quello che era alla sua portata sull'unto pannello dei comandi. "Sì, papà. Chiamiamola come la mamma!"

Isobel si premette ancora di più contro la palizzata, fingendo di non sentire. Victor non disse niente. Sollevò Thomas con un braccio e lo depositò sulla banchina, scendendo poi a sua volta.

Doug salutò e gli promise che avrebbe lasciato il carico sul molo dell'isola in attesa del loro arrivo il giorno dopo.

"Cosa dicono le previsioni del tempo?"

"Secco come nel deserto, Vic. Non ti servirà l'incerata."

La domenica partirono tutti pigiati a bordo della vecchia Ford. I ragazzi stavano fuori in piedi sui predellini e si aggrappavano alla macchina mentre sobbalzava sulla strada. Isobel fece vergognare Thomas stringendolo alla vita mentre lui si aggrappava allo specchietto laterale. Non lo lasciò andare per tutto il viaggio, sebbene procedessero lentamente. Oggetti che avevano pensato di portare all'ultimo minuto spuntavano dal bagagliaio aperto, insieme a coperte e scatoloni di indumenti. Due sottili materassi di crine erano stati avvolti e legati al tettuccio, facendo sembrare la macchina curva sotto il peso di un rotolo di corda gigante. I bambini vociavano e salutavano chiunque camminasse lungo la strada che scendeva giù per la collina. Victor si attaccava al clacson ogni volta che incrociava un'altra auto o un carro. Mentre percorrevano il corso principale, Henry si sporgeva per schiaffeggiare i lampioni uno dopo l'altro. Superarono l'ufficio postale chiuso, l'imponente facciata della banca, il consorzio agricolo, la biblioteca. Il cuoco del Jem's Diner stava appoggiato alla parete di mattoni del ristorante, una gamba piegata come una cicogna, un guanto da forno che gli penzolava dalla cintura e un anello di fumo che gli saliva dalle labbra come un punto interrogativo. L'unico altro esercizio aperto era il cinemateatro, con gli spettatori della matinée ammassati sul marciapiede che formavano una fila irregolare davanti al botteghino.

Rallentarono passando davanti alla sartoria, Victor suonò un motivetto picchiando forte sul clacson e fece dei grandi gesti in direzione della vetrina con le serrande chiuse. Dopo un altro isolato lasciarono la strada asfaltata e si ritrovarono a traballare sulla ghiaia oltre la segheria. Superarono la strada per il porticciolo e il ripido binario che portava alla miniera. Per alcune miglia costeggiarono i boschi e i ragazzi si calmarono, fermi con le braccia tese a sfiorare le foglie delle betulle. Efemere e mosconi blu trovavano una morte istantanea spiaccicandosi contro il parabrezza e la griglia del cofano.

A Chalmer's Point, Isobel salutò i figli con un bacio.

Quando strofinò via con le dita della sporcizia dalla guancia paffuta di Thomas, lui si divincolò. Si girò verso Henry.

"Hai la valigetta del pronto soccorso? Ricorda, burro sulle scottature e vaselina sulle punture delle zecche, non il contrario." Gli porse un sacchetto di carta rigonfio. "Mele e carote. Tienile in un luogo fresco. E cerca di far mangiare a Thomas qualcos'altro oltre alle patate."

Louisa era rimasta indietro. Victor si diresse a grandi passi verso la riva, sollevò la figlia tra le braccia e le sussurrò qualcosa tra i capelli. Lei ridacchiò e, dopo averlo baciato sull'orecchio, si sciolse dal suo abbraccio arrossendo.

Ogni centimetro quadrato disponibile sulla barca era stipato di materassi, scatoloni, ragazzi.

Victor afferrò Isobel con impeto e con un gesto teatrale la rovesciò all'indietro. Louisa si coprì gli occhi e i ragazzi ridacchiarono mentre i genitori si baciavano. Poi Victor la risollevò sussurrandole: "Non era male, vero?"

Una folata di vento caldo le rapì il cappello che si mise a fare capriole sulle assi grigie. Louisa corse a recuperarlo prima che volasse giù dalla banchina. Victor guardò fisso la moglie mentre un fugace sorriso gli piegava l'angolo della bocca, poi si voltò e saltò a poppa.

Mentre la barca si allontanava muovendosi a singhiozzo, salutò e gridò cercando di superare il frastuono del motore: "Ci vediamo alla fine di agosto!"

Louisa e Isobel si fermarono e si voltarono. Isobel mise le mani a imbuto intorno alla bocca e gridò di rimando: "Agosto?"

Come se non avesse sentito, Victor continuò ad agitare le braccia sorridendo. Dal motore fuoribordo si sollevò del fumo che lo coprì di un velo di nebbia gialloverde, del colore di un vecchio livido.

"Ho parlato di nuovo, vero?"

Thomas si mosse sulla dura sedia di plastica accanto al letto.

"Solo per un momento, mamma. Continua, se vuoi. Per favore."

"Stavi per addormentarti."

"Al contrario, stavo ascoltando."

Isobel guardò suo figlio, la lustra calvizie che si faceva strada tra i suoi capelli grigi. "Sei un uomo molto impegnato, troppo impegnato per ascoltare una vecchia parlare a vanvera."

"Non stavi parlando a vanvera."

"Invece lo faccio, qualche volta. Mi metto a pensare e all'improvviso mi rendo conto che sto vaneggiando a voce alta come un vecchio corvo. Mi dispiace."

"Era interessante. Le cose che hai raccontato di noi, dell'isola."

"Ah, sì, l'isola."

Thomas aspettava, ma lei non continuò. Ora spesso sembrava divagare con la mente, perdere il filo dei pensieri. A volte pareva che lo facesse di proposito, come se la sua età le offrisse un pretesto per rifugiarsi in un angolo lontano dal mondo ogni volta che lo trovava noioso. Privilegio conferitole dagli anni, dai decenni che si accumulavano. Diavolo, ne stava per compiere cento! Parlando con Thomas per la prima volta, il dottore aveva usato il termine senilità. Thomas era scoppiato a ridere. "Mia madre? È tutto tranne che senile." Aveva scosso la testa. "Non si lasci ingannare dai numeri. La sua mente è affilata come un rasoio."

Cercava forse di eludere la questione, adesso? Rimasero seduti in un silenzio forzato finché entrò un'infermiera volontaria. Offrì a Isobel uno spuntino ma lei respinse con la mano i salatini e il succo di mela. Sa perfettamente ciò che vuole e ciò che non vuole. Nessun dubbio in proposito. Appena la ragazza passò vicino a Thomas col vassoio, lui afferrò la tazzina di carta con fare scherzoso e si cacciò in bocca un salatino. Le strizzò l'occhio e la guardò mentre usciva dalla porta, poi si voltò e disse con voce improvvisamente seria: "Mentre raccontavi, prima, non hai più accennato a quell'uomo che morì".

Isobel sospirò. "Non si parla con la bocca piena, Thomas. L'uomo che morì? Vuoi dire l'uomo che sparì."

"Sì, quello che assomiglia al dottore."

"Oh, Jack. Jack Reese. Uhm. Pensavo a lui proprio ieri. Devi aver sentito la sua mancanza. Non preoccuparti. Riapparirà presto nel racconto."

"Così è un racconto? Pensavo fosse una storia vera. Mi ricordo perfino di una vaga allusione a certe ricerche." Una nota tagliente nel suo tono costrinse Isobel ad alzare gli occhi di scatto verso di lui. Un sospetto?

"Storia. Racconto. È lo stesso, no?" Inforcò gli occhiali e lo studiò al di sopra della montatura. "Non ti ricordi di quell'estate, vero?"

"Sull'isola? Certo che me la ricordo. Quel primo anno... faceva un caldo infernale." Thomas guardò sorridendo la tazza di carta che teneva in mano. "Papà preparò delle amache con delle vecchie lenzuola per farci dormire all'aperto. Ogni sera ci faceva spogliare e ci toglievamo le zecche l'un l'altro alla luce del fuoco. Dozzine. Le gettavamo tra i tizzoni e le ascoltavamo scoppiare. Pfiiit, pfiiit, facevano esattamente questo rumore."

Isobel rabbrividì. "Disgustoso."

"Noi pensavamo che fosse fantastico." Rise. "Fu là che presi il mio primo pesce, con una sanguisuga. Quello sì che fu disgustoso. Henry cercò di convincermi ad attaccare io stesso l'esca all'amo ma alla fine lo fece papà al posto mio. Presi un piccolo pesce luna. Sarà stato lungo così", le mostrò Thomas distanziando il pollice dall'indice. "Henry pensava che dovessi farlo a fettine ma papà venne in soccorso di quel poveretto: mi disse di gettarlo di nuovo in acqua per farlo crescere finché non fosse diventato un pasto degno di questo nome."

Sua madre batté le palpebre come se volesse chiudere gli occhi. Thomas sentì un subitaneo lampo di emozione che lo sorprese.

Accartocciò la tazza di carta che teneva in mano e chiuse

gli occhi a sua volta. Rivide suo padre quel giorno sulla barca, i peli degli avambracci abbronzati imbionditi dal sole di quei mesi sull'isola, le maniche arrotolate a scoprire i bicipiti muscolosi. Aveva il naso spellato, portava il cappello da pescatore di sghimbescio e stringeva un sigaro tra i denti facendo smorfie davanti alla sanguisuga che si dimenava. Era stato sessant'anni addietro? Più o meno. Ma era come se papà fosse lì nella stanza. Thomas poteva quasi sentire l'odore del sigaro mescolarsi al puzzo dell'esca che seccava sul fondo della barca. Il ricordo era così preciso, così nitido, che di colpo aprì gli occhi come se fosse pronto a vedere il fantasma di suo padre.

Ma c'era soltanto sua madre, assorta a guardare la finestra oltre le sue spalle, come se fosse sola.

Si chiese se avesse mai pensato a lui.

Isobel si sforzò di guardare il minore dei suoi figli. Qualche volta le sembrava di vedere un fantasma. Le spalle di Thomas avevano cominciato ad arrotondarsi, le guance erano appesantite e le sopracciglia incolte. Victor, se fosse vissuto più a lungo. Si sentì di colpo stanchissima.

Thomas era stato il suo ultimo nato. Dopo la morte di Victor Isobel aveva sentito che suo figlio evitava di guardarla: distoglieva gli occhi da lei con un gesto freddo e confuso, come se, in quel ragionare ingarbugliato di un bambino di dieci anni afflitto dal dolore, la ritenesse in qualche modo responsabile della morte del padre. Nel momento in cui avevano avuto più bisogno l'uno dell'altra, lui aveva respinto la consolazione che lei gli offriva e sopportato il dolore chiudendosi in un mutismo eccessivo per un bambino della sua età.

Poco alla volta era tornato come prima, certo, ma mai del tutto, non con lei. Era gentile e rispettoso, davvero un figlio amorevole. Sapeva che le voleva bene. Scherzava con lei proprio come faceva Victor e di tanto in tanto litigavano, ma non dimenticava mai i fiori per la festa della mamma e a Natale le faceva sempre dei regali costosi. Andava a cena da lei ogni giovedì e giocavano a Scarabeo in un silenzio complice. Guardavano il telegiornale e qualche volta discutevano, anche di questioni personali, di paure, di speranze. Ma lei non era mai più riuscita a riconquistare quell'ardente legame che c'era stato un tempo fra loro.

"Faresti meglio a tornare in ufficio, Thomas. Va' a verificare i tuoi conti. Presto mi porteranno il pranzo."

Thomas le sfiorò la tempia con i baffi. "Sissignora. Sei tu il capo."

Mentre guidava sulla via del ritorno con Louisa accanto, Isobel rimase in silenzio, le labbra serrate in una linea dura. Si rese conto di non aver mai discusso con Victor, in realtà, in merito alla durata del suo soggiorno sull'isola con i ragazzi. Lui aveva cercato di parlarle, quella mattina, ma lei era impegnata a medicare un taglio sul braccio di Thomas. Era solo un graffio, ma si era data un gran da fare a tamponarlo con lo iodio e a cercare garza e forbici. Aveva evitato Victor, ignorandolo come aveva fatto ogni volta che lui affrontava l'argomento isola nel corso di una conversazione.

Aveva semplicemente dimenticato di specificare quanto sarebbero stati via? La loro assenza era una specie di punizione, per ripagarla dell'indifferenza che aveva dimostrato negli ultimi mesi? Le sue mani si contrassero intorno al volante.

Lo ignorava. Non poteva saperlo. Così come non sapeva come un uomo potesse essere sposato con una donna – aver vissuto con lei, dormito con lei, e condiviso con lei quasi metà della propria vita – e non conoscere il suo terrore dell'acqua.

Nei primi giorni che passarono da sole Isobel e Louisa si dedicarono alle pulizie, strofinando la casa e mettendo in ordine giocattoli, vestiti e libri, stanza dopo stanza. Il loro lavoro portò alla luce tesori nascosti, finiti dietro i mobili e annidati in nugoli di polvere. Oggetti dimenticati da tempo a un tratto riapparvero: un coltello a serramanico, vecchie monete, un minuscolo crocifisso, mozziconi di matite, una collana d'argento annerita e, curiosamente, un occhio di vetro sbreccato appartenuto forse a un inquilino precedente. Mentre li puliva e li riponeva, Isobel aveva l'impressione di preservare brandelli di storia.

La casa splendeva come se fosse una sorta di museo e vi regnava un'atmosfera di attesa, come se dovessero arrivare delle persone ma stessero tardando. Mentre Isobel e Louisa si davano da fare, le pareti assorbivano l'eco del loro lavoro: lo stridio dei vetri mentre venivano lucidati, il crepitio della biancheria spiegata sui materassi messi all'aria, lo sciacquio di strofinacci immersi nell'acqua, strizzati e lavati di nuovo.

Assenti i ragazzi, cominciarono a farsi sentire le voci della casa. Isobel e Louisa si concedevano una pausa quando fievoli sussurrii interrompevano il loro lavoro. Topi annidati nei tramezzi della soffitta, che masticavano senza sosta l'isolante fatto coi giornali. Pipistrelli in subbuglio che fremevano, appollaiandosi sulle grondaie ogni mattina. Un coro sommesso di tubature dell'acqua che mormoravano strane cantilene all'interno dei muri. Tutta la struttura dell'edificio sembrava una nervosa, gigantesca creatura, che scuoteva e scrollava la sua ossatura di travi e travicelli come per meglio adattarsi al rivestimento di assi ed embrici di cedro.

Di notte Isobel camminava lungo i corridoi, sfiorando le porte delle camere dei ragazzi, immaginandoli addormentati sull'isola, braccia e gambe aggrovigliate, guance umide lievemente sbuffanti. Victor dormiva di sicuro scoperto, buttato scompostamente sulla branda, con un gomito o un ginocchio che sporgeva di lato. Forse russava, agitando una mano nel sonno per togliersi un ragno o un capello dalla fronte, nel mezzo di un sogno.

Dopo una settimana Isobel si rese conto che la casa, con

una minima manutenzione, sarebbe rimasta probabilmente pulita fino alla fine dell'estate. La solita, scoraggiante corvée del bucato si ridusse a qualche indumento intimo, calze, e il grembiule che Louisa metteva ogni tanto per lavorare in giardino.

Mangiavano poco, consumando cibi semplici e leggeri, e con l'aumentare del caldo il loro appetito diminuì. Rinunciarono alla solennità della sala da pranzo per mangiare sotto il portico o in cucina. Louisa raccoglieva le prime verdure nell'orto mentre Isobel ne faceva bollire qualcuna, tagliava e imburrava il pane e versava limonata nel silenzio della cucina. Prese l'abitudine di bere caffè con aggiunta di ghiaccio. Mandò un avviso alla latteria per chiedere di consegnare un quarto di latte il lunedì e il giovedì invece dei soliti due galloni.

Un giorno, poco prima di sera, si sedette in cucina a leggere sul giornale un articolo sugli effetti del maltempo in Oklahoma e in Arkansas. Provò compassione per le madri ritratte nelle fotografie sgranate, per gli emigrati dagli occhi spenti curvi nei campi devastati o addossati a baracche scrostate di legno grezzo. Fissavano l'obiettivo con occhi vacui e Isobel capì che nelle loro facce scarne non era rimasta più alcuna vanità. Le donne erano sciupate dai venti impietosi e dall'allattamento: il loro sfinimento si levava come un gemito dalle pagine illustrate e lei si sentì in colpa per la sua pancia piena, le sue comodità.

I suoi figli erano al sicuro. La sua paura che non mangiassero abbastanza o non fossero sorvegliati a sufficienza le sembrò d'un tratto ridicola mentre osservava i volti dei bambini degli emigrati. Certo che Victor si sarebbe preso cura di loro: aveva pensato il contrario?

L'aveva temporaneamente sollevata dai suoi compiti materni, ma se questo fosse stato fatto con cattive intenzioni, lei non poteva saperlo. Per la prima volta considerò la possibilità che non avesse portato via i figli di proposito, ma che volesse solo tenerli con sé per un po'. Perché desiderava stare con loro, condividere parte della loro vita. Essere uno di loro. Perché poteva farlo.

Fin dall'inizio era stato un padre premuroso.

Lei lo aveva invidiato per questo, non essendosi mai sentita naturalmente portata per fare la madre. La prima volta che aveva detto a Victor di essere incinta, era scoppiata in lacrime. Lui le aveva preso la mano, perplesso, cercando di tenere a freno il proprio entusiasmo.

"Prenderemo una buona levatrice, Iz. O chiameremo un dottore. Puoi avere il bambino in ospedale, se vuoi."

"Non è questo che mi spaventa."

"Cosa allora?"

"E se... se nascesse cieco, o se io non gli piacessi? E se non riuscissi a renderlo felice?"

Victor guardò sua moglie. Aveva sentito dire che quando aspettano un figlio le donne a volte si comportano in modo sconcertante. "Oh, Iz. È un bambino. Il nostro bambino. Sarà perfetto e ti vorrà bene. Guarda: io ti amo, e sono molto più in gamba di qualsiasi bambino."

Isobel gli pestò un piede e lui lanciò guaiti da cane bastonato zoppicando fino al frigorifero. Tornò indietro sempre saltellando e, scusandosi che non ci fosse del gelato da metterci insieme, le porse un cetriolo sottaceto. Lei lo addentò, facendogli schizzare un po' di liquido sul colletto.

Lui posò la mano sul suo ventre e le disse con voce piena di meraviglia: "Bene, signora Howard, cosa abbiamo qui?"

Alla nascita di Henry, Victor era rimasto piantato fuori dalla camera per tutta la durata del travaglio, bilanciandosi nervoso da un piede all'altro con gli occhi serrati sulla propria impotenza. Ogni volta che Isobel si calmava tra una contrazione e l'altra segnata da gemiti animaleschi era sicuro che fosse morta. E quando le grida riprendevano, lui avvertiva un'ondata di sollievo e una tremenda compassione, desiderando solo di poter assorbire il dolore di sua moglie. Verso la fine, Isobel aveva iniziato a gridare come se fosse in agonia: a ogni urlo disumano Victor chiudeva gli occhi e premeva la fronte contro la cornice della porta, col risultato che per settimane avrebbe avuto uno strano livido che gli andava dalla tempia al sopracciglio.

Quando alla fine lei aveva emesso un ultimo grido strozzato, aveva cercato di entrare, ma la levatrice aveva chiuso la porta per impedirglielo.

Più tardi, quando finalmente era potuto entrare, si era meravigliato nel vederla sorridere debolmente cercando di abbottonarsi una camicia da notte pulita. Per poco non era svenuto per il sollievo, e si era tenuto saldo aggrappandosi al montante del letto. La levatrice aveva coperto in fretta la bacinella che stava trasportando ed era uscita dalla camera.

"Non tocchi il neonato. Tornerò tra un minuto con altri pannolini."

Aveva ignorato i suoi ordini e aveva sollevato quel corpicino nudo ancora imbrattato di placenta, tenendolo davanti alla finestra per esaminarlo meglio.

"È bellissimo, guardalo, Iz!"

Si era chinato a baciare sua moglie e aveva cominciato a ridere, accennando col capo ai primi chiarori dell'alba che filtravano dalle imposte. "Avevo pianificato tutto mentre aspettavo. Volevo chiamarla Alba, ma come puoi vedere ha l'impianto idraulico sbagliato."

Isobel tamburellò con le dita sul tavolo. Sì, Victor si era sempre trovato a suo agio con i bambini.

Allo scoccare dell'ora Isobel alzò lo sguardo verso il cucù che faceva uscire la testa dalla sua piccola baita e rimase stupita, certa di non essersi mai concessa il lusso di restare seduta ad ascoltare il ticchettio di un orologio. La luce del tramonto balenò sui rubinetti del lavabo splendente di pulizia. Era seduta al tavolo di fronte a Louisa: tra loro una ciotola di uva coperta da una cupola di retina per tenere lontane le mosche.

Louisa era una bambina stranamente riservata, la cui presenza lasciava solo una lieve traccia. Isobel si rese conto che, al contrario di ciò che lei aveva supposto, sua figlia non era sopraffatta dai turbolenti fratelli, né il suo spirito era oppresso dal caos che riuscivano a creare. Sola con sua madre, sembrava acquistare una nuova dimensione di tranquillità, ma di una tranquillità deliberata, raggiante, quella di una bambina contemplativa dotata di una profonda vita interiore.

Come un'isola, pensò, che in gran parte resta nascosta.

Una volta instauratosi il ritmo placido della loro vita a due, Isobel cercò di coinvolgerla in qualche conversazione, ma era soprattutto lei a parlare: Louisa annuiva, educata ma ostinatamente muta, con la frangetta color del grano che si sollevava e ricadeva sugli occhi grigioazzurri.

Le raccontò della propria infanzia sopra la panetteria, prima che diventasse una sartoria, quando ancora il negozio apparteneva a suo padre e la famiglia viveva al piano di sopra. Le descrisse la sua cameretta situata sopra i forni, deliziosamente calda in inverno ma un forno a luglio, e l'odore del lievito e dell'impasto che montava, così penetrante da insinuarsi nei vestiti e nei capelli al punto che i compagni la prendevano in giro chiamandola Pagnotta.

Parlò poco di sua madre. Si scoprì a sperare che Louisa, una volta diventata adulta e con figli suoi, conservasse un buon ricordo della propria famiglia di origine.

Cercò di spiegarle la solitudine in cui era cresciuta, in quanto figlia unica. Era contenta che Louisa avesse dei fratelli con cui giocare. "Vedi, così nessuno di voi rimarrà solo."

Appoggiando il mento a punta sul palmo della mano, Louisa guardò sua madre tamburellando con le unghie rosicchiate la guancia lentigginosa.

"Ma io sono sola."

Isobel aggrottò le sopracciglia. "Che vuoi dire?"

"Io sono sola. Anche quando ci sono loro. È per questo che io sono rimasta a casa e loro sono tutti andati sull'isola, no? Perché i ragazzi sono uguali a papà e io sono uguale a te." Sottolineò con un sorriso quell'ultima osservazione.

4

Il sabato, Isobel si recò alla sartoria. Victor aveva affisso un cartello alla porta: SPIACENTI, CHIUSO FINO A SETTEMBRE. Lei lo sostituì con quello che Louisa aveva preparato la sera prima. La bambina aveva lavorato con tanto impegno china sul cartone, la punta della lingua che sporgeva da un angolo della bocca, che Isobel non se l'era sentita di farle notare l'errore di ortografia: APERTO LA MATTINA, DALLE OTO A MEZZOGIORNO. Prese dal suo cestino un altro cartello, che aveva fatto lei stessa scrivendo frettolosamente a mano con un gesso da sarto su una carta pergamena: MODISTERIA. Lo srotolò attraverso la vetrina e lo fissò al suo posto, sotto le lettere nere e oro di Victor. Se quell'estate gli affari fossero andati bene, magari in autunno avrebbe incaricato un pittore di fare un'insegna definitiva in lettere dorate.

Gli attrezzi e gran parte dei materiali di cui aveva bisogno erano già in negozio, sparpagliati nei cassetti e negli armadi. Appoggiò varie scatole sul tavolo da lavoro. Una conteneva le piume, che Isobel suddivise in base alla varietà e al colore. Appena i suoi figli erano cresciuti abbastanza per spingersi al di là del giardino, Isobel aveva promesso loro un premio per ogni piuma in buono stato che portavano a casa. Henry e Thomas avevano perlustrato i boschi e gli argini del fiume in cerca di nidi abbandonati e i loro trofei emergevano ora da strati di carta velina, con le loro tonalità tenui: piume di fagiano, gallo cedrone, faraona, beccafico e pernice. La selezione conservata sotto presentava i colori più smaglianti della ghiandaia, della tanagra, del cardellino e del rigogolo. Alcuni piumaggi esotici, scelti dai cataloghi e arrivati per posta, erano conservati dentro buste di velina con i loro nomi scientifici in latino sulle etichette: *Ortalis vetula*, *Anser cygnoides*, *Paroaria*, *Estrilda*. Uno in particolare attirò lo sguardo di Isobel: *Gracula religiosa*. Non poté fare a meno di sorridere a quel nome un po' troppo altisonante per un comune merlo indiano.

Raccolse una penna color nero petrolio attraversata da una striscia di un vivido rosso scarlatto e si fece scorrere la punta sul dorso della mano. Altre scatole recavano la scritta ANATRE: TUTTE LE SPECIE.

Dopo aver sistemato le piume e sostituito secondo il nuovo ordine le etichette sui cassetti, Isobel esaminò il contenuto di uno scatolone pieno di riviste, soprattutto numeri di *Vogue* e di *Harper's*, e di articoli di moda che aveva staccato nel corso delle ultime settimane dal *Minneapolis Tribune*.

Si era rappresentata quel momento a più riprese, in passato, dicendosi ogni volta che si trattava di un'eventualità remota, un progetto che avrebbe potuto riprendere in considerazione solo quando i bambini avessero cominciato tutti la scuola o fossero stati abbastanza grandi per aiutarla a mandare avanti la casa. O quando Victor fosse stato meno impegnato. Circondata di nuovo da quegli oggetti, Isobel sentì ora che il tempo si dissolveva, e riprovò lo stesso entusiasmo del giorno in cui aveva cominciato a lavorare alla modisteria Pasal, vent'anni prima.

Quando aveva preso la decisione? L'autunno precedente, Victor se ne era uscito con quel suo commento disinvolto a proposito di un altro figlio. Thomas aveva finalmente cominciato la scuola e lei aveva appena iniziato a vedere con un po' di chiarezza ciò che le prospettava il futuro. Non ci sarebbero stati altri figli, se poteva evitarlo. Quello che aveva promesso molti anni prima non aveva importanza. Non doveva obbedire a un ordine. Anche Victor aveva fatto delle promesse. Ricordava chiaramente quella volta in cui, indicando l'angolo del negozio esposto al sole, aveva detto: "Là potrai fare il tuo laboratorio di modisteria, Iz, è il posto ideale".

Si mise a rovistare negli armadi e vi trovò scatole di latta per conservare il pane piene di nastri interi e ritagli di nastri, campioni di gros-grain, raso e tessuto scozzese pigiati gli uni sugli altri e divisi secondo la larghezza. Cambiò la loro disposizione in base alla trama e al colore: tessuti goffrati, plissettati, annodati, dalla seta trasparente al pesante velluto. Trovò barattoli di latta colmi di fiori di stoffa in seta e velluto di cotone. Sollevò l'ultimo, il più pesante, per appoggiarlo sul tavolo da lavoro e cominciò a estrarre fermagli con le fibbie rotte o da cui si erano staccati degli strass, orecchini spaiati e perline di tutte le varietà: di vetro, porcellana, argilla, corno, avorio e osso. Tutti gli oggetti furono esaminati a uno a uno e gettati dentro vaschette opportunamente etichettate.

In un vecchio contenitore della farina trovò strisce di pelle di serpente e di cuoio conciato, rimasugli di pelle di coccodrillo e di pelliccia, campioni di pelle scamosciata, lacci in cuoio, pezzi di canapa intrecciata. Una serie di scatole per sigari contenevano dischetti d'argento battuto, frammenti di corna di cervo, e varie dozzine di mazzetti di minuscole pigne.

Trascinandosi dietro una vecchia e ingombrante cassetta piena di rocchetti dal retrobottega, Isobel si chiese vagamente se Victor immaginava cosa lei si apprestava a fare per occupare il tempo.

Scatole, cassetti e vaschette erano disseminati sull'ampio tavolo da lavoro: il loro contenuto era il frutto di anni passati a fare scorta di materiale e ad aspettare. La maggior parte di quegli oggetti non li vedeva da lungo tempo e dovette fare uno sforzo per non farsi sopraffare dai ricordi mentre lavorava. Nel raccogliere una guarnizione di perle che si era staccata dal corpetto del suo abito da sposa, si ricordò del giuramento di Victor: che quello sarebbe stato il solo e unico capo che avrebbe confezionato per lei.

Isobel ricordava chiaramente quelle settimane passate a cucire, e l'espressione sul volto di Victor allorché amici superstiziosi lo mettevano in guardia contro le conseguenze di una simile decisione. Era stato avvertito: "Vedere l'abito della sposa in anteprima porta già sfortuna, figuriamoci poi confezionarlo. Vic, vuoi la tua rovina".

Victor sollevava appena gli occhi dalla distesa di voile color avorio spiegata sulle sue ginocchia, e sorrideva mentre spezzava un filo tra i denti. "Corteggio la mia rovina da mesi. Non posso deluderla proprio ora, no?"

Anche Isobel trovava l'idea di confezionare il suo vestito da sposa di un romanticismo esagerato, al limite dell'assurdo. Ma quando aveva varcato la porta della chiesa al braccio del padre e aveva visto Victor che l'aspettava all'altare, aveva sentito l'abito da sposa scivolarle impercettibilmente sulle spalle, e aveva compreso all'improvviso in tutta la sua evidenza non solo la natura, ma il senso stesso di tanta fatica. Victor aveva pronunciato la sua fedeltà nelle cuciture della seta, l'aveva ribadita nel pizzo dei polsini e ripetuta nelle guarnizioni di fili di perle. La felicità era accennata negli orli che le solleticavano le caviglie, mentre il suo desiderio strisciava tra le pieghe del pesante strascico.

Il lunedì si recò al negozio di buon'ora. Spazzò, strofinò e lucidò finché gli odori della lana trattata col vapore, delle palline di naftalina e del lubrificante per la macchina per cucire furono addolciti dai profumi del sapone di marsiglia e della cera al limone. Alle dieci del mattino le forcine le erano ormai cadute dai capelli facendo scivolare da una parte la treccia che aveva raccolto in uno chignon. Il sudore le rigava il volto e, poiché nella fretta aveva dimenticato di portare un grembiule, due macchie le sporcavano la gonna all'altezza dei fianchi, dove si era ripetutamente pulita le mani. Le calze erano tutte smagliate a forza di inginocchiarsi sul pavimento ruvido.

Mentre spostava un pesante manichino da un angolo della stanza, ora trascinandolo ora facendolo girare in una specie di valzer per dirigerlo verso il retrobottega, cominciò a cantare con voce stonata, dapprima piano poi via via aumentando il volume mentre lottava col suo sgraziato partner sull'impiantito.

Quando cantava, il suono della sua voce aveva il dono di portare Victor all'isteria: lui allora si batteva le ginocchia e scuoteva la testa sconsolato, mentre una risata muta gli saliva in gola. Asciugandosi gli occhi dopo un ritornello di *Old McDonald* diceva rivolto ai bambini: "Be', se ci sarà un'altra guerra, noi saremo sempre al sicuro. Che bisogno c'è di bombe quando abbiamo la voce di vostra madre?"

Stava cantando a squarciagola quando una donna strana entrò nel negozio: la sua silhouette scura si profilò contro una cortina di nebbia luminosa attraversata da uno sciame di efemere. Lei per poco non fece cadere il manichino che, raddrizzandosi di scatto sul pesante piedistallo di ferro, le rimbalzò contro il petto facendole quasi perdere l'equilibrio.

L'aveva già incontrata da qualche parte, prima? Non ne era sicura. Era una turista di passaggio o era lì in villeggiatura? La straniera stava soffocando una risata dietro il dorso della mano. Lei prese il manichino per le spalle come se volesse castigarlo. Per un attimo esso oscillò, traballando sul pavimento irregolare come se fosse sul punto di cadere.

Isobel cercò di sistemarsi la treccia con una mano mentre si puliva l'altra sulla gonna sporca. Salutò la donna con un sorriso. "Mi guardi! Lei deve prendermi per una pazza. Be', non lo sono. Davvero, può chiederlo a chiunque. Il mio nome è Isobel. Isobel Howard." Avrebbe voluto stringere la mano guantata di bianco che la donna le tendeva ma si limitò ad afferrare il suo indice scuotendolo leggermente. "E come può vedere sono piuttosto sporca."

La donna afferrò la mano sporca di Isobel e la strinse con vigore. "Io sono Cathryn Malley. E sono passabilmente pulita."

"Malley? Oh, ma allora lei deve essere quella signora di Chicago!" Si lasciò scappare Isobel, e subito si coprì la bocca con la mano.

La signora Malley contrasse le labbra e annuì con aria accigliata.

"Sì, sono io." Si guardò intorno, esitante. "Ho visto la sua insegna." Nella stanza non c'era l'ombra di un cappello. "Lei è la modista di Cypress?"

La signora Malley era alta e portava i folti capelli neri raccolti in un elaborato chignon. Aveva spalle diritte e una vita sottile. Vestiva in modo semplice, notò Isobel, anche se i suoi abiti erano ben tagliati e di buona qualità. Indossava una camicetta leggera con le maniche corte e una gonna diritta di lino che le arrivava fin quasi alle caviglie. I suoi gioielli erano modesti: una spilla d'oro a forma di quadrifoglio sul colletto, una fede nuziale e orecchini di perle d'acqua dolce. L'unica cosa notevole che aveva indosso era il cappello: un triangolo in lino color mostarda sormontato da una guarnizione di piume di fagiano che ricadevano all'indietro. Un cappello cittadino, pensò Isobel. Semplice, elegante. Il volto sotto la tesa era attraente – seducente, avrebbe detto Victor – con quel naso sottile, la bocca larga e gli occhi di un verde molto pallido. Le sopracciglia scure e arcuate le davano una vaga espressione di curiosità. Il collo regale la faceva apparire più alta di quanto fosse in realtà. Isobel si sforzò di non squadrarla troppo.

Farei volentieri dei cappelli per una testa come questa.

La invitò a sedersi, scusandosi per il disordine che c'era in negozio e ancora per il proprio stato. Mentre parlava, mise dell'acqua a bollire sul fornellino vicino ai ferri da stiro. Prese due tazze impolverate e le pulì con un pezzo di mussola.

"Benvenuta a Cypress, signora Malley. Posso offrirle del tè ma non ho latte, mi dispiace. A essere sincera, non posso veramente definirmi la modista del paese. Almeno non ancora: confesso di aver messo il carro davanti ai buoi appendendo quell'insegna. La verità è che, a parte la confezione di qualche abito, non faccio questo mestiere da anni. Sto mettendo di nuovo insieme i materiali che mi servono, ma non ho ancora nessun modello...” Guardò il cappello della donna, cercando una maniera gentile per chiederle il permesso di esaminare l’interno, in modo da capire com’era fatto.

Continuava a cianciare, nervosa; non riusciva a smettere. Si rese conto che non parlava con una persona adulta da più di una settimana.

“... perciò, vede, mi dispiace se è venuta per comprare un cappello. Non sono pronta. Non ho ancora tutto quello che mi serve. Ci vorrà ancora una settimana, minimo.”

La signora Malley era ancora in piedi, e non aveva fatto accenno di sedersi quando Isobel l’aveva invitata a farlo. Prese la guarnizione di perle dal tavolo come se volesse esaminarla. Quando finalmente guardò Isobel, sembrò titubante. “Ci siamo già viste?”

Isobel batté le palpebre. Era sicura di non averla mai incontrata: non avrebbe potuto dimenticare quegli occhi. Il suo sguardo era sorprendente, con quelle iridi incredibili di un verde argenteo che evocavano il colore dell’interno di una foglia. Ma, oltre a uno strano fulgore che le comunicava un certo turbamento, in quegli occhi c’era come un’ombra. Distrazione? Preoccupazione? Inspiegabilmente, per il modo in cui la signora Malley toccava le superfici e scrutava la stanza, Isobel ebbe l’impressione che stesse lottando per trovare un qualche luogo per sé. Sembrava che stesse facendo un inventario, come per colmare di dettagli un momento di vuoto, per ancorare quel momento e trovarvi un appiglio.

Quando riprese a parlare, le sue parole parvero superficiali, vagamente insignificanti. “La ringrazio per avermi offerto il tè, signora Howard, ma devo proprio andare a casa.” Le porse la guarnizione di perline e si girò verso la porta. “Ripasserò un’altra volta.”

Isobel fece un passo avanti. Forse si erano davvero già incontrate. “Aspetti.”

La donna si voltò per un istante. Sorrise e disse: "Grazie", prima di dileguarsi nel bagliore della strada.

La strana visita della signora Malley era stata così breve e repentina che Isobel, sorseggiando il tè davanti alla scrivania ingombra di Victor, si chiese se non l'avesse immaginata. Vuotò la tazza e si rimise al lavoro.

Chiuse gli occhi per proteggersi dal bagliore del metallo. Ce n'era troppo intorno a lei: le sbarre del letto, il portasciugamani, l'intelaiatura della sedia a rotelle, ciascuno di quegli oggetti rifletteva una miniatura deformata della stanza.

Si aggrappò al passato, cercando ancora una volta di richiamare alla memoria quel primo incontro, di riesumare qualche antico dettaglio, di identificare qualcosa di speciale, qualcosa che avrebbe potuto far presagire una fine così tragica. Era un segno dell'ironia del destino che il suo primo incontro con Cathryn fosse stato così inconsistente: l'unica cosa che le veniva in mente era l'aver pensato che fosse un po' distratta e vagamente familiare.

Ma è proprio così che succede. Una persona varca la tua soglia e la tua vita può cambiare per sempre, come se ti trovassi a viverla sotto un cielo ormai totalmente trasformato.

Ripose la guarnizione di perle del suo vestito da sposa. Si sarebbe detto che il destino, come un vagabondo, ficcasse il naso dentro questa o quell'altra porta. Quando aveva fatto la conoscenza di Victor aveva appena terminato l'apprendistato presso la modisteria di Duluth ed era stata assunta stabilmente. Lui era entrato nel negozio a prendere un rotolo di stoffa, ed era rimasto a ciondolare al bancone per un'ora intera dopo aver concluso l'acquisto. Aveva un modo affascinante di sorridere, piegando la bocca da un lato. Aveva una figura snella, vigorosa, con denti spaziati tra loro e capelli che cominciavano a diradarsi. Non aveva mai smesso di sorridere, scherzando con Isobel per tutto il tempo e spingendo ai limiti della decenza i suoi tentativi per farla ridere o arrossire. Ma lei non si era scomposta, né era arrossita, e aveva continuato a eseguire calma il proprio lavoro che consisteva nel ritagliare rondelle di feltro. Era stata costretta a cacciarlo via all'ora di chiusura.

Nell'uscire, dopo aver chiuso il negozio a chiave, aveva gettato un'occhiata nella strada deserta con una punta di delusione che l'aveva sorpresa. Avrebbe potuto aspettarla per accompagnarla a casa, o per scherzare ancora con lei. Si era incamminata a testa bassa verso la fermata dell'autobus. Svoltando l'angolo per poco non aveva sbattuto contro il fiore che Victor teneva in mano: un iris fatto con della carta da macellaio, con uno scovolino da pipa al posto dello stelo e come stame l'involucro strizzato di un succo di frutta. Le aveva sorriso con un certo imbarazzo, improvvisamente timido. Aveva fatto un cenno col capo in direzione della vetrina del fioraio sul marciapiede opposto e alzato le spalle.

"Chiuso."

Isobel aveva preso il fiore e annusato la carta senza riuscire a trattenere un sorriso. "Non profuma granché."

Sei mesi dopo erano marito e moglie.

Durante tutto il periodo del corteggiamento, Victor rispose con un'insolita reticenza alle domande che lei gli faceva sul suo passato.

"Ma io diventerò tua moglie, Victor. Devi dirmi qualcosa."

"Be', è tale e quale un romanzo di Dickens", rispondeva lui sorridendo, ma il suo sorriso si bloccava in una smorfia mentre con lo sguardo si concentrava su un punto lontano oltre la spalla di lei.

Il padre, un ferroviere, era morto in un incidente capitato per un errore di scambio, quando Victor aveva solo otto anni. Sua madre, già fragile di costituzione, era diventata ancora più debole e svanita. Non poteva né prendersi cura del figlio, né far fronte alle spese con la sua esigua pensione. Un giorno accompagnò Victor all'orfanotrofio di St. Matthews e pregò le suore di occuparsi di lui finché non si fosse rimessa in forze.

Per due anni Victor non ebbe sue notizie. Quando il prete venne a sedersi sul suo letto per dirgli che era morta all'ospedale per tubercolotici di Superior, non ricordava nemmeno più la sua faccia.

Aveva due fratelli gemelli, maggiori di lui di dieci anni. Uno se n'era andato all'Ovest; l'altro – raccontò a Isobel, soltanto dopo un mese che erano fidanzati – era stato accusato di falso e frode e stava scontando la pena nel carcere del Wisconsin.

Il fatto era stato riportato dai giornali di Duluth e le suore che insegnavano alla scuola cattolica annessa al St. Matthews scoraggiarono Victor dal seguire corsi professionali che avessero a che fare con l'inchiostro e la stampa, in particolare nel campo della fabbricazione della carta e dell'incisione.

"Non c'era bisogno che si preoccupassero. Io sognavo di diventare capitano di una nave."

Dalla finestra sopra il suo letto nell'ala dei ragazzi, Victor poteva godere di una bella vista del porto di Duluth, le cui attività catturavano la sua immaginazione. Distese di mari multicolori gli allietavano il sonno. Sognava il frastuono dei porti e dei paesi dove immaginava crescessero frutti esotici come olive e banane, luoghi dove uomini e donne dalla pelle scura danzavano a piedi nudi e parlavano cantando. Si immaginava seduto a prua a bordo di navi che costeggiavano arcipelaghi di isole di ogni tonalità di verde, fatte di sabbia e sole.

Allo scarso profitto negli studi rimediava con il suo buon carattere. Era premuroso con i bambini più piccoli che gli venivano affidati. I ragazzi del St. Matthews dovevano, fra le altre cose, rammendare i propri vestiti. Victor aveva compassione dei poveretti che annaspavano con le dita impacciate e che di solito finivano per strappare il tessuto o peggiorare in qualche modo anche i più semplici lavoretti. Allora prendeva loro il filo e l'ago dalle mani, e rammendava il calzino o cuciva l'orlo lui stesso piuttosto che restare a guardarli mentre si arrabattavano. Allo stesso modo se vedeva un compagno coinvolto in una zuffa preferiva rischiare di farsi picchiare piuttosto che non intervenire.

Diede prova di grande talento nel dirimere le liti tra gli altri ragazzi, aggressivi come spesso lo erano i ragazzi cresciuti senza madre. Con i più grandi sfruttava la propria abilità con l'ago come una sorta di moneta di scambio: rattoppava calzoni e attaccava bottoni lasciando fare a loro i lavori più ingrati come spargere il concime nell'orto, lavare il pavimento di piastrelle del bagno e disinfettare la lunga fila di orinatoi sporchi.

Grazie alla situazione privilegiata di cui godeva entro i confini dell'orfanotrofio, non ebbe mai bisogno di rubare. Se voleva sgattaiolare nella cella del campanile a fumarsi in pace una sigaretta trovava sempre un ragazzo con una scorta di tabacco che gli doveva un favore o che, semplicemente, apprezzava la sua compagnia. Se aveva bisogno di qualche spicciolo, si offriva di fare delle commissioni per una delle suore, che aveva fiducia in lui e che era sicura di vederlo tornare con la merce e il resto giusti, anche se in ritardo. Le sue capacità nel campo della navigazione – perfino in una città che aveva il vantaggio di essere situata sulle rive di un grande lago – erano scarse. Perdeva molto facilmente il senso dell'orientamento. *Non tanto smarrito, quanto errante.*

I poliziotti che lo riportavano indietro si mostrarono sempre più pazienti verso di lui, a mano a mano che imparavano a conoscerlo; alcuni di loro cominciarono perfino a guardarsi in giro durante il turno di ronda, aspettandosi di vederlo comparire mentre girava in tondo a qualche incrocio cercando di decifrare i numeri civici, e ne approfittavano per fare una pausa. Mentre ritornavano al St. Matthews, Victor aveva sempre da raccontare qualche aneddoto su cose che aveva visto o su conversazioni origliate durante i suoi giri, che lui riusciva sempre a rendere interessanti e divertenti. Appena lo lasciavano al cancello i poliziotti stringevano la mano al prete e sorridevano all'indirizzo di Victor mentre si avviava a passi lenti verso il dormitorio. Dicevano cose del tipo: "Un bravo ragazzo, padre. Un tipo sveglio, davvero brillante"; poi scuotendo il capo: "Strano, però. Perde continuamente la bussola".

Non riusciva a distinguere la mano sinistra dalla destra. La sua incapacità di risolvere anche le operazioni più semplici di matematica non era dovuta a mancanza di applicazione, e infatti sgattaiolava nella cella della torre campanaria più spesso per fare i compiti di nascosto che per fumare, imbarazzato della propria incapacità e vergognoso all'idea che gli altri ragazzi lo vedessero faticare nel tirare le somme.

Non sarebbe mai diventato capitano di lungo corso, nemmeno ufficiale in seconda. Perfino nella Marina mercantile avevano bisogno di un senso dell'orientamento sufficiente per seguire la rotta indicata dalle stelle. Avrebbe potuto fare lo scaricatore di porto, il manovale, il criminale come suo fratello, o avrebbe potuto mettersi nel commercio. Seppellì i libri di matematica, pieni di orecchie, in fondo al suo armadietto, e chiese a una suora di insegnargli a usare la macchina per cucire a pedale che si trovava nella lavanderia.

"E qui finisce l'affascinante storia di come divenni sarto invece che marinaio", concluse Victor facendo un salamelecco.

Thomas si alzò e si mise a percorrere la stanza a passi lenti. "Non ci ha mai raccontato molto dell'orfanotrofio, a parte qualche storiella divertente sugli altri ragazzi e sulle suore. Ha mai saputo cosa ne era stato di sua madre? Che cosa aveva fatto durante quei due anni?"

Isobel si massaggiò il braccio intorpidito. "Non molto, solo che aveva lavorato per un po' come cameriera... in un hotel, credo."

"Ma non si scrivevano?"

"Oh, so per certo che lei non sapeva né leggere né scrivere. Non era mai andata a scuola."

Thomas si fermò e fece dietrofront facendo stridere le scarpe sul linoleum. "Così mia nonna era una cameriera d'albergo analfabeta." Guardò il pavimento ed espirò dal naso. "Cristo, dovevo arrivare alla bella età di settant'anni per venirlo a sapere?"

Isobel scrollò le spalle. "Forse ha voluto nasconderlo. Sai, si è sempre chiesto se il suo difetto non fosse ereditario. Aveva molta paura di avervi tramesso la sua... ah, c'è un nome per definirla, si chiama..."

"Dislessia."

"Sì, esatto. Dio solo sa quanti sforzi faceva. Quando era in difficoltà con i numeri lasciava i libri dei conti e le ricevute dalla mia parte del letto."

"E tu sbrigavi il lavoro per lui?"

"Certo. Compilavo i registri di notte e glieli lasciavo sotto il cappotto. In seguito ho cominciato a fare i conti direttamente in negozio."

"Ti ha mai ringraziata per questo?"

Isobel fissò suo figlio. "Certo che no. Si vergognava troppo." Fece un sorriso un po' forzato. "Sai, mi fece promettere una cosa. Mi fece promettere... senza alcuna allusione a Henry... che ti avrei mandato al college. Fu qualche settimana prima che morisse. Ripensandoci poi lo trovai strano, come se sapesse."

Thomas si accorse che il mento di sua madre aveva cominciato a tremare e infilò una mano in tasca per cercare un fazzoletto. "Credi davvero che sapesse di morire?"

"Oh, adesso non lo so più."

Thomas stava per dire qualcosa quando una inserviente della mensa entrò senza bussare, una ragazza con i capelli unti raccolti in una coda che depositò con un certo fracasso sul tavolo il vassoio con la cena di Isobel e si girò per andarsene senza dire una parola.

Thomas la seguì con gli occhi e commentò: "Come, neppure le candele?"

"Oh, sii gentile, Thomas. Sono piene di lavoro."

Isobel sollevò il coperchio di alluminio scoprendo una montagnola di cibo dal colore indefinibile. Diede un'occhiata al foglio con la sua dieta. "Spezzatino di pollo a basso contenuto di sodio e queste devono essere rape, o patate." Spinse via il vassoio e si riadagiò sul cuscino. "In ogni caso non mi sento di mangiare, sono troppo stanca." La lacrima che le covava sul ciglio dell'occhio scese lentamente lungo la tempia e si perse fra i capelli.

"Fammi vedere quella roba."

Isobel storse la bocca. "Lascia stare. Puzza."

Thomas prese la giacca dalla sedia e sollevò il vassoio. "Lo porto via. Senti, il ristorante Da Hugo è proprio qui dietro l'angolo. Che ne dici di un piatto di pasta o di ravioli? O preferisci la pizza?"

Isobel cambiò posizione nel letto e deglutì. "Pizza?"

Uscito nell'atrio Thomas fece scivolare il vassoio sulla rastrelliera metallica. Si appoggiò alla parete e si prese la testa fra le mani, le dita premute contro le tempie: i rumori dell'ospedale gli vibravano dentro come una pulsazione cardiaca. Si scosse, si sistemò la giacca e si diresse verso l'ascensore.

Poco tempo dopo il loro primo incontro, Victor portò Isobel a vedere un combattimento di galli a Hayward. A pochi minuti dalla fine del primo round, si girò verso di lei ma il posto di Isobel era vuoto. La trovò nel parcheggio, piegata in due contro il paraurti polveroso della sua macchina, una mano premuta sulla bocca come se stesse per vomitare.

"Ehi, dove credi di andare? Ho scommesso due dollari su quel combattimento."

Lei chiuse gli occhi. "È questa la tua idea di un appuntamento?"

Victor le si avvicinò e le accarezzò il braccio, improvvisamente mortificato. "Mi dispiace. La prossima volta ti porterò al bowling." Accennò col capo in direzione della porta sul retro del bar. "Puzzava un bel po', là dentro, eh?"

“Victor...”

“Sai...” Lasciò cadere la sigaretta e la schiacciò nella terra sporca. “È la prima volta che lo faccio.”

“Davvero? Sembravi un habitué del posto, mentre incoraggiavi quegli orribili uccelli.”

“Non mi riferivo al combattimento, ma al fatto di fare la corte a qualcuno.”

Isobel gli lanciò uno sguardo in tralice. “Perché, mi stai facendo la corte, adesso?”

“Be’, certo. Voglio dire, sì.” Rise. “Pensi che porterei qui una ragazza qualsiasi?”

Isobel si voltò per aprire la portiera della macchina ma lui la fermò posando una mano sulla sua.

“Allora, che ne dici?”

“Di cosa?”

“Di sposarci e di avere una dozzina di bambini con gli occhi blu?”

Isobel rise, ma quando ne incontrò lo sguardo vide che era serio. “È una proposta?”

“No.” Si inginocchiò sulla ghiaia e le prese la mano. “Questa lo è. Isobel Marie, vuoi essere mia moglie e la madre dei nostri futuri bambini con gli occhi blu?”

Lei cercò di farlo rialzare. “Ci penserò.”

A letto quella notte riandò con la mente a quello strano ragazzo. A quell’uomo, in realtà, dato che era più vicino alla trentina. Un duro, non un signorino, molto diverso dall’immagine che si era fatta del suo primo spasimante. Quando si era trasferita a Duluth aveva affittato una stanza nella zona a est della città, vicino alla Scuola Normale. Si era ritenuta fortunata di alloggiare a due passi dal campus, potendo così incontrare ragazzi del college, giovani studiosi, seri e sensibili.

Mentre si lasciava scivolare nel sonno sorrise, pensando a Victor inginocchiato sulla ghiaia nello squallido parcheggio che parlava a voce alta per sovrastare il baccano del combattimento dei galli.

La portò davvero al bowling e una volta usciti lei insistette per avere maggiori dettagli sulla sua vita.

"Ah, non vorrai davvero sentirne altre su di me?!"

Lei incrociò le braccia e si appoggiò all'indietro. "Ho tutta la notte davanti."

"D'accordo. Sicura?"

Isobel non si mosse.

"Quando avevo diciassette anni lavoravo come apprendista presso un sarto di nome Joseph Beeks. Probabilmente non hai mai visto il suo negozio. È giù, dalle parti di Docklands."

"E lui com'era?" Isobel si sporse in avanti.

"Ah, esiste un termine per definirlo, l'ho letto da qualche parte." Victor si batté la tempia. "Ciarliero. Ecco, gli calza proprio a pennello."

Beeks, spiegò Victor, detestava la monotonia del proprio lavoro e amava raccontare storielle un po' salaci. A intervalli si concedeva un sorso furtivo di whisky: al momento stabilito il vecchio sarto alzava una mano per imporre il silenzio, poi reclinava la testa da una parte e tendeva l'orecchio per capire dal rumore dove si trovasse la signora Beeks. Se il canticchiare lontano di sua moglie e il chiasso delle stoviglie provenienti dalla cucina gli garantivano che lei si trovava a distanza di sicurezza, tirava fuori la bottiglia dal fondo del cassetto e si versava una buona dose di whisky. Lo tracannava, puliva il bicchiere e riponeva la bottiglia. Un rituale.

Una volta Victor gli aveva chiesto: "A che le serve il bicchiere?"

Beeks aveva dato una manata sul tavolo. "A che mi serve? Ragazzo, solo i vagabondi e gli ubriaconi bevono direttamente dal collo della bottiglia. A proposito di collo, mi viene in mente quella storiella della principessa ottentotta e del suo amante pigmeo..."

La signora Beeks era una donna amabile e ormai appassita, che somigliava a una pila di pagnotte crude accatastate una sopra l'altra. Emanava un odore di latte bollito e i suoi capelli erano di un color bianco cenere: aveva l'abitudine di serrare Victor tra le braccia in una stretta soffocante ogni volta che le capitava a tiro. Una volta alla settimana, durante il pranzo domenicale, gli chiedeva scusa piena di rimorso per non aver appreso della sua situazione sfortunata anni prima, perché sicuramente lei e il signor Beeks lo avrebbero adottato portandolo via da "quel posto".

Per non deluderla, Victor le aveva lasciato credere di aver subito le peggiori angherie al St. Matthews. La signora Beeks era una brava cuoca e la stanza che gli aveva destinato nel retrobottega era pulita, con la biancheria che sapeva di fresco e una libreria piena di dozzine di romanzi d'avventura lasciati lì dal figlio, ormai cresciuto.

La sera, Victor attraversava il quartiere del porto e arrivava alla spiaggia, tenendo come punti di riferimento i due fari all'estremità della banchina. Là immergeva nelle acque del lago Superior le dita doloranti a causa del lavoro con l'ago e leggeva uno dei libri della scorta del giovane Beeks. Seduto sulla riva, alternando ora l'una ora l'altra mano intirizzita dall'acqua per voltare le pagine, percorreva con la fantasia l'Africa e l'India sul dorso di bufali, cammelli ed elefanti; scavava nelle miniere del Perù in cerca di diamanti e si arrampicava sul Machu Picchu; attraversava le distese di ghiaccio fino al polo con l'ammiraglio Peary.

I polpastrelli gli si indurirono per i calli, ma dopo cinque anni divenne capace di sentire al tatto, anche senza guardare, se una cucitura di un centimetro era dritta e resistente. Finito l'apprendistato, rimase a lavorare presso il sarto come suo assistente. Non gli venne mai l'idea di trasferirsi in una città più grande o di trovare un impiego meglio pagato. Non avrebbe saputo dire se la propria inerzia fosse dovuta a pigrizia o al fatto che si trovava bene dov'era. Quando la signora Beeks morì, ne fu addolorato come se gli fosse morta una nonna che gli era molto cara. Il signor Beeks ne soffrì in modo ancora più acuto: non si nascondeva più per bere il suo whisky, né si limitava a un sorso "terapeutico" ogni ora. La bottiglia adesso era sempre a portata di mano e il vecchio si versava bicchiere dopo bicchiere finché le sue storielle sporche degeneravano in borbottii osceni e lui non riusciva più a cucire né a camminare diritto. Difficilmente Victor avrebbe potuto abbandonarlo in quello stato.

Correggeva gli errori di Beeks, blandiva i clienti insoddisfatti e cucinava pasti abbondanti a base di amido nella speranza che il riso e le patate controbilanciassero gli effetti dell'alcool. Guardò il vecchio bere fino ad ammalarsi di cirrosi.

Per fare dispetto a suo figlio, che non lo andava mai a trovare, per affetto nei confronti di Victor, o per qualche oscuro senso di gratitudine, Beeks modificò il testamento e lasciò la sartoria con tutto ciò che conteneva al suo giovane assistente. Dopo il funerale Victor non apportò al negozio nessun cambiamento, a parte buttare via le bottiglie vuote e occupare la poltrona del vecchio sarto. Non si preoccupò di cambiare il nome del negozio, convinto di andarsene entro la fine dell'anno.

Una sartoria nel cuore della zona del porto non era il posto adatto per conoscere delle ragazze. Victor andava spesso al cinema, ma i suoi film preferiti, western e horror, erano del genere che non attirava di regola fanciulle sole.

Frequentava di tanto in tanto le sale da ballo o i bar lungo il molo, dove flirtava con le bariste e ascoltava le storie dei marinai al ritorno dai loro viaggi. Ebbe una relazione con una cameriera carina ma dal carattere irascibile di nome Nell. Lei andò a vivere con Victor nell'appartamento sopra il negozio, ma lo lasciò dopo un anno, frustrata dalla sua riluttanza a sposarsi, lasciandogli un biglietto acido e i cocci della sua tazzina da caffè preferita.

Isobel avvertì una sensazione di disagio. "Così non l'hai sposata, eppure tu... ti sembra onesto?"

"Non era quella giusta."

"E io lo sono?"

Victor le pizzicò la punta del naso. "Tu andrai bene."

Le ragazze che lavoravano con Isobel alla modisteria Pasal organizzarono una festa di addio al nubilato. La padrona di casa di Isobel aveva permesso loro di usare il salotto della pensione, e là trascorsero un pomeriggio a ridacchiare, facendo a gara a improvvisare versi sulla prima notte di nozze giocati sui nomi di Isobel e Victor.

"Victor Howard?" Carol aggrottò le sopracciglia. "Un bel nome, ma poco interessante per le rime. Non mi viene in mente nulla."

Ruth estrasse un foglietto dalla borsa e balzò in piedi. "Che ve ne pare di questa?"

Il giardino di Isobel era delizioso
Un fiore dolce e luminoso
Pudica, pronta a esser colta
Victor la vide una volta
E, dopo averla sdraiata,
Era pronto a farsi una bella sco...

"Ruthie!" Carol scoppiò a ridere, spandendo la sua limonata. "Non vale! L'avevi scritta prima. Dovevamo improvvisare!"

Ellen tamburellò sulle stanghette degli occhiali e aggrottò le sopracciglia, ripetendo più volte ad alta voce: "*La signora Howard è stata deflorata*?"

Isobel levò gli occhi al cielo.

Kathleen, che fino a quel momento era rimasta seduta in silenzio, all'improvviso sollevò le braccia. "Okay, ne ho una!" Si alzò e si mise una mano sul petto, schiarendosi la gola per far scena.

Isobel, bionda di capelli e dolce di cuore
Era piena di virtù e di candore.
Quando arrivò Victor, lo sposo
La lunghezza e la larghezza del suo coso
La riempiron di stupore.

Ruth fece un urlo e sfoderò l'indice accusatorio. "Non vale, l'ultimo verso non fa rima."

Isobel rise. "Penso che abbia vinto comunque il primo premio." Frugò nel mucchio dei regali.

"Aspetta. Devi inventarne una anche tu."

"Ah, no. Non se ne parla nemmeno."

La fecero sedere in un angolo con un pezzo di carta finché non ne trovò una.

"D'accordo, ce l'ho. Niente scuse."

Un sarto incontrò una ragazza
che un giorno rapì.
E Isobel divenne pazza
di un sorriso e una fossetta, tutto qui.

Si udì un mormorio di disapprovazione e delle risa soffocate. "Izzy, è la poesia più stupida che abbia mai sentito."

Lei sollevò le spalle. "Non ne ho altre."

Aprì i regali, per lo più biancheria per la casa, tutta ricamata a mano.

"Oh, ma che cose magnifiche!" Le sue esclamazioni erano sincere anche dopo il terzo set di federe orlate a giorno e la seconda pila di canovacci. Tovaglioli color crema si ammucchiavano accanto a lei.

Victor aveva promesso che le avrebbe raggiunte ma era in ritardo di un'ora. Isobel non sembrava preoccuparsi. "Oh, probabilmente avrà sbagliato strada."

Carol le diede una gomitata. "Sicura che non se la sia fatta sotto?"

Rise. "Non se la faceva sotto neppure da bambino. Anche se ci metteva un po' a trovare la strada del bagno."

Carol tirò fuori un pacchetto da dietro il divano. "Aprilo subito. Non vogliamo dartelo davanti a Victor."

Isobel lo prese. "Un altro regalo?"

Si raccolsero tutte intorno a lei.

"Avanti, non startene lì seduta a far niente. Aprilo."

"Grazie."

"Ringraziaci *dopo* che l'avrai aperto", rise Kathleen.

Era un pacchetto leggero. Isobel tolse la carta e trattenne il respiro appena vide il nome di una boutique di lusso di Minneapolis sul coperchio della scatola.

"Ruthie l'ha preso per tutte noi l'ultima volta che è stata a trovare suo fratello. Abbiamo scelto i colori insieme."

Isobel schiuse gli strati di velina facendo apparire un completo di vestaglia e camicia da notte in seta grigio-blu leggera come una piuma, con gli orli e le spalline color giada. Si misurò la camicia sopra il vestito.

"Oh, è assolutamente meravigliosa!"

Ruthie si volse verso le altre. "Visto? Avevo ragione: si intona perfettamente ai suoi occhi."

Isobel avvertì il profondo legame che la univa a quelle ragazze. Guardando i loro volti amichevoli, spensierati, provò il desiderio di continuare a essere una di loro.

Quando Victor finalmente suonò il campanello la festa volgeva al termine e il cibo era quasi finito. Sorridente e rosso in volto, alzò in segno di offerta una bottiglia di vino comprato al mercato nero, avvolta nella carta.

"Salve, ragazzacce."

Ruthie rise e si piegò verso Isobel, sussurrando: "Ehi, è carino: merita di farsi aspettare".

Carol si alzò per tendergli la mano. "Complimenti per il suo abito."

Kathleen le tirò la manica e mormorò a denti stretti: "È un sarto, scema".

Mentre cercava di stappare la bottiglia, Victor si guardò intorno. "Ci sono bicchieri?"

Ellen si tolse gli occhiali cerchiati di tartaruga e li porse con fare da cieca a Victor, che ridendo fragorosamente versò un po' di vino sulle lenti spesse.

Qualcuno si precipitò in cucina a sciacquare le coppe. Le ragazze formarono un cerchio e dopo che Victor ebbe versato il vino fecero un brindisi al futuro. Avvicinarono i bicchieri, le braccia protese a formare i raggi di una ruota umana. Da un angolo lontano si udì qualcuno che si schiariva la voce e il cerchio si ruppe. Isobel era ancora seduta sul divano, circondata dalle carte dei regali e dalle scatole.

"Suppongo ci sia un bicchiere anche per me, vero?"

Il giorno dopo si incontrarono sulla spiaggia che si estendeva oltre il faro. Quando Victor si incamminò giù per la lunga distesa di sabbia, Isobel dovette correre per raggiungerlo. Aveva rimboccato il fondo dei pantaloni e i suoi piedi scalzi erano bianchi come la schiuma che li lambiva. Guardava l'orizzonte. Isobel non aveva più fiato quando gli prese la mano.

Lui si voltò. "Cosa preferiresti, essere su una barca in mezzo all'oceano, o contemplarlo dalla riva?"

"Guardarlo dalla riva, senza dubbio."

"Perché?"

"Mah, perché? Be', perché sì. Perché le barche puzzano e imbarcano acqua, e... perché è molto più bello guardare verso il mare che guardare dal mare verso terra. Tu non trovi?"

Victor si strinse nelle spalle. "Forse."

Si era sollevato il vento e cominciava a sospingere nuvole minacciose dal lago.

"Victor, che cosa vuoi?"

"Io preferisco la barca."

"No, intendo dire ora."

"Ora? Non mi dispiacerebbe fumarmi un sigaro."

Gli lanciò un'occhiata torva. "Vic, mi riferisco a noi."

"Oh, intendi dire che cosa voglio dalla vita?" Senza lasciarle la mano si piegò a raccogliere un ciottolo piatto. "In effetti, ho avuto un po' di tempo per pensarci, Isobel."

Lanciò il sasso sulla superficie del lago e contò i suoi rimbalzi. "Sei! Hai visto?" Si voltò. "È il mio record!"

Isobel incrociò le braccia e attese che lui continuasse.

"Ecco... Voglio una moglie che rida alle mie battute, ma solo a quelle buone. Voglio che i miei bambini abbiano un sacco di fratelli e sorelle. Voglio una casa vera. In una piccola cittadina, non una città. Voglio qualcuno con cui parlare delle cose che mi interessano."

Da quando si conoscevano, questa era la seconda volta che le parlava con totale sincerità. Isobel si rese conto improvvisamente che questa storia sarebbe durata per il resto della sua vita. Victor, nonostante l'apparente disinvoltura, non prendeva il matrimonio alla leggera. Contava su di lei, per tutte le ragioni che aveva appena detto e altre ancora.

Percorse con lo sguardo la superficie dell'acqua. Era sconfinata. Non si scorgeva la riva dall'altra parte del lago. Un oceano, davvero.

Sarebbe stata capace di dargli quello che si aspettava da lei? Intendeva provarci.

Lui raccolse un altro sasso e glielo porse. "E tu?"

"Io? Vuoi dire che cosa voglio io?"

Tacque. Onestamente non ci aveva pensato, non più di quanto avesse pensato a quali canti voleva per la cerimonia in chiesa o al tipo di tende da appendere nella loro futura casa. Lanciò il sasso. Lo guardarono rimbalzare: sei volte, sembrava impossibile. Era un presagio? Victor fece un fischio e la sollevò da terra.

Isobel gli allacciò le dita dietro al collo. Restarono in silenzio: nel tempo che il sasso dovette impiegare per toccare il fondo si instaurò tra loro una nuova, più profonda intimità.

Aveva bisogno di lei. Quel ragazzo dolce che giocava a fare il duro aveva bisogno di lei. E voleva sapere ciò che lei si aspettava in cambio da lui. Isobel deglutì.

"Voglio che siamo uniti, che prendiamo tutte le decisioni insieme, che parliamo di tutto, come due soci. Che abbiamo dei bambini. Vogliamo le stesse cose, Victor."

Lui scosse la testa. "L'hai visto, no? Ha fatto sei balzi."

"L'ho visto."

Victor emise un gemito e cadde in ginocchio. "Sei più pesante di quel che sembri, donna." Rotolarono sulla sabbia fino a sedersi, affondando le dita delle mani e dei piedi negli strati di cristalli di sabbia. Guardarono un piroscafo passare sotto il ponte. Isobel agitò le mani per allontanare le mosche e scoppiò a ridere quando inavvertitamente ne schiacciò una proprio sopra l'orecchio di Victor. Mentre le dava un colpetto per staccarla, lui si voltò all'improvviso e la baciò.

"Ti amo."

"Davvero?" Lei fece per voltarsi dall'altra parte.

"Davvero." Le lanciò un'occhiata di traverso, come fosse un sollievo averlo finalmente detto. "Vuoi sapere perché?"

Isobel fece di sì col capo.

"Tu hai la battuta pronta quando ti arrabbi. Un sacco di donne si limitano a mettere il muso o a strillare. Non sei troppo dolce e non sei timida. Vediamo, che altro? Mi hai detto una volta che la mia calvizie era... com'è che hai detto... *adorabile*, se mi ricordo bene. Vedi le cose come sono realmente, non come vuoi che siano. Ah, e ti ho detto che con quel vestito fai venire voglia di mangiarti?"

Isobel gli diede uno schiaffo sul braccio.

Lui le fece scorrere una manciata di sabbia sulla gamba.

"Bene. Un'ultima cosa." Le afferrò la mano e la guidò in direzione dei frangenti. "Vedi là, prima che si increspino le onde, quegli strati di blu, grigio e verde che si accavallano? Il lago ha questo aspetto solo prima di una burrasca."

Protese la mano per toccarle la pelle tenera della fronte. "I tuoi occhi sono uguali. Tu sei come quell'acqua. Non fai vedere molto, ma è tutto là, sotto la superficie."

I loro sguardi si incatenarono e Isobel sentì un groppo in gola. Distogliendo gli occhi dal suo viso per seguire il nastro di fumo che si levava in cielo dal piroscafo confondendosi con le nuvole basse, sorrise.

"Ti amo anch'io, Victor."

5

Victor chiuse la sartoria di Beeks, mise in vendita l'edificio e imballò i macchinari e i materiali migliori. Il ricavato della vendita gli avrebbe permesso di avviare un nuovo esercizio.

Dopo il matrimonio tornò con Isobel a Cypress, pieno di entusiasmo. Nutriva grandi speranze sulla Iron Range: era una regione in via di sviluppo, ricca di prospettive per un commerciante indipendente.

Guidarono per un centinaio di miglia verso nord, dietro al camion carico della mobilia migliore dei Beeks. Arrivati in città, depositarono i loro beni nel retro di una vecchia stalla e affittarono una stanza in una pensione tenuta da una famiglia gallese in attesa di trovare una vera casa.

Dopo averne viste almeno una dozzina, Victor condusse infine Isobel alla sommità della collina ai confini della città e le mostrò una grande fattoria dai muri color del burro e ampi portici, munita di un camino in pietra mezzo sgretolato. Il terreno circostante superava i tre acri. Dopo che il proprietario li ebbe lasciati soli nel giardino dietro la casa a discutere in tranquillità, Victor scostò una fragile ortensia da una panchina di legno per far sedere Isobel.

Era troppo agitato per restare seduto; Isobel al contrario se ne stava perfettamente calma e guardava la casa con aria scettica. Il pavimento della veranda sul retro cedeva sotto il peso di una vecchia cucina economica da eliminare. Un'imposta scardinata penzolava dalla finestra della soffitta come un'ala spezzata.

"Izzy, con un po' d'olio di gomito..."

"Ce ne vuole un sacco, Victor." Si volse verso di lui. "Un sacco d'olio di gomito."

"La carta da parati non costa molto, Izzy. E potrei trovare qualcuno che risistemi il camino."

"Speriamo."

La casa si ergeva sulla sommità di una cresta, separata dall'agglomerato urbano da un filare di giovani pini e da un pendio argilloso coperto di erbacce che si estendeva per un quarto di miglio. Non era difficile capire perché quel luogo fosse stato un fallimento come fattoria: il pendio era troppo ripido, la terra troppo sassosa. Gran parte del terreno era stata venduta molti anni prima e al posto del vecchio frutteto sorgeva ora un quartiere in espansione di case a due piani.

"Le assi in quell'angolo sono marce, te ne sei accorto?"

"Quello? Non è niente. Guarda le finestre. Si gode una bella vista sul lago, non trovi?"

Dal suo sguardo incantato, Isobel capì che Victor già si prefigurava la casa restaurata e dipinta, e non vedeva il relitto che avevano di fronte.

"Ma è maledettamente grande, Vic."

"Certo, c'è un sacco di spazio."

Di tutte le case che avevano visto, quella era l'unica che si potessero permettere. Firmarono il contratto.

Victor confezionò un abito a tre pezzi per un muratore del posto che doveva sposarsi. In cambio questi abbatté e ricostruì il camino. Per un tempo interminabile, che non presagiva nulla di buono, un idraulico esaminò il vecchio scaldabagno, poi strofinandosi la barba si pronunciò: "Ha una perdita".

Isobel e Victor si protesero verso di lui. "E allora?"

"Per ora potrei metterci un rattoppo, ma ve ne servirà un altro."

"Un altro cosa? Un altro rattoppo?"

"No, direi un altro scaldabagno."

I soldi che avevano messo da parte per la luna di miele furono spesi per uno scaldabagno di seconda mano che dall'aspetto non sembrava molto migliore di quello vecchio. Durante le settimane che avrebbero dovuto trascorrere in un villaggio turistico su un'isola del Michigan, Isobel imparò a lucidare le finestre e a grattare via la vernice dalle assi di legno senza graffiarle. Non le importava della mancata luna di miele, anzi si sentiva sollevata. Aveva tenuto nascosta la sua paura del viaggio in traghetto: immaginava che il lago Huron fosse burrascoso come l'Atlantico e non voleva che Victor la vedesse vomitare in disparte, debole e impaurita.

Passarono giornate intere a staccare carta da parati piena di macchie e una settimana buona a sostituire i telai delle finestre. Victor vendette le parti in ghisa della vecchia cucina economica e si sbarazzò del resto. Trascorse quattro giorni penosi a puntellare le travi sotto il portico: una litania ininterrotta di imprecazioni riecheggiava al piano di sopra dove Isobel sistemava l'intonaco, attaccava la carta da parati e pitturava quelli che sembravano chilometri di finiture in legno.

Di tanto in tanto scendeva per depositare un bicchiere di limonata o una birra fredda vicino al buco che si apriva nel fianco squarciato del portico. Da lì, compariva la mano sporca di Victor che cercava a tentoni la gamba di Isobel e mormorava un "Grrrazie, mia carrra" imitando la voce stridula del conte Dracula. Vuotava il bicchiere in un paio di sorsi, rideva come un invasato e poi scompariva nuovamente di sotto. I colpi di martello e le imprecazioni ricominciavano.

Ogni notte crollavano distrutti sui materassi sistemati per terra in soggiorno, e quando il sole li svegliava riversando la sua luce dalle finestre senza tende la prima cosa che facevano era cercare i fazzoletti per togliersi la polvere di intonaco e la fuliggine dal naso. Anni dopo Victor avrebbe confessato ai bambini che quei primi giorni del loro matrimonio erano stati i più divertenti della sua vita.

Isobel diede l'assalto al giardino, eliminò le erbacce a colpi di zappa e dissodò un orticello dove crebbe qualche pomodoro anemico e qualche ciuffo di pallida lattuga. Sradicò le rose e le peonie inselvatichite, lasciando crescere liberamente la vegetazione più bassa per rinverdire il terreno, del cortile.

Mentre stava accucciata intenta al suo lavoro, Victor le si inginocchiò accanto. Si grattò la testa indicando l'ultimo raccolto di gioielli che lei aveva trapiantato. "Sai, Iz, in certi circoli botanici la malva e il dente di leone sarebbero considerati erbacce."

Isobel spinse indietro il fazzoletto che le copriva la fronte e si chinò per riprendere la paletta. "Be', io li trovo belli e comunque non hanno bisogno di potatura o di cure particolari. E se sembrano erbaccia non m'importa nulla."

Victor indicò un'aiuola piantata di fresco vicino alla mangiatoia per gli uccelli. "Ma questa *è* erbaccia, Izzy."

Isobel si morse le labbra trattenendo un sorriso e fece il gesto di tirargli addosso la paletta. "Oh, sta' zitto. Perché non chiudi... "

Lui le si inginocchiò di fronte. "La bocca?" disse, e le coprì le labbra con le sue.

La voce le uscì soffocata dal bacio. "Stavo per dire *il becco.*"

Il padre di Isobel andò in pensione poco dopo il loro matrimonio e grazie alla chiusura del panificio di famiglia Victor ebbe a disposizione uno spazioso negozio per una somma molto inferiore al prezzo di mercato. I genitori di Isobel impacchettarono le loro cose e presero il treno diretti a St. Paul e al loro nuovo appartamento vicino al palazzo del governo. Victor mandò una profusione di baci ipocriti in direzione del vagone finché lei non gli assestò un gran colpo sulla schiena. Appena il treno scomparve alla vista, Victor si precipitò al vecchio panificio per iniziare subito a risistemarlo.

Affittò l'appartamento del primo piano a un'allegra vedova gallese, il cui marito minatore era morto di cancrena dopo essersi fatto un taglio alla fronte contro una bietta di ferro in una galleria sotterranea.

Mentre Victor smantellava gli enormi forni a gas per sgomberarli, accennò con la testa all'angolo del negozio a sud, illuminato da una tripla finestra a più vetri. Grugnì sollevando un tubo da stufa.

"Là potrai fare il tuo laboratorio di modisteria, Iz, è il posto ideale."

Ancor prima di avere il tempo per pensarci, era già incinta del loro primo figlio.

Isobel aveva fatto progressi in negozio: un'altra serie di mensole pulite, cumuli di ragnatele impolverate spazzate via dagli angoli. Mentre si concedeva una pausa, si mise al polso un braccialetto fatto di fili di rame con cerchi di vetro e si ricordò dell'indiana cieca da cui l'aveva comprato in occasione di una gita autunnale a Fond du Lac.

Victor aveva fermato la macchina a un mercato lungo la strada per comprare della zucca e per far sgranchire un po' le gambe a Henry. Mentre accompagnava il bambino al gabinetto dietro alla stazione di servizio dall'altra parte della strada, Isobel si era avvicinata a una bancarella dove una vecchia dalla pelle scura vendeva oggettini di bigiotteria. L'aveva salutata e la donna per tutta risposta aveva emesso un basso grugnito, tirando su col naso con aria sospettosa. Dopo aver scelto dei braccialetti, Isobel le aveva allungato i soldi: la vecchia aveva tastato la banconota come per accertarne l'autenticità, dopo di che aveva gettato poche monete di resto sul tavolo, borbottando qualcosa di incomprensibile. Poi di colpo aveva proteso la mano nodosa e l'aveva posata sul ventre piatto di Isobel.

"*Abinoojiins.*" La sua voce d'un tratto era diventata chiara e precisa. Annuendo con la testa, il volto di pietra privo di espressione, gli occhi lattiginosi e fissi, aveva ripetuto: "*Abinoojiins. Bizaan*".

"Scusi?" Isobel aveva fatto un passo indietro, turbata dalle ondate di calore che si diffondevano in lei, nel punto in cui le dita della donna l'avevano toccata. "Mi scusi?" aveva ripetuto.

La vecchia non aveva risposto, continuando a fissare, senza vedere, il ventre di Isobel e aveva annuito con aria solenne. Isobel era rabbrividita e si era girata per andarsene, lasciando il resto sul tavolo. Nel far questo aveva urtato una giovane donna ojibwa, che sorridendo le aveva spiegato: "Si riferiva al bambino. Dice che è tranquillo. Immobile".

"Un bambino? Immobile?" Isobel si era voltata a guardare di nuovo la vecchia. "È pazza."

Colta da un improvviso malessere, aveva afferrato i braccialetti e raggiunto barcollando la macchina. Sudava e aveva la nausea. Era rimasta a guardare le manovre dei moscerini che picchiettavano contro il parabrezza, aspettando che Victor tornasse con il piccolo Henry.

Non gli aveva detto niente di quella funesta profezia e aveva sopportato i sette mesi successivi della gravidanza in preda a una specie di intontimento, rassegnata all'orribile prospettiva che il bambino che cresceva dentro di lei sarebbe nato morto.

Aveva tenuto gli occhi chiusi per tutta la durata del breve travaglio, palpandosi alla cieca la curva del ventre. L'ostetrica le aveva asciugato le lacrime che le scendevano sul viso e, dopo l'ultima spinta, Isobel l'aveva udita chiaramente trattenere il respiro. Aveva girato il viso verso la parete. Il parto era stato veloce e sorprendentemente breve rispetto a quello di Henry. Isobel aveva afferrato le lenzuola e se le era premute contro gli occhi. Dopo qualche istante di silenzio si era resa conto che la povera ostetrica forse non sapeva come dirglielo. L'aveva prevenuta mormorando: "Va tutto bene, Ida, lo so".

"Lo sa? Che cosa sa?" Ida aveva messo il neonato, avvolto nella sua copertina, nel letto accanto a lei. "È una femmina. Una piccolina col viso tutto rosso. Un tesoro, e nata con la camicia. È un buon segno, non crede? Guardi com'è tranquilla, neanche un gemito."

Isobel aveva guardato il fagottino, aveva visto le piccole labbra che si muovevano sulla faccia raggrinzita. Si era sforzata di mettersi a sedere e aveva scostato le fasce che coprivano sua figlia, ricordando le parole delle due indiane ojibwa. *Bizaan*: bambino tranquillo, bambino immobile. La neonata aveva agitato lentamente i pugni chiusi e guardato di traverso il volto di sua madre con intensa concentrazione. Le lacrime avevano annebbiato la vista di Isobel, cadendo sulla minuscola spalla della piccola.

Bambino tranquillo.

Aveva stretto a sé la neonata ed era scoppiata a ridere, lasciandosi cadere all'indietro sui guanciali. Un nome le aveva attraversato la mente e l'aveva pronunciato in un sussurro: *Louisa.*

Thomas si piegò verso sua madre per udirne la voce che si affievoliva. Nell'ultimo quarto d'ora aveva borbottato nel sonno, qualcosa a proposito di un'indiana... Per lo più parole senza senso. Poi, all'improvviso, aveva pronunciato il nome di *Louisa*, sussurrato ma chiaramente udibile.

Fu uno choc per Thomas: erano anni che non la sentiva nominare. Lui non aveva mai fatto allusione a lei, né certo lo aveva fatto sua madre. Quando pensava alla sorella morta gli tornava quella strana sensazione di rigidità al collo.

Tirò la tenda celando la vista della città e versò dell'acqua fresca in un bicchiere nel caso sua madre avesse avuto sete al risveglio. Guardò l'orologio. Le dieci. Così tardi?

Aveva detto *Louisa.*

Immaginò che ogni genitore avesse un figlio prediletto.

Louisa la sorprese entrando in negozio a mezzogiorno; aveva con sé panini al pomodoro, mele e una bottiglia di limonata. Aveva preparato il pranzo da sola a casa, lo aveva incartato e portato in negozio. Quando Isobel ebbe finito di mangiare, sua figlia ripulì tutto con calma e tese una mano per prendere il bicchiere di carta vuoto.

Isobel le afferrò la mano, scuotendola solennemente. "Grazie, cara. Era un pranzo delizioso."

Louisa arrossì e si voltò, ma non prima che Isobel avesse il tempo di scorgere il suo largo sorriso. "Tu fai il tuo lavoro, mamma, e io mi occupo del mio."

"Sissignora."

Mentre la bambina si sedeva a tagliare abiti per le bambole, Isobel si diresse ai cassetti e tirò fuori le sagome per le forme dei cappelli tradizionali. Dopo averle esaminate scuotendo la testa, ne gettò la maggior parte nel bidone della spazzatura. Erano modelli terribilmente sorpassati; doveva trovarne altri più alla moda e rifornirsi di scampoli di lana e di feltro. I soldi che aveva messo da parte negli ultimi anni sarebbero bastati appena. Mordendosi un dito, si sedette con carta e matita.

Dopo un'ora la colonna di numeri era diventata lunga due pagine. Cominciò a cancellare gli articoli che non erano strettamente necessari. Doveva ordinare piccole quantità da quei fornitori che praticavano prezzi ragionevoli. Doveva lesinare, ingegnarsi, cavarsela con la vecchia attrezzatura.

Ritrovò la vecchia macchina a vapore, bloccata dalla ruggine e dal disuso. Aprì l'anta di una credenza per cercarvi olio e stracci: la testa di un manichino le rotolò addosso come in una farsa macabra e quando lei arretrò la colpì su un piede. Per poco non si mise a piangere.

Non aveva aspirine con sé. Alle due si concesse cinque minuti di riposo, sorseggiando del tè sulla soglia della parte di negozio che le era stata destinata. Aveva sgombrato dalla sua zona la maggior parte delle cose di Victor sistemandole meglio che poteva con il resto della sua roba. Sospirò. *Mi scuoierà viva.* Poi mandò Louisa a casa a prendere le compresse di aspirina.

Mentre era intenta a strofinare la vetrina vide la signora Malley uscire dalla farmacia e attraversare velocemente la strada per entrare nel negozio del macellaio. Isobel aveva quasi dimenticato i momenti imbarazzanti di qualche giorno prima. Aveva sentito i pettegolezzi sul conto della Malley, naturalmente. Come tutti in paese. Un mese prima, mentre faceva la fila all'ufficio postale per comprare dei francobolli, aveva ascoltato una conversazione tra le mogli dei due proprietari della miniera.

"Malley, lo conosci, quell'irlandese grande e grosso, ha fatto venire sua moglie da Chicago... suppongo che là facesse troppo caldo per lei."

"Sette bauli con le sue iniziali sopra, pieni di vestiti. L'hai vista? Si comporta come se fosse una duchessa."

"Chissà come fa a permetterselo con lo stipendio di un ingegnere."

Il loro tono di voce si alzò per l'eccitazione.

"Ed è anche arrogante. L'ho seguita dentro la farmacia e le ho detto: 'Benvenuta a Cypress', ma lei non mi ha degnata di uno sguardo."

"Hai detto sette bauli?"

"Pieni di abiti da sera, scommetto. Pellicce e chissà che altro..."

Isobel si avvicinò alle due donne, tentata di intervenire insinuando che probabilmente erano pieni di stupidaggini: i bauli, ovviamente.

Grazie a quelle pettegole apprese che i Malley non avevano figli, anche se la signora come una di loro disse in tono di disapprovazione, "avrebbe i fianchi adatti".

"Forse ha dei problemi alle tube", suggerì l'altra stringendosi nelle spalle.

"Be', deve avere qualcosa che non va... *lui* certo sembra godere di buona salute."

I Malley avevano preso in affitto per tutta la stagione la grande proprietà che si trovava all'estremità di Granite Point.

"Immagina un po'", continuò una delle donne, in tono velenoso nonostante l'affettata indifferenza, "loro due da soli in quella casa così grande." Isobel, dopo aver finito allo sportello, infilò la lettera nella fessura della cassetta.

Mentre si dirigeva verso il negozio si ricordò quello che Victor le aveva raccontato riguardo a Liam Malley. Era un ingegnere minerario che lavorava a Cypress da febbraio. In miniera c'erano stati dei problemi di sicurezza dopo che un crollo parziale di una galleria aveva reso i minatori nervosi e inquieti. Malley era rimasto a supervisionare la costruzione di un pozzo più affidabile al terzo livello.

Victor lo aveva incontrato per la prima volta in aprile, dopo aver consegnato delle uniformi per la banda della miniera. Era stato indetto uno sciopero dopo che uno dei finlandesi aveva sottratto un rapporto scritto da Malley, in cui si affermava che il braccio occidentale della miniera non era sicuro e si raccomandava che fosse chiuso finché non fossero stati completati opportuni controlli di stabilità. La direzione aveva deciso di mantenere comunque l'intera miniera in attività, in attesa di avere una seconda perizia da un altro ingegnere che veniva da Alberta.

Consegnato il pacco con le uniformi, Victor era rimasto ad assistere allo sciopero e allo scontro che era seguito. Aveva descritto a Isobel la barriera che i finlandesi avevano formato schierandosi davanti al pozzo d'ingresso.

"Se ne stavano là piantati come pali, mentre i minatori gallesi stavano da una parte a brontolare. Questi fremevano per tornare al lavoro, ci potevi scommettere, ma non osavano oltrepassare quella linea, così si limitavano a trascinarsi in giro. Tre capisquadra e due dirigenti sbarravano i gradini che portavano all'ufficio. Ted Barry, il dirigente più giovane, aveva chiazze di sudore che gli macchiavano la camicia fino alla cintola. Ma non era l'unico ad agitarsi. La direzione voleva che i finlandesi tornassero al lavoro e aveva mandato qualcuno a prendere Malley che se ne stava al fiume a pescare.

“Malley parcheggiò la macchina a metà strada tra le due fazioni. I gallesi ormai schiumavano dalla rabbia. La loro paga era stata decurtata proprio come quella dei finlandesi.

“Da dietro il volante sbucò un uomo grande e grosso con ancora indosso gli stivali da pescatore. Considerò le due parti avverse e disse, senza indirizzarsi a nessuna in particolare: ‘Qui sembra di assistere a una dannata partita a scacchi’. Gli andarono incontro uno dei dirigenti e un rappresentante dei finlandesi. Lui li sovrastava entrambi. Gli parlarono per un po’ mentre annuiva serio, senza guardare mai in alto né in basso.

“Quei tizi parlarono animatamente fino a diventare viola in volto, e alla fine Malley alzò un dito verso la tesa del suo berretto da pescatore e lo scostò indietro sulla fronte. Questo doveva significare che aveva ascoltato abbastanza, poiché subito i due uomini chiusero la bocca e fecero un passo indietro.

“Si limitò a dare un calcio per terra con il suo stivale di gomma e tirò un sospiro. Si piantò i pugni sui fianchi... Ricordo che il dorso di una mano luccicava: squame di pesce, suppongo. Mentre parlava la sua bocca aveva una piega severa sotto i baffi. Non sembrava rivolgersi a nessuno direttamente, ma non appena il suo accento irlandese echeggiò tra le pareti metalliche delle baracche, tutti gli uomini si immobilizzarono.

“‘Anch’io ho fatto la mia buona parte di lavoro in miniera’, cominciò. ‘Dieci anni in un pozzo a cielo aperto. E, ragazzi, ve lo dico io, *quello* sì che è un lavoro maledetto. Al confronto, tirar fuori il minerale di qui è come passare un giorno nel fottuto Taj Mahal.’ Si rivolse ai gallesi: ‘Voi sapete di cosa parlo. Sono stato nel vostro paese, ho visto le vostre merdose cave di carbone. Ma dovete sapere anche che qui non si estrae carbone’, e accennò col capo alla barriera dei finlandesi, ‘e i vostri compagni là hanno ragione a scioperare.

Proprio come i capi qui hanno ragione a pagare un altro per far controllare i miei numeri'. Si grattò il collo. 'Però voglio dire una cosa. Se il mio rapporto non è giusto, se ho sbagliato e se il pozzo si dimostra sicuro, mangerò tutto il maledetto ferro che riuscirete a estrarre da quella dannata galleria occidentale.'

"Si udì una risata nervosa provenire dal gruppo dei gallesi. I dirigenti si mossero nervosamente sui gradini come se avessero bisogno di andare al bagno. I finlandesi rimasero in silenzio, come sempre.

"'Io non sono un sindacalista né un dirigente. E non sono un minatore. Non più, almeno.'

"Si volse verso gli uomini in giacca e cravatta sulle scale. 'Immagino che ci sia un sacco di roccia da estrarre dalla zona inferiore della galleria sud e quella è sicura come una culla. Perché non li fate lavorare là, finché il vostro uomo non avrà controllato la galleria est.' Non era una domanda. Gli uomini in giacca e cravatta si guardarono esitanti e Liam scosse la testa. 'Non ci vorrà più di cinque minuti per ciascun uomo e ciascuna squadra per scendere a quel livello. E questo non vi farà perdere più denaro né di certo vi creerà i guai che potreste avere qui.'

"Detto questo, si voltò verso i finlandesi e fece segno una sola volta con il dito tra loro e i gallesi.

"'E qualsiasi cosa ci sia tra di voi, chiaritela. Gli uomini che non lavorano insieme finiscono per morire insieme. È la legge di ogni fottuta miniera.'

"Poi tornò alla sua macchina, impugnò il volante e fece marcia indietro allontanandosi dai tre gruppi. Non si era nemmeno preoccupato di spegnere il motore."

Da parte sua Isobel aveva visto il signor Malley solo due o tre volte. Era un bell'uomo bruno, per quanto aveva potuto vedere da lontano. Le mogli dei proprietari della miniera avevano sussurrato che era *irlandese*, come se si trattasse di una maledizione. Ma in realtà era solo uno dei tanti che erano di passaggio a Cypress, uno che aveva un lavoro da fare e che sarebbe ripartito dopo averlo portato a termine. Non frequentava la taverna dei gallesi né mangiava da Maki, la locanda dei finlandesi. Non andava in visita nelle case in mattoni dei dirigenti della miniera né giocava con loro a carte al tempio massonico. Per quanto ne sapeva Isobel, non socializzava, e se beveva lo faceva in privato nel cottage che aveva preso in affitto. Consumava i suoi pasti da Jem's o nella sala da pranzo dell'albergo, in compagnia di una pipa e di un giornale. Nei giorni di primavera, prima del tramonto, lo si vedeva pescare lungo la diga di Marko: una figura solitaria immersa nel fiume fino alle cosce, con la lenza che baluginava al calar del sole come una ragnatela ondulante. Era un uomo notevole ma non aveva nulla di particolarmente degno di nota, e attirò l'attenzione su di sé solo dopo l'arrivo della sua straordinaria consorte.

E adesso la signora Malley, sbrigate le commissioni dal macellaio, stava passando davanti alla sartoria. Dall'interno Isobel batté contro la vetrina e la donna si girò, sorpresa. Appena Isobel le fece cenno di entrare, i suoi lineamenti si rilassarono. Sollievo nel vedere un viso familiare? Una volta entrata chiuse la porta e le si addossò contro, come se fosse lieta di essere scappata dalla strada.

"Di nuovo buon giorno, signora Howard." La signora Malley si guardò intorno. "Ancora in mezzo alla confusione, vedo." Sembrava cambiata: il suo sguardo era meno irrequieto, il sorriso più naturale.

Isobel rise. "Oh, questo non è niente. Il solito disordine. Resterà per il tè, stavolta?"

"Ne sarei lieta, ma non vorrei distrarla da..."

"Dalla mia confusione? Mi creda, può aspettare. Ho atteso sedici anni per lanciarmi in questa impresa: una tazza di tè non ritarderà certo il mio lavoro."

La signora Malley sorrise e mise giù la cesta della spesa. "In tal caso, accetto volentieri." Gettò un'occhiata al retrobottega e vide il mucchio di scatole aperte e di materiali sparsi in giro. Si tolse il cappello e i guanti e si rivolse a Isobel.

"Senta, che ne dice se ci beviamo quella tazza di tè e poi l'aiuto a mettere un po' in ordine?"

Isobel per poco non scoppiò a ridere. "Signora Malley, è molto gentile da parte sua ma..."

"Cathryn. Mi chiami Cathryn. E può darmi del tu." Le posò una mano sul braccio. "Per favore. Ho tutto il pomeriggio a disposizione."

Isobel esaminò la donna per la seconda volta. I suoi modi sofisticati e riservati, i suoi abiti, il suo stesso portamento, tutto contribuiva a identificarla come una straniera a Cypress. Sarebbe rimasta lì per l'estate. Isobel provò un'improvvisa compassione per lei. Anche se Cypress era la sua città natale, era consapevole che non si trattava di un luogo molto accogliente, con quella sua stratificazione sociale così rigida, che Victor riassumeva come le *Tre M*: Manager, Mercanti, Minatori. Fra gli uni e gli altri non c'era granché. I pettegolezzi si sarebbero mangiata viva la signora Malley.

"Va bene, Cathryn. Dio sa se non mi occorre una mano."

Cathryn sorrise e Isobel vide il suo volto cambiare e da attraente diventare sensazionale. Qualcosa le splendeva in fondo alle iridi, come se covassero un'energia repressa, tenuta sotto controllo. Isobel rammentò un pensiero che le era balenato alla mente pochi giorni prima a proposito di Louisa. *La maggior parte di lei è nascosta.*

6

Come un'isola.

"Cos'hai detto, mamma?"

"Ho detto qualcosa? Mi dispiace, stavo rimescolando i miei ricordi."

"Così questa donna, Cathryn, è stata parte integrante di quell'estate?"

Isobel sorrise. "Si può dire così."

Thomas teneva un sacchetto di carta a terra in mezzo ai piedi. Si era lasciato cadere pesantemente sulla sedia accanto al letto e aveva tirato fuori un panino e una tazza di caffè. "Ti dispiace se lo mangio qui?"

Isobel trovò che aveva l'aria stanca. "Fa' pure, ma non sentiranno la tua mancanza in ufficio?"

"Sono l'ultima persona di cui sentirebbero la mancanza. A nessuno piace avere il capo fra i piedi tutto il giorno."

"Ma va'. Ti adorano."

Thomas aveva avviato uno studio di commercialista dopo il college. Aveva ereditato il sorriso asimmetrico di Victor ma non i suoi problemi con i numeri.

"Sì, può darsi che mi apprezzino, in fondo. Temo che stiano escogitando qualche trovata per il mio pensionamento. L'altro giorno, mentre uscivo dal bagno, ho sentito qualcuno sussurrare 'karaoke'."

"Quei locali dove uno canta al microfono? Ma non pensi che sia...?"

"Umiliante?"

"No, non dicevo questo... sarà una grande festa? Quante persone hai sotto di te, ora?"

"Trentatré. Compresi i due che ho assunto la settimana scorsa."

"Buon Dio." Isobel alzò un sopracciglio. "Allora le cose stanno andando bene?"

"Non mi lamento."

"Ora si spiega questa bella stanza privata."

Thomas rimboccò un lembo del lenzuolo che pendeva dal letto. Non soltanto era una stanza privata: si trovava anche alla fine del corridoio. Non era stato facile averla. Aveva cercato di far sentire sua madre a casa: le aveva portato un vaso delle sue violette, un dipinto a olio che teneva in camera, il suo scialle preferito. Quello stesso giorno aveva raccolto un mazzo di fiori di campo dal prato dietro casa. L'amministratore del condominio dove viveva le aveva inviato una dozzina di rose ma Thomas le aveva gettate via di nascosto prima che sua madre potesse vederle, facendo scivolare il biglietto che le accompagnava in un mazzo di aster color porpora. Isobel aveva le idee chiare a proposito delle rose: erano troppo appariscenti e avevano un odore stucchevole. Diceva che chi le regalava aveva più soldi che immaginazione e rincarava la dose affermando che solo un appuntamento clandestino poteva giustificare un omaggio simile.

Annusò il profumo dei fiori di campo, che si mescolava agli odori dell'ospedale. L'aria era pervasa da un'indistinta mescolanza di malattia, fiori e medicamenti. Neppure un migliaio di odorosi aster avrebbe potuto mascherare il fatto che si trovavano in una clinica.

Il panino aveva un sapore strano. Thomas lo rimise nel sacchetto e guardò sua madre.

Era stato lui a trovarla. Entrato nell'appartamento, l'aveva chiamata ad alta voce e, non ottenendo risposta, aveva immaginato che si fosse appisolata. Aveva deciso perciò di bersi una birra e di guardare il telegiornale prima di svegliarla. Non sapeva da quanto tempo dormiva, ma decise che una mezz'ora supplementare non poteva certo farle male. Gli era sembrata stanca di recente e del resto non ne era sorpreso, con quelle marce giornaliere alle quali non voleva rinunciare. Si pulì le scarpe sullo zerbino e si guardò nello specchio del corridoio, stringendosi il nodo della cravatta sotto il doppio mento. "Presto sembrerò un tacchino", commentò. Mentre si dirigeva verso la cucina continuò a borbottare tra sé. "Ma scommetto che quando avrò novantanove anni sarò contento di essere sano come un tacchino. Gesù, adesso parlo anche da solo."

Sperò che in frigo ci fosse qualcosa di fresco da bere.

Alla vista di sua madre stesa sul linoleum inciampò. Posò la mano sul tavolo della cucina e vi si appoggiò con tutto il peso, chino come se stesse per affondare.

Credeva di essere preparato.

Cristo. Oh, Cristo...

Era così vecchia... Certo che si era immaginato la sua morte. Molte volte. Mentalmente aveva anche predisposto il funerale, pensando a quale musica di accompagnamento e a quali passi delle Scritture le sarebbero piaciuti. Da tempo ormai ogni giorno poteva essere l'ultimo per lei. Invece aveva continuato ad andare avanti come un motore ben lubrificato. Col passare degli anni Thomas aveva finito col dare per scontato il tenace attaccamento di sua madre alla vita.

Ora lì, in quella cucina, una sorta di rigidità cominciò a diffondergli lungo le membra, paralizzandogli le ginocchia. "Mamma..."

D'un tratto fu invaso da un'antica amarezza. Era così giovane quando era morto suo padre. Nessuno poteva spiegargli cosa doveva affrontare, il grigiore che lo circondava. Un ragazzino smarrito nelle ombre e nella confusione di una famiglia addolorata e perduta essa stessa.

Adesso capiva che l'età non aveva importanza: dieci anni o sessantanove non facevano differenza; sarebbe di nuovo sprofondato nell'abisso, e nel grigiore sempre così denso, impenetrabile.

Sapeva di non averle ancora fatto molte domande da cui attendeva risposta, sapeva di non essere pronto a lasciarla andare, dopotutto. E di non esserci nemmeno vicino.

"Non ora. Non *ora*, mamma." Le sue parole echeggiarono nella stanza.

Si sforzò di muoversi. Si accovacciò a terra e, chino su di lei, le abbassò con delicatezza l'orlo del vestito fino a coprirle il ginocchio.

Quando Isobel emise un gemito, sobbalzò e per poco non cadde all'indietro. Fu allora che cominciò a piangere, con singhiozzi di sollievo che quasi lo soffocavano mentre si alzava in piedi e si trascinava verso il telefono.

L'odore del caffè la fece reagire e si tirò su a sedere. "Non è il caffè dell'ospedale, vero?"

Thomas soffiò sulla superficie della tazza fumante. "*Starbucks*, porta accanto."

"Credi che potrei berne un sorso?"

Thomas infilò le mani nel sacchetto di carta. "Quasi dimenticavo." Le porse una tazza piena. "Ne ho portata una anche per te."

Il caffè scaldò la mano di Isobel. Ne aspirò l'aroma ed emise un sospiro. "Non dovrei prendere caffeina."

"Per una tazza? Non credo che ti ucciderà."

Lei sorrise indicando il sacchetto. "Zucchero?"

"Vuoi rovinarti i denti?"

"Non ne ho."

"Be', ce li avevi. Dove sono finiti? Erano ancora qui un minuto fa." Prese una delle due bustine e versò lo zucchero nel bicchiere dove Isobel teneva la dentiera.

"Thomas! Hai rovinato il mio Efferdent!"

Appena sua madre smise di ridere, si girò verso di lei. "Mamma, voglio chiederti una cosa."

"Tutto quello che vuoi."

Le si accostò. "L-lo amavi..." Thomas esitò, mentre la balbuzie che lo affliggeva fin dall'infanzia ricompariva, intralciandogli le parole. "Papà, voglio dire lo amavi v-veramente?"

Isobel lo guardò. "Dio mio, Thomas, hai forse pensato il contrario?" Nel dire ciò, il suo fiato dissolse la nuvoletta di vapore che saliva dal caffè.

Il giorno dopo Cathryn arrivò presto al negozio, portando dei dolci comprati alla pasticceria svedese. Con esitazione, Isobel prese il sacchetto che lei le tendeva. "Siediti, Cathryn, preparo un caffè." Guardò l'orologio, chiedendosi dove avrebbe trovato il tempo per compilare gli ordini che si erano accumulati sulla scrivania.

Cathryn si tolse la giacca. Indossava un grembiule sopra il vestito di crêpe. "Non preoccuparti, non sono qui per farti perdere tempo. Sono venuta a lavorare. Come volontaria, naturalmente."

Isobel batté le palpebre. Il giorno prima, quando Cathryn l'aveva aiutata in negozio, erano state talmente assorte nel loro lavoro che non avevano avuto il tempo di scambiare molte parole. Quando alla fine Cathryn se n'era andata, con le unghie rovinate e i capelli impolverati, Isobel aveva pensato che con ogni probabilità non l'avrebbe più rivista.

"Ma queste sono le tue vacanze, Cathryn. Perché mai vuoi startene rinchiusa qui tutto il giorno?"

"Mentre potrei starmene seduta fuori sotto quel sole accecante a non far niente?" Cathryn indicò la catasta di rotoli di tessuto che aveva spostato il giorno prima e che non aveva avuto il tempo di mettere a posto. "Per esempio, questi hanno ancora bisogno di essere sistemati, e tu sei occupata col tuo lavoro d'ufficio." Le diede un buffetto sul braccio. "Torna alle tue carte. Il caffè lo faccio io."

Per l'ora di pranzo Cathryn aveva misurato, etichettato e

sistemato ordinatamente tutti i rotoli sull'alta scaffalatura di Victor. Era un lavoro noioso, ma lei sembrava felice di fare qualsiasi cosa. Pezze di gabardine, tweed e lane varie erano allineate sui ripiani come scure losanghe.

Isobel apprezzò il risultato, ma il suo imbarazzo era evidente: "Sono terribilmente mortificata di non poterti pagare".

Cathryn si fermò, come se volesse considerare la questione. "Liam e io ce la caviamo bene così."

Isobel si sarebbe ricordata qualche tempo dopo di questa manifestazione di modestia quando Cathryn, con un po' di imbarazzo, le raccontò che sua madre la lasciava giocare con il contenuto degli scrigni di velluto che teneva in cassaforte nella sua stanza da letto: orecchini e spille con cui aveva il permesso di adornarsi la fronte o i polsi, anelli di diamanti e zaffiri da mettere alle dita dei piedi. "Pensavo che fossero giocattoli. Una delle collane valeva quanto un intero isolato della città", ammise. "Ora è in un museo, grazie a Dio."

"E il resto?"

Alzò le spalle. "Oh, da qualche parte, tra le mie cose."

Il lavoro che Cathryn svolgeva per Isobel fu occasione di discussione tra loro. "Oh, per favore. Non sono qualificata: sarà come una specie di apprendistato. Lascia solo che ti aiuti finché non avrai sistemato tutto." Incrociò le braccia in atto di sfida. "Starò qui fino a settembre." Sorrise. "Ma ovviamente puoi buttarmi fuori quando vuoi."

Si strinsero la mano con scherzosa solennità e Cathryn si mise subito all'opera, cominciando con i compiti più ingrati. La polvere sollevata dallo straccio la faceva starnutire ma la rendeva ancora più determinata a mettere tutto in ordine. Isobel la guardava con la coda dell'occhio, convinta che – poco abituata com'era a un lavoro del genere – si sarebbe stancata della novità e se ne sarebbe andata entro la fine della settimana.

Cathryn affrontò il caos di Victor. Emerse da sotto la scrivania con ragnatele di polvere attaccate allo chignon. "Al suo ritorno tuo marito resterà così sorpreso che non sarà più restio a concederti il tuo piccolo spazio per la modisteria."

Isobel si strinse nelle spalle. "È difficile che possa negarmelo."

Cathryn aprì la bocca per fare una domanda ma proprio in quel momento suonò il campanello.

Louisa si infilò nel negozio.

Isobel le sorrise. "Sei in anticipo."

Quella mattina erano uscite di casa insieme, come prevedeva la loro nuova routine, ognuna col proprio cestino del pranzo. Erano scese giù per la collina tenendosi per mano e si erano separate a metà strada, Isobel diretta in città e Louisa verso il quartiere dei finlandesi, dove svolgeva il suo primo lavoretto estivo aiutando la signora Hokkanen con i suoi gemelli neonati.

Louisa teneva il suo quaderno stretto sotto il braccio e Isobel sorrise quando lo vide, sapendo che i margini erano punteggiati di cifre vergate in una scrittura faticosa: l'attuale ammontare del suo stipendio – cinque centesimi l'ora – su una colonna, e su altre due colonne il totale dei pannolini che aveva cambiato giorno per giorno, una per quelli "buoni" e l'altra per i "disastrosi".

Louisa tirò un sospiro di sollievo ma fece un passo indietro appena vide la strana donna che stava dietro sua madre, una signora alta con orecchini di perle che assomigliava a una modella delle riviste e se ne stava con un cencio in mano.

Cathryn si voltò verso di lei. Appoggiata alla parete dell'atrio con le mani incrociate dietro la schiena, la bambina sembrava una Isobel in miniatura.

"Oh, santo cielo. Questa deve essere Louisa." La bambina annuì ma non si mosse. Cathryn le si avvicinò lentamente e si inginocchiò davanti a lei.

"Ciao. Mi chiamo Cathryn. E tu?"

Le rispose a voce bassa: "Lo sa già il mio nome. L'ha appena detto".

Isobel aggrottò le sopracciglia. "Louisa, non è molto educato..."

"No, no, ha ragione." Cathryn le tese la mano. "Riproviamo. Ciao, Louisa, è un piacere conoscerti."

La bambina gliela strinse, docile. "Ciao."

"Hai un bel nome."

Louisa assentì con un cenno del capo.

"Quando avevo la tua età una delle mie scrittrici preferite si chiamava Louisa. Hai mai sentito nominare Louisa May Alcott?"

"No."

"Oh, davvero? Bene, c'è una biblioteca qui in città?"

"Sì, signora."

"Magari potremmo andarci insieme qualche volta. Potrei leggerti qualcuno dei racconti della Alcott."

"Io so leggere." La bambina pareva intimidita, titubante.

"Lo credo bene che sai leggere." Cathryn non cercò di evitare il suo sguardo indagatore. "Louisa?"

"Sì, signora?"

"Stavo pensando proprio ora a un piccolo progetto, ma non posso farcela da sola, e tua madre è molto occupata. Tu avresti un po' di tempo?"

Louisa annuì e Cathryn indicò il tavolo da taglio. La bambina la seguì e sedette su uno sgabello. C'era una montagna di scarti di stoffe risultato dei suoi primi interventi di riordino: pezze troppo piccole per ricavarne un gilè o addirittura per una manica erano ammucchiate da una parte, pronte per essere gettate via. Cathryn allungò una mano in quel guazzabuglio e pescò una manciata di tessuti. Trovò un paio di piccole forbici, andò a prendere un pezzo di carta e fece qualche schizzo, porgendo di tanto in tanto la matita alla bambina perché aggiungesse qualcosa di suo nel disegno. Servendosi di questo come modello trascorsero il resto del pomeriggio in silenzio, tagliando e cucendo.

Isobel di tanto in tanto alzava lo sguardo dalla scrivania e vedeva Cathryn gesticolare, indicare qualcosa con le forbici, o descrivere una linea con un dito, silenziosa come Louisa. Se passava vicino a loro per andare in bagno o in magazzino, facevano scudo al loro progetto come se fosse un gran segreto.

Al tramonto la lasciarono finalmente guardare.

Da quanto Isobel aveva potuto vedere, avevano realizzato la loro opera senza scambiarsi non più di una decina di parole. Il risultato era uno spiritoso collage di cavalli fatti con del tweed applicati su uno sfondo di colline di tessuto a righine, con in lontananza un lago di satin. Sopra si stagliava un cielo a scacchi con nuvole di tessuto scozzese e nell'angolo in basso erano ricamate le loro due iniziali intrecciate con un filo di seta da ricamo marrone e verde: L.H. & C.L.M.

Si era ormai fatto tardi quando si recarono tutte insieme alla cassetta delle lettere dell'ufficio postale.

Isobel fece imbucare a Louisa gli ordini per i materiali.

"A questo punto non ci resta che aspettare."

"E progettare", replicò Cathryn sorridendo.

Isobel alzò lo sguardo in direzione della luna che sorgeva. Erano quasi le nove. "Oh, Cathryn, come tornerai a casa?"

Cathryn indicò una bicicletta appoggiata a un lampione vicino al negozio. "Col mio cavallo rosso fuoco, naturalmente."

"Ma è buio!"

"Lo so." Prese una torcia dalla borsa, l'accese e l'alzò sopra la testa, mettendosi in posa. "Chi sono, Louisa?"

La bambina allungò la mano e le infilò la borsa nell'incavo del braccio in modo da farla sembrare un libro.

"Ecco. Sei la Statua della Libertà."

"Esatto!"

Il mattino seguente Cathryn stava già aspettando fuori dal negozio quando Isobel svoltò l'angolo della Main Street. Lungo tutto l'isolato le teste erano girate in direzione della sartoria e molte persone stavano fissando la donna ben vestita ferma davanti alla porta. Quando Isobel passò, la maggior parte dei negozianti la salutò come al solito; tuttavia ammiccarono vistosamente o prolungarono il saluto come per darle l'opportunità di spiegare perché la moglie dell'ingegnere minerario era in negozio così spesso. Isobel sorrise, fece qualche commento sulla temperatura in aumento, ma non aggiunse altro. La loro manifesta curiosità la infastidiva e la divertiva al tempo stesso.

La signora Harding, la moglie del droghiere, almeno fu abbastanza sfacciata da chiedere. Mentre spazzava la sua sezione di marciapiede, si appoggiò al manico della scopa. "Santo cielo, signora Howard, cosa fate voi due in quel negozio tutto il giorno?" Fissò Cathryn, finché Isobel si sentì obbligata a presentarle. La Harding lasciò andare la scopa e attraversò la strada. Mentre tendeva la mano a Cathryn sbirciò nel suo cestino e aggrottò le sopracciglia scoprendo che conteneva solo una pagnotta alle noci e una scatola di tè cinese. Fece un salto all'indietro quando Cathryn alzò il cestino per farla guardare meglio.

La Harding accennò con il capo in direzione della vetrina. "Ah, vedo lassù la nuova insegna. Modisteria? È come una merceria? Ha qualcosa a che fare con il lavoro di Victor?"

"Più o meno. È..."

Cathryn intervenne. "Costruzione di navi, signora Harding." Il suo volto era una maschera di soavità. "Stiamo costruendo un'arca."

La donna aggrottò le sopracciglia, come se volesse rifletterci su. Isobel diede una pacca sulla mano di Cathryn e mormorò delle scuse cercando di soffocare una risata mentre girava la chiave nella toppa. "Facciamo cappelli, signora Harding. Semplicemente cappelli."

Appena entrate si rivolse a Cathryn: "Ti darò una copia delle chiavi".

"Grazie. Sono stata contenta quando ti ho vista arrivare. Cominciavo a sentirmi come un animale dello zoo."

Isobel sospirò. "Lo so. Ma aspetta di incontrare la signora Sima."

"Oh, già fatto. Mi ha invitata per il tè." Fece un gesto con la mano. "Sfortunatamente la mia agenda era già piena di impegni."

Si misero di buona lena a rifinire i dettagli, mettendo a punto i modelli, affilando utensili da taglio e forbici, lubrificando i macchinari, pulendo superfici che già brillavano e risistemando rocchetti e arnesi già disposti in ordine.

Sfogliarono cataloghi e riviste, in cerca di stili che corrispondessero al loro gusto e di modelli che Isobel avrebbe potuto modificare o copiare. Nella sua impazienza di mettersi all'opera, trovò una vecchia pezza di feltro e cominciò a confezionare un berretto di foggia semplice. Lasciò che Cathryn tagliasse la fascetta e la fodera. Un passante che avesse sbirciato dentro il negozio le avrebbe credute due socie, intente a discutere un progetto elaborato di comune accordo.

Cathryn trascorreva più tempo in negozio che nella sua casa in affitto sulla riva del lago. Quando Isobel le confessò di temere che lei si annoiasse, l'amica affermò il contrario.

"Ma a me piace questo posto!" Abbassò lo sguardo. "Per favore, se ti do fastidio dimmelo e me ne andrò."

"Tu non dai fastidio a nessuno. Buon Dio, Cathryn, guarda quanto lavoro hai fatto qui. Mi chiedevo semplicemente se per caso non ti sto trattenendo da qualcosa."

Cathryn balbettò: "Preferisco stare qui che sola a casa".

La tensione del suo volto si rivelò con la comparsa di sottili rughe sulla fronte. Isobel le posò una mano sulla spalla.

Ma certo. Che stupida! Il signor Malley lavorava tutto il giorno e molto spesso era fuori anche di notte a controllare le miniere vicine. Ovvio che si sentisse sola.

Come se le avesse letto nel pensiero, Cathryn chiese: "Non ti senti sola ora che tuo marito è via?"

La mano di Isobel ricadde mentre rifletteva sulla domanda. "Non ho avuto molto tempo per sentirmi davvero sola. In effetti io..."

Cathryn le si sedette accanto. "Cosa?"

Isobel scacciò una lacrima spuntata a sorpresa. Non riusciva a credere di aver cominciato a piangere davanti a qualcuno chc conosceva appena. Cercò di spiegarsi. “Be’, prima che Victor partisse avevamo avuto uno screzio. Sai com’è quando si è sposati da tanto tempo.”

“Certo che lo so. Ascolta, non voglio sembrarti indiscreta ma...”

Isobel accettò un fazzoletto che le veniva offerto e per un’ora raccontò a Cathryn come lei e Victor si fossero progressivamente allontanati l’una dall’altro.

“E poi li ha portati sull’isola. Non per farmi un dispetto, ne sono sicura, eppure...”

Alzò gli occhi e vide Cathryn con lo sguardo perso nel vuoto: si pentì all’istante di quella confessione. “Oh, lo vedi? Ho parlato troppo, ho turbato anche te.”

Cathryn le prese la mano. “No, affatto. Stavo solo pensando che è bello saper ascoltare gli altri, condividerne i problemi, una volta tanto.”

“Hai ragione, e avrai anche tu i tuoi.”

Cathryn le lanciò uno sguardo ironico. “Ho un marito, no?”

Ci fu un breve attimo di silenzio prima che scoppiassero a ridere.

Quando Cathryn non era impegnata in qualche lavoro, trascinava una sedia vicino a una finestra per sedersi a leggere o a ricamare. Esplorò in lungo e in largo i bui recessi dello stanzone a forma di L oltre l’entrata di servizio che serviva da magazzino. Si estendeva per l’intera lunghezza dell’edificio, separando la sartoria dalla macelleria adiacente, e per Isobel aveva l’unico vantaggio di fare da cuscinetto, smorzando il lamento inquietante delle seghe e il tonfo delle mannaie del macellaio.

Lo spazio era coperto dal pavimento al soffitto da una quantità di armadi a vetro in legno di quercia annerito dagli strati di lacca applicati negli anni. Un’alta finestra i cui vetri erano stati oscurati con una mano di pittura fin da quando Isobel era bambina, lasciava filtrare solo un quadrato polveroso di luce. Isobel associava al magazzino i resti rinsecchiti e friabili delle mosche morte e un misto di odori di ottone e polvere.

Ma l'oscurità e le dimensioni claustrofobiche dello stanzone non sembravano preoccupare Cathryn, che scompariva lì dentro per ore con uno straccio e un barattolo di lucidante per dare l'assalto alle maniglie e alle serrature ossidate degli armadi. Una volta Isobel la trovò appollaiata sulla sommità di una scala con le maniche arrotolate, intenta a sfregare energicamente una maniglia ostinata.

"Santo cielo, Cathryn, vieni giù. Lassù ci saranno almeno cento gradi!"

"Ho quasi finito, Isobel. Dammi soltanto un'ora."

"Un'ora?"

Riluttante, Isobel lasciò Cathryn alla sua occupazione. Giunta alla porta d'entrata sul retro si voltò a esaminare la stanza principale del negozio: le mani sui fianchi, la osservò con occhio critico lungo il perimetro, cercando di immaginare che impressione poteva fare agli occhi di un nuovo venuto come Cathryn.

Più che vederla, in realtà la *sentiva*. Le superfici e gli angoli di quello spazio erano stampati dentro di lei. Non aveva bisogno di guardare le finestre per conoscere la posizione e le dimensioni delle bolle d'aria intrappolate nei numerosi riquadri dei vetri. Aveva acquisito l'abitudine di indovinare l'ora del giorno osservando quale dei pannelli di perlinato veniva colpito dalla traiettoria del prisma di luce che filtrava dal vetro molato della porta.

La stanza era rimasta dello stesso colore verde oliva pallido che sua madre aveva scelto trent'anni prima. Le pareti si allungavano fino a un soffitto di stagno, verniciato così tante volte da dare la curiosa impressione che fosse intonacato di miele. A volte, quando fuori passava un camion pesante facendo vibrare la stanza, succedeva che dal soffitto si staccassero alcuni frammenti, pezzetti di falsa ambra che finivano tra i capelli di Isobel o in una fenditura del pavimento.

Isobel aveva due anni quando i suoi genitori avevano comprato l'edificio. Le ombre e le linee sul pavimento sotto i suoi piedi formavano una distinta carta topografica della sua infanzia. Il lungo sentiero sul parquet tracciato dai clienti della panetteria conduceva in un posto buio dove venivano tenuti un tempo i vecchi contenitori dei pasticcini. Increspature annerite restavano come traccia delle pesanti lastre di marmo da pasticciere. Rattoppi scombinati in acero definivano il posto dove erano sistemati i forni di mattoni.

Una sola occhiata a quel pavimento bastava a Isobel per riportarle alla memoria i tempi in cui se ne stava sdraiata a pancia in giù sul legno caldo, o scappava dalla porta di servizio con il rischio di sdrucciolare sulla farina. O quando se ne stava accucciata sotto un tavolo con il fiato sospeso per non farsi scoprire. Quante volte si era nascosta così?

Quelle fughe infantili fatte di sogni a occhi aperti sotto i tavoli erano spesso interrotte da rumori e voci che venivano da sopra: le placche imburrate fatte scivolare nel forno, il suono sabbioso della farina di mais che veniva sparsa, il trillo della suoneria del contasecondi, le stanche proteste di sua madre, le repliche difensive di suo padre echeggiate dalle superfici metalliche dei macchinari.

I toni duri e aspri delle voci dei suoi genitori mutavano solo quando entravano dei clienti, ammorbidendosi in una fugace cortesia che rapidamente si raggelava dopo che i clienti se ne andavano e cessava lo scampanio della porta d'entrata. Isobel aveva giurato a se stessa che, una volta che fosse cresciuta e avesse avuto una famiglia sua, avrebbe sempre parlato con un tono pacato, anche se era furiosa.

Da molti anni ormai aveva smesso di chiedersi perché i suoi genitori fossero così infelici, sebbene un tempo avesse sospettato che fosse colpa sua, unica figlia femmina dopo una sfilza di maschi nati morti.

Suo padre ordinava la farina in sacchi da venticinque e da cinquanta chili. Tutte le mattine, un sacco che pesava molto più di lei veniva vuotato in enormi ciotole e recipienti d'acciaio. Isobel passava delle ore sotto la lastra di marmo dove venivano preparati i dolci, e tendeva la mano per sfiorare con le dita le fessure della ruvida superficie inferiore del marmo, mentre nuvole di farina scivolavano giù dai bordi come sipari rarefatti. Sognando a occhi aperti e seguendo la danza dei raggi del sole sui granelli in sospensione, spesso immaginava il viaggio che la farina compiva assumendo le sue varie forme, da seme a grano, per essere infine ridotta in polvere. Con la punta del dito disegnava queste scene sulla fine pellicola che copriva il piano del tavolo da lavoro: il fattore che piantava speranzoso nei solchi arati, nubi tempestose che presagivano un duro lavoro, il sollievo quando le mietitrebbiatrici trainate da cavalli ritagliavano sentieri dalle linee nette attraverso le messi. Aggiungeva anche una nota da romanzo alla fine della mietitura disegnando una moglie con un grembiule a quadretti e bambini dalle guance paffute a fianco del fattore, tutti tondi come i covoni ammucchiati sui carri. La famiglia del fattore era sempre sorridente. Un padre e una madre affettuosi, due o magari tre maschietti, e una femminuccia, della sua stessa età.

La farina un tempo veniva conservata dentro credenze di legno incassate nel muro, in cassoni dai bordi di metallo che adesso contenevano le migliori lane di Victor, proteggendole dalle tarme. Qualche volta, spianando un rotolo di stoffa accadeva che Isobel notasse in una piega dei residui di farina vecchia di decenni. Mentre la spazzava via, per un attimo passato e presente si confondevano sotto le sue dita.

I genitori di Isobel avevano fatto una certa fortuna, a Cypress. La città era prospera: due nuove miniere erano state aperte, facendo incrementare la clientela della panetteria. Isobel si era sempre sentita un po' in colpa per la migliore condizione di cui godeva rispetto ai bambini immigrati, che vivevano in affollati quartieri di baracche o in mezzo ai canneti lungo la riva meridionale del lago. A scuola si sentiva spesso goffa e troppo ben vestita, le pieghe della gonna sotto il grembiule impeccabilmente stirate mentre sedeva accanto alle altre bambine che indossavano magliette di cotone sbiadite. Anno dopo anno, le sue compagne erano costantemente perseguitate da calzini che si afflosciavano, colletti sporchi e un inglese approssimativo. Poiché nessuna sembrava interessata a fare amicizia con lei, Isobel aveva avuto un'idea per ingraziarsele. Riempiva il suo cestino di ciambelle o biscotti per offrirli alle compagne all'ora di pranzo. Le straniere mangiavano in crocchi serrati, le teste chine a proteggere i loro miseri cestini aperti, immerse in un chiacchiericcio indecifrabile che la escludeva. I suoi doni venivano accettati e mangiati rapidamente, ma poi il crocchio si stringeva di nuovo emarginandola, mentre le bambine mandavano giù i dolci con sorsi di latte denso.

Tornando a casa Isobel dava gli avanzi ai merli facendo cadere le briciole lungo la via. Quando ebbe rinunciato a fare amicizia e smesso di portare regali alle compagne, i merli si erano ormai abituati a seguirla fino a casa, ammassandosi ai suoi piedi come un'onda di nero raso oleoso non appena usciva da scuola.

Per settimane gli uccelli avevano continuato a seguirla, finché uno le era saltato sulla punta dello stivale beccandole la caviglia. Isobel lo aveva allontanato con un calcio cominciando a correre, mentre una rosa rossa sbocciava attraverso il calzino. Arrivata a casa aveva mentito a sua madre riguardo al sangue, dicendo che si era tagliata urtando contro una staccionata. Era la sua prima bugia, ed era rimasta sorpresa dalla facilità con cui l'aveva detta.

Nella sua scuola, oltre a lei c'erano solo due ragazze nate a Cypress. Isobel aveva chiesto ai genitori di iscriverla nell'altra scuola della città. La maggior parte dei commercianti mandava i figli all'istituto cattolico, ma i genitori di Isobel non avevano interesse a impegnare molti soldi nell'educazione di una figlia femmina, e non si erano fatti scrupolo di dirglielo.

Isobel frequentava la quarta quando, con le lacrime agli occhi, aveva chiesto alla maestra se poteva cambiarla di banco: "Per favore, posso sedermi accanto a una bambina americana?"

La maestra l'aveva rimproverata: "Tutte le tue compagne sono americane, Isobel. Dovresti vergognarti". Si era sorbita una predica sull'uguaglianza, trattenendo il rossore che le saliva alle guance. Per punizione aveva dovuto spazzare la neve dai marciapiedi della scuola per tutto il mese.

Compiuti dodici anni, dopo la scuola aveva cominciato ad aiutare i genitori in negozio. Loro si aspettavano che restasse a lavorare nella panetteria, ma dopo quattro anni passati ad arrotolare chilometri di pasta per strudel e a sbucciare le mele di una cesta che sembrava senza fondo, Isobel aveva capito che non ce l'avrebbe mai fatta. Il contatto delle sue dita con la farina cruda le faceva digrignare i denti e la cannella la faceva starnutire. Quel lavoro in realtà non le dispiaceva, ma guardando sua madre accaldata che brontolava davanti ai forni si era prefigurata con grande lucidità il proprio futuro.

Raccontò a Cathryn del giorno in cui, mentre ritagliava quadrati di pasta di mandorle, aveva informato i genitori della propria decisione di entrare come apprendista presso una modisteria di Duluth. Aveva visto l'annuncio, spedito la lettera, e la sua insegnante le aveva scritto una calorosa raccomandazione. Aveva superato il colloquio e sarebbe partita alla fine dell'anno scolastico. Sua madre, le mani intorno al matterello, l'aveva squadrata gelida.

"Cosa stai dicendo?"

"Ho intenzione di confezionare cappelli."

"Non farai niente del genere."

Isobel se lo aspettava. "Ho sedici anni. Farò quello che voglio."

In un silenzio glaciale, suo padre si era tolto il grembiule ed era uscito dalla porta di servizio. Isobel sapeva che ammirava la sua determinazione, ma sapeva anche che odiava se stesso per non averne altrettanta.

Al rumore della porta che sbatteva, sua madre si era chinata di nuovo sulla lastra di marmo, mentre il matterello le tremava tra le mani.

"Non puoi essere almeno un po' felice per me?" le aveva gridato Isobel in lacrime.

Cathryn sospirò. "Ah, be', probabilmente non esiste al mondo una ragazza di sedici anni che non abbia deluso i genitori in una maniera o nell'altra."

"Anche tu?"

"Io sono stata una campionessa, in questo campo. Ho fatto tutto in una notte, la notte del ballo a Lake Forest. Il mio ingresso in società."

"Ingresso in società? Come una debu..."

"Debuttante, esatto. Una giovane donna beneducata della buona società. Hai davanti a te un'ex debuttante straordinariamente fallita. Non sono mai stata a mio agio in società: mia madre mi diceva sempre che avevo un comportamento 'a dir poco inappropriato' nell'esercizio delle mie *funzioni* sociali." Cathryn batté le mani e si dondolò sulla sedia. "Hai notato che la parola *funzioni* viene usata anche per dire che si va alla toilette? A ogni modo, tra la scuola della signorina Charlemaigne e le interminabili lezioni private, sapevo tutto quello che c'era da sapere sull'etichetta." Fece un profondo inchino. "Le buone maniere! So anche usarle, quando ne ho voglia. Farmele sempre mettere in pratica era lo scopo della vita di mia madre. Poverina, voleva che fossi una donna di mondo come lei, ma io non ne avevo proprio la stoffa. Sei troppo lunatica, diceva, troppo *imprevedibile*.

"Per il ballo, naturalmente, fecero le cose in grande: fiumi di champagne, il fior fiore dei giovani dell'accademia, solo i migliori rampolli delle migliori famiglie. Sapevi, Izzy, che lo status sociale si può misurare in base al grado di scomodità del vestito che uno indossa? E il mio mi stava uccidendo: aveva una tale quantità di stecche da poterci costruire una barca." Cathryn si chinò in avanti e sussurrò: "Così mi infilai nel bagno dietro al guardaroba per allentarlo un po'. Be', ci trovai la sorpresa più bella della mia vita. Il mio biglietto di uscita dal ballo stava proprio là dentro, inginocchiato sul pavimento".

Assunse improvvisamente un accento molto affettato. "Il modo in cui si dà il benvenuto è molto importante, in occasioni come queste. Davvero, è estremamente importante come uno si comporta. Ne può dipendere il suo futuro, sai?" Il suo sorriso prese una piega vagamente maligna. "Così quando il signore e la signora Jarvis della Jarvis Trust & Indemnity, una dinastia di banchieri molto boriosi, oltrepassarono la soglia, ero pronta. Con la mia voce più educata e amabile – avevo fatto tre anni di dizione alla scuola della signorina Charlemaigne e, credimi, sapevo tenere un *contegno* – salutai la signora Jarvis e poi mi voltai. 'Ed ecco qui il signor Jarvis! Signore, sarei lieta di stringerle la mano, ma pochi minuti fa alla toilette non la teneva dentro i pantaloni di Bobby Addison?'"

Isobel sputò il sorso di tè che aveva appena bevuto. "Non l'avrai fatto davvero!"

Cathryn era piegata in due dal ridere. "L'ho fatto! Mi dispiacque rovinare quel povero ragazzo, ma il signor Jarvis era un uomo orribile. Era il minimo che potessi fare."

"E tua madre?"

"Quasi morì di vergogna. In pratica mi ripudiò."

"Cosa successe?"

"Ero libera. Feci domanda per la scuola d'arte e non alzarono un dito per fermarmi. Seguii dei corsi di disegno dal vivo con modelli nudi, mi tagliai i capelli e uscii con degli scapestrati. Andai all'estero, da sola. E questo fu il colmo. Poi comparve Liam, che non vantava alcun pedigree ma me lo lasciarono sposare lo stesso. E con piacere. Credo che fossero sollevati al pensiero di essersi sbarazzati di me."

"E adesso?"

"I miei genitori?" Cathryn sospirò. "Dormono con gli angeli, poverini."

7

Isobel restò due anni lontana da casa. Fu solo con riluttanza che vi tornò per presentare Victor ai genitori. Lui dovette sorbirsi interminabili tazze di caffè acquoso e il fiume di chiacchiere della madre di Isobel. Quando alla fine pose la questione per cui era venuto e chiese ufficialmente la mano della figlia, il padre annuì con fare solenne, si alzò, gli strinse distrattamente la mano e si diresse a passi lenti verso la cucina. Isobel lo seguì e gli si avvicinò. Evitava di guardarla.

"Tua madre e io speravamo in qualcosa di meglio."

Isobel si irrigidì. "Non io."

Accompagnò giù Victor fino all'uscita. Alla porta lui le sussurrò: "Quei due non sono tuo padre e tua madre. I tuoi veri genitori sono stati rapiti dagli zingari", accennò col capo all'angusta scala da cui erano appena scesi, "che li hanno sostituiti con quel paio di beccamorti."

Dopo il matrimonio e il loro ritorno a Cypress, e dopo che i genitori di Isobel si furono trasferiti a St. Paul, la triste panetteria cambiò aspetto come se avesse voltato pagina. Il gentile ronzio delle macchine da cucire ben lubrificate e il sibilo del vapore ridefinirono lo spazio, e un'allegra operosità dissipò l'antica tetraggine. Le abitudini piuttosto disordinate di Victor erano ben rispecchiate dal caos che regnava sul suo tavolo da lavoro; i porta abiti erano rigonfi di indumenti sui quali erano appuntate etichette con parole indecifrabili vergate a mano. Nonostante la confusione in cui lavorava, Victor era preciso e veloce nel soddisfare gli ordini, e sebbene il suo comportamento potesse sembrare superficiale a un estraneo, Isobel sapeva che mentre fischiettava o chiacchierava o batteva il piede, in realtà tutta la sua attenzione era rivolta al tessuto che teneva tra le mani. I suoi criteri professionali erano rigorosi quanto i suoi modi disinvolti. Insisteva a tagliare lui stesso i cartamodelli e cuciva a mano l'attaccatura delle spalle, sia che l'abito fosse destinato a un coltivatore di patate o a uno dei soci proprietari della miniera.

In lui i clienti trovavano modi affabili, orecchie attente, un aneddoto per ogni occasione e un'opinione autorevole sugli sviluppi politici ed economici sia di Cypress sia di Washington D.C. Si teneva informato leggendo tutti i giornali a disposizione e tre se li faceva arrivare ogni giorno in negozio: il *Minneapolis Star*, il *Duluth Herald* e il *Cypress Tribune*. I clienti che si recavano a Chicago o nelle città della costa orientale non dimenticavano mai di portargli i quotidiani locali. Gli uomini capitavano da lui a farsi fare piccoli rammendi che le mogli avrebbero potuto sistemare facilmente a casa e, mentre il cliente sedeva su una delle tre poltrone recuperate in un teatro, Victor riattaccava un bottone allentato o rivoltava l'orlo di un paio di pantaloni sfilacciati commentando al tempo stesso le ultime notizie. Più volte gli avevano suggerito di presentare la sua candidatura a sindaco.

"Bah, sono solo uno che lavora sodo. Il mio posteriore non è abbastanza grande per riempire quella sedia. E poi, ragazzi, chi diavolo vi farebbe i vestiti?"

Col dilagare della Depressione, gli affari diminuirono e i clienti si fecero sempre più rari, finché i soldi bastarono appena per nutrire la famiglia che cresceva. Grazie all'attività delle miniere, gli abitanti di Cypress godevano ancora di un certo benessere, ma la prudenza imponeva loro di risparmiare il più possibile nel caso le cose si mettessero al peggio. Gli abiti di sartoria erano un lusso che potevano concedersi di rado. Dopo i primi momenti di panico, Victor si ritrovò con dozzine di ordini di abiti non ritirati che, tra lavoro e materiali, valevano centinaia di dollari. Data la scarsità di nuovi affari in vista, si vide costretto ad andare a consegnarli di persona ai clienti. Come un esattore riluttante, tolse il primo dalla gruccia e lo portò alla fattoria di un vecchio e irascibile finlandese.

"Ascolta, Arno, mi rendo conto che non hai i soldi per pagarlo e se li avessi saresti un pazzo a darmeli. Perciò ti propongo un baratto." Diede un'occhiata alla squallida fattoria, al campo ingombro di pietre capovolte, al gregge di capre macilente al pascolo. "Allora, che cos'hai in sovrappiù?"

Gli Howard ricevettero in cambio una forma di formaggio di capra e cinquecento libbre di patate rosse, metà delle quali furono cedute a un vicino in cambio di burro e salsicce di cervo. Quando il pastore svedese ebbe bisogno di paramenti nuovi, due parrocchiani gli costruirono una piccola sauna vicino alla cantina sul retro della casa. In questo modo Victor riuscì a provvedere alla famiglia negli anni di magra, barattando servizi e provviste: una dozzina di latte di crauti, una Sachertorte ogni sabato per sei mesi, cinquanta barattoli di barbabietole sott'aceto, un barile di farina di mais, un cucciolo di alaskan malamute, dieci galloni di vernice verde pino, una cassa di merluzzo sotto sale, un buono di trenta dollari da spendere alla ferramenta, biglietti ferroviari per Duluth, lezioni di piano per Louisa, e così via. Alcuni articoli non furono scambiati, così Isobel si ritrovò al culmine della Depressione sommersa da oggetti stravaganti e lussuosi: una quantità di angora grezza ceduta da una vedova che allevava gatti a pelo lungo; venticinque scatole di sapone alla lavanda prodotto in Francia, troppo costoso per usarlo; risme di carta da lettere italiana che ingiallivano in scatole da regalo dorate; e dieci bambole di legno imbronciate con cui i bambini si rifiutavano di giocare e che alla fine furono utilizzate per tenere aperte varie finestre in casa e in negozio. Una di quelle mostruosità se ne stava ancora, nuda, sulla scrivania di Victor con una puntina piantata nel collo che tratteneva a mo' di fermacarte un rotolo di fatture.

Isobel prese quella brutta bambola e la ficcò dentro il cassetto. Il negozio aveva sempre avuto un aspetto eccessivamente maschile, come quello di un barbiere. Ora, guardandosi intorno, poté constatare che l'ambiente era diventato più luminoso: tutto era pulito, le finestre aperte lasciavano entrare l'aria fresca, i vasi di margherite che Louisa aveva colto ravvivavano il bancone e la rivoltante sputacchiera era nascosta sotto una sedia. Isobel aveva appeso tende di merletto alla vetrina e collocato vasi di viole sul davanzale. La presenza di Cathryn le ricordava i giorni trascorsi alla modisteria Pasal: il leggero brusio delle donne al lavoro.

Era contenta della sua compagnia. Dopo le prime settimane di chiacchiere quasi frenetiche, si era instaurata tra loro una routine più serena e rilassata, e non di rado si tenevano buona compagnia in silenzio. Ma a volte il silenzio di Cathryn sembrava meno sereno, come se fosse oppresso da un peso e lei lottasse per non sprofondare in un qualche abisso interiore. Quasi senza rendersene conto, Isobel intercettava questi momenti e cercava di riempirli con raffiche veloci di chiacchiere o battute di spirito, oppure introducendo un argomento interessante. Alla fine si rese conto che per rallegrare Cathryn si comportava esattamente come faceva Victor nei suoi confronti, quando lei era di malumore.

Dopo aver chiuso il negozio, mentre camminava lungo il marciapiede sottobraccio a Cathryn verso il Jem's Diner, pensò che da anni non aveva una vera amica. Dopo aver lasciato la modisteria Pasal, era rimasta in contatto epistolare con Kathleen, ma la corrispondenza si era ormai ridotta al solito biglietto di auguri a Natale e a una lettera di tanto in tanto.

Cathryn portò una scatola di legno dipinto e un rotolo di carta spessa. Sistemò il suo cavalletto da pittore vicino alle larghe finestre e cominciò a fare degli schizzi ad acquerello. Preavvisò Isobel che non erano riportati alla perfezione: per lo più rappresentavano modelli di cui si ricordava vagamente, copricapo visti a Chicago o durante i suoi viaggi all'estero. Ne stracciò diversi prima che Isobel avesse modo di vederli, scusandosi di aver perso la mano a disegnare.

"Non ho più continuato. Temo di essere fuori esercizio."

Isobel guardò da sopra la sua spalla. "Hai un grande talento, invece. Perché hai smesso di dipingere?"

"Oh, non lo so. Dovrei provarci di nuovo. Ma immagino di non avere più tempo."

"Con Liam via così spesso, come passi allora il tuo tempo?" Per delicatezza non accennò alla mancanza di figli, ma non poté fare a meno di chiedersi cosa potesse fare una donna sola tutto il giorno.

Cathryn sembrò allarmata. "Io... io faccio varie cose." Dopo aver riflettuto un momento, contò sulle dita macchiate di pittura. "Ascolto musica, faccio i miei lavori di cucito. Quando Liam è a casa, cucino. Chicago è sempre piena di mostre da vedere, di concerti da ascoltare. Esco a fare spese. Ho qualche amica, naturalmente, ma ormai hanno tutte una famiglia." I suoi occhi si illuminarono. "Leggo moltissimo. Non lontano da casa nostra a Oak Park c'è una fornitissima biblioteca della fondazione Carnegie e io vi presto opera come volontaria due volte alla settimana: sai, registro i libri e li rimetto a posto sugli scaffali. È un lavoro che mi piace molto. E pochi isolati più in là c'è un rivenditore di libri usati dove passo delle ore. Avevo anche considerato l'idea di lavorare in pianta stabile, ma Liam... be', secondo lui è meglio che resti a casa. Pazienza. Probabilmente spenderei tutti i miei soldi in libri che non saprei più dove mettere. A proposito, devo prestartene qualcuno di quelli che ho portato con me. Non riuscirei a leggerli tutti in un'estate sola."

"Oh, vorrei avere io più tempo per leggere."

Cathryn respinse l'idea con la mano. "Ma va', per i buoni libri il tempo si trova sempre."

Dopo aver riordinato il negozio, in attesa dell'arrivo dei materiali Isobel confezionò tre vestiti estivi per Louisa e Cathryn cominciò a ricamarne lo sprone sulla base di motivi disegnati con la sottile mina da sarto: due tordi innamorati appollaiati sul ramo di un pino su uno sfondo di nuvole a forma di cuore, una mezza dozzina di scoiattoli che scorrazzavano su un tappeto di foglie di quercia, e tra essi uno nell'atto di inciampare sotto il peso della ghianda che trasportava. I punti erano così minuscoli, il filo di seta e gli aghi talmente sottili che Isobel si chiedeva se non ci sarebbe voluta l'intera estate per finire il lavoro. L'ultimo vestito da ricamare era il preferito di Louisa, e la bambina controllava i progressi di Cathryn con regolarità, strisciandole dietro per sbirciare da sopra la spalla. Conscia della timidezza di Louisa, Cathryn non si voltava mai a guardarla. Fingendo sorpresa, esclamava: "Oh, ecco la mia ombra! Santo cielo, pensavo di averti persa". Poi sollevava lo sprone di lino blu per farlo vedere a Louisa più da vicino, e lì, ricamati con tocco squisito, stavano tre pesci con la bombetta in testa, come si vedono nei cartoni animati, che correvano in bicicletta verso una luna piena.

Più di vent'anni dopo, in un pomeriggio d'estate a casa di Louisa ormai mamma, Isobel avrebbe visto proprio quel vestito indosso a una delle nipoti. Chinandosi per baciare la bambina, aveva notato che l'ultimo pesce in bicicletta non era stato terminato. Dopo aver fissato per un momento il ricamo incompiuto, si era messa a piangere in silenzio. Abbracciandola, Louisa le aveva sussurrato tra i riccioli grigi: "Mami, neanch'io l'ho dimenticata".

Louisa fu la prima ad accorgersi che gli uccelli avevano smesso di cantare. "Zia Cathryn, senti qualcosa?" Si trovavano al confine della città: Cathryn aveva appeso i sandali al manubrio e spingeva la bicicletta a mano. Isobel camminava dietro di loro e guardava le caviglie nude sollevare finissima polvere a ogni passo. Si fermarono e Cathryn tese l'orecchio per ascoltare.

"No, niente. E tu cosa senti, Louisa?"

"Niente. Se ne sono andati. Gli uccelli se ne sono andati."

I giorni seguenti, Isobel cominciò a prestarvi orecchio. Nel tragitto da casa fino in città e al ritorno, osservando boschi e giardini, si accorse con stupore che Louisa aveva ragione. I rondoni erano spariti dai camini, i pettirossi erano scomparsi, e anche i corvi. Deve essere colpa del caldo, pensò, c'è così poca acqua. Se ne saranno andati in cerca d'acqua.

A letto tendeva l'orecchio per sentire gli uccelli notturni. Le civette e le strolaghe dal verso ossessivo avevano smesso di annunciare l'arrivo della notte.

Quei rari volatili che riuscì a scorgere, qualche stormo di storni, senza emettere un verso volavano bassi, come se non si fidassero delle proprie ali a maggiori altezze.

Un giorno Cathryn arrivò con un grammofono portatile e alcuni dischi di compositori i cui nomi Isobel non riusciva neppure a pronunciare: Scrjabin, Dvořák, Puccini. Mise sul piatto uno spesso settantotto giri e una voce celestiale riempì il negozio.

"Opera?" Isobel non ne era sicura. Tre cappelli in lavorazione giacevano davanti a lei sul tavolo: un cappellino color marrone rossiccio col bordo in visone ramato e veletta, una cloche blu notte orlata da una passamaneria in rame battuto e con una fascia che tratteneva una piuma di pavone, e un berretto nero alla Robin Hood adorno di un grappolo di ghiande d'argento brunito e foglie di quercia in seta rosso granata. I gomiti sul tavolo, paragonò i cappelli a quelli di una rivista di moda parigina trovata da Cathryn che, china sulla sua spalla, commentò: "Izzy, ci siamo! Sono copie quasi identiche!"

Isobel si morse l'interno della guancia. "Sì, forse è proprio questo il problema." Arricciò il naso. "Francamente credo che questo" – e raccolse il cappello a cloche – "starebbe meglio con una piuma di fagiano. Il pavone non risalta su questo colore." Staccò con cura la piuma e cominciò a frugare nelle scatole bene ordinate.

Cathryn gironzolava per il negozio, fermandosi ogni tanto

per raddrizzare gli oggetti su uno scaffale o spazzare un angolo già pulito. Isobel, assorta, cuciva e imbastiva ascoltando la musica di Puccini, seguendo con l'ago il ritmo della melodia.

I giorni si allungarono e Isobel arrivava al lavoro già alle sette. Louisa era spossata dalle mattinate trascorse con i gemelli, ma nel pomeriggio si trascinava al negozio e si metteva a osservare Cathryn, per imitare poi ogni suo gesto. Se Cathryn lavorava a un acquerello, restava pazientemente in piedi dietro di lei finché questa non le dava un foglio di carta e un pennello. Se Cathryn arrivava con un fiore appuntato all'orecchio, scappava via e tornava a sua volta con una campanula o un fiore di dente di leone tra i capelli. Per la maggior parte del tempo se ne stava seduta in mezzo ai rotoli di tessuto, intenta a ricamare o a disegnare, seguendo sempre con la coda dell'occhio ogni movimento di Cathryn.

Isobel senza darlo a vedere osservava la scena. Lieta dello strano e seducente legame che univa sua figlia e la sua nuova amica, si guardava dall'intervenire. Sapeva che, se vi avesse fatto allusione, Louisa avrebbe fatto marcia indietro per timidezza o si sarebbe chiusa in se stessa ancora di più.

La presenza di Louisa era talmente discreta che un sabato Isobel la chiuse dentro il negozio e se ne accorse soltanto un'ora dopo. Tornata indietro, si bloccò di colpo sulla soglia: in testa un cappello appena confezionato per Cathryn, una tazza da tè in mano con il mignolo vezzosamente alzato, Louisa mormorava e annuiva a un invisibile interlocutore mentre il grammofono gracchiava gli accordi di un'aria lontana.

Isobel si rese conto di non sentire la mancanza del resto della sua famiglia quanto avrebbe dovuto. Lo ammise confessandosi con padre Thiery. Dalla grata del confessionale echeggiò la profonda risata del prete.

"Ma tu stai lavorando così tanto, ragazza mia: la tua mente è già occupata a sufficienza. Vedrai che torneranno più presto di quel che credi."

Per penitenza le disse di recitare un'Ave Maria.

Isobel cercò di figurarsi l'isola pur avendola vista solo due volte: di sfuggita in una fotografia sfocata e attraverso le lenti di un binocolo da una grande distanza. Cosa ci facevano là tutto quel tempo? Immaginò che i ragazzi nuotassero per ore, la pelle blu per il freddo, senza che ci fosse qualcuno abbastanza sensato da tirarli fuori dal lago gelato. Non aveva paura che affogassero: al contrario di lei e Louisa, nuotavano tutti come pesci. Ma di sicuro uno di loro avrebbe preso freddo e si sarebbe ammalato.

Allora sarebbero tornati a casa. Non appena uno di loro si fosse ammalato, sarebbero tornati. Il solo pensiero le diede una stretta al cuore.

Ma no. Victor sapeva come comportarsi. Isobel si convinse che sarebbe stato in grado di affrontare la situazione, qualsiasi cosa succedesse.

A calmare le sue paure giunse un pacchetto di lettere con il battello postale. Henry scriveva in maniera concisa, raccontando la routine giornaliera della vita sull'isola.

Ho imparato a cucinare in un forno olandese sotterrato tra le braci. Ho fatto il pane, ma dovrei provare una ricetta migliore. Thomas è uno strazio: ogni volta che lo mando a raccogliere le bacche, se ne mangia metà di quelle che trova. Il postale ci porta acqua da bere due volte alla settimana, per il resto mettiamo a bollire l'acqua del lago. Sentiamo la mancanza del frigorifero. Darei il mio regno in cambio di una tavoletta di cioccolato!

Io sto bene, e tu? Devi annoiarti senza di noi, eh?

La lettera di Victor era breve.

La pesca va bene, quasi ogni sera prendiamo carpe o pesce persico. I ragazzi si lamentano un po' e reclamano pollo, formaggio e latte fresco, ma in genere si adattano. Leggiamo Twain ad alta voce ogni notte.

Ho intagliato un piano per il cribbage da un pezzo d'acero trovato in giro, ma il legno era troppo verde e si è deformato prima ancora che finissi di levigarlo. Adesso balla sul tavolino ogni volta che qualcuno segna un punto. Loro lo trovano divertente. È questo il bello dei bambini, Izzy, ridono alla stessa battuta un migliaio di volte.
Mi manchi, V.

Isobel notò che aveva concluso scrivendo non *Con amore*, ma *Mi manchi.*

Tenne per ultima la lettera di Thomas. Mentre guardava i larghi scarabocchi fatti a matita, l'immagine di una mano grassoccia coprì il foglio.

Cara mami,
qualche volta dormiamo fuori. Ci sono le lucciole e le libellule sembrano fate. Henry dice che non esistono. Papà dice che invece esistono e di non essere triste per la tua mancanza, che forse tu voli sull'acqua e ci vieni a trovare mentre dormiamo. Così ora tu sei una fata sul mio letto!
Un sacco di baci, ti voglio tanto bene,
Thomas Arthur Howard.

Riusciva quasi a vedere Victor chino sul figlio, i loro volti assorti alla luce di una lanterna, Thomas concentrato sulla matita mentre Victor gli dava istruzioni e lo aiutava con l'ortografia.

Piegò più volte la lettera e la legò con un nastro. L'avrebbe messa nell'ultimo cassetto in basso, vicino alla borsa che conteneva qualche dentino da latte e qualche ricciolo dei suoi figli da piccoli, e bigliettini disegnati a mano per la festa della mamma. Prese un foglio di carta e intinse la penna nell'inchiostro. Scrisse una breve lettera a Henry e una un po' più lunga a Thomas, disegnando al margine una libellula con le ali a formare un profilo di donna. Scrisse che aveva una nuova amica, e che Louisa stava bene ma sentiva molto la loro mancanza (anche se non le aveva mai dato quest'impressione, tranne la notte in cui, dopo aver fatto un brutto sogno, si era arrampicata fino al letto vuoto di Thomas).

Mentre si accingeva a scrivere a Victor, fu presa dalla disperazione davanti al foglio bianco. Avrebbe voluto parlargli di Cathryn e della loro nuova amicizia, ma non poteva farlo senza rivelare come aveva trasformato il negozio. Voleva che la modisteria restasse un segreto, che fosse una sorpresa. Si rese conto di quanto tempo fosse passato dall'ultima volta che aveva avuto qualcosa di interessante da raccontargli. Lui arrivava sempre con una storia, la sera, mentre lei di solito non aveva da offrirgli che l'arido resoconto della giornata: i lavori che c'erano da fare in casa, il costo di una libbra di manzo alla macelleria Sima, le preoccupazioni riguardanti la scuola o la salute dei bambini, i guai in cui si erano cacciati, la spesa di nuovi indumenti o di altro materiale per la scuola.

La lettera che scrisse le sembrò altrettanto arida.

Caro Victor,

qui tutto bene. Louisa bada ai gemelli degli Hokkanen la mattina e mi aiuta il pomeriggio. Il giardino è in uno stato pietoso anche se lo annaffiamo tutti i giorni. Fa un caldo tremendo!

Avendo così poco da fare a casa, ho riaperto il negozio. Qualche cliente ha chiesto di te. Ho preso le misure al signor Vincent per una giacca. Ha detto che per i pantaloni avrebbe aspettato che tu tornassi (credo preferisca che sia tu a prendergli le misure dal cavallo!).

Sembra che vi divertiate un sacco laggiù. Sto per spedirvi tramite Doug Green una borsa frigo con limoni, mele, qualche verdura e del pollo, sperando che si conservi per il viaggio. Se siamo fortunati il cioccolato non si scioglierà sporcando dappertutto. Le bustine di lievito sono per Henry.

È stata un'estate interessante, finora. Spero che stiate tutti bene.

Con amore, Isobel.

Come al solito non riusciva a esprimere le proprie emozioni sulla pagina scritta, come se ci fosse una sorta di balbuzie, una connessione mancata tra la mano che muoveva la penna e i suoi pensieri. Avrebbe voluto dire di più, far emergere qualcosa di sé. Appoggiò i palmi delle mani ai due lati della pagina. Un pezzo di vernice pietrificata, caduta poco prima dal soffitto, luccicava vicino al bordo del tavolo. Avrebbe voluto gettarla via, ma la raccolse e la tenne sotto la luce, sorridendo. La infilò nella busta insieme alla lettera. Un vecchio scherzo che solo loro due conoscevano. Meglio di qualsiasi parola.

Isobel e Cathryn fecero congetture su quali stili e colori sarebbero andati di moda la primavera seguente. Cathryn portò le ultime riviste arrivate da Chicago e studiarono le pagine, i volti accostati in un'allegra cospirazione. Isobel ultimò qualche altro modello con i rimasugli che riuscì a rimediare: un cappello di paglia foderato di lino cerato, una cloche di feltro. Modelli semplici. Non era facile ricominciare: la modisteria di qualità si presentava più complicata dei lavori di sartoria. Ci vollero settimane perché le sue dita si sciogliessero recuperando l'antica destrezza, si riabituassero ai ritmi e alle difficoltà del lavoro, sviluppassero i calli e le energie necessarie.

Quando finalmente arrivarono le tanto attese casse dei materiali, lei e Cathryn aprirono gli imballaggi e percorsero con le mani gli spessi rotoli di feltro e di fodera di seta. Cathryn estrasse la lista d'inventario e, in posa teatrale, la mano in direzione del prezioso mucchio, declamò: "Grigio oliva, blu notte, fulvo chiaro, marrone bacca, rosso granata, viola cielo, perla, ecru, ecceteraaaa!"

Louisa era affascinata dai nuovi arnesi, in particolare l'increspatore e la punzonatrice di cui si serviva senza sosta per la sua collezione di cappelli di carta.

La mattina, mentre Isobel tagliava, vaporizzava e imbastiva, Cathryn leggeva ad alta voce dal giornale un romanzo a puntate: quell'estate era un libro di Edna Ferber.

Louisa e Isobel si lasciarono coinvolgere dai tormenti quotidiani della protagonista, la sventurata e sofisticata Selena, che si ostinava a ritenere la sua vita meravigliosa nonostante fosse finita nella fattoria di un olandese che possedeva campi a maggese a sud di Chicago.

Quando Cathryn leggeva i brani ambientati in città, Louisa la interrompeva di continuo.

"Hai visto quell'albergo, zia Cathryn? Sei stata in quella strada?"

"Sì."

"È grande?"

"Abbastanza, sì."

"E i negozi, sono grandi anche i negozi?"

"Non più di questo. Louisa, non ti ho mai sentita fare così tante domande. Bisognerà proprio che ti porti a Chicago, perché veda tu stessa."

Ricominciò a leggere, ma fu subito interrotta da Isobel.

"Questo personaggio, Selena, ha tante qualità. Come può arrendersi così?"

"Arrendersi?"

"Voglio dire, al suo destino."

Cathryn abbassò il giornale. "Non credo che sia questione di arrendersi o meno. Non siamo noi stessi a scegliere il nostro destino, in una maniera o nell'altra?"

Cathryn portò a Isobel dei libri da leggere, volumi di Tennyson, Teasdale, E.E. Cummings, Rilke.

La sera, nel suo letto, Isobel manipolava con titubanza le esili rilegature, con la paura di non riuscire a capire o ad apprezzare quello che leggeva, di dover parlare di poesia con Cathryn in un linguaggio che non era in grado di usare o comprendere. Aveva lasciato la scuola a sedici anni per imparare un mestiere e, mentre sapeva stendere il linoleum in modo da impedire che si formassero delle bolle, trattare un bambino con le coliche o modificare un abito da sposa per far sembrare vergine una donna incinta di cinque mesi, a volte sentiva un impercettibile baratro tra lei e Cathryn, che si manifestava non tanto in una disparità di status sociale quanto nel linguaggio con cui lei si esprimeva. Così come si sentiva diversa dagli immigrati di Cypress, con i loro accenti e il loro strano modo di esprimersi, altrettanto Isobel si sentiva tagliata fuori dal mondo di Cathryn, che nella conversazione sembrava librarsi fuori dalla sua portata su una nube di aggettivi sofisticati, parole che lei capiva solo dopo averle udite ripetutamente nel loro contesto. Al pari di un ospite che a cena aspetti di vedere quale forchetta prenderà per prima la padrona di casa, Isobel provava i nuovi vocaboli ad alta voce solo quando era sicura di usarli nella maniera giusta.

Cathryn leggeva voracemente. Isobel concluse che la letteratura poteva essere la chiave che le avrebbe consentito di accedere nel mondo di Cathryn. Pensò che, leggendo gli stessi libri, sarebbe forse riuscita a leggere nell'animo dell'amica, a capire i suoi momenti di esaltazione, i silenzi spesso dolorosi.

Cominciò a leggere. Molte strofe le risultavano incomprensibili, ma si scoprì attratta dall'economia di parole con cui venivano espresse. Allo stesso modo era intrigata dai silenzi tra le parole e da ciò che essi suggerivano o non suggerivano affatto. Trovò belle alcune poesie per quello che riuscivano a evocare senza formularlo apertamente: erano le sue preferite e poteva persino riconoscervi una parte dei suoi sentimenti. Altre la mettevano a disagio, e giudicava indiscreti quei poeti che mettevano a nudo il proprio cuore e le proprie sofferenze di fronte al mondo.

A tarda notte, dopo aver messo a letto Louisa, raddrizzava i guanciali e inclinava la lampada in modo da illuminare il libro che teneva in grembo. Si immergeva in quei volumi sottili, con le labbra che a tratti si muovevano sussurrando i versi che la catturavano con il loro incanto.

Un sabato Isobel lasciò Cathryn a badare al negozio e salì su un treno per Duluth insieme con Louisa. Aveva bisogno di alcune cose ed era troppo impaziente per aspettare che arrivassero per posta. Dopo aver finito al magazzino dei tessuti, scesero giù per la collina fino alla modisteria Pasal. Le sue vecchie amiche Kathleen e Ruth ci lavoravano ancora e appena seppero chi era entrato uscirono dal retrobottega.

Kathleen era ingrassata; la sua pelle di pesca invecchiando era diventata screpolata e rugosa come se avesse passato gli ultimi sedici anni a lavorare nei campi di segale.

"Isobel Marie, guardati!" Aprì le braccia massicce. "Sei piccola come un pulcino. Rischierò di soffocarti! E questa non può che essere tua figlia!"

Ruth, più riservata, le tese la mano e Isobel dovette rinunciare ad abbracciarla come voleva. Era talmente sfinita e macilenta che stentò a riconoscerla.

"Oh, Ruthie!"

La risposta suonò come un rimprovero.

"Izzy, tu non sei cambiata di una virgola!"

Dopo averle fatto un sacco di complimenti, mostrarono a Louisa le stanze da lavoro, mentre Isobel estraeva fodere di tela e seta da ricamo. Le era difficile concentrarsi e, mentre sceglieva a caso fili di vari colori, si rese conto di aver creduto che Ruth e Kathleen sarebbero rimaste com'erano, che l'essere nubili e senza figli le avrebbe in qualche modo preservate dagli attacchi del tempo.

Più tardi Kathleen servì il tè e ammirò la sua figura pizzicandole la vita, incredula. "Ne hai avuti *tre*, hai detto? Dicci di nuovo i nomi!"

Si protesero verso di lei, avide di notizie. Isobel si sentì un po' colpevole e all'improvviso si convinse che la vita fosse stata prodiga con lei, come loro continuavano a ripeterle. Disse poco della nuova modisteria e niente del fatto che quell'estate era libera. Fu presa da un'improvvisa smania di andarsene e accennò qualcosa di vago circa l'orario del treno. Salutando Ruth, la tirò a sé e l'abbracciò come avrebbe voluto fare al suo arrivo. Ruth rimase rigida e distaccata, rispondendo con freddezza all'abbraccio.

Kathleen la strinse e le sussurrò: "Adesso non scomparire di nuovo". Poi di colpo la sollevò da terra e anche Ruth rise.

Isobel raccolse i suoi pacchetti e se ne andò. Osservando le due donne, in piedi l'una accanto all'altra, si ricordò com'erano state un tempo: due ragazze con tanti sogni da realizzare. Ruth voleva diventare addetta agli acquisti per un grande magazzino, viaggiare e vedere il paese. Kathleen era decisa a sposarsi e ad avere dei bambini, e magari un giorno sarebbe tornata nel Donegal.

Una volta uscita, Isobel non si volse indietro per vederle attraverso la vetrina. Si abbassò invece come per dire qualcosa a Louisa distogliendo lo sguardo, sapendo che loro erano ancora là in piedi, che di sicuro non si erano mosse.

Si chiese se fosse davvero possibile scegliere il proprio destino. Apparentemente sembrava che esistessero due strade: o si sceglie, o si viene scelti.

Si chiese se Cathryn avesse potuto decidere il proprio destino. Mentre si dirigeva verso est lungo la Superior Street, si interrogò sulla propria strada. L'aveva scelta o era stata scelta? Fino a sera non c'erano treni per Cypress. Pranzarono tardi all'hotel Duluth. Era la prima volta che Louisa entrava in un ristorante elegante, e Isobel rimase sorpresa nel vedere sua figlia comportarsi in maniera ferma ma amichevole con il cameriere, ordinando con una padronanza di sé che smentiva la sua età.

"E tè, per favore. Una tazza anche per mia madre."

"Con latte o con limone, signorina?"

Louisa batté le palpebre. "Entrambi, se non le spiace."

Isobel riconobbe un'affettazione familiare e nascose un sorriso nel tovagliolo. Louisa stava interpretando la parte di Cathryn.

Dopo passeggiarono per il Canal Park e per il giardino che costeggiava il lago. Mancavano ancora più di due ore alla partenza del treno. Un uomo che vendeva biglietti si offrì di farle salire a metà prezzo sul ponte levatoio.

Louisa lo indicò. “Vuole dire quel ponte, quello che si alza sull’acqua come un ascensore?”

“Proprio quello, signorina.”

“Perché dovremmo farlo, secondo lei?”

L’uomo fu colto di sorpresa. “Be’, io...”

“Grazie, signore, ma devo rifiutare. Mia madre rigurgiterebbe.”

“Ri-cosa?”

“E anch’io, probabilmente. Buon pomeriggio.”

L’uomo se ne andò borbottando mentre si ficcava i biglietti in tasca.

“Perché ridi, mami? Non è più educato di *vomitare*?”

Dirigendosi verso la stazione, scorsero una piccola libreria in una traversa della via principale. Aggirandosi tra gli scaffali, Isobel fu attratta da una rilegatura color oliva. Prese il libro e lo aprì su una poesia che occupava una doppia pagina.

Diede una moneta a Louisa e la mandò a comprarsi una bibita al distributore nel negozio accanto. Si accomodò su una sedia trovata in fondo alla libreria e lesse la poesia due volte. Dopo aver dato un’occhiata intorno per accertarsi di essere sola, lesse di nuovo i versi pronunciandoli a bassa voce.

Mentre rovistava nella borsa, si rese conto che quello era il primo libro che comprava in vita sua. Arrossì mentre chiedeva alla commessa: “Potrebbe farmi una confezione regalo?”

8

Quando Isobel arrivò in negozio il lunedì mattina, trovò Cathryn circondata dai cocci di un vaso rotto, i palmi delle mani premuti sugli occhi. Aquilegie color porpora e iris bianchi erano a terra in una pozza d'acqua che lentamente filtrava nelle tavole del pavimento.

Isobel si inginocchiò. Il vaso era frantumato come se fosse stato scagliato a terra, e non caduto per disgrazia. Gli steli dei fiori erano spezzati e gli iris sembravano calpestati.

"Erano così belli, e il vaso... e adesso è rotto. Io l'ho rotto." Le spalle di Cathryn tremavano in modo convulso. "L'ho distrutto!"

Isobel si alzò e guardò perplessa il volto gonfio dell'amica, che si girò dall'altra parte. "Mi dispiace. Mi dispiace", continuava a ripetere.

Cathryn non accennava a calmarsi, e Isobel si accorse che aveva dei petali bianchi attaccati sotto i tacchi.

La fece sedere vicino alla finestra. "Cathryn, non ha importanza."

Lei nascose di nuovo il viso tra le mani.

"Mi ascolti?"

"Mi dispiace."

"Va tutto bene. È solo un vaso. Guarda." Le staccò le mani dal volto. "Un vaso rotto e qualche stupido fiore. Ci vorrà un minuto per pulire."

Mentre Isobel spazzava, passava lo straccio e preparava il tè, Cathryn si lavò il viso, si rimise il rossetto, e sedette a fare le parole crociate sul *Cypress Tribune* come se niente fosse successo. A un tratto chiese con voc tranquilla e allegra: "Izzy, una parola di cinque lettere per 'viaggio nella fantasia'".

Isobel la fissò tenendo in equilibrio una tazza di tè e un piatto di biscotti: "Non lo so... un sogno?"

"Ah! Sbagliato, ma non è male. Mi piace, Izzy, un sogno è un viaggio dopotutto, no? Un viaggio sonnambulo."

"Un viaggio son... ?"

Cathryn la ignorò. "Uhm, fiaba, forse. Sì, questo ci sta."

Leggeva le definizioni e provava le parole nelle caselle del cruciverba, bevendo il tè e battendo la matita sul foglio mentre pensava alle soluzioni.

Dopo mezz'ora lasciò il cruciverba incompiuto e cominciò a camminare avanti e indietro per il negozio.

Isobel la sorvegliava con la coda dell'occhio.

"Cathryn, finirai per consumarlo, quel pavimento."

Ubbidiente lei si sedette a ricamare, ma dopo pochi minuti balzò su dalla sedia e le si avvicinò mentre stava foderando un berretto con della mussola.

"Izzy?"

"Sì?"

"Mi insegneresti a guidare?"

"Guidare? Intendi dire un'auto? Perché mai..."

Cathryn le afferrò una mano e gridò, supplicandola come una bambina: "Per divertimento! Oh, ti prego, Izzy!"

Isobel non era un'esperta guidatrice, ma non poteva deluderla. La fiducia incondizionata di Cathryn le diede il coraggio necessario, così quel sabato a mezzogiorno mise in moto la vecchia Ford e guidò sulla strada accidentata che portava a Granite Point. Pensava di essere ormai in prossimità della casa di Cathryn, quando la strada improvvisamente si inclinò in una ripida discesa curvando verso il lago. Sull'altro lato della baia riusciva a distinguere la punta del promontorio e il cottage costruito sotto la scogliera. In quel punto la carreggiata era coperta di fango, anche nei periodi di siccità. Dalla riva si allungava un pontile cui era accostata una canoa in legno di cedro. Il cottage distava solo un centinaio di metri in linea d'aria, ma la strada scendeva verso i boschi facendosi sempre più stretta e sconnessa, immergendosi tra gli alberi che formavano un arco oscurando la luce del sole e lasciando filtrare solo qualche raggio polveroso. Isobel capì di essere arrivata a destinazione solo quando riconobbe la bicicletta rossa di Cathryn appoggiata a un albero.

Fermò l'auto sulla scarpata che serviva da parcheggio. Se non ci fosse stato un altro veicolo in sosta in quel punto a delimitare il ciglio, probabilmente Isobel sarebbe andata avanti e sarebbe finita con la Ford parcheggiata direttamente sul tetto del cottage. L'ampia costruzione in legno era scarsamente visibile dall'alto, nascosta com'era dagli abeti bianchi che la circondavano e dal muschio che proliferava negli interstizi della facciata. Anche il tetto ne era ricoperto qua e là, e solo i grandi camini alle due estremità permettevano di distinguere la costruzione dal terreno circostante. Isobel discese un'angusta scalinata scavata nella roccia e alla fine si ritrovò su un sentiero lastricato che fiancheggiava l'edificio. Licheni di ogni colore si erano attaccati al rivestimento fatto di tronchi e funghi color arancio proliferavano vicino alle fondamenta.

I ripidi timpani e le finestre disposte in modo bizzarro le ricordavano un libro di fiabe che aveva letto da bambina: *Questa è la tana dello gnomo, della strega e dello stregone, voi ch'entrate fate molta attenzione...*

Si sentì bruscamente afferrare un piede e cacciò un urlo. Abbassando lo sguardo si accorse che la caviglia era rimasta impigliata in un tralcio di edera: scoppiò a ridere e scosse la testa mentre districava il rampicante.

Qualcuno aveva un tempo tentato di coltivare un giardino davanti al cottage, ma arbusti di cinnamomo selvatico e di sommaco avevano finito per riprendere il sopravvento. Un tappeto lucente di stellina odorosa aveva attecchito sulla terra inacidita coperta di aghi di pino, e un effluvio di bergamotto si spandeva verso la porta. Una fitta cortina di rose rampicanti spingeva da un lato la sottile clematide che si arrampicava lungo le colonne di pietra di un pergolato.

Bussò timidamente alla porta in legno massiccio, aspettandosi di veder comparire una vecchia megera. Fu invece una sorridente Cathryn, con una camicetta dal colore vivace e un rossetto color carminio, che l'accolse stringendola in un forte abbraccio. La prese per mano e la invitò a entrare.

"Eccoti qua."

L'ingresso era occupato da un lato da una massiccia scala a chiocciola munita di una ringhiera dai pioli ritorti in salice; il pavimento era di ardesia. Sopra la porta tre minuscole finestre a vetri colorati lasciavano filtrare raggi di luce verde bottiglia.

"Che strana casa", commentò Isobel.

L'amica rise. "Aspetta, ti faccio fare un giro."

Le mostrò la cucina: il basso soffitto aveva due macchie nere circolari in corrispondenza delle lampade a gas sostenute da anelli anneriti; le pareti in legno erano dipinte in un luminoso color vaniglia che rifletteva il linoleum verde-azzurro. Un angolo circondato da finestre a gelosia incorniciava un tavolo su cui stavano pile di libri e un vaso di potentilla di palude.

Parallelo alla sala da pranzo correva un lungo portico dov'erano allineate alcune sedie di vimini dipinte in verde pallido. Il soggiorno adiacente era quasi interamente occupato da un focolare di pietra che prendeva tutta la parete, intorno al quale erano disposti due divani imbottiti di crine e varie sedie a dondolo.

Isobel sentì qualcosa solleticarle il piede attraverso il sandalo e fece un balzo all'indietro. Un'enorme pelle d'orso era stesa davanti al camino. Gli occhi di vetro dell'animale fissavano il focolare e la bocca aperta in uno sbadiglio mostrava denti ingialliti lunghi come le dita della sua mano.

"Va tutto bene, Izzy. Puoi calpestarlo quanto ti pare. Tanto non morde più, ormai."

Tutte le finestre della casa si aprivano verso l'alto, fissate al soffitto per mezzo di ganci, e i riflessi di luce dell'esterno e dell'interno s'incrociavano disegnando in alto una scacchiera vacillante. I tronchi che rivestivano le pareti erano scuriti e punteggiati di perline di resina di pino, globi induriti che trattenevano i riflessi dei riflessi.

Al pianterreno c'erano due camere vuote, comunicanti per mezzo di un salottino arredato con poltrone dai braccioli incurvati. In fondo alla stanza un'altra scala conduceva al piano superiore: la tromba, rivestita di carta da parati a disegni di rosa centifoglia, era come un piccolo boudoir che saliva verso l'alto.

La prima stanza al piano di sopra era ampia, con le finestre che si affacciavano sul lago. La mole imponente di un letto in legno intagliato era alleggerita da un copriletto di damasco e da una mezza dozzina di cuscini finemente ricamati. Dall'intelaiatura nuda del baldacchino pendevano le sciarpe e le collane di Cathryn, e ai piedi del letto un baule aperto conteneva una montagna di libri.

Isobel prese dal comò una foto incorniciata che ritraeva Cathryn e Liam novelli sposi, abbracciati sugli scalini di una cattedrale davanti ai numerosi partecipanti alla cerimonia. Due preti e un vescovo se ne stavano in disparte, come timorosi di calpestare l'interminabile strascico della gonna che fluiva dai recessi del vestibolo come un fiume in piena.

"Buon Dio, Cathryn, che vestito!"

"Sì. Niente male." Rise. "Non puoi immaginare come mi dolevano le spalle a portare tutta quella roba. La navata sembrava interminabile! Dopo il matrimonio Liam fu praticamente costretto a prendere uno dei cavalli: nella carrozza c'era sì e no lo spazio per me e per lo strascico."

Isobel toccò la cornice. "E lo sposo, com'è bello, sembra così..."

"Felice? Sì, era felice. Era innamorato, allora." Fece balenare uno dei suoi sorrisi che sembravano più una smorfia, si strinse nelle spalle e scivolò fuori dalla porta. Isobel la seguì lungo il corridoio dove porte socchiuse davano accesso a quattro piccole camere dal soffitto a mansarda, arredate con letti dalla testata in legno di salice e materassi foderati di tessuto grigio. Accanto a ciascun letto una lampada a olio di vetro chiaro emanava un lieve odore di petrolio; i pavimenti giallo pallido erano uniformemente ricoperti di un sottile strato di polvere di fieno filtrata attraverso le gelosie.

Mostrando la casa all'amica, Cathryn annunciava con voce stentorea ciascuna stanza: "*Salotto, veranda grande, scale, una stanza, un'altra stanza, camera, camera...*" Arrivate al salottino in fondo al corridoio, declamò: "*Altra veranda, marito!*" Al suono della sua voce, Liam Malley si voltò. Stava preparando le mosche artificiali seduto a un tavolo nell'angolo più lontano della veranda.

Si alzò in piedi, abbassandosi per evitare una trave, mentre Isobel gli andava incontro per stringergli la mano. Non lo aveva mai visto da vicino, e fu immediatamente colpita dai suoi colori insoliti: gli occhi di un blu stupefacente incorniciati da spesse ciglia nere, della stessa sfumatura nero-blu dei capelli. La pelle era bianca eccetto nelle zone rasate di fresco, dove sembrava del colore dell'acciaio. I lineamenti giovanili lo facevano sembrare un ragazzo troppo cresciuto, ma la bocca dalle labbra un po' rientrate tradiva la sua età. Quando sorrise, parve farlo dopo aver preso una decisione meditata a lungo.

Isobel lo salutò per prima. "Salve."

Lui rimase in silenzio: la sua diffidenza era palpabile. Quando prese la mano di Isobel, la strinse con precauzione, come se si trattasse di una cosa fragile.

Tornò poi a sedersi e riprese il lavoro.

Isobel esitò, chiedendosi se fosse scortese o soltanto timido.

Accennò al gran caldo di quei giorni, e il signor Malley annuì gravemente senza alzare lo sguardo. "Non è buono per le trote", commentò. Dopo una lunga pausa aggiunse: "Ma è ottimo per un picnic".

Isobel gli sorrise, perplessa. Sembrava fuori posto nel cottage; il suo corpo massiccio troppo goffo in quello spazio ristretto. Un orso in una tana di conigli. Girò la sedia e allungò la mano per prendere la pipa. Mentre pigiava il tabacco sembrò rilassarsi.

"Ho visto suo marito in giro, signora Howard. Non ci siamo mai incontrati, però. È il sarto, vero? Non fa le uniformi per la banda della miniera?"

"Sì."

"E lei? Lei fa cappelli?"

Isobel si strinse nelle spalle. "Sto cercando di ricominciare. Sua moglie mi è stata di grande aiuto."

Liam Malley sollevò un sopracciglio guardando Cathryn attraverso una nuvola di fumo. "Già, passa un sacco di tempo in negozio. Sono d'accordo, è una buona cosa. Si tiene occupata, no? Meglio che starsene con le mani in mano." Guardava in direzione di Cathryn, ma lei incrociò le braccia all'improvviso e si voltò verso la finestra. Liam inclinò la testa, e quando si rivolse a Isobel parve prestarle solo una parte della sua attenzione. Il resto era concentrato su Cathryn, anche se non la guardava più direttamente.

"Ma non potrà comprare cappelli in continuazione, vero?" All'improvviso abbassò lo sguardo, come se volesse esaminare la superficie del tavolo.

"Spero di no." Isobel si voltò verso Cathryn, ma lei era ancora intenta a guardare fuori dalla finestra. Poi indicò un punto dietro le spalle di Liam. "Che bel posto avete, qui. Guardi quella pietra." Grandi affioramenti rocciosi digradavano dalla casa fino all'acqua.

Liam sollevò gli occhi in un movimento lento. "La conosce?"

"No."

"È la nefrite", disse arrotando la erre. "Siamo molto vicini alla faglia laurenziana. È mai stata a vederla?"

Isobel scosse la testa.

Le avvicinò una sedia facendole cenno di sedersi. Isobel si sistemò sul bordo. Cathryn si era sporta dal davanzale, assorta nella contemplazione di qualcosa.

"Dovrebbe, sa? È da vedere. In realtà la faglia è una piega, un grande corrugamento della crosta terrestre. Ha fatto emergere tutti gli strati rocciosi delle antiche montagne qui intorno."

"Antiche montagne?"

"Sicuro. Tutto il granito di Saganaga, i basamenti di quarzo."

Cathryn rise nervosamente. "Oh, niente lezioni di geologia, per favore! Davvero, Liam, annoierai a morte la nostra povera ospite."

Lui la ignorò, animandosi sempre di più mentre il suo discorso era condito di parole che a Isobel parvero particolarmente affascinanti: *erosione*, *falde*, *pietra silicea*. Parlò dei sedimenti del Knife Lake, dell'ardesia, delle quarziti impure, dei tufi vulcanici. "Conglomerati dello spessore di centinaia di metri, proprio sotto questa casa."

Cathryn comparve all'improvviso dietro di lui e gli appoggiò le mani sulle spalle, dandogli un colpetto per farlo stare zitto. "Se lo lasci fare tra poco ci trascinerà in una gita istruttiva su al Giant's Ridge."

"Ma no. È molto interessante..."

Cathryn si allontanò dal marito sfiorandogli la schiena con una mano. Senza fermarsi fece alzare Isobel dalla sedia. "Su, su! La lezione per oggi è finita, ragazzi." Fece un breve inchino a suo marito. "Professore..."

Trascinò Isobel verso la porta. "Andiamo a fare questo picnic, Izzy. Non perdiamoci un istante di questo magnifico sole!" Era la seconda volta che veniva menzionato un picnic; Isobel guardò incuriosita Cathryn che le intimò di far silenzio mettendosi un dito sulle labbra. Poi lanciò un'occhiata verso la sedia di Liam e indietreggiò furtivamente nel corridoio.

Isobel si voltò nel vano della porta. "È stato un piacere conoscerla, signor Malley."

"Lo stesso per me." Liam prese un amo minuscolo con la punta delle dita macchiate di tabacco. "Signora Howard?"

Isobel si girò di nuovo.

Liam accennò con la testa in direzione del corridoio. "Faccia attenzione con lei."

"Prego?" Isobel non si mosse.

Dal fondo del corridoio giunse la voce di Cathryn: "Dai, Liam!"

Isobel attese, pensando che Liam volesse spiegarsi. Ma lui si limitò a guardarla negli occhi e subito si voltò a scrutare il paesaggio dalla finestra per scoprire cosa avesse trattenuto tanto a lungo l'attenzione di sua moglie.

Cathryn prese una cesta di vimini dal bancone della cucina e spinse con gentilezza l'amica verso la porta.

Una volta in macchina, Isobel chiese: "Cos'è questa storia del picnic, Cathryn? Non gli hai detto dove andiamo? Che ti insegnerò a guidare?"

"Oddio, no. Si preoccuperebbe. Inoltre, che c'è di male ad avere un piccolo segreto?"

"Segreto?"

Cathryn prese un astuccio d'argento dalla borsa e lo aprì per offrirglielo: "Sigaretta?"

Isobel stringeva con forza il volante mentre la macchina sobbalzava sulla strada dissestata. "Magari più tardi, dopo il nostro *picnic.*"

Per tutta la vita aveva nutrito una persistente diffidenza nei confronti dei cavalli, dell'acqua e di qualsivoglia apparecchio meccanico più grande di una macchina per cucire. Perché Cathryn, o chiunque altro, desiderasse guidare per puro piacere, era un mistero. Isobel aveva imparato a farlo solo per necessità, e dopo vent'anni ancora rabbrividiva al rumore del motore che si accendeva.

Aveva deciso che il luogo più sicuro per insegnarle a guidare doveva essere lontano dalla strada, in modo da non rischiare di provocare un incidente. Giusto per precauzione.

"Perfetto!" Cathryn batté le mani e lanciò un fischio appena varcarono il cancello del cimitero di Cypress.

Dopo che ebbero parcheggiato, volle a tutti i costi aprire il cofano per esaminare valvole e pistoni. Allungò persino la mano per sentire i cavi e i tubi caldi, per scoprire a che cosa e in che modo fossero collegati. Al contrario di Isobel, non sembrava affatto spaventata dal motore puzzolente e dai suoi cupi brontolii.

"Oh, guarda, Izzy, questo deve essere il carburatore!" Isobel si allontanò e si sedette a guardarla da lontano, alzandosi di scatto quando si accorse di essersi accomodata su una lapide.

Tolse l'erbaccia che sommergeva l'angelo di calcare sulla tomba di un bambino. Il cofano della Ford tornò rumorosamente al suo posto e Cathryn con calma si pulì le mani, infilando poi con noncuranza il fazzoletto sporco nella tasca della camicia immacolata. Chiamò a gran voce Isobel che si era mossa lungo una fila di lapidi per andare a ripulire un'altra tomba abbandonata. Cathryn girò lei stessa la manovella d'avviamento e non appena la macchina si mise in moto alzò le mani in segno di trionfo. Balzò dietro il volante e, in preda all'agitazione, gridò: "Monta, Izzy, o partirò senza di te!"

Provò i freni, premette la frizione e mise il piede sull'acceleratore. La macchina sbandò un po' e uscì di strada finendo in mezzo all'erba. Isobel si coprì gli occhi, pentendosi di aver scelto quel posto. "Ti prego, ti prego, cerca di non andare a sbattere contro qualcosa."

"Contro *qualcuno*, vorrai dire."

Sobbalzando riguadagnarono il viottolo e Cathryn guidò tra appezzamenti erbosi e mausolei. Non era facile cambiare marcia, ma verso metà pomeriggio Cathryn era già passata con abilità e senza strappi dalla prima alla seconda. "Be', è solo questione di ritmo. Tutto qui, Izzy. È facile come nuotare, o fare... ballare."

Dopo la lezione stesero una tovaglia e pranzarono al riparo di un pioppo. Cathryn, eccitata dal suo trionfo, mangiò con gusto, imbrattandosi la camicetta con briciole di tortino di carne. "Più tardi faremo una prova sulla strada, Izzy. Non vedo l'ora di mettere la quarta!"

Isobel abbassò la testa, gemendo.

"Non essere sciocca." Cathryn tirò fuori una bottiglia di vino dalla cesta. "Ecco, questa ti darà un po' di coraggio."

"Dove l'hai trovata? Non qui in città, immagino."

"Oh, no, madame." Girò la bottiglia piena di polvere per farle vedere l'etichetta. *Pinot noir, Chateau d'Alsace, 1922.* Mentre manipolava il cavatappi, guardò nella cesta aggrottando le sopracciglia. "Viene dalla nostra cantina di casa, a Chicago."

"È un altro segreto?"

"Vuoi sapere se ho detto a Liam che prendevo una bottiglia di vino?" Si portò la mano alla bocca simulando grande sorpresa. "Oddio, ho paura di averlo dimenticato!"

Isobel guardò nella cesta. "E hai dimenticato anche i bicchieri. Non fa niente." Accostò la bottiglia alle labbra. "Ne faremo a meno."

Cathryn guardò la fila di tombe. "Vedi quella lapide, Izzy, quella con le lettere tutte arzigogolate? Sai come si chiama il fiore che ci cresce intorno?"

"No."

"Saponaria. Bello, non trovi?"

Isobel guardò la tomba, ma Cathryn le diede un colpetto col gomito e indicò in un'altra direzione. "E vedi là, vicino al laghetto, quel cespuglio di fiori bianchi? Si chiamano erba del Parnaso! Non è strano come nome?"

"Suona come il verso di una poesia oscena. Vedi laggiù?"

"Oh, guarda, Izzy, genziana blu!"

"Da quando ti interessi di botanica?"

Cathryn si strinse nelle spalle. "Da... da quando ho cominciato a guardarmi intorno."

In fondo al cimitero una figura curva, dopo aver parcheggiato la carriola, cominciò a scalpellare il lichene alla base delle colonne di pietra che sostenevano il cancello di ferro. Il rumore fu percepito solo dopo che ebbe sollevato il martello e lo scalpello, nella pausa tra il ritirarsi del metallo lucente e il suono stridulo sulla pietra. Cathryn guardò l'uomo al lavoro per un momento, prima di esprimere a voce alta ciò su cui stava meditando. "Cosa accade nell'intervallo, mi chiedo?"

"L'intervallo? Vuoi dire il silenzio?"

"Sì, il silenzio, l'intervallo che si produce in mezzo. Se il rumore può sospendersi, mi chiedo se altre cose possano rimanere sospese allo stesso modo, fluttuando da qualche parte lontano senza raggiungerci direttamente."

"Che cosa, per esempio?" Isobel si liberò delle scarpe e cominciò a sfogliare un dente di leone.

Cathryn accese due sigarette e gliene porse una. "Oh, l'emozione, per esempio. Qualcosa che un'altra persona sente per te, come la rabbia, oppure l'amore. Che succede nel tempo che impieghi per rendertene conto?"

Isobel ci pensò un momento e stava per dire qualcosa quando Cathryn si alzò la gonna sopra le ginocchia.

"Che sole meraviglioso!" Cominciò a sbottonarsi la camicetta. "Voglio prendere un po' di colore."

Isobel guardò la camicia di seta color pesca e notò il fine ricamo che ornava lo scollo a V. Sentì una punta di invidia. Erano anni che non metteva qualcosa del genere, qualcosa di audace. Si tolse un filo di tabacco dalla lingua.

"Tenuta pericolosa in pieno giorno, Cathryn." Lanciò un'occhiata all'addetto alla manutenzione.

"Tutta questa giornata è pericolosa. Ho imparato a guidare e ora mi scotterò la schiena." Mentre si girava per mettersi bocconi, Isobel notò che aveva un segno sulla carne al di sopra della clavicola, simile a un cordoncino di perle, un'ampia cicatrice cui la luce conferiva un riflesso argenteo.

"Cos'hai lì sul collo?"

Cathryn si portò istintivamente la mano in quel punto. "Oh, è il mio intervento." Mentre le dita tastavano la cicatrice nel suo sguardo passò un lampo di allarme, e Isobel ebbe l'impressione come di una tenda oscura che si abbassava.

"Oddio, l'avevo quasi dimenticata. Avevo una piccola ciste, lì. Forse il sole la farà scomparire." Allungò la mano per prendere il vino, sorridente. "Ancora anestetico, infermiera?"

Dall'altra parte del cimitero, l'addetto alla manutenzione alzò la testa come se avesse udito un canto di uccelli lontani. Depose l'attrezzo e si riparò gli occhi con la mano per guardare nella direzione da cui proveniva il rumore. Strolaghe? Ai piedi del poggio lontano, uno degli angeli di marmo ostentava un cappello di paglia a tesa larga, i cui lunghi nastri oscillavano mossi dalla brezza. Dietro le statue, due donne appoggiate sui gomiti stavano semisdraiate sotto gli alberi in mezzo all'erba alta. Sottili volute di fumo salivano dalle sigarette nelle loro mani. L'uomo non riusciva a capire cosa dicevano: sentì solo strani colpi di tosse e scoppi di risa quando le donne scomparvero alla vista affondando nell'erba alta.

Sulla via del ritorno si fermarono a cogliere fiori di campo, che riunirono in folti mazzi. Arrivarono a casa di Isobel con le braccia traboccanti degli stessi fiori di cui Cathryn aveva parlato. Louisa aiutò Cathryn a sistemarli in cucina in una grande brocca. La bambina la ascoltava estasiata mentre recitava i nomi scientifici e infilava ogni stelo nella composizione multicolore. Aggrottando le sopracciglia si sforzava di associare i nomi ai fiori. Increspava le labbra guardando la bocca di Cathryn, e non parlava finché non era sicura di poter pronunciare correttamente i termini latini.

Isobel le osservava seduta sul bancone. Rivide se stessa negli sforzi di sua figlia, e si rese conto che troppo spesso si era tirata indietro al momento di conoscere cose nuove, di confrontarsi con situazioni insolite. Victor l'accusava di essere troppo prudente, ma lei non aveva mai capito cosa intendesse esattamente. Fu commossa dalla tenacia di Louisa nel voler pronunciare le parole in modo corretto al primo tentativo. Capì che con lei aveva questo in comune: entrambe avrebbero rinunciato a qualsiasi cosa comportasse un rischio.

"Sono andato a prenderti la posta mentre stavi facendo la TAC. Solo qualche fattura e questo pacco da Cypress."

Isobel diede un'occhiata al mittente. "Louisa?"

"Louisa?" Thomas la guardò. "Mamma?"

Isobel guardò fuori dalla finestra. "Robert, naturalmente. Volevo dire Robert."

"Sì, è di Robert." Suo cognato viveva ancora nella casa che aveva diviso con Louisa da quando erano sposati, la stessa casa in cui lei e Thomas erano cresciuti. "Guarda qui, l'etichetta indica che si tratta di un libro."

Aprì il pacco e le porse un volume sottile, con la rilegatura verde punteggiata di muffa.

"Oh, magnifico. Ha trovato quello che volevo."

"C'è un biglietto."

"Puoi leggermelo per favore?"

Thomas si schiarì la gola. "*Cara Isobel. Sono lieto di sapere che sta migliorando. Le spedirò alcune foto dei ragazzi prima che tornino a scuola (fra appuntamenti e gite del fine settimana, anch'io non li vedo quasi mai). Le mie due ragazze mandano saluti e baci alla nonna. Mi stia bene. Robert.*"

Isobel prese il biglietto. "Ha spedito qualcos'altro? Gli avevo chiesto una lente d'ingrandimento."

"Ti serve una lente d'ingrandimento? La vista ti è calata così tanto?"

"Per tua informazione non è mai stata tanto buona. Mi sono rovinata gli occhi tanto tempo fa, ma ora, dopo l'infarto... E poi, guarda i caratteri di questo libro! Anche tu avresti bisogno degli occhiali per leggerlo."

"Mamma, io li porto, gli occhiali." Si piegò per decifrare le lettere minuscole. "Ah, ancora poesie." Chiuse il libro. "Non ho mai avuto molto tempo per la poesia, tranne quella che ci facevano leggere al college. Non mi è mai piaciuta molto."

Isobel sorrise. "Leggo solo quello che mi piace. Mi ci è voluto un po' per appassionarmi alla poesia. Non mi è mai piaciuto quel Cummings, per esempio. Avevo sempre la tentazione di prendere una penna rossa e correggere quelle stupide strofe che debordavano dalla pagina. A che scopo le scriveva così?"

Thomas si strinse nelle spalle e le passò un tampone antisettico sopra la leggera ferita sulla mano.

"Non dovrebbe farlo un'infermiera?" Isobel guardò il foro che l'endovenosa le aveva lasciato nella carne.

"Sembra che tutte le infermiere siano occupate."

"Mi piaceva Eliot, invece. Ho persino imparato a memoria brani delle sue liriche. Vuoi sentirne una?"

"Certo, mi piacerebbe."

Isobel chiuse gli occhi e cominciò a declamare con voce esitante: "*Coloro che risplendono con la gloria del colibrì, significando Morte / Coloro che...*" Aggrottò la fronte. "*Coloro che...*"

Thomas appallottolò la garza e la gettò nel cestino dei rifiuti. "Tu non stai per morire, mamma."

"E come lo sai? Taci, adesso mi viene in mente... *Coloro che soffrono l'estasi degli animali...*"

Thomas si girò per sciacquarsi le mani nel lavandino.

"Bada, come te li recito non sono in ordine." Isobel si grattò il punto disinfettato sulla mano. "*Son divenuti irreali, ridotti a nulla dal vento...*"

Thomas aspettò che continuasse ma lei tacque, annusando la rilegatura del libro che teneva in mano.

"Mamma?"

"Oh, non riesco a ricordarmi il resto. Pazienza. Thomas, mettilo nel mio armadio, per favore. E guarda se dentro c'è una spazzola per capelli, ti dispiace? Devo essere spaventosa."

Le prese il libro dalle mani. "Al contrario. Se organizzassero un concorso di bellezza in questo reparto, saresti tu a vincerlo."

Guardò nell'armadio. La gonna che indossava quando l'aveva trovata a terra era appesa di traverso a una gruccia. La spinse da una parte. La valigia era aperta e vuota, la vecchia cappelliera rovinata che gli aveva chiesto di portare era riposta in alto sullo scaffale. La tirò giù e si accorse che mancava il manico. Dentro c'erano altri libri, una pinzetta, due saponette francesi avvolte in carta cerata, un righello da sarto e un album di fotografie rilegato in cuoio. Passò la mano sulle lettere dorate della copertina ormai consunte. Si voltò lentamente. "Mamma?"

Ma gli occhi di lei erano chiusi dietro le sottili palpebre bluastre. Thomas notò quanto fossero profondamente incavati nelle orbite. Aveva perso peso, da quando era entrata in ospedale, le guance erano scarne e la pelle si tendeva sugli zigomi. La guardò respirare per un minuto e le sentì il polso. Quando la lasciò andare, la mano cadde come un peso morto. Isobel si mosse per cambiare posizione sotto la coperta.

Thomas si accomodò sulla sedia e aprì l'album.

La prima pagina era occupata per intero dalla foto del matrimonio dei suoi genitori. Suo padre era esattamente come lo ricordava, con quel viso asciutto, malizioso, che gli ricordava se stesso da giovane. Sua madre sembrava minuscola accanto allo sposo, che non era certo un uomo grande e grosso. Thomas lanciò un'occhiata al corpo che giaceva sotto la coperta. Lei era ancora più piccola ora, un guscio vuoto nel letto d'ospedale. Si rese conto di averla sempre creduta più grande di quanto non fosse in realtà. Quanto tempo era passato da quando l'aveva vista in piedi l'ultima volta?

Nel ritratto era una ragazza incantevole, la mascella angolosa addolcita dal velo nuziale e le ciocche di capelli biondi avvolte sopra le tempie. Gli occhi erano chiari e grandi sotto le sopracciglia arcuate, il naso sottile, e le labbra sottolineate da un'ombra di rossetto per farle apparire più carnose. I lineamenti apparivano delicati e forti al tempo stesso, la piega della bocca esprimeva determinazione mentre ogni altra sposa avrebbe sorriso. Thomas sogghignò.

Ebbe l'impressione di essere osservato e alzò lo sguardo, allarmato nel vedere gli occhi di sua madre fissi su di lui.

"Così, sei ancora fra noi."

"Non me ne sono mai andata."

"Pensavo che ti fossi addormentata."

Isobel guardò la fotografia. "Oh, quella. Non mi è mai piaciuta la mia bocca in quella foto."

La sua vanità lo sorprese. "Dimostra che sei una dura."

"Quale sposa vuole sembrare una dura?" Scosse la testa. "Una bocca sottile è una disgrazia. Ho sempre pensato, ho sempre immaginato che una bocca generosa fosse indice di qualche... non so, grandezza d'animo. Di sensualità."

"Comunque sia, papà ti ha trovata sensuale a sufficienza."

Isobel sorrise.

Thomas accennò a parlare ma si interruppe deglutendo la saliva e chinò la testa per evitare il suo sguardo.

Ci fu un silenzio imbarazzante. Avvertiva la presenza fisica di sua madre più intensamente di quanto l'avesse sentita per anni. Le sue ossa sporgenti, in un corpo che non era stato sempre così scarno.

Un tempo, da bambina doveva aver corso a piedi nudi, e ballato quando era una giovane ragazza, e camminato sul ghiaccio senza paura; aveva allattato i suoi figli, allattato lui. Lo aveva portato nel suo ventre. Chiuse gli occhi, lasciandosi andare alla visione luminosa di un ricordo intessuto di colori primordiali.

Un pomeriggio d'estate: cielo blu intenso, gerani rossi, un vestito giallo. Sua madre che gli afferrava i polsi per trascinarlo in una giravolta. Dapprima il movimento era stato impacciato, con le sue caviglie che rastrellavano l'erba, ma poi lei aveva cominciato a ridere e lui si era ritrovato a fluttuare nell'aria roteando vorticosamente. Mentre si staccava da terra disegnando un arco sopra il prato, i fili d'erba gli facevano il solletico alle caviglie nude. Volava sempre più in alto, con una sensazione di estasi resa ancor più intensa dal pericolo. Sopra di lui balenavano alternandosi come in un caleidoscopio il cielo infinito e il bucato agitato dal vento, una fila di strofinacci bianchi simili a nubi rettangolari. Il cielo, il vestito e di nuovo il cielo. Blu, giallo, blu. In quell'istante il suo universo era fatto di colore e velocità, e lui credeva che fosse stata sua madre a crearlo. Gioia e pericolo erano racchiusi nelle mani sicure che lo tenevano saldo.

Il suo sguardo tornò sulle braccia avvizzite, le mani vuote e inerti abbandonate sul letto. Le sue facevano ancora il proprio dovere, e ogni giorno Thomas dava per scontata la loro capacità di eseguire ciò che lui ordinava: guidare l'auto lungo una via tortuosa, stringere calorosamente la mano di un cliente, piantare una siepe di oleandri. O anche eccitare una donna. Non era ancora morto.

Un tempo sua madre doveva aver avuto dei desideri. Ovvio che fosse così.

Scosse il capo.

"Dove sei, Thomas?"

La guardò. Gli occhi le ardevano della stessa determinazione della giovane donna nella fotografia. La stessa incantevole donna.

"Sono qui, mamma."

Più tardi, quando si risvegliò, lui se n'era già andato. L'album di foto giaceva sulla sedia, aperto su un'altra fotografia, che la ritraeva circondata dai suoi bambini.

Isobel studiò quel viso: in verità non era molto diverso da quello della giovane donna ritratta nella foto del matrimonio. Il suo aspetto era rimasto giovane per tutta la vita. *Miracolosamente*, come diceva qualcuno. Fino a che non aveva raggiunto la cinquantina, le davano sempre una decina d'anni di meno. Ma in quella fotografia la bocca aveva una piega ancora più severa.

Fra tutte, perché si era soffermato proprio su quella foto? Era il periodo più brutto, il peggior ricordo possibile. A uno a uno, picchiettò con il dito sopra i volti dei suoi figli. Thomas, un ragazzino allampanato di dieci anni, ritto al suo fianco in una posa rigida, lo sguardo cupo del bambino la cui infanzia si è bruscamente interrotta. Louisa aveva quattordici anni ma non era più alta di lui. In piedi accanto alla madre, le stava premuta contro appesa al suo braccio, la mano che le stringeva la manica come in un gesto di autoprotezione. Henry se ne stava in disparte nella sua uniforme della Marina, serio, la mente già lontana. Non vedeva l'ora di prendere il mare, ricordò Isobel.

Il fotografo aveva voluto che lei tenesse una foto di Victor in grembo per includerlo nel ritratto. "Hai mai sentito niente di più ridicolo?" borbottò alla stanza vuota. "Victor si rivolterebbe nella tomba."

Nel pomeriggio del suo quarantesimo compleanno, Isobel era andata in negozio e aveva trovato Victor riverso sul tavolo da lavoro. In un primo momento aveva pensato che si trattasse di uno scherzo. Tipico di Victor. Gli si era avvicinata in punta di piedi, pronta a piombargli addosso.

Alla vista del filo di saliva rossastra che gli colava dal labbro inferiore fino alla manica della camicia, aveva fatto un balzo indietro, si era gettata su di lui ed era arretrata di nuovo, le gambe che facevano meccanicamente avanti e indietro come quelle di un burattino. *No, non può essere. Non puoi farmi questo, Victor!*

Per un anno intero, in seguito, si era mossa come se andasse controcorrente. Nel recarsi alla drogheria, pensava con stupore: Sto camminando verso la drogheria, sto mettendo un piede innanzi all'altro. Comprerò uova e carne e le porterò a casa. Sto facendo il letto. Come se avesse importanza che il letto fosse fatto.

Louisa aveva quattordici anni e l'aiutava in negozio dopo la scuola. Isobel aveva deciso di continuare l'attività con le confezioni di sartoria più semplici, uniformi e pantaloni, essenzialmente, e aveva mantenuto i vari lavoretti di modifica. Alcuni clienti si facevano vivi comunque, anche per solidarietà. Guadagnava a sufficienza per mantenere la famiglia. La modisteria sopravviveva, bene o male.

Thomas la preoccupava. Aveva cominciato ad andare in giro con ragazzi più grandi che marinavano la scuola e rimanevano a oziare sfacciatamente davanti alla drogheria, come per sfidare il preside che controllava le assenze. Durante le ore di scuola lui e i suoi amici se ne restavano fuori a fumare e a vagabondare finché la campanella non annunciava la fine delle lezioni. I voti di Thomas erano peggiorati e lui aveva cominciato a tornare a casa tardi e di cattivo umore, evitando lo sguardo di sua madre quando lei lo affrontava. Al solo sentire il nome di suo padre, si alzava in silenzio e lasciava la stanza.

Aveva dato segni di miglioramento solo dopo che il corpo di Henry fu rimandato a casa dal fronte del Pacifico per essere sepolto accanto al padre. Mentre la bara del figlio veniva calata nella fossa, Isobel aveva assistito paralizzata, mentre Thomas e gli altri presenti giravano la testa da un'altra parte. Sapeva cosa stavano guardando, ma il suo collo era di pietra. Guardavano la montagnola argillosa della tomba vicina. L'altra ferita nella terra.

Era l'ultima foto scattata a Henry. Isobel guardò il profilo del figlio maggiore. Se avesse dovuto descriverlo, avrebbe avuto bisogno di quella foto per trovare le parole appropriate a definirne i lineamenti. Aveva solo diciannove anni quando era stato ucciso. Non le era stato concesso di essere sua madre più a lungo.

Mancava l'aria in quella stanza angusta, piccola come uno spogliatoio. Una cella. Isobel suonò a più riprese per far venire l'infermiera ad aprire la finestra. Mentre aspettava, chiuse l'album che teneva in grembo e passò il pollice sulle lettere in rilievo, premendo come se volesse spianarle.

9

I nuovi acquerelli di Cathryn non ritraevano più copricapi di cui si ricordava, ma creazioni originali di Isobel, dipinte con precisione di dettagli ma in parte sfumate o semplicemente incompiute, a tal punto che sembravano emergere dallo spesso foglio come per magia. I volti delle modelle erano di regale semplicità e pochi tratti di inchiostro nero bastavano a delineare un profilo: la curva delle labbra, una palpebra abbassata, la rotondità di una guancia.

Per farle una sorpresa, Isobel aveva fatto incorniciare sei dei suoi acquerelli. Una mattina li portò di nascosto in negozio e li appese sopra il registratore di cassa. Cathryn entrò proprio mentre stava scendendo dalla scala col martello in mano. "Non sono carini, così?"

"*Oui! Très, très chic, madame.*"

Cathryn si precipitò verso Isobel e l'abbracciò forte, baciandola su entrambe le guance.

Fuori, un uomo passò lungo il marciapiede e il suo sguardo fu catturato fuggevolmente dalla scena che si svolgeva nel negozio. Non rallentò il passo ma, voltandosi, ebbe il tempo di scorgere attraverso il vetro opaco due donne che, dando le spalle alla finestra, facevano un passo indietro come se provassero i movimenti di una coreografia e alzavano contemporaneamente il braccio sinistro per indicare qualcosa sulla parete. Una di loro aveva in mano un martello. Lasciarono cadere le braccia simultaneamente e inclinarono entrambe la testa. L'uomo sorrise e passò oltre.

Al negozio arrivò uno scatolone indirizzato a Cathryn, ma Isobel non riuscì a convincerla ad aprirlo.

"È una sorpresaaa", cantilenò Cathryn, danzandovi intorno. Quando Isobel tese la mano per sfiorarne il bordo con un dito, la allontanò con uno schiaffetto. "Se non fai la brava, Izzy, lo rimanderò indietro." Lo scatolone fu messo nel magazzino e Isobel finì per dimenticarselo.

Gli scaffali cominciarono a riempirsi di cappelli. Ne trasferirono una dozzina in vetrina, entrando e uscendo dalla porta più volte per vederne l'effetto dal marciapiede, di volta in volta assicurandosi che fossero allineati con la giusta angolazione e spostando quelli che stonavano con gli altri. Cathryn appese a ogni articolo un'etichetta azzurro pallido e vi scrisse il prezzo in inchiostro verde.

"Verde come i prati estivi."

Isobel lesse le etichette e rimase senza fiato. "Al verde ci resterà chi li compra. Cathryn, questi prezzi sono troppo alti. Non posso proprio chiedere così tanto. Chi li comprerebbe?"

"Nessuno. E sarebbe un pazzo se lo facesse. Ascolta, ti dirò io cosa fare. Devi tenere alti i prezzi e assicurarti che le etichette si vedano bene da fuori. Le donne sono influenzate dalle vetrine. Semplice psicologia. Tutti desideriamo quello che non ci possiamo permettere, esatto?"

Isobel incrociò le braccia. "Ti ascolto."

"Tu lasci un certo numero di cappelli costosi in vetrina per un po' e poi annunci una grande svendita, con sconti del quaranta o anche del cinquanta per cento. Le signore bene di Cypress si precipiteranno, compreranno cappelli a prezzo ragionevole e usciranno pensando di aver fatto il miglior affare della loro vita. Elementare. Tre o quattro saldi stagionali ogni anno e, tra l'uno e l'altro, questo posto sarà molto, molto tranquillo."

Isobel batté le mani entusiasta. "E io potrò concentrarmi sul lavoro?"

"Esatto."

I cappelli furono esposti in basso nella vetrina per attirare l'attenzione. Isobel notò che solo poche signore, passando, si fermavano a guardarli. Alcune li esaminavano per un po', ma nessuna entrò a curiosare. Si sentiva sconfitta. "Ho speso un mucchio di soldi", si lamentava.

"Abbiamo cominciato solo da poche settimane, Isobel." Il buon umore di Cathryn non serviva rincuorarla.

"Forse dovrei mettere un'inserzione."

Non passò molto tempo che fecero la prima vendita. La moglie corpulenta di un sovrintendente della miniera entrò in negozio e indicò uno dei modelli in vetrina. Le diedero uno specchio e Cathryn si profuse in complimenti affettando un accento francese mentre con ampi gesti le sistemava il cappello sulla testa.

La donna si rimirò girando la testa a destra e a sinistra. "Grazioso, vero?"

"*Oui, madame*. Mademoiselle Isobel è *une artiste*, no?"

La donna fece un largo sorriso alla propria voluminosa immagine. "Lo prendo."

"Scelta eccellente! *Un moment, madame.*" Si precipitò in magazzino. Mentre Isobel scriveva una ricevuta d'acquisto, sentì un raspare di unghie che stridevano come se si spezzassero e un tonfo sul pavimento accompagnato dal grido acuto di *Merde!*

Isobel abbozzò un sorriso mentre la matrona rovistava nella borsa. Cathryn, rossa in volto e succhiandosi la punta del dito, si avvicinò al bancone e vi depositò una scatola per cappelli nuova.

"Queste sono appena arrivate da Minneapolis."

La scatola era color cremisi con sottili righe nere e il manico intrecciato color oro scuro. Sul coperchio, al centro di un ovale avorio, era disegnata in rilievo la graziosa silhouette di una donna con un minuscolo cappello piumato. Sopra la figura, in eleganti lettere in corsivo era tracciato un solo nome: *Isobel*; sotto, in caratteri più piccoli, c'era scritto: MODISTERIA DI QUALITÀ DAL 1936. Isobel toccò le lettere del proprio nome e alzò lo sguardo verso l'amica, ma Cathryn era impegnatissima a chiacchierare in una lingua infarcita di francesismi mentre avvolgeva il cappello nella carta velina. Isobel si voltò e restò in silenzio con la mano tesa, mentre la matrona vi depositava una dopo l'altra otto banconote da un dollaro nuove di zecca. Se la cliente trovò strane le lacrime che rigavano le guance della modista, non lo diede a vedere.

Cathryn la scortò verso la porta, cinguettando "*Au revoir*" e le diede un colpetto di gomito con aria complice mentre usciva. Tornò da Isobel e prese tre delle banconote dal palmo della sua mano che non si era ancora mossa. "Izzy, puoi chiudere quel rubinetto il tempo necessario per dirmi dove posso comprare una bottiglia di champagne in questa città?"

"Champagne!" Isobel si asciugò gli occhi col dorso della mano sgualcendo le banconote e si mise a ridere. "Sarai fortunata se troverai del semplice vino, *ma chérie*. Prova al club privato a Bay Point."

Cathryn si mise il cappello e andò verso la porta, ma Isobel le si parò davanti.

"Cathryn, quelle scatole... Non so cosa dire."

"Oh, taci, Izzy. Non dire nulla: trova solo due bicchieri", le mostrò il dito sanguinante, "e un cerotto."

La clientela si moltiplicò in progressione geometrica da uno a tre, da tre a una dozzina. Le donne ordinavano cappelli su misura e la modisteria faceva progressi, costanti ma dolorosamente lenti per l'impaziente Isobel. L'estate stava per finire e le clienti migliori, quelle che compravano su impulso momentaneo – turiste che alloggiavano nelle stazioni balneari o nei bungalow estivi sulle rive di Cypress e dei laghi più a nord – se ne sarebbero presto andate.

Quando si rese conto che i modelli estivi, meno elaborati, erano quelli che si vendevano meglio, si affrettò a farne di più, usando materiali leggeri come la tela, il lino e la paglia. Li adornò con fasce intrecciate di aghi di pino rosso o fiori di seta che imitavano le specie botaniche della foresta: trifoglio, stellina odorosa o grappoli di bacche. Le signore di solito arrivavano dai luoghi di villeggiatura il sabato mattina, così quel venerdì sera Isobel, Louisa e Cathryn lavorarono fino a tardi per mettere tutto in ordine. Louisa imbottì del velluto verde per farlo sembrare muschio, e Cathryn scortecciò dei sottili ramoscelli di salice, li colorò e li intrecciò per farne fasce per cappelli. All'emporio, Isobel comprò un rotolo di tela a righe rosse e verdi che si usava per le sedie a sdraio. Quel fine settimana, le bombette di lino decorate con una fascia di questo tessuto furono vendute appena esposte in vetrina.

Mentre guardava il terzo cappello della stessa foggia lasciare il magazzino, Cathryn morse per un po' la matita e poi la batté con decisione sul vetro dell'espositore.

"Izzy, non penso che dovresti vendere più di uno o due esemplari dello stesso cappello ogni sabato."

Isobel ripose le fatture nel registratore di cassa. "Perché no?"

"Le clienti sono qui in vacanza, giusto? Di solito per due settimane al massimo." Cathryn si avvicinò al calendario appeso alla parete e indicò con la matita le settimane che restavano prima della fine dell'estate. "Non vorrai che, incontrandosi, scoprano di indossare cappelli identici."

"Ha ragione, mami." Louisa era rimasta seduta con le gambe incrociate sul pavimento, impegnata a confezionare un turbante in miniatura con un pezzo di seta. Isobel lo prese e lo esaminò con attenzione, scoprendo con meraviglia che era interamente foderato e decorato con un ciuffo di piccole piume. "L'hai fatto tu, questo?" Guardò incredula prima Cathryn poi la figlia. "Da sola?"

Louisa alzò le spalle. "Ho guardato te."

"Ci credo. È davvero..." Le posò una mano sulla spalla. "Louisa, è fatto molto bene."

La bambina sorrise radiosa. "Lo pensavo anch'io. È per la mia bambola. Posso avere un altro ritaglio? Mi piacerebbe farle un vestito che stia bene con il cappello."

Cathryn le accompagnò in magazzino. “Diamo un’occhiata negli altri cassetti per vedere se c’è qualcosa per Louisa, e magari qualche nastro diverso per quelle bombette.”

Isobel si strinse nelle spalle: “Ma quei cassetti sono in un tale disordine!”

“No. Non più. Guarda.” Cathryn li aprì uno dopo l’altro: i ritagli che Isobel aveva accantonato perché troppo aggrovigliati per combinarci qualcosa, erano ripiegati in pile bene allineate.

“Vedi, ho riorganizzato tutto. Quei cassetti laggiù contengono i ritagli più piccoli.” Tirò fuori uno scampolo di seta rossa delle dimensioni di una federa di cuscino. “Tieni, Louisa. Questa basta per fare un vestito.” La bambina la prese e uscì di corsa.

“Guarda, Isobel. Tutti questi sono raggruppati per colore, vedi? I tessuti stampati a destra, quelli in tinta unita a sinistra.” Indicò una pila di pezze dietro gli sportelli di vetro. “Con questi potrai fare centinaia di cappelli senza spendere un soldo.”

Isobel non la sentiva neppure. Il vetro brillava, e dietro gli sportelli erano stati risistemati tutti i materiali di Victor. Le cataste vacillanti di scatole erano sparite, e tutti i tessuti erano ripiegati, sistemati ed etichettati. Gli strati di vecchia cera erano stati grattati via dal pavimento annerito, coperto ora con un linoleum rosso papavero. Dodici anni di caos e sporcizia erano stati rimpiazzati da un ordine immacolato.

“Cathryn, quando...?”

“Oh, a volte non riesco a dormire. Quando mi hai dato la chiave, hai detto che potevo venire ogni volta che volevo.”

“Be’, sì, ma...” Isobel piegò la testa e aggrottò le sopracciglia, preoccupata. “Cathryn! Che significa che non dormi?”

L’amica aveva gli occhi velati. “Oh, solo qualche notte agitata ogni tanto. Sto bene, Izzy. Sto bene, ora.”

Isobel incrociò le braccia.

“Dai, non guardarmi così! Tieni.” Le passò una pila di tela a righe bianche e blu e di mussola. “Oh, e guarda questo!” Si alzò in punta di piedi, aprì un’alta credenza e tirò fuori un mezzo rotolo di fodera per materassi nera e beige. "Non potrebbe andar bene per una cloche?"

"Non cambiare argomento."

Cathryn girò su se stessa. "Ma chi sei tu, mia madre? Mio marito? La mia infermiera?"

Il suo tono fece indietreggiare Isobel. "No, certo che no. Sono solo preoccupata..."

"Liam ti ha incaricato di sorvegliarmi? Sono stufa di essere sorvegliata. Sono una donna adulta. Non ho bisogno di una baby-sitter!"

"Di cosa stai parlando? Cathryn, io..."

Ma lei si voltò come se non avesse sentito e si allontanò borbottando. "Posso essere lasciata in pace un minuto? Un dannatissimo minuto?"

Isobel barcollò come se qualcuno l'avesse spinta.

Restò a guardare Cathryn mentre spariva e cercò di dare una spiegazione a quanto era appena accaduto. Ma *era* accaduto qualcosa? Restò sola nel magazzino per un lungo momento, torcendo senza rendersene conto il ritaglio di mussola che teneva in mano.

"Non nomini quasi mai il marito." Thomas tornò a sedersi e si sporse verso di lei. "Liam, giusto?"

"Davvero? Be', l'ho appena intravisto."

"Non c'erano molti mariti in giro quell'estate, vero?"

Non le piacque il suo tono. "No, a quanto pareva. Liam era molto occupato. Penso che neppure Cathryn lo vedesse spesso." Lo disse con voce flebile.

"Raccontami la sua storia."

"Oddio, Thomas, me lo ricordo appena."

"Davvero? Sembri ricordare chiaramente tutto il resto, come se non riuscissi a dimenticartene."

Isobel alzò un sopracciglio. "Vuoi sapere di Liam Malley? Era un irlandese, originario di Cork, credo. Un bell'uomo, tranquillo, impacciato in mezzo alla gente. Era molto orgoglioso, e penso che fosse consapevole di aver sposato una donna ricca e di ceto superiore. Non gli importava del suo denaro. Adorava la moglie, non c'erano dubbi. Lei era una persona complicata, difficile, dall'umore mutevole. Lui era sempre rispettoso, anche troppo, voleva starle vicino, occuparsi di lei malgrado..." Era stanca, stava abbassando la guardia. Una nota di tristezza permeò le parole che seguirono: "Malgrado tutto. Povero Liam. Quando sposò Cathryn non poteva sapere a cosa andava incontro".

"Be', mi sembra molto per qualcuno che sostiene di ricordare appena."

Gli gettò un'occhiata di traverso. "Sono solo supposizioni, Thomas."

"Supposizioni? Non cose che sai per certo?"

"Come potrei saperle? Cathryn mi ha raccontato così poco. Sembra che tu non capisca una cosa, Thomas. Allora non si discuteva come adesso di cose personali, specie del matrimonio. La vita privata era privata. Non avrei chiesto a Cathryn dei suoi problemi con Liam come non avrei risposto a domande personali riguardo a me e Victor."

Thomas incrociò le braccia. "Allora ammetti di aver avuto dei problemi con papà."

Isobel espirò profondamente come per mandar fuori ogni pensiero. "Ora sono stanca di parlare, Thomas."

In luglio, Liam Malley dovette improvvisamente recarsi nel Michigan, dove in una miniera di rame due uomini erano rimasti uccisi in seguito al crollo di una galleria. Isobel aiutò Cathryn a riporre indumenti e oggetti personali del marito in una valigia. Attraverso la finestra del cottage udirono il rumore metallico della ribalta del furgone che veniva chiusa. Liam stava caricando gli arnesi da pesca.

Cathryn sospirò. "Non so per quanto tempo starà via." Isobel era seduta sul bordo del letto, giocherellando con i fili allentati della fodera di un guanciale.

"Puoi venire a stare da noi. Siamo solo io e Louisa, c'è un sacco di spazio." Guardò l'ampio letto dietro di sé. "Non puoi stare in questo posto tetro tutta sola, Cathryn. E poi sarà divertente."

Cathryn scosse la testa. "È gentile da parte tua. Magari verrò per una notte o due, ma davvero non mi dispiace stare qui. Preferisco rimanere un po' da sola in questi giorni. E ora che so guidare, be', ci sono molte stradine nascoste da esplorare." Chiuse la valigia con un colpo secco. "Sono stata un po' in giro, nel caso tu ti sia chiesta il motivo per cui non mi sono fatta vedere molto in negozio ultimamente." Sembrava parlare alla valigia. "Se ti descrivessi i posti che ho visto non ci crederesti."

"Davvero?" Isobel l'ascoltava appena. Si era alzata dal bordo del letto e stava sulla soglia della camera a braccia conserte, guardando oltre il vestibolo attraverso la finestra che dava sul viale.

"Isobel?"

Liam stava immobile davanti alla portiera dalla parte del guidatore, le mani appoggiate in alto sul tettuccio del furgone, la fronte contro il finestrino.

Sgusciando fuori dalla stanza, Isobel cercò di assumere un tono allegro. "Torno subito."

"Ehi!"

Quando si voltò, Cathryn le porse la valigia. "Puoi portarla fuori, per favore?"

Liam era di nuovo indaffarato: strinse la cinghia intorno a una cassa metallica e la sistemò nel bagagliaio. Isobel gli tese la mano augurandogli buon viaggio. Dopo aver lanciato uno sguardo al cottage, lui prese un biglietto dalla tasca della camicia e glielo mise in mano.

"Questo è il nome del mio albergo nel Michigan. Sul retro c'è il numero di telefono dell'ufficio della miniera."

Cathryn apparve alla porta della cucina e lui si piegò come per cercare qualcosa, sussurrando: "Mi chiami in caso di bisogno. E cerchi di stare con lei, se può".

Isobel guardò il pezzo di carta. "Ma lei non... Io non..."

Liam le chiedeva in parole chiare di badare a sua moglie. Isobel pensò allo sfogo di Cathryn la settimana prima. Anche la prima volta che si erano incontrati, Liam aveva detto qualcosa, qualcosa riguardo al fare attenzione a lei o *con* lei, non ricordava bene.

Liam salì sul furgone e mise in moto, mentre Cathryn, in grembiule, stava sulla porta salutando con la mano e sorridendo: una perfetta scenetta domestica che sembrava presa dalle pagine patinate di una rivista femminile. Lo sguardo di Isobel si spostò da lei al retro del furgone che sobbalzava giù per il sentiero.

Non era affatto sicura di voler sapere che cosa ci fosse tra loro.

Non riuscì a convincere Cathryn a stare da lei. Pensava che l'avrebbe vista più spesso in negozio durante le settimane in cui Liam era via, ma accadde il contrario. Arrivava dalle sue gite giornaliere in campagna entrando improvvisamente in negozio, rossa in faccia e allegra, portando ogni volta tesori per Louisa: un'agata, un pezzo di scorza di betulla, un ramo andato alla deriva la cui forma elegante evocava quella di un serpente. Si tratteneva poco: leggeva, aiutava Isobel con un'imbastitura particolarmente delicata o con una guarnizione di perline, lavorava ai vestitini di Louisa rifacendo intere parti per un punto non perfetto. Parlava molto o non parlava affatto. A volte scriveva in un suo diario o ai bordi dell'album da disegno, oppure su pezzi di carta o sul retro delle ricevute. Quando Isobel le chiedeva cosa fosse così occupata a scrivere, Cathryn si stringeva nelle spalle.

"Solo parole. Sai, pensieri, cose che mi passano per la mente."

Un pomeriggio, dopo che Cathryn se n'era già andata, spazzando Isobel trovò un pezzetto di carta impolverato sotto la scrivania. La grafia era inconfondibile.

In acque saline siamo formati, e ci separiamo alla nascita... e non siamo noi a tracciare il nostro cammino, ma restiamo radicati lasciando che la vita ci ribolla intorno.

Cielo e nubi vanno alla deriva sopra di noi, maree salgono e scendono ai nostri piedi. Ci tocchiamo mai?

O sono solo l'aria e l'acqua che tocchiamo a muoversi verso gli altri, le onde di riflusso che produciamo a raggiungerli, diluite e smorzate?

Tutta la nostra essenza è solo suggerita, quando riveliamo in realtà così poco di quel che veramente siamo.

A una prima lettura non sembrava qualcosa che fosse uscito dall'immaginazione di Cathryn, così Isobel pensò che fosse una citazione, o un brano copiato da qualche libro. Infilò il foglio dietro il registratore di cassa e subito se ne dimenticò.

Isobel leggeva ad alta voce il romanzo a puntate sul giornale. Era arrivata quasi alla fine della colonna quando si accorse che nessuno stava ascoltando.

"Ehi, c'è nessuno?"

Non ebbe risposta. Alzando gli occhi vide Cathryn che fissava la parete con uno sguardo inespressivo, intrecciando le dita intorno a un oggetto immaginario.

"Cathryn?"

Continuava a guardare davanti a sé. Isobel la osservò per un po' e notò l'impercettibile oscillazione del busto. Posò il giornale e attraversò la stanza. Si accucciò davanti alla sedia e le prese le mani.

"Cosa c'è che non va?"

Cathryn batté le palpebre cercando di dissolvere la nebbia che le velava gli occhi.

"Cathryn!"

Batté di nuovo le palpebre, stavolta per mettere a fuoco il volto di Isobel. Quando vide le proprie mani coperte da quelle dell'amica, alzò lo sguardo con un sorriso esitante, perplesso.

"Sì? Cosa c'è, Izzy?"

Isobel la osservava, aspettando che passassero i giorni, nella speranza che il ritorno di Liam potesse rasserenarla. La vigilia del giorno in cui era previsto il suo arrivo, Cathryn saltellava nervosamente da un tavolo all'altro come un passero chiuso in una stanza.

Isobel la fece sedere e le mise una matita in mano chiedendole di fare una copia ingrandita della foto del turbante che aveva trovato su *Vogue*.

Cathryn si mise faticosamente al lavoro sul disegno: cominciò, stracciò il foglio, e ricominciò di nuovo. Era già al terzo schizzo quando la matita si ruppe. Appena l'estremità spezzata colpì il pavimento, le due donne alzarono simultaneamente la testa. Cathryn lasciò cadere le mani in grembo e scoppiò in lacrime.

Isobel si sfilò lentamente il ditale, ripiegò e mise da parte il lavoro, poi le si avvicinò e la prese fermamente per le spalle.

"Cara, io sono tua amica. Lo sai questo, vero?"

Cathryn annuì mentre le lacrime le inondavano gli occhi.

Le lisciò i capelli sulla fronte. "Allora devi dirmi cosa c'è che non va." Nella sua voce c'era una punta di esasperazione.

Cathryn rabbrividì e si asciugò il viso col dorso della mano. Annuì di nuovo.

"Izzy, c'è qualcosa. Io... c'è qualcuno..." Si girò, non riuscendo a guardarla in faccia.

"*Qualcuno?!*" Isobel si accucciò e prese tra le mani il viso di Cathryn, obbligandola a incontrare il suo sguardo. "Oh, mio Dio, un uomo? Cathryn, guardami!"

Cathryn si frugò nelle tasche per cercare un fazzoletto.

"Non dirmi che sei innamorata!" Isobel cercò di nascondere lo choc. Sospirando si lasciò cadere su uno sgabello. "Raccontami", la spronò, ma in verità non voleva sapere.

L'ascoltò per tutto il pomeriggio. Mentre un vento secco sospingeva languidamente all'interno folate di aria calda, Cathryn ora camminava ora si sedeva, a volte piangendo a volte ridendo, mentre descriveva il suo primo incontro con Jack Reese. Si era tenuta dentro il suo segreto per troppo tempo e, rivelandolo, provò un enorme sollievo.

10

Non avendo molto da fare nei suoi primi giorni di solitudine a Cypress, Cathryn cominciò a vagabondare con una bicicletta lasciata da un precedente affittuario. Durante una delle sue escursioni scoprì una stradina che portava alla torre di controllo antincendi, situata nel punto più alto della contea e raggiungibile percorrendo una strada accidentata talmente ripida e sassosa che dovette scendere dalla bicicletta e spingerla a mano. Era l'inizio del periodo di grande caldo, e a metà mattina la temperatura superava già i trenta gradi. La cima del colle le sembrava irraggiungibile, ma si sentì spinta dalla curiosità di arrivarci. Sperava di poter vedere la città da lassù, ma poiché le gambe cominciavano a dolerle e il sudore le scendeva a rivoli lungo la schiena fino alla cintola, si chiese se ne valesse davvero la pena. A metà strada trovò una sporgenza liscia e piatta. Si fermò e, abbandonando con noncuranza la bicicletta in mezzo alla strada, si sedette all'ombra di un folto pino. Ripreso fiato, guardò il precipizio che si apriva ai suoi piedi. Afferrò un ramo e si sporse con circospezione sul dirupo cercando di indovinare la distanza che la separava dal baldacchino di verde sottostante. Trentacinque metri? Quaranta?

I tetti catramati e scintillanti della città erano disseminati tra le cime degli alberi e dei campanili in lontananza. Le strade non asfaltate si confondevano assumendo l'aspetto di lunghi nastri color seppia ogni volta che un veicolo fendeva il reticolato cittadino. Cathryn rise fra sé: Cypress sembrava un plastico giocattolo steso su un terreno incolto.

Scivolò con un piede sulla sporgenza muscosa e il cuore le balzò in gola. Indietreggiò velocemente e sedette contro un albero. Si accovacciò al sicuro in un crepaccio per contemplare la vista del lago e rimpianse di non aver portato niente da bere: lo scintillio dell'acqua nei meandri e nelle insenature le aveva fatto venire una sete improvvisa.

A occidente si scorgeva il grande bacino del lago Cypress: pur avendo guardato mappe e cartoline illustrate e ascoltato le descrizioni di Liam, era impreparata a quell'immensa distesa d'acqua dall'aspetto selvaggio. Non lontano da casa sua a Chicago, il lago Michigan le era sempre sembrato un semplice accessorio della città, uno specchio che rimandava l'immagine orgogliosa dei grattacieli, dei musei e dei grandi magazzini che proliferavano all'infinito.

Ma il lago selvaggio sotto di lei la riempì di sgomento. La riva opposta non era visibile neppure da quell'altezza. Verso ovest, in linea retta, si susseguivano innumerevoli insenature, alcune punteggiate da così tante isole che si sarebbero dette una distesa di terra solida attraversata da scarabocchi d'acqua. Questa parte del lago era chiamata "Dedalo" e Liam aveva avvertito Cathryn di non avventurarvisi mai da sola, perché di certo si sarebbe persa. Anche nel caso fosse riuscita a riguadagnare la riva, il litorale era formato da paludi infestate dalle zanzare o da falesie di granito troppo ripide perché qualcuno potesse scalarle. Oltre il Dedalo, si estendevano interminabili chilometri prima che ricominciassero ad apparire altre formazioni di isole e insenature. Il lago scintillava plumbeo e solo vicino alla costa l'acqua si rischiarava in un grigio azzurrognolo.

Cathryn seguì con gli occhi la strada che dal confine della città arrivava fino al sentiero per il cottage. Prendendo come punto di riferimento uno dei due camini localizzò Granite Point. Mentre stava pensando che sarebbe stato carino mostrare quel posto a Liam, magari portarlo lì per un picnic, sentì il rombo di un veicolo che scendeva giù dalla collina. Stava per comparire alla curva quando lei si ricordò improvvisamente della bicicletta. Balzò in piedi, precipitandosi sulla strada per recuperarla. Afferrò il manubrio nel momento in cui il camion girava l'angolo e, alzando gli occhi, lo vide avvicinarsi di gran carriera.

Rabbrividì. Il guidatore si piegò all'indietro come se volesse concentrare tutto il peso e la forza sul freno.

Gli istanti seguenti passarono lenti e veloci, nitidi e sfocati, come riflessi da uno specchio smerigliato. La percezione del tempo e la vista divennero inaffidabili, al punto che una frazione di secondo poteva sembrare un intero minuto e il parabrezza luccicante del camion pareva un lampo accecante scagliato da un cielo senza nuvole.

In quei secondi dilatati prima che il camion piombasse su di lei, Cathryn vide se stessa attraverso gli occhi del conducente: una donna né giovane né vecchia, arrossata dal caldo, col sudore che le brillava sul labbro superiore, e le mani bianche strette sul manubrio di una bicicletta. Una donna alta e bruna piantata come una tonta nel posto sbagliato. Viva, ma ancora per poco.

Il pesante veicolo slittò sulla ghiaia, mentre le ruote bloccate facevano schizzare ai lati getti di polvere e pietruzze. Non c'era tempo per scansarsi, non c'era nemmeno il tempo per pensare a questa possibilità, e Cathryn lo sapeva. Pochi metri in più tra lei e il camion sarebbero stati sufficienti per tentare qualcosa. Il conducente avrebbe potuto sterzare nell'unica direzione possibile per evitarla, verso il dirupo, levandosi in volo nell'ultimo istante della sua vita. Oppure lei avrebbe potuto tuffarsi verso il bordo della strada mettendosi al sicuro. Ormai non c'era più distanza sufficiente tra loro, nessuna ulteriore frazione di secondo per scegliere cosa fare, né tempo per reagire.

Le gomme fecero temporaneamente presa, ma il camion era troppo pesante. Al rumore delle pietre che ruzzolavano si sovrappose il lamento disperato dei freni. Cathryn si ritrovò con gli occhi sbarrati fissi sul volto del conducente, di certo l'ultima persona che avrebbero visto.

Bene, ecco allora com'è...

Gli sguardi incatenati, niente tra loro se non polvere e l'ultimo respiro di lei. Cathryn riuscì a distinguere gli occhi verdi dell'autista, il resto dei suoi lineamenti confusi, indistinti e sfuocati, ormai privi di importanza. Pover'uomo, mi dispiace tanto.

Batterono le palpebre nello stesso istante. Questo gesto compiuto all'unisono ruppe il suo stato di trance; Cathryn chiuse gli occhi e serrò la bocca. Il camion sbandò, slittò. All'improvviso il gemito dei freni arrivò al diapason e il mezzo sobbalzò in una brusca e rabbiosa frenata. Un cane pazzo arrivato in fondo alla catena.

Lei aprì gli occhi. Come il motore si spense, sulla strada ripiombò il silenzio, rotto soltanto dal canto di grilli lontani portato da una calda folata di vento. Il parabrezza cromato del camion le era a pochi centimetri dal mento. Il calore del motore le fece dilatare le narici; mescolati nell'aria che inalò affannosamente le pervennero il distinto sentore di olio e benzina e un acre odore di metallo. L'aria era satura del pulviscolo sollevato dalla strada.

Cathryn e il conducente si guardarono. La portiera della cabina si aprì cigolando: l'uomo scese e si diresse lentamente verso di lei, le suole che scricchiolavano lasciando a ogni passo un'orma nella ghiaia.

L'autista trasse un profondo respiro e le staccò con decisione le dita dal manubrio. La bicicletta cadde a terra, con una ruota che girava piano. L'uomo prese Cathryn per un braccio e la condusse sul ciglio della strada, dove la fece sedere su un masso.

Le si accucciò di fronte e la guardò fisso in volto. "Lei", disse, posandole con gentilezza le mani sulle ginocchia come per fermarne il tremito, "lei è un'emerita idiota."

Cathryn annuì, incapace di parlare. L'uomo aspettò, poi disse: "Mi chiamo Jack Reese".

Cathryn annuì di nuovo.

"Sono un guardaboschi." Indicò la torre di controllo. "Servizio forestale."

Con la mano tremante lei toccò l'albero di pino ricamato sulla spalla della sua camicia color cachi.

Lui la studiò più da vicino. Era scarmigliata e rivoli di sudore le rigavano la fronte imbrattata di polvere. Si accasciò come una bambola di pezza. Mentre l'uomo le esaminava il profilo, gli occhi di Cathryn seguirono i suoi, mantenendo il contatto con il suo sguardo.

"È muta?"

Cathryn aprì la bocca, poi la chiuse scuotendo il capo.

Jack si accomodò sul masso accanto a lei. "Che ne dice se parlo io per un po', lei mi ascolta, e magari cerca di ritrovare l'uso della parola?"

Cathryn annuì.

Jack si schiarì la voce. "Sono un guardaboschi... giusto, l'ho già detto..." Indicò il lago. "Vivo proprio al di là di quella cresta, oltre Granite Point. Ho una piccola capanna su un'isola a un miglio dalla costa, dentro il Dedalo. Non molto lontano in linea d'aria dal luogo dove abitano i Malley."

Appena udì il proprio nome, Cathryn guardò l'uomo allarmata e si raddrizzò.

Le sorrise. "Tutti sanno chi è lei."

Cathryn rimase seduta come inebetita mentre Jack Reese parlava. La sua voce era un balsamo per lei, le calmava il tremito e, mentre il cuore decelerava i battiti, si scoprì ad ascoltarlo attentamente, come se ogni sua minima parola fosse di estrema importanza. Le parlò del giovane guardaboschi assegnato alla torre in cima alla strada, una recluta che lui sospettava bevesse durante il lavoro. Gli aveva portato un mazzo di carte da gioco, una pila di giornali di Duluth e alcuni puzzle.

"So cosa significa stare lassù, giorni interi senza un contatto umano..." Col dorso della mano Jack si scostò un ciuffo di capelli ondulati dalla fronte. Quando riappoggiò la mano sulla coscia, Cathryn ne esaminò le dita lunghe e la fine peluria bionda sul dorso, la stessa ombra dorata che gli copriva i polsi squadrati.

Sorrise. Era a suo beneficio che stava facendo conversazione.

"Con una primavera così secca non posso permettermi di avere quassù un uomo che non faccia bene il proprio lavoro." Indicò con un gesto la calura che tremolava sopra il cofano del camion e la vallata sottostante. "Con il vento giusto tutto questo potrebbe prendere fuoco in meno di un'ora." Cathryn rabbrividì e lui riprese rapidamente il discorso interrotto, indicando la torre. "Se si deve passare molto tempo lassù, bisogna trovare qualcosa da fare. Io ho studiato botanica, sfruttando quel po' di latino che ricordavo dai tempi della scuola. E ho letto molto, naturalmente."

"Che cos'ha letto?"

Alle prime parole di Cathryn, Jack sorrise. "Era ora!" Le diede un buffetto sulla mano e continuò: "Che cosa ho letto? Filosofia, soprattutto. Opere che in seminario avevo solo sentito nominare".

"Seminario? Ma lei non è un prete."

"No." Scosse la testa, abbassandola un poco. "Non ho continuato fino in fondo."

Cathryn gli si fece più vicina. "Che altro ha letto?"

"Oh, le solite cose. Romanzi. Poesia."

"Poesia!" Gli sfiorò il palmo aperto della mano.

Scambiarono opinioni sui poeti che avevano letto, ma dopo un po' la conversazione languì, mentre qualcosa di indefinibile e di ardente si apriva un varco tra le parole colmando lo spazio che li separava.

Rimasero seduti, incerti su cosa dire o fare, con l'unica certezza che nessuno dei due voleva essere il primo ad alzarsi, né fare il minimo movimento che potesse rompere quell'intimità tra loro.

Poco dopo, il rumore di un'auto che a fatica risaliva la strada li costrinse ad allontanarsi. Cathryn si mise in piedi e andò a recuperare la bicicletta, in preda a uno strano disagio e a un senso di colpa all'apparire della vettura. Accennò un saluto ai suoi occupanti senza distinguerne i volti. Jack balzò dentro il camion e lo spostò sul ciglio della strada per lasciar passare l'auto. Solo dopo che il rumore della macchina svanì, osarono guardarsi di nuovo.

Jack si sporse dal finestrino. "Ci vediamo domani?" I suoi occhi parlavano chiaro, non c'era niente da fraintendere.

"Sì." Cathryn si raddrizzò e inforcò la bicicletta. "Dove?"

"Qui."

Non aveva il minimo ricordo di come fosse tornata a casa. Andò a fare un bagno nel lago e preparò la cena per Liam come se fosse una serata normale di un martedì qualunque.

Cathryn rise. "Chissà cosa deve aver pensato Jack di me."

In seguito, Isobel avrebbe saputo esattamente cosa aveva pensato Jack Reese. Lo trovò scritto nella lettera nascosta nella cartella che Cathryn aveva dimenticato in negozio, prima di scomparire.

"Ci incontrammo il giorno seguente, e il giorno dopo ancora. Quando non ero in negozio, ero con Jack. All'inizio andavo da lui in bicicletta, e poi, dopo che tu mi hai insegnato a guidare, prendevo la macchina, ma solo quando Liam era fuori città con il camion della società. Non potevo rischiare che mi vedesse."

Isobel si protese in avanti. "Così, queste ultime due settimane, mentre Liam era nel Michigan...?"

"Sono stata nella capanna di Jack."

Isobel si portò le mani alla bocca.

Cathryn sorrise. "Siamo amanti."

Quando si mise a sedere accanto a lei, l'amica si alzò di scatto e si allontanò di qualche passo.

Quando si volse, si limitò a fissare le mani di Cathryn, rifiutandosi di incontrare il suo sguardo. Nel silenzio, osservò quelle mani che stropicciavano il fazzoletto con le dita sottili, la fede d'oro che baluginava attraverso il bordo merlettato. Alla fine si posarono sulle ginocchia per un breve istante prima che Cathryn si alzasse dicendo a voce insolitamente alta: “Bene. Adesso devo proprio andare”. Non si mosse.

Isobel batté le palpebre. Cathryn aveva raccontato la storia con grande intensità e ardore, e con un tale sollievo... Doveva dirle qualcosa, ma non riusciva ad articolare le parole in frasi comprensibili. Nessuna delle risposte che avrebbe potuto dare era quella che Cathryn voleva sentire.

“Sì, sarà meglio che tu vada.”

Sentendo un rumore si voltarono entrambe, e Isobel scorse un ricciolo biondo sotto la pressa dei pantaloni.

“Louisa!” Andò a sbirciare sotto. “Oddio, sei stata qui tutto il tempo?”

Louisa si mosse ma non uscì dal suo nascondiglio, sperando in una qualche distrazione, un cliente, o qualcosa del genere, che le permettesse di sgattaiolare via. “Non stavo spiando, mami, è solo che mi trovavo qui.”

“Vieni fuori. Subito, per favore.” Isobel lanciò un’occhiata a Cathryn. “Cos’hai sentito?”

La bambina uscì e si mise in piedi, guardando prima l’una poi l’altra. “Ehm, tutto, immagino.”

“E quanto...” Isobel cercò di fermare il tremito delle labbra. “Quanto hai capito?”

La bambina alzò due dita. “Zia Cathryn ha disobbedito a due comandamenti, credo. Ma non riesco a ricordarmi l’ordine.”

Cathryn chiuse gli occhi. “Cristo!”

Louisa si strinse nelle spalle. “E così fanno tre.”

Sua madre le afferrò il polso con un impeto forse eccessivo. Aprì la bocca, esitò e si voltò verso Cathryn.

“Spiegaglielo *tu*. Io sto ancora cercando di capire, ma non ci riesco. Non ancora. Non puoi aspettarti che lo spieghi a lei. Devi farlo tu.” Lasciò andare il polso della figlia. “Louisa, ci vediamo a casa.”

Le lacrime negli occhi dell’amica non la fermarono. Alla porta Isobel si girò verso di lei. “Chiudi, quando te ne vai.”

Camminò. Era già a un buon miglio di distanza dalla città quando si rese conto di non avere una meta. Si trovava in mezzo alle colline sovrastanti la miniera, e avanzava spedita sotto le grandi braccia dei rami di pino. Le gambe la trasportavano come per volontà propria. L'aria era permeata di un odore penetrante di pece e aghi di pino che scricchiolavano sotto i suoi piedi. Quell'aroma le fece venire in mente le innumerevoli volte che, da bambina, aveva corso per gli stessi sentieri. Migliaia di anni prima. Costeggiò la cresta finché il sentiero non iniziò una dolce discesa attraverso una foresta di betulle a nord della città.

Era senza fiato. *Innamorata...* Ricordava la voce estasiata di Cathryn che raccontava quell'assurdo incontro con un estraneo che adesso la teneva in sua balia.

Non riusciva a scordare il volto di Liam, i suoi avvertimenti. Lo sapeva? Né poteva scacciare la netta sensazione che Cathryn non le avesse confessato tutto. Mentre si faceva strada a fatica nel folto della foresta, ripercorse con la mente gli avvenimenti, immagine dopo immagine.

Il giorno in cui aveva trovato Cathryn raggomitolata sotto un tavolo, rossa in volto, che sosteneva di essersi semplicemente addormentata proprio lì. La volta in cui aveva preso Louisa sulle ginocchia cingendola in un abbraccio, e il suo sguardo si era improvvisamente perso nel vuoto, le membra irrigidite come quelle di un sonnambulo. Non voleva lasciar andare la bambina, sembrava incapace di farlo, come se quell'abbraccio soffocante fosse involontario, il gesto di un automa. Louisa rideva, pensando che si trattasse di un gioco: aveva detto di essere Houdini e alla fine era riuscita a liberarsi.

Era quello il comportamento di una donna innamorata?

Solo quando si ritrovò sul sentiero che portava di nuovo alla riva del lago, Isobel si rese conto di quanta strada avesse fatto, di quante ore avesse vagabondato.

Non riusciva più a pensare. Quando sulla via del ritorno sbucò nei pressi del chiosco della banda musicale nel parco, il sole stava già tramontando e sfiorava le cime degli alberi.

Era già completamente buio quando aprì la porta di casa.

Cathryn teneva in grembo la testa di Louisa, addormentata sul divano.

"Isobel", sussurrò, "dove sei stata?"

Lasciò andare le braccia conserte lungo i fianchi. "A camminare." Il vestito era umido di sudore. "A pensare, a cercare di capire." Aveva deciso di essere paziente, di dare a Cathryn l'opportunità di lavorare ancora con lei in negozio, ma di colpo sbottò e le domande che aveva preparato si trasformarono in esplicite accuse.

"Tu mi hai *mentito*. Io ti ho insegnato a guidare. Ti ho fatto da alibi, vero? Ti ho fornito un alibi, giorno dopo giorno." Tremando sibilò: "Perché hai aspettato fino a oggi per parlarmi di Jack Reese?"

Cathryn adagiò Louisa sul divano e si alzò. "Non sarebbe stato leale."

"Leale?"

Cathryn si lisciò la camicia spiegazzata. "Non sarebbe stato leale da parte mia metterti in mezzo a questa faccenda."

"Mettermi in mezzo?"

"Sì, coinvolgerti. Come succede adesso; vedi, sei sconvolta. Volevo risparmiartelo."

Isobel indicò il divano con un cenno risoluto del capo. "E Louisa?"

"Abbiamo parlato. È una bambina intelligente, Isobel. Capisce più di quanto tu creda."

"Non parlarmi dei miei... Che ne sai tu di bambini?" Si avvicinò al divano e sollevò la figlioletta addormentata pentendosi di quanto aveva appena detto. "Non importa."

Ai piedi della scala bilanciò il peso di Louisa tra le braccia e si voltò. "È stata una giornata pesante, Cathryn."

Aveva appena messo sua figlia a letto quando si ricordò che Cathryn sarebbe andata a casa con il buio.

Scese di corsa le scale e aprì la porta principale: non c'era nessuno. Corse fino all'angolo sul marciapiede ancora caldo, ma si vedeva solo la porzione circoscritta dalla luce del lampione che fendeva il buio della notte. Vi girò intorno e invano cercò di scrutare oltre, i suoi movimenti fiacchi come la luce proiettata dall'alto.

La sua mano era affaticata mentre teneva la lente d'ingrandimento che Thomas le aveva portato. Il braccio colpito dall'ictus serviva solo a tenere giù le pagine come un peso morto, mentre con l'altro ora reggeva la lente, ora sfogliava il libro.

Appena una figura entrò nella stanza, lo lasciò cadere, esasperata. Infermiere, dottori, le stavano addosso di continuo. Sospirò e chiuse gli occhi quando udì una voce allegra: "Salve. Cosa sta leggendo?"

Lo riconobbe. Rispose brusca, senza girarsi: "Una poesia, dottor Hertz. Per la precisione una poesia su un paziente addormentato con l'etere sopra un tavolo operatorio".

"Ah, la conosco anch'io."

"È qui per un prelievo di sangue? Se è così, per favore faccia in fretta."

"Non mi è permesso prelevare il sangue. Per quello abbiamo una squadra di vampiri addestrata apposta. Ma le controllerò il braccio, se non le dispiace."

"Va bene, basta che non mi metta in disordine: le infermiere mi hanno tutta lavata e cosparsa di borotalco. Ci tengo a restare fresca." Si raddrizzò sui cuscini. "Forse potrebbero portarmi un letto di ghiaccio." Quell'uomo cominciava a scocciarla. Rideva alle proprie battute ma non alle sue.

"Dov'è mio figlio?"

"Il signor Howard? L'ho appena visto nel corridoio, l'ho mandato giù a prendersi un caffè."

"Perché?"

Hertz si mise a sedere sul bordo del letto e le pizzicò leggermente la pelle flaccida della mano. "Il rapporto delle infermiere dice che ha rimandato indietro il cibo senza averlo toccato. La dietologa me l'ha confermato."

Isobel osservò quello che le stava facendo alla mano. "Però bevo."

I loro occhi si incontrarono.

"I liquidi non sono sufficienti."

"Non ritornerò a casa. Lo so. Uscita di qui verrò messa in una casa di riposo, vero?"

"Immagino di sì. Sì."

"Ha una nonna, Joel?"

"Dovrei ordinarle una flebo."

"Ma potrebbe anche non farlo."

Non le rispose.

"Lei lo sa quanti anni ho."

"Tutti in questo ospedale sanno quanti anni ha."

Isobel scivolò sotto le coperte facendo cadere il libro sul pavimento. Il dottor Hertz si chinò a raccoglierlo e lo rimise al suo posto. Dalle pagine spuntava l'angolo rigido di un cartoncino color seppia.

"Vorrei mostrarle una cosa. Il mio segnalibro."

"È una foto?"

"Sì, una che ho scattato io stessa." Gli porse il quadrato ingiallito e sovresposto.

L'immagine mostrava una giovane coppia seduta in una piccola barca a vela, sotto la luce abbagliante del sole. I capelli della donna erano sollevati in una crocchia fermata da larghi pettini d'avorio. Indossava occhiali da sole dalle piccole lenti rotonde e un kimono con le maniche che ricadevano dai bordi come ali di seta, sfiorando appena l'acqua. Adagiata all'indietro, guardava verso l'obiettivo, un piede minuscolo appoggiato sul ginocchio dell'uomo. Lui era di profilo e la fissava intensamente da dietro un ricciolo che gli era caduto di traverso sull'occhio. La vela pendeva floscia contro il pennone. La scena si rifletteva sulla superficie dell'acqua, talmente immobile che la fotografia appariva come divisa in due immagini simmetriche: barche identiche, coppie gemelle.

"Così è lui. L'uomo che mi assomiglia."

"Vuol dire a cui lei assomiglia."

"Allora esiste."

"So che non mi ha creduto. Sono debole, ma non ancora del tutto rincretinita."

"Lo so."

"E sono nel pieno possesso delle mie facoltà mentali."

"Sì, sì, certo."

Joel teneva la foto con delicatezza. "È molto vecchia." Gliela restituì. "Sono morti?"

"Non lo so." Lei scrutò i volti dei veri Jack e Cathryn e il loro doppio, pallido e sfuocato, riflesso nell'acqua. Si strinse nelle spalle. "Non lo so."

Posò la foto sul comodino e chiuse gli occhi.

Thomas si alzò e chiuse la porta per coprire il rumore delle suole di gomma delle infermiere che passavano nel corridoio e il ronzio nasale dei generatori.

"Hai di nuovo parlato nel sonno, mamma." Era agitato.

"Non stavo dormendo."

Thomas si lasciò cadere pesantemente sulla sedia piantandosi i gomiti sulle ginocchia. Sembrava quasi che stesse male. "Mamma..."

Isobel provò ad allungare una mano verso di lui. "Che c'è?"

Senza guardarla fece un profondo respiro e riprovò: "Mamma".

"Che c'è? È successo qualcosa?"

"No." Tentennò la testa. "Sì."

Aveva in mano la foto accartocciata di Jack e Cathryn.

"Pensavo che fossi tu."

Lei aspettò che proseguisse.

"Pensavo fossi *tu* ad avere un amante."

Isobel batté le palpebre, senza dire niente, soppesando quella rivelazione.

Thomas ripose la foto. "Quell'inverno, dopo che papà comprò l'isola... sembravi talmente arrabbiata con lui! In agosto, quando tornammo, tutto era un tale mistero. Tutti bisbigliavano, in città circolavano voci assurde. Louisa si comportava in modo strano. E poi tu e papà partiste per il Michigan. Ero troppo piccolo per capirci qualcosa. Poco prima che papà morisse scoprii che un uomo era scomparso, che forse era morto nei pressi di Cypress quattro anni prima, nel periodo in cui aveva una storia con una donna, una donna *sposata*."

"E allora?"

"E per tutto il tempo ho pensato..."

"Che fossi *io*?" Isobel restò a bocca aperta. Scrutò suo figlio per vedere se si trattava di uno scherzo. In un attimo capì che non lo era.

"Perché non sei venuto da me? Perché non me lo hai chiesto subito?"

"Perché?" ripeté lui attraverso le mani giunte davanti alla bocca. "Non sembrava importante, dopo la morte di papà..."

"Cosa intendi dire?"

"Avevo solo dieci anni. Come avrei potuto sollevare un argomento simile?" Thomas continuava a intrecciare e a sciogliere le dita.

"Oh, caro."

Thomas girò il viso dall'altra parte, ma non prima che lei fosse riuscita a leggergli la vergogna in volto. Tacque a lungo, poi disse: "Noi sapevamo che la torre di controllo era infestata dai fantasmi".

La voce di Isobel tremò. "Noi? Noi chi?"

"Noi ragazzi. Tutti i ragazzi della città. I più grandi facevano a gara ad arrampicarsi fino in cima. Louisa sapeva qualcosa, ma non ha mai parlato. Non sono riuscito a tirarle fuori niente. Tutto quello che sapevamo era che un uomo era morto lassù." Thomas si protese avanti. "Era Jack?"

Isobel non rispose. Stava guardando le dita del figlio, il loro continuo intrecciarsi e sciogliersi. Un attimo dopo pendevano inerti tra le sue ginocchia. Quando alzò gli occhi vide che stava piangendo.

Non poteva fare niente per lui.

Dopo un po', Thomas si asciugò il viso e prese la giacca. Doveva uscire.

Quella domenica Isobel portò Louisa a pranzo all'hotel Vermilion. Poi fecero una passeggiata lungo la costa meridionale, oltre il ristorante, e imboccarono un sentiero ombreggiato per sfuggire al caldo.

"Louisa", cominciò Isobel per due volte, schiarendosi la voce. "Louisa, io..."

La ragazzina stava tracciando un disegno sulla strada trascinandosi dietro un ramo biforcuto. "So di cosa vuoi che parliamo."

"Lo sai?"

"Vuoi che parliamo di amore e matrimonio e tutto il resto."

"Sì, esatto. L'amore..."

"Cathryn dice che l'amore può salvare le anime."

Isobel aggrottò le sopracciglia. "Salvare le anime?"

"Dalla tristezza, sai, come quando piangi e sei triste e non riesci a smettere."

"Cos'altro ha detto?"

"Che deve risolvere il pasticcio in cui si trova."

Camminarono in silenzio. Louisa affondava il bastone nella strada polverosa.

"Non è male amare qualcuno, vero, mami?"

"No, non si può dire che sia un male, ma non è bene amare qualcuno che non sia tuo marito."

"Questo lo sanno tutti. Ma perché è sbagliato?"

"Per molte ragioni. Non è solo sbagliato, la cosa è più complicata."

"È male che zia Cathryn ti voglia bene?"

Isobel si bloccò.

Louisa muoveva il bastone a zigzag nel terriccio.

"Perché dice che ti vuole molto bene, e che siccome ti vuole bene forse è meglio per te che lei non sia più tua amica."

Isobel scrisse un biglietto e Louisa andò in bicicletta fino a Granite Point per consegnarlo. Voleva vedere Cathryn, conoscere Jack. Le scrisse di venire con lui al negozio il giorno seguente.

Cathryn portò Jack e lui parlò di anime da salvare: Isobel lo guardò in quegli occhi stranamente innocenti e lo vide per quello che era: un ragazzo vulnerabile che attraversava l'esistenza nei panni di un uomo.

Quello stesso giorno dopo il loro incontro nella penombra del negozio, Cathryn le chiese aiuto.

"Solo qualche pomeriggio, Izzy." Nei suoi occhi c'era un lampo di follia. "Solo qualche ora ogni tanto. Per controllare se arriva Liam. Per avvistare la sua macchina."

Pur sapendo di non aver avuto il tempo di rifletterci a fondo, il giorno seguente Isobel mise nel suo cestino alcuni lavoretti di cucito e i racconti di Čechov che le aveva prestato Cathryn. Andò a casa e, dopo aver servito il pranzo a Louisa, mise in moto la Ford e scese attraverso le stradine secondarie fino al molo, vicino a Granite Point.

Jack l'attendeva a metà del viottolo.

La guidò fino a un punto dietro un capanno abbandonato, dove poteva mettere l'auto senza che venisse avvistata da chi passava sulla strada. "Ci vediamo sulla banchina."

Isobel parcheggiò e, scesa nella terra polverosa, avanzò a fatica in mezzo a rigide canne più alte di lei, attraversando quel sipario biondo fino alla riva del lago.

Sul molo Jack le diede un richiamo di legno per uccelli, appeso a un laccio di cuoio: mentre glielo passava sopra la testa, sembrava a disagio.

"Nel caso possa servire."

Lei fece alcuni fischi di prova. "Allora io controllo se arriva la macchina? Devo farvi un segnale particolare?"

Jack spostava il peso da un piede all'altro, agitato. L'inganno non gli era evidentemente congeniale. "No, penso di no. Se vede la macchina del signor Malley, per favore fischi più forte che può."

Indicò una canoa dall'aspetto fragile che oscillava al bordo del molo.

"Prima le signore."

Isobel per poco non si mise a ridere. "Sta scherzando? In una barca?"

Jack sembrava perplesso. "Be', sì, in una barca."

"Non posso sedermi sulla riva e basta? O qui, in fondo al molo?"

"Non si vede niente da qui. Il centro della baia è davvero l'unico posto da cui è possibile sorvegliare la strada."

Lei scrutò con una certa diffidenza la superficie dell'acqua. "Ne è sicuro?"

"Ha paura, vero?" Quella voce profonda l'avvolse come un'ombra.

"Un po'." Di più non era disposta ad ammettere.

"Dell'acqua?" Si morse il labbro.

"Jack, mi dispiace."

"Non lo sapevo. Senta, non si preoccupi " Nel suo tono si avvertiva una nota di scusa. "Cath e io troveremo un altro modo."

"Aspetti. Quant'è profonda?"

"Qui? Poco più di un metro. Vede? Là c'è il fondo."

"Lo farò. Davvero. Posso farlo."

La guardò negli occhi. "Sicura?"

L'aiutò a mettere piede sulla canoa e a sistemarsi sul sedile di bambù, salendo dietro di lei e inginocchiandosi. Le sue braccia la circondarono mentre le mostrava come tenere la pagaia. Le avvolse le dita di una mano intorno al manico e le spostò l'altra lungo la superficie liscia del remo, iniziando poi a descrivere armoniosi movimenti ad arco di immersione nell'acqua da una parte e dall'altra.

"D'accordo, adesso provi. Continuerò a tenere la pagaia, ma voglio che sia lei a remare."

Isobel non pensava all'acqua. Cercava di pensare ad altro. Jack le era così vicino da sfiorarle la schiena col petto. Per un momento immaginò di appoggiarsi a lui, sentendo il rimbombo della sua voce vibrare a ogni parola. Di colpo si riscosse e si piegò in avanti.

"Sta andando molto bene. Vede com'è semplice?"

Remarono un po' in circolo, poi tornarono al molo e Jack balzò fuori dalla canoa. Ritto sul molo le fece un largo sorriso. Isobel stava per ricambiarlo ma si accorse che lui guardava oltre le sue spalle. Si voltò e vide Cathryn che salutava dalla costa lontana.

Dopo aver spinto la canoa lontano dal molo, Jack salì sulla sua barca e si diresse in fretta verso Cathryn.

Quando Isobel si voltò a guardarlo, la canoa si inclinò improvvisamente. Con il cuore in gola spostò il peso dalla parte opposta, ma con troppa foga. Per poco non sprofondò. Lanciò un urlo, lasciò cadere la pagaia in acqua e s'immobilizzò.

Jack si voltò, allarmato. "Isobel?"

"Non posso. Mi dispiace, Jack. Non posso farlo."

"Mami?"

Dopo la morte di Louisa, nessuno l'aveva più chiamata così. Aprì gli occhi e vide Thomas in piedi accanto al letto. Il suo maglione era piegato su una sedia e la borsa a tracolla appesa alla porta. Aveva l'aria stanca, probabilmente era rimasto lì per molto tempo.

Isobel si sollevò a fatica e bevve un po' d'acqua. Quando la dentiera le scivolò nel bicchiere respinse l'aiuto del figlio ma gli permise di aggiustarle i cuscini. Dopo essersi sistemata alzò lo sguardo. "Buon giorno." Si rendeva conto di biascicare le parole ma non riusciva a controllarlo.

Thomas non disse niente: le prese la mano e vi ripose dentro qualcosa di liscio.

"Che cos'è?"

"Scisto cristallino."

Scisto cristallino. Lo aveva già visto da qualche parte? Aspettò che lui proseguisse.

"Ti dispiace se mi siedo?"

"Perché dovrebbe dispiacermi?"

"L'unica cosa che posso fare è chiederti scusa."

"Scusa per che cosa? Per aver pensato? Per aver fatto delle congetture?"

Toccò la mano di sua madre, poi la pietra. "Era di papà. Viene dall'isola. Ero con lui, quando la trovò. La vide sulla spiaggia. Ricordo esattamente quando allungò la mano per prenderla: tra mille, proprio questa attirò la sua attenzione. La raccolse e disse: 'Tommy, questo sarà il mio portafortuna. Guarda qui, quando la esponi alla luce ha lo stesso colore degli occhi di tua madre'."

Mentre Isobel toccava la pietra lucente, un'ondata di nostalgia la travolse.

Thomas si sedette. "Dopo che... il giorno in cui morì, mi ricordo che qualcuno ti portò a casa, e fu Louisa a dirmi che era morto. Allora tu dormivi; ti avevano dato qualcosa, credo. Arrivai in negozio quando avevano già portato via il corpo. La pietra era là, nella tasca del suo cappotto appeso nel retrobottega come se fosse un giorno come tutti gli altri. La pietra era nella tasca. Sapevo che era là. Volevo andare a gettarla giù per la diga. Pensai che in fondo non gli aveva portato tanta fortuna."

"Ma non lo hai fatto."

"No. Arrivato sul ponte, non ci sono riuscito. L'ho tenuta. Da allora la porto sempre con me."

"Oh!" Isobel cercò di fermare il tremito della mano. "Guarda com'è liscia. Sembra vetro."

Thomas sorrise. "Era più grande, una volta: vedi, ora è tutta consumata."

Lei alzò lo sguardo, storcendo la bocca a metà tra un sorriso e una smorfia. "Come me, allora."

"È tua, adesso."

Thomas rimase con lei tutto il pomeriggio, dopo aver ordinato il pranzo da un ristorante in fondo alla strada. Isobel si limitò a piluccare qualcosa dal suo vassoio. Poi lui uscì e tornò con due caffè con ghiaccio dal bar vicino.

Accavallò le gambe e si sistemò un cuscino dietro la schiena. "Allora, quando diventasti la loro spia?"

Isobel si girò di fianco mordendosi l'interno della guancia. "Ho sempre preferito il termine 'sentinella'. In qualche modo mi sembrava meno furtivo." Si toccò le labbra secche. Thomas prese un tubetto di burro di cacao e glielo porse. Incontrare il suo sguardo era come guardare il passato attraverso un tunnel: il volto sembrava sfocato, ma vi splendeva ancora il limpido sguardo della giovinezza. Il suo bambino con gli occhi verdi.

Le riuscì di applicare il burro di cacao con movimenti minimi.

"Quando? Solo verso la fine, per la verità... e poche volte."

Distesa a letto, Isobel non riusciva a dormire. Provò a leggere uno dei romanzi di Cathryn, ma le parole e le descrizioni le ballavano sotto gli occhi, e pur rileggendo più volte gli stessi passaggi non riusciva a coglierne il senso. Attraversò la fila di stanze e sedette a lungo sul letto di Louisa, guardandole il petto minuscolo che si alzava e abbassava. Quando i bambini erano piccoli, sorvegliava il loro sonno piena di stupore. Bastavano i pochi secondi di sospensione tra un respiro e l'altro, miracoloso nella sua semplicità, per farle soffrire le pene dell'inferno. Perdere un figlio era stato uno dei suoi più grandi terrori, ma non era certo l'unica madre ad avere questa angoscia. La notte liberava le paure nelle sue forme più svariate. Strani scricchiolii, intrusioni di estranei o qualsiasi altra cosa degna del copione di un film dell'orrore la facevano sorridere: niente poteva essere paragonato a quell'arresto momentaneo, quel cambiamento di ritmo del respiro.

Per il resto, amava la notte. Accoglieva con gioia l'oscurità, desiderava ardentemente la dolcezza delle notti di mezza estate così come bramava la pioggia nelle canicolari settimane estive. Le sue peggiori paure si insinuavano all'alba e sembravano trarre forza dalla luce del giorno. Il sole metteva ancora più in evidenza i suoi fallimenti: quello che non aveva fatto o detto nel modo giusto, la sua stessa incapacità a definire ciò che era giusto o sbagliato.

Aveva innumerevoli paure. L'acqua non era che al primo posto di un lungo elenco.

Una volta Cathryn aveva detto: "Mi piacerebbe essere un pesce, o una colomba, per nuotare o volare. No! Sarebbe meglio un pesce volante, così potrei muovermi come voglio tra l'acqua e l'aria".

Isobel aveva sorriso, dando istintivamente libero corso alle parole che avrebbe voluto trattenere: "Io vorrei essere un lupo".

Sapeva che Cathryn si sarebbe girata verso di lei aggrottando la bella fronte. "Un lupo! Izzy, perché mai sceglieresti di essere un lupo?"

Si era stretta nelle spalle, pentendosi subito di averlo fatto. "Oh, così potrei correre attraverso i boschi, immagino. Correre sul muschio sotto le chiazze di luce che traspare tra il fogliame." Non disse quel che pensava veramente: *Perché non hanno paura di niente.*

Sapeva bene che essere complice di Cathryn nel suo tradimento era immorale: Isobel era convinta che quello che stavano facendo lei e Jack fosse sbagliato. Ma non riusciva a condannarli. Li invidiava e li compativa: si rendeva conto che erano proprio la profondità e la forza del loro legame a renderli indifesi. Sembravano presi in una rete che lei stessa non poteva contemplare troppo a lungo senza rischiare di restarvi intrappolata a sua volta. O forse lo era già? Quello che aveva visto valeva il rischio che correvano?

E cos'aveva visto?

Solo i loro due volti quando si guardavano: il mal d'amore, il crollo della volontà.

Invidiava il coraggio di Cathryn, ma in fondo il suo comportamento la lasciava perplessa. Malgrado la disperazione di quei giorni in cui l'oscurità l'avvolgeva e lei lottava per trovare un po' di luce nella sua mente obnubilata, resisteva alla propria sventura come l'eroina di una tragedia. Isobel credeva che a un condannato si addicessero l'attesa e il silenzio, ma Cathryn ciarlava, sorrideva e drizzava le spalle nei suoi bei vestiti, piena di vitalità come sempre. Solo in rare occasioni, quando Isobel coglieva quell'insolito sguardo smarrito negli occhi dell'amica, finiva per riconoscervi un'angoscia che le parole erano incapaci di esprimere.

Isobel tornò alla zattera del suo letto vuoto e, quando finalmente si addormentò, sognò Victor. Erano insieme su una barca, e lui le diceva: *Guardaci, Iz, guardaci.* Lei non capiva.

Si svegliò piangendo, con le braccia tese.

Isobel sapeva che il solco che si era creato tra lei e Victor andava colmato, che stava a lei superare la paura che li aveva separati. Lui non era cambiato, ma lei sì. Si era allontanata dal suo fianco per abbracciare la paura.

Aveva comprato l'isola per loro, eccitato come un bambino. Non aveva mai voluto fare qualcosa a sua insaputa. Era un regalo. Era la sua avventura e lei era stata invitata a parteciparvi. Rifiutando, Isobel aveva rovinato tutto. Gli aveva negato quel piacere, troppo testarda per ammettere la propria debolezza e confessargli semplicemente quanta paura avesse. Per il loro matrimonio. Dell'acqua. Della vita.

Nella pallida luce mattutina il sentiero si aprì davanti a lei.

Tornò a Granite Point. Salì sulla canoa e si sedette con precauzione provandone la stabilità. Tenendosi al bordo del molo, fece dondolare la canoa per sentirla oscillare sotto di sé. Si agganciò il giubbotto di salvataggio e immaginò il peggio. Strinse le cinghie accertandosi che non rischiavano di slegarsi. Il giubbotto l'avrebbe tenuta a galla.

I primi pomeriggi in canoa furono terrificanti. Si aggrappava fermamente ai bordi, tenendo stretto il laccio con il fischietto. La canoa era abbastanza grande e a tenuta d'acqua, ma lei si faceva prendere dal panico ogni volta che si muoveva oppure oscillava nell'acqua scura. Pagaiando verso il centro della baia e di ritorno, si mordeva il labbro contando i colpi di remo. Nei giorni di calma il tragitto richiedeva venticinque colpi di pagaia, ma nei pomeriggi in cui tirava vento arrivava a contarne quaranta o quarantacinque. Una volta giunta al centro, nel punto da cui godeva di una buona vista della strada, buttava l'ancora di fortuna fatta con il vecchio contrappeso di una saracinesca. Scoprì che, se si spostava dall'alto sedile di bambù per sistemarsi sul fondo, la canoa sembrava più stabile. Dopo vari giorni era abbastanza a suo agio da tenere un libro sulle ginocchia e, dondolando al ritmo della barca, imparò a spostare il proprio peso per controbilanciarne l'oscillazione.

Anni dopo, si rese conto che proprio in quella canoa doveva aver acquisito l'abitudine di sistemarsi dei guanciali dietro la schiena quando si accingeva a leggere.

Man mano che il disagio svaniva cominciò a osservare i dintorni.

L'insenatura che si apriva tra la strada e la casa di Cathryn si chiamava Baia d'Ingresso, perché dava accesso al Dedalo. Le scogliere circostanti cadevano a picco nell'acqua. Gran parte della baia aveva l'aspetto di una stanza, con le pareti tappezzate di un tessuto di licheni, gessosi al tatto e colorati nella sola parte esterna, come se avessero riserve sufficienti solo per rallegrare la loro facciata, mentre il retro imitava l'esatta sfumatura della roccia su cui proliferavano, un cupo grigio granitico.

Isobel pensò a Cathryn, al suo viso luminoso e animato che di colpo mutava, piombando in un crepuscolo interiore avvolto nel silenzio.

Dopo aver salutato la coppia, Isobel apriva un ombrello e ne infilava il manico in una fenditura del sedile di bambù. Ogni ora nella canoa era una battaglia contro il sole del pomeriggio. Riflesso dal lago, il calore abbagliante le giungeva da ogni direzione. Sistemava allora l'ombrello e raccoglieva le gambe nell'ombra. Non riusciva a ricordare un'altra estate come quella, con quel cielo lattiginoso che formava una cappa plumbea sopra la sua testa, la bruma di calore che non si dissipava praticamente mai. Il sole aveva estinto il popolo delle zanzare, e le libellule, private della loro preda abituale, volavano rasente il lago in battaglioni opalescenti a caccia disperata di una qualche preda.

Louisa le aveva assicurato che era abbastanza grande per restare in negozio da sola nei pomeriggi che la madre trascorreva a Granite Point. Isobel le aveva fatto promettere di non toccare la macchina per cucire o le forbici e con riluttanza la lasciava intenta a lavorare ai suoi disegni o a confezionare nuovi modelli per la sempre più nutrita collezione estiva di abiti per le sue bambole. Isobel aveva attaccato alla porta un cartello con scritto CHIAMARE PER APPUNTAMENTO; Louisa aveva capito che non doveva aprire per nessun motivo.

In quei pomeriggi, Isobel si appostava nella baia e aspettava che Jack arrivasse al cottage di Cathryn. A volte lui si accostava con la barca per salutarla e parlava un po' con lei, ma senza riuscire a nascondere l'impazienza di raggiungere Cathryn. Isobel allora con una certa titubanza lo congedava, dopo qualche minuto.

"Vada, Jack, non si fa attendere una signora."

Col passare dei giorni notò un progressivo cambiamento in Jack: sotto agli occhi gli comparvero delle occhiaie scure e la sua magrezza si accentuò dandogli un aspetto da tubercolotico. Si era offerto per il turno più pesante al posto di controllo, dalle nove di sera alle sei del mattino. Bevendo un caffè dietro l'altro per tenersi sveglio, passava le notti a registrare segnalazioni telefoniche di incendi provocati da fuochi da campo, lampi di calore e falsi allarmi. A causa del clima secco, le squadre erano costantemente in stato di allerta, e molti facevano i doppi turni. Jack mandava in missione le squadre e scriveva lunghe lettere a Cathryn alla luce dell'alba, il momento della giornata in cui era più lucido. Preparava la colazione per il turno successivo e aggiornava le carte forestali appese alle pareti. Alle sei guidava per dodici miglia lungo una strada in terra battuta non riportata sulle mappe fino al suo approdo di terraferma, poi remava per l'ultimo miglio che lo separava da casa attraverso l'estremità paludosa del Dedalo. Nelle mattinate tranquille arrivava presto e poteva dormire fino a mezzogiorno. Per stare con Cathryn poche ore ogni giorno interrompeva a metà il suo breve sonno, tornava alla barca e remava verso est fino a Granite Point.

Di solito indugiavano a parlare un po' sulla spiaggia. Dalla sua nicchia nel fondo della canoa Isobel non riusciva a sentire granché, ma a volte veniva raggiunta da brani di conversazione amplificati dall'acqua, e si sentiva all'improvviso in colpa, come se fosse stata sorpresa a origliare.

"Noi *staremo* insieme, Cathryn. Per sempre."

"Jack..."

"Niente potrà cambiare quello che c'è fra noi, giuro."

"Non puoi saperlo."

"Niente."

Meno spesso ridevano. Talvolta, dopo un lungo silenzio, Isobel gettava loro un'occhiata e li vedeva intenti solo a guardarsi negli occhi o sedere con le teste accostate. Distoglieva lo sguardo quando si toccavano, ma a volte non poteva fare a meno di cogliere brevi immagini: una mano che si tendeva per accarezzare un volto, un dito che disegnava un labbro, una testa reclinata in attesa di un bacio. Alla fine risalivano la sporgenza di granito e sparivano nel cottage. Allora Isobel cercava disperatamente di non pensare a quello che stavano facendo.

Teneva la mente occupata con altre cose, i bambini, il lavoro, il libro che aveva in mano e fingeva di leggere, ma veniva interrotta da immagini di membra nude e indumenti che cadevano. Il libro le scivolava in grembo. Si chiedeva se facessero l'amore nel letto che Cathryn divideva con Liam. Sperava che così non fosse.

Poco tempo prima che Isobel si sposasse, sua madre la prese da parte per spiegarle ciò che l'aspettava nella sua prima notte di nozze. Le inzuppò una fetta di torta al limone nel tè e la guardò con insolita commiserazione.

"Limitati a dargli quello che vuole. È più facile che resistere", le disse con il suo forte accento teutonico.

Lei sentì una pietra alla bocca dello stomaco. "Resistere?"

Sua madre le infilò il dolce in bocca e incrociò le braccia, con un sorriso amaro.

Ma a lei piacevano i baci di Victor! Non c'era niente di brutale nelle sue attenzioni, di questo era più che sicura. Pochi giorni prima, salutandola con un abbraccio, aveva continuato a stringerle la vita e lei aveva desiderato che non smettesse. Si erano sorrisi a vicenda con l'aria stupida mentre le mani di lui le accarezzavano le costole, scendevano fino alla vita per posarsi infine sulla curva dei suoi fianchi.

Avevano ballato. Le labbra di Victor vicino al suo orecchio, il suo respiro fra i capelli le infondevano uno struggente desiderio di continuare a ballare con lui, per sempre. La prossima volta che quelle calde mani fossero salite lungo il corpino del suo vestito, non le avrebbe fermate. Era decisa. C'era qualcosa che non sapeva?

"Mamma, non può essere così terribile."

"Terribile? Ci sono cose peggiori nel matrimonio, immagino. Ma in camera da letto? C'è sangue, e dolore." Il tono di sua madre si fece di colpo accusatorio. "*Mein Gott!* Non ti aspetterai di provare piacere!"

La pietra che aveva nello stomaco si capovolse. Sua madre le prospettava l'amore come una cosa squallida. Isobel le lanciò uno sguardo. *Forse per te lo è*, voleva dire. *Forse per te.*

Il lampo di commiserazione negli occhi della madre e il peso del dubbio la rattristarono per tutto il viaggio di ritorno a

Duluth. Uscita dalla stazione, camminò fino al molo e sedette su una panchina. Aveva appuntamento con Victor vicino al ponte ma era in anticipo. Ingannò il tempo guardando le navi da carico passare sotto il ponte levatoio e le famiglie passeggiare lungo la banchina. Dall'altra parte del canale i bambini giocavano sulla spiaggia sabbiosa. Si tuffavano nelle onde, gridando ogni volta che ne venivano travolti. I genitori stavano distesi sulle stuoie e sulla riva due ragazze facevano dondolare il fratellino facendogli sfiorare l'acqua con i piedi. Ai suoi gridolini di piacere, Isobel provò una vaga irritazione per quella gioia, invidiò la sua libertà e la manifesta naturalezza con cui esibiva il suo corpo agli occhi del mondo.

Victor le si avvicinò piano e la salutò offrendole un sacchetto di popcorn. Poi le baciò la tempia e lei ebbe un'acuta percezione fisica del punto su cui si erano posate le sue labbra.

"Sei lontana mille miglia."

"No, non è vero." Aggrottò la fronte ricordando il motivo per cui era venuta.

Mentre girovagavano lungo la passerella di legno, Isobel provò a rompere il fidanzamento. Victor, troppo stupito per arrabbiarsi, insistette per sapere il motivo, finché lei cedette e gli riferì la conversazione che aveva avuto con sua madre.

Victor si piegò in due dal ridere.

Isobel lo fissò. "Ma se fosse *davvero* terribile come lei lo fa sembrare? Come posso saperlo?"

Le prese il braccio per allontanarla da un gruppo di turisti. Poi le propose con fare scherzoso: "Be', potremmo fare una prova. Se non ti piacerà, non ci sposeremo".

Lei guardò i gabbiani mangiare il popcorn sugli scogli.

"Cosa intendi con 'fare una prova'?"

Le lanciò uno sguardo di sottecchi senza rispondere.

Isobel gettò dell'altro popcorn ai gabbiani che scendevano in picchiata. "D'accordo. Facciamolo, allora."

11

Victor prenotò una stanza all'hotel Duluth. Il sabato, finito il turno di lavoro alla modisteria Pasal, Isobel si precipitò a casa a prepararsi. Fece il bagno, si mise del profumo, decise che il profumo era troppo forte, fece di nuovo il bagno. Sgattaiolò dalla porta sul retro per non farsi vedere dalla padrona del pensionato uscire con un bagaglio a mano. Lasciò un biglietto con su scritto che andava a trovare una cugina. Come una criminale.

Si era sforzata di darsi un'apparenza più adulta possibile, scegliendo un cappello davvero troppo antiquato per il suo viso e un vestito che le arrivava fin quasi alle caviglie.

Arrivato all'hotel, Victor la trovò seduta su un divanetto di velluto, intenta a cincischiare tra le mani la borsa ricamata con delle perline. Le diede una lieve pacca sulla spalla facendola sobbalzare.

Quando Isobel si voltò, vide che la stava fissando.

"Victor!" Si guardò intorno nella hall e sussurrò: "Sembro una sgualdrina?"

Lui esaminò il vestito lungo e gli occhiali da vista presi in prestito. Con l'indice le sollevò la tesa del cappello per guardarla negli occhi.

"Ah, nooooo. Sembri piuttosto una maestrina."

Isobel aveva tenuto i guanti per nascondere che non aveva l'anello.

Victor la condusse al ristorante dell'hotel. Una volta seduti, prese dalla valigia che aveva posato ai suoi piedi una bottiglia di Bordeaux a buon mercato e cominciò a stapparla. Isobel rimase a bocca aperta. "Victor! Adesso è illegale!"

Victor alzò le spalle. "Guardati intorno."

C'erano fiaschi in bella mostra su molti tavoli e sembrava che i camerieri non ci facessero caso. Victor versò il vino nelle tazze da caffè. Ordinarono. In un primo momento Isobel trovò il vino troppo aspro, ma pensò che dopo la prima tazza sarebbe diventato più gradevole.

"Victor, che cos'hai fatto oggi?"

"Non fartelo andare di traverso, adesso", sussurrò Victor, abbassandole la mano con delicatezza. Versò un'altra tazza per entrambi quando arrivarono i piatti che avevano ordinato. Mangiò in abbondanza, insalata, patate e spezzatino di maiale, mentre Isobel si limitava a piluccare la sua insalata tra un sorso e l'altro. "Cos'ho fatto?" riprese Victor ridendo. "Be', è venuto un ometto, quasi non riuscivo a vederlo al di là del bancone. Voleva allungare di cinque centimetri un paio di pantaloni." Bevve un sorso a sua volta. "Ho preso prima le sue misure, poi quelle dei pantaloni e gli ho detto: 'Guardi che l'orlo è perfetto'. E lui mi fa: 'Li allunghi comunque'. E io dico: 'Ma la cucitura interna è di ottanta centimetri. Posso anche riprenderle le misure, ma la sua gamba è lunga ottanta centimetri, esattamente la stessa lunghezza dei pantaloni'. Ma nel momento in cui vedo quel piccoletto gonfiarsi come un pesce palla, alzo le mani in alto e gli dico: 'Se li allungo ci pulirà il pavimento!' Lui diventa tutto rosso, si china dietro il bancone e poi mi sbatte una scatola davanti. E sai cosa c'era dentro?"

Isobel aveva scoperto che, se passava un dito intorno al bordo del bicchiere per l'acqua, ne usciva un suono piacevole. Bruscamente alzò lo sguardo verso Victor. "Ti ascolto."

"Allora, cosa pensi che ci fosse nella scatola?"

"Non lo so, Vic."

"Tira fuori delle scarpe con degli altissimi rialzi dentro! Una storia alla Frankenstein!" esclamò dando un colpo sulla tavola. "Sì, alla Frankenstein!"

Isobel gli toccò il braccio. “Sei nervoso?”

Victor si guardò intorno, rendendosi conto di aver alzato la voce, anche se nessuno sembrava averci fatto caso. Arrossì. “Un po’, e tu?”

Isobel annuì e posò la mano sulla sua. “Bene, allora cos’è successo poi al tuo ometto?”

“Oh, niente di particolare. Gli ho detto: ‘Be’, che diamine, doveva farmele vedere prima. Posso anche allargare i risvolti in modo che nessuno si accorga che porta i tacchi alti’.”

“Non l’avrai detto davvero?”

Victor agitò il tovagliolo. “Oh, lui non se l’è presa, si è persino fatto una bella risata. È incredibile quello che la gente cerca di mascherare. Come tentare di nascondere un tumore al proprio medico. La gente viene da me con un problema – una gamba zoppa, spalle spioventi, o una gobba – e io riesco sempre a trovare un modo per rendere meno evidente il difetto. Ma loro devono collaborare, giusto? È una questione di fiducia.”

Isobel si appoggiò alla sedia con la schiena. “Fiducia?”

Victor alzò la bottiglia quasi vuota. “Sì, fiducia. Tu hai fiducia in me, no?”

Lei chinò la testa per asciugarsi furtivamente una lacrima, ma Victor se ne accorse.

“Ah, Izzy.” Le prese la mano che indossava ancora il guanto. “Non dobbiamo farlo per forza stanotte.”

Lei scosse il capo. “Non è questo il problema. Sono solo... Ho avuto una giornata pesante. E ora tutto questo.” Isobel si tirò su il colletto dell’abito modesto e tolse gli occhiali presi in prestito. “Ho l’aria di una idiota.”

“Di una adorabile idiota.” Victor le prese l’altra mano e la baciò, poi alzò la tazza. “Brindiamo.”

“A che cosa?”

“A noi. A ora. Sì, ora. Brindiamo a questo. A questo momento. A stanotte.”

Fecero tintinnare le tazze e finirono la bottiglia. Quando si alzarono per lasciare la sala da pranzo, Isobel si sentiva piacevolmente confusa, più leggera a ogni passo.

Al piano di sopra, il corridoio sembrava interminabile. Giunti alla porta della loro camera, Victor cercò di introdurre la chiave in modo maldestro facendola cadere sul tappetino. Si chinarono entrambi a raccoglierla urtando l'uno contro la testa dell'altra. Victor scoppiò a ridere ma Isobel gli tappò la bocca, gli prese la chiave dalle mani e aprì la porta. Stava per entrare quando lui l'attrasse a sé e la sollevò tra le braccia tenendo aperta la porta con il ginocchio.

"Ma, Victor", sussurrò, "non sono ancora tua moglie."

"Quasi."

Varcata la soglia, la depositò nel minuscolo ingresso. Lei inciampò nella valigia e rise divertita. Victor la sostenne e allontanò la valigia con un calcio facendola ridere ancora di più.

Isobel si lasciò andare all'indietro, ma sottovalutò la distanza e andò a sbattere contro l'anta dell'armadio.

"Oops!" Le sue risa furono coperte dal clicchettio delle grucce di fil di ferro che si urtavano l'una con l'altra.

Quando Victor appoggiò i palmi ai lati della sua testa, lei lo guardò e divenne silenziosa. Dopo un momento sussurrò: "Bene".

"Eccoci qui." Le baciò leggermente l'arco del sopracciglio.

"Già, eccoci qui."

Le labbra di Victor si spostarono alla tempia, all'orecchio, al collo, alla gola. Si fermarono sulla clavicola, respirando il profumo nel punto di quella lieve sporgenza. Isobel gli toccò la nuca, facendogli venire la pelle d'oca. Continuò a sfiorargliela con la punta delle dita: i capelli erano morbidi come quelli di un bambino. Sapeva di cotone stirato, amido e pere.

Isobel tastò dietro di sé e appoggiò le mani contro l'armadio per sostenersi, chiedendosi a voce alta se fosse molto ubriaca o solo un po'. Le grucce tintinnarono ancora e la risposta di Victor alla sua domanda uscì soffocata dal colletto del vestito. Sentì il tocco delle sue labbra e dei denti lisci. Sentì la tensione sul davanti dei suoi pantaloni.

"Cosa devo fare? Voglio dire, cosa vuoi che faccia?"

"Qualsiasi cosa... tutto quello che vuoi."

Isobel cominciò a sbottonarsi il vestito: Victor le fermò le mani e sorrise. "Eccetto quello che devo fare io."

La baciò, dall'incavo della gola fino al solco tra i piccoli seni. Attraverso la seta dell'abito, le sue labbra saggiarono la tesa rotondità del ventre. Il vestito cadde, scivolando sul pavimento, e Victor cominciò a toglierle gli indumenti intimi. Le spalline vennero abbassate, un seno fu messo a nudo, accarezzato, baciato e accarezzato di nuovo.

Quando lui fece un passo indietro, Isobel istintivamente si coprì, ma Victor le scostò le braccia e la guardò, attenuando il suo imbarazzo con la dolcezza dello sguardo. Quando si tolse la camicia lei gli guardò a lungo i polsi, ammirandone la forza, la pelle chiara al loro interno, il rilievo ossuto oltre il quale la carnagione si faceva più scura e iniziava la linea discontinua di peli che gli coprivano gli avambracci.

Le prese le mani attirandole verso le proprie mutande e, guidandole con le sue, le abbassò sui fianchi. Appena lei accennò a girarsi dall'altra parte, le ordinò: "No. Guardami".

Isobel obbedì. Il corpo di Victor non aveva niente di brutto, né di spaventoso. Al contrario. Era bello: aveva braccia e petto muscolosi, una pelle liscia al tatto. Lo specchio ovale del guardaroba incorniciava l'immagine dei loro corpi come in un ritratto. Sorrise alla vista del contrasto che formavano: lei così pallida al suo fianco, i capezzoli rosa accanto a quelli bruni di lui. La vista del pene non la scioccò come aveva immaginato: *voleva* toccarlo. Osservando le loro immagini riflesse insieme, poi la propria, pensò per la prima volta nella sua vita: *Sono bella. Il mio corpo è bello.*

Si spostarono verso il letto, lasciando a terra i vestiti.

Victor si stese supino e aprì le braccia, ma Isobel restò in piedi al bordo del letto, all'improvviso indecisa e colta da un brivido di apprensione. Lui aspettò. Dopo un momento lei tese la mano e gli sfiorò con un dito le labbra, ma quando lui cercò di prenderlo in bocca lo tirò via per sfiorargli la piccola fossetta che aveva sul mento e un punto ispido che il rasoio aveva trascurato. Le dita percorsero la linea del collo, passarono sopra il pomo d'Adamo e scesero nel piccolo incavo tra le clavicole. Sentì la lieve depressione che spartiva a metà la parte superiore del torace, le ossa sotto i muscoli. Appoggiando il palmo dove le costole si separavano, sentì la carne contrarsi e pulsare leggermente. L'ombelico era una mezzaluna coronata da un morbido ventaglio di peli sottili.

Si inginocchiò sul bordo del letto e si piegò su di lui. Come i suoi capelli gli sfiorarono il ventre Victor emise un sospiro. Isobel si stese al suo fianco e si dispose come se gli offrisse il proprio corpo. Quando Victor cominciò ad accarezzarla perse di colpo l'uso della parola: le sue mani facevano emergere parti di se stessa, luoghi di cui lei ignorava l'esistenza. Aveva come l'impressione di venire esplorata, spiegata, tracciata come una mappa, come se la sua carne fosse un piano infinito. Nuovi strati venivano portati alla luce, spianati e lisciati. Le sue mani incontravano talvolta quelle di Victor, e quando queste si allontanavano ne avvertiva dolorosamente l'assenza.

Sentiva il suo tocco, le sue mani su di sé, lungo le membra, la sua pelle setosa come il soffio del vento. Il suo respiro su di lei le dava quasi una sensazione dolorosa, il suo tocco lungo la spina dorsale era una benedizione. Mentre le mani di lui disegnavano linee sul suo corpo Isobel si ricordò di come Victor lavorava al suo vestito da sposa non ancora terminato. Si prendeva cura di lei come avrebbe fatto con un orlo delicato, lisciandola in tutta la sua lunghezza come se fosse un prezioso rotolo di seta.

A un tratto le fu sopra e le aprì le ginocchia. Isobel sospirò. *È questo, allora.* Ma fu la sua bocca a trovarla. La sorpresa le mozzò il respiro in gola: trasalì e la vista le si offuscò mentre la bocca di Victor apriva ed esplorava con dolcezza e precisione le sue profondità. Dietro le sue palpebre chiuse irruppero schizzi di colore, lavanda che si tramutava in magenta, e poi carminio. Restò senza fiato, lo ritrovò, pensò di chiedergli di smettere, ma sapeva che non avrebbe potuto dargli una ragione valida. Si scoprì a premere il pube contro la sua bocca e sentì i suoi denti sfiorare pieghe di carne che sua madre le aveva detto di non toccare mai, eccetto quando doveva lavarle con acqua e sapone.

Un peccato, di sicuro.

Non le importava.

Quando le sue labbra risalirono, ripercorrendo il collo e il mento per incontrare infine la sua bocca aperta, Isobel tastò il sapore lievemente aspro del proprio sesso sui suoi baffi, un liquido vagamente pepato che scivolava dalla bocca di Victor alla sua.

Lui si mosse dolcemente e d'un tratto Isobel sentì qualcosa premerle dentro. Resistenza, laddove si aspettava dolore. Immaginava il sangue, ma la sua preoccupazione fu vinta dall'istinto di assecondare il ritmo dei movimenti di Victor. Sentì un'acuta puntura quando lui inarcandosi penetrò completamente dentro di lei. Si fermò e la guardò negli occhi. "Stai bene?"

Le mani di Isobel si smarrirono sulle lenzuola. "Sì, sto bene. È stato bello."

"*È stato?*" Victor sorrise. "Oh, Iz, abbiamo appena cominciato..."

Dopo, con la testa appoggiata sulla coscia di lui, osservò la cresta sottile che percorreva la parte inferiore del pene fino al morbido sacchetto per dividerlo con la più tenera delle cicatrici. Victor la guardò mentre toccava quel rilievo. Sollevandosi su un gomito, sussurrò: "È la cucitura finale, Isobel. È di lì che gli angeli mi hanno imbottito prima di ricucirmi".

Lei sospirò e si girò sulla schiena. "Chiedimelo di nuovo."

Victor le sfiorò le tempie con le dita. "Chiederti cosa?"

"Chiedimi di nuovo di sposarti."

"Isobel, vuoi sposarmi?"

Finse di rifletterci.

Victor balzò in ginocchio e le piombò addosso, divaricandole le braccia e bloccandogliele sopra la testa.

Il volto di Isobel era serio, ma le tremava l'angolo della bocca. "Mia madre aveva ragione, sai, quando diceva di lasciarti fare quello che volevi. È stato più facile che resisterti."

Si udì il lamento di una sirena da nebbia, subito coperto dalle loro risa.

Il tempo che trascorreva nella canoa sembrava non avere né inizio né fine. Sorpresa dal caldo a metà pomeriggio, si spostava all'ombra della scogliera. Il giubbotto di salvataggio assorbiva e tratteneva il calore facendole scorrere il sudore tra i seni. Si sentiva più sicura all'ombra, e in quel fresco intervallo osservava le felci rachitiche che spuntavano ricurve da fenditure della roccia, formando un vivido contrasto.

Non c'erano che sole e acqua, e roccia naturalmente, che delimitava quasi ogni metro della linea costiera: il poggio in pendio che separava la casa di Cathryn dall'acqua, le scogliere che offrivano ombra a Isobel e, oltre il promontorio, le sporgenze frastagliate ai lati dell'ingresso del Dedalo.

La capanna di Jack distava più di un chilometro, su un isolotto che si annidava ben dentro il canale la cui imboccatura segnava il punto oltre il quale le persone prudenti evitavano di avventurarsi.

Isobel ci arrivò una volta: fu invitata a remare fin là per un picnic, in uno dei rari giorni che Jack e Cathryn trascorsero sull'isola.

Jack le aveva dato una bussola avvertendola che, una volta giunta nel Dedalo, avrebbe dovuto puntarla verso ovest ed evitare di imboccare uno dei numerosi canali diretti a nord. Sulla cartina il Dedalo sembrava un torso allungato con le membra contorte: le braccia d'acqua si restringevano in esili mani con dita ancora più sottili, e i canali si affusolavano piegandosi all'indietro come le unghie di un cinese. Molti passaggi non erano più ampi di una canoa e altrettanti terminavano ai piedi di una scogliera o si allargavano in paludi o basse foreste di larici.

"Questa cartina non è precisa", la avvertì Jack. "Intere zone della regione a nord non sono mai state rilevate."

Isobel si armò di coraggio e pagaiò dentro il Dedalo prendendo una direzione che la portò ad attraversare il braccio più largo.

Aveva percorso circa un quarto di miglio che l'atmosfera cambiò. Cedri crescevano lungo gli argini come bastoni di pastori tesi verso il cielo aperto. Le rive erano scure, frastagliate di muschio che ricadeva sopra l'acqua nera. Mentre remava, Isobel ebbe l'impressione di entrare in un'altra dimensione temporale. Faceva più freddo e bizzarramente l'aria stessa sembrava antica, come dimenticata là da un'epoca anteriore.

Superò il corso sinuoso del canale, dove gli estuari si aprivano verso nord come innumerevoli porte spalancate. A ognuna di quelle entrate, l'acqua ribolliva in mulinelli gentili come per invitarla a entrare. Pareva che il resto del mondo retrocedesse a ogni colpo di pagaia. Trovò stranamente rassicurante quella densa atmosfera, che le ricordava una cattedrale deserta. Il corso d'acqua sotto di lei sembrava meno minaccioso, più benevolo, come se conducesse verso qualche porto. Il silenzio del Dedalo la indusse a una pausa e lei lasciò andare la canoa alla deriva in quella profonda quiete, cercando di discernere un qualche sottofondo di suoni – un canto di uccelli, o fruscii di fogliame agitato dalla brezza –, ma la coltre di silenzio si stendeva ovunque, ispessita da soffocanti ammassi di felci protetti da sentinelle di cedri antichi.

Riluttante, Isobel riprese a remare, immergendo delicatamente la pagaia in acqua per non turbare il manto di silenzio. All'ultima curva, dove secondo la cartina avrebbe dovuto esserci una baia, fu colta dal panico. Al suo posto, un isolotto basso dagli argini frastagliati occupava tutto lo spazio. Abbassando lo sguardo per controllare la mappa per la terza volta, vide con la coda dell'occhio qualcosa che si muoveva. L'isola si era spostata.

Spostata? Doveva trattarsi di un'illusione ottica. Immerse la pagaia nel fondo melmoso per immobilizzare la canoa. Per assicurarsi di vedere bene, allineò con l'indice gli alberi sull'isola con quelli della costa, li guardò incontrarsi, spostarsi, allinearsi di nuovo. L'isola si muoveva lentamente come tirata da un cavo invisibile.

Aveva sentito parlare di isole galleggianti, ma non aveva idea che potessero essere abbastanza grandi da ospitare alberi. L'aggirò pagaiando con cautela, sperando che non si spostasse verso di lei intrappolandola. Ebbe un'improvvisa visione dello scafo verniciato della canoa ridotto in pezzi intorno a sé. Remò più veloce. Aggirata l'isola, si ritrovò in un'ampia baia.

Riusciva a distinguere la capanna di Jack in lontananza e si accorse con sollievo che l'isolotto era zavorrato da un banco di sabbia e da un solido argine roccioso.

Il viaggio era durato un'ora, ma le era sembrato breve. Le sue spalle si contrassero mentre la baia si apriva davanti a lei, riflettendo una vasta distesa di cielo. In un simile scenario, la presenza di un'abitazione, di un molo, di esseri umani appariva quasi irreale.

Vedendola avvicinarsi, Cathryn si alzò dalla panca su cui sedeva. Isobel ebbe un improvviso, inspiegabile desiderio di tornare indietro, o rimanere a galleggiare, ma la barca stava già scivolando verso la riva. Jack tese la mano afferrando la prua e facendola girare in un unico movimento finché non fu parallela al pontile.

Isobel guardò scettica l'amica. "Non è rischioso?"

Cathryn batté le palpebre. "Liam è andato a Duluth per tutto il giorno, Isobel."

"Questo lo so." Premette un dito sul legno nero e spugnoso del pontile. "Intendevo dire se non è rischioso salire su un affare simile."

Mentre Cathryn preparava il pranzo, Jack mostrò a Isobel la sua capanna composta di un'unica stanza. I tronchi che rivestivano le pareti erano stagionati con strati di melassa. Un acquaio di steatite era incastrato nel minuscolo angolo-cucina. Una fila di finestrelle con la zanzariera ai vetri si apriva al di sopra di uno stretto bancone piegato sotto il peso di una montagna di scatolette di cibo accatastate e una dispensa. Sopra scaffali aperti erano disposti piatti scompagnati, barattoli di marmellata assortiti e tazze di porcellana spaiate. Padelle di metallo attaccate a ganci arrugginiti pendevano su una cucina economica smaltata di blu. Una libreria piena di volumi separava la cucina dal piccolo soggiorno, che ospitava un tavolo abbastanza grande per mangiare e due sedie in cuoio ai lati di un caminetto di pietra. Sul soffitto una lanterna con il paralume in rame illuminava con un riflesso d'ambra gli anelli da cui pendevano strisce di carta moschicida costellate di insetti morti. Il posto non era propriamente sporco, ma la diffusa penombra lo faceva sembrare tale.

Vicino alla porta laterale, un letto era nascosto da un'alcova con la tenda semitirata. Isobel si fermò a osservare il muro sopra la testata in ferro, dove una fronda di palma essiccata era infilata dietro un crocifisso di legno rozzamente sbozzato. Il letto era coperto da una vecchia trapunta rosa a motivi floreali, con applicazioni di rose e viti rampicanti sottili come carta velina, con i petali che si aprivano nelle cuciture saltate facendo uscire l'imbottitura di cotone.

Il materasso era profondamente infossato al centro, come un'amaca, e Isobel sogghignò tra sé scuotendo la testa. Era là che Cathryn dormiva?

Quando incontrò lo sguardo di Jack, lui arrossì e subito le indicò la strada per uscire nella veranda riparata. Le offrì una sedia vicino a un tavolo basso coperto di libri di botanica e vasi di vetro contenenti piante con le radici libere.

Sulla parete erano allineate mensole intagliate a mano che ospitavano almeno un altro centinaio di esemplari di specie vegetali dentro vasi di marmellata. "Alcune vengono dalle paludi, come queste piante di ascidio." Ne estrasse una dal vaso. Isobel la prese con precauzione guardando l'interno venato di rosso. Alzò lo sguardo verso di lui.

"È come un cuore. Un cuore umano aperto."

La rimise dentro il vaso, arrotolando delicatamente la lunga radice.

Le mostrò poi una fila di tavole su cui erano allineati vari esemplari di fiori secchi – anemone, crescione di primavera, genziana, aconito – tutti incollati al loro posto e meticolosamente etichettati.

"La maggior parte delle piante dei boschi ha i fiori bianchi. Pochi hanno tonalità blu e rosa, alcuni gialle, ma almeno l'ottanta per cento dei fiori boschivi sono bianchi o quasi bianchi. Hanno bisogno di luce per produrre colore, proprio come qualunque altra cosa. Raramente vedrà un fiore dai colori accesi all'ombra di una foresta."

Isobel non guardò l'altra tavola di fiori essiccati. "Jack, che intendete fare?"

Jack la guardò. "Fare?"

"Lei e Cathryn, che intendete fare?"

Jack mise giù le tavole con attenzione. "Non sono sicuro. Le ho chiesto di sposarmi."

"Ma lei è già sposata, Jack. E Liam Malley è cattolico. E cattolico *irlandese*, per di più. Non penserà sul serio che le conceda il divorzio?"

"Cathryn pensa che sia possibile."

"Cathryn non pensa, Jack. Lei lo sa come lo so io." Tremava, esasperata. "Ammettiamo che lei possa sposarla. Cosa farete dopo? Non potrete stare qui, e neanche a Cypress. Mio Dio, Jack, quanto crede che possa durare?"

Attraverso la zanzariera lui lanciò un'occhiata a Cathryn che sistemava cibo e bicchieri sulla tavola apparecchiata all'aperto. "Non lo so."

"Succederà qualcosa di brutto."

"Se Malley le mette le mani addosso, lo uccido."

"Non è questo che intendevo. Ma finirà per succedere qualcosa, Jack."

"Il pranzo è pronto!" Voltandosi videro Cathryn nel vano della porta, con le mani sui fianchi e uno strofinaccio che le penzolava dal pugno. Al sole il tessuto leggero dell'abito estivo faceva trasparire le spalle esili, la curva delle natiche, la vita sottile. Aveva perso peso. Il volto era abbronzato, e gli occhi, che sembravano così ancora più chiari, avevano assunto una strana espressione di distacco che Isobel riconobbe ma non riuscì a identificare.

Si strofinò rabbiosamente l'angolo dell'occhio con una nocca. "Dovrete entrambi prendere delle decisioni. E in fretta."

Cathryn lasciò cadere le mani lungo i fianchi. Isobel annuì, ricordando con certezza dove aveva visto quello sguardo, quell'atteggiamento. Era la fotografia di un'immigrata su un giornale, lo sguardo senza speranza di una donna che affronta la disperazione.

Isobel rimase silenziosa per quasi tutta la durata del picnic. Cathryn servì fette di melone, asparagi freddi, insalata di salmone, e sandwich al crescione con il pane meticolosamente privato della crosta. Osservò l'impaccio di Jack di fronte a quei cibi raffinati, così poco consoni all'ambiente.

Mangiarono all'ombra della folta chioma di un abete bianco, su un tavolo che Jack aveva recuperato da un capanno di pescatori abbandonato. Una scatola di tabacco riempita con rami di poligala stava al centro del tavolo come decorazione, le sedie erano sezioni di un tronco d'albero caduto che Jack aveva segato formando sgabelli grossolani. Un vago odore di pesce si sprigionava dalla tovaglia di lino ben stirata che Cathryn aveva portato dal cottage.

Jack e Cathryn si affaccendavano intorno a lei, sorridendosi l'un l'altra ogni volta che le offrivano una punta di asparago, limonata spruzzata di ginger, una ciotola di lamponi.

Dopo aver mangiato, Jack le fece salire sulla sua barca e le portò attraverso un estuario fino alla palude di larici. Si liberarono delle scarpe e, scendendo da prua, sprofondarono subito fino alle caviglie nel muschio spugnoso. Ogni passo era un atto di fede nella terra che si muoveva sotto di loro. Isobel si teneva vicina al filare aggrovigliato di larici, sperando che la sottostante ragnatela di radici le avrebbe impedito di cadere. Più avanti, Jack e Cathryn raccoglievano mirtilli verdi e se li lanciavano l'un l'altra.

Isobel si fermò a osservarli.

Stavano giocando alla coppia spensierata. Anche il pranzo era stato una messinscena. Si chiese se lo spettacolo fosse stato preparato a suo beneficio o per il loro. Forse lei aveva il ruolo della bambola, presente alla loro festicciola. Niente di tutto ciò era reale. Tornò ad aspettarli alla barca.

Il cibo le andava su e giù nello stomaco mentre remando ripercorreva il Dedalo, oltrepassando il cottage di Cathryn e il promontorio, e attraversava la distesa aperta della baia fino alla banchina. Issò la canoa fuori dall'acqua con un unico movimento e la lasciò cadere sul pontile con noncuranza. Le facevano male le braccia. Quando si voltò a guardare l'ingresso all'imboccatura del Dedalo, capì quanto fosse grande la distanza che aveva percorso ma non riuscì a ricordare il tragitto. Per la prima volta aveva dimenticato di aver paura per se stessa.

I rumori dell'ospedale si attenuarono dopo il tramonto. Liberi dell'attività intensa del giorno, i corridoi fecero spazio a un brusio più sommesso: il tamburellare lontano dei macchinari, il costante ronzio dei generatori nel seminterrato. Da mezzanotte all'inizio del turno mattutino altri suoni risultavano invece amplificati: lo scatto dell'ascensore, il cigolio delle sedie a rotelle. Le risate delle infermiere, e talvolta perfino i loro sussurri, le arrivavano nitidi, come propagati dall'acqua. Questi rumori notturni erano consolanti, per Isobel. Provò a restare sveglia quanto poté, riluttante ad abbandonare la quiete e la calma prevedibilità della notte.

Un busto bianco si piegò su di lei. L'infermiera le porse due compresse e una tazza d'acqua calda.

"Signora Howard?"

"A cosa servono queste?"

"Le è salita la temperatura. Ha quasi trentanove."

Prese le pastiglie e inghiottì obbediente. Scottava davvero, come se avesse passato un intero pomeriggio fuori al sole.

La testa dell'infermiera era in ombra, e non ne distinse il volto mentre le prendeva di mano la tazza vuota. Quando questa si spostò, Isobel vide Thomas accasciato sulla sedia, la giacca avvolta sulle spalle come uno scialle.

"Oddio... domattina sarà uno straccio. Può svegliarlo e mandarlo a casa?"

"Certo, cara. Vuole che le spenga la luce?"

12

Chiese a Cathryn se aveva mai avuto paura che Dio la punisse per il suo peccato.

"Il mio peccato?"

"La tua infedeltà."

"La mia infedeltà. *È mia*. Non ha niente a che fare con Dio. Se c'è qualcuno a cui devo renderne conto, quello è Liam."

"E la Chiesa?"

"Izzy." Cathryn si alzò in piedi, visibilmente risentita. "Sei una donna troppo intelligente per parlare in questo modo. Non fare la moralista con me. È già abbastanza difficile. E Jack si sente colpevole quanto basta per tutti e due."

Isobel si girò dall'altra parte, offesa.

Qualche istante dopo, Cathryn la prese per le spalle, voltandola. "Ascolta, mi dispiace. Continuo a dimenticare dove mi trovo."

"Dove ti trovi? Dai la colpa alla geografia? Suppongo che a Chicago le donne tradiscano i loro mariti ogni giorno."

Cathryn incrociò le braccia. "Alcune. Forse più di quante tu pensi." La fissò negli occhi. "In un'altra epoca immagino che sarei stata esiliata o lapidata. Se fossi in India mio marito potrebbe bruciarmi viva. Qui sarei solo messa al bando, in fondo non è poi così male."

"E come pensi che la prenderà Liam?"

"Non ne ho idea. Penso che dovrò dirglielo quanto prima."

"Sì. È la prima cosa da fare. Ma quando, Cathryn?"

"Quando sarà il momento giusto."

"Pensi sul serio che ci sia un momento giusto per questo genere di cose? Cosa c'è che non va nel dirglielo ora?"

Cathryn abbassò lo sguardo. "Tutto."

Appena un mese prima, alla domanda se pensava che Cathryn sarebbe finita all'inferno, avrebbe risposto di sì. Ora non era più sicura di credere in un Dio che condanna le anime dopo aver sparso tutte le tentazioni possibili davanti a loro come su una tavola imbandita. Quel Dio era una creazione dell'uomo, concluse. Non avrebbe mai immaginato che una donna rispettabile potesse essere infedele. Gli uomini, al contrario, tradivano in continuazione. Faceva parte della loro natura.

Subito dopo la nascita di Thomas, quando ancora lo allattava, Victor aveva trascorso molte notti per lavoro a Duluth, tornando sempre di umore migliore di quando era partito. Man mano che, col passare dei mesi, la pesantezza di Isobel sembrava rivelarsi non più solo fisica, quei viaggi frequenti cominciarono a irritarla. Durante le assenze di Victor, nei suoi pensieri si infiltravano immagini di ragazze magre e sofisticate, interrompendo le sue faccende domestiche. Una sera, al suo ritorno, Victor la sorprese in camera da letto intenta a frugargli nelle tasche della giacca. Isobel impallidì, e sfilò lentamente la mano prima di guardarlo in faccia.

Victor rimase immobile sulla soglia, fissandola perplesso. "Qualsiasi cosa tu stia cercando, non la troverai, Iz."

"Che significa?"

"Significa quello che ho detto." Si voltò e scese le scale.

L'aveva tradita? Non lo sapeva. Si chiese se conoscesse davvero suo marito. Se le fosse stato infedele non avrebbe voluto saperlo, non avrebbe voluto parlarne. Quanto a lei, non sarebbe mai riuscita ad avere un amante e dormire accanto a Victor dando prova di una tale doppiezza. Non avrebbe potuto reggere una situazione del genere.

Cathryn era una donna onesta, Isobel lo sapeva. Il sesso, e il peccato che esso implicava, era solo un fattore secondario nell'amore che univa Cathryn a Jack. Non poteva credere che l'amore in sé fosse peccato. Né poteva credere che Cathryn avesse deciso di peccare volontariamente. Non poteva aver cercato o scelto di innamorarsi: era successo, e lei non aveva fatto niente per impedirlo. Era una sua scelta, allora? O aveva permesso che il destino scegliesse per lei?

Quale donna sceglierebbe una vita così destabilizzante, così squilibrata, com'era ora quella di Cathryn?

Mentre Jack e Cathryn facevano l'amore nel cottage, lei tracciava con la mano languidi cerchi nell'acqua. Negli anni in cui era stata sposata con Victor non aveva mai desiderato un altro uomo. La fragilità di Jack l'aveva per un istante disorientata, e per un momento aveva invidiato Cathryn per averlo conquistato. Isobel aveva combattuto i sentimenti che provava per lui, ma ora capiva che ciò che invidiava era il possesso del cuore tenebroso di Jack. Un sentimento che con Victor non aveva mai provato. Questo era tutto ciò che era disposta ad ammettere. Adesso, quando era vicina a Jack, desiderava girarsi dall'altra parte per non incontrare i suoi occhi seri, per non vedere la sua magrezza. Distoglieva lo sguardo dalla rovina che lui e Cathryn avevano fatto dell'amore. E del sesso.

Nei primi anni del loro matrimonio, lei e Victor interrompevano il lavoro all'ora di pranzo per correre a casa a fare l'amore. A volte restavano in negozio, voltando il cartello dalla parte della scritta CHIUSO, e riempivano quelle ore di suoni tranquilli: l'eco di tende tirate, il fruscio di indumenti che cadevano a terra sgualciti nella fretta. Il coro di sospiri e mormorii. Quando Isobel aveva desiderio di lui, gli sussurrava all'orecchio: "Grazie del favore".

Oppure lui le scivolava dietro coprendole le mani con le sue, obbligandola gentilmente ad abbandonare le forbici, la matita, la stoffa, o qualunque altra cosa con cui stesse lavorando.

Dopo averla spogliata, la guardava sempre negli occhi. Mentre si muoveva sopra di lei, dentro di lei, Isobel aveva spesso la sensazione di salire verso qualcosa, cercando di raggiungerla, e che per lui fosse lo stesso. In quei momenti era come sopraffatta dall'amore per lui. Nel sentire i propri muscoli muoversi spontaneamente, riviveva sempre quella visione di armonia di colori. Lei e Victor erano cospiratori, uniti non solo nella carne, ma in qualcosa di più grande, una collusione amorosa che non riusciva a definire. Ai primi segnali dell'orgasmo di Victor – il respiro affrettato, un lieve gemito – qualcosa dentro di lei si gonfiava formando un'onda di colori. Mani si allungavano a sgualcire selvaggiamente metri di tessuto, ad aggrapparsi a un bancone o ai braccioli di una sedia, mentre lei affondava nelle ombre e nei colori, con le punte delle dita e le nocche sbiancate per lo sforzo di stringere.

Una volta, mentre facevano l'amore, era rotolata sopra un metro metallico, che le aveva lasciato impresse sulla scapola le tacche con le misure e il nome del fabbricante, leggibili in seguito per molto tempo.

Un'altra volta, alzando lo sguardo oltre la schiena di Victor mentre lui si muoveva dentro di lei, aveva visto una scaglia di intonaco ambrato cadere dal soffitto e rotolargli lungo tutta la spina dorsale prima di sparire oltre la sua anca. Aveva sussurrato: "Il cielo cade".

Al momento dell'orgasmo nascondeva il volto premendo la bocca contro la carne di Victor, perché i suoi gemiti non fossero uditi da nessun altro che non fosse lui. Con gli occhi chiusi immaginava il proprio respiro come morbide onde tinte di porpora, indaco, rosso scarlatto, i colori corrispondenti ai ritmi dentro di loro.

Poi quell'intimità era svanita. I colori erano sbiaditi. Dopo la nascita di Thomas, la paura di restare di nuovo incinta aveva trasformato l'atto sessuale in un dovere meccanico, qualcosa che i bambini potevano udire dalle loro camere, qualcosa cui si prestava il più raramente possibile e solo per non contrariare Victor.

Una crudele ironia della natura aveva fatto sì che il suo terzo parto fosse il più lungo e doloroso. Aveva pensato che lei e il bambino sarebbero morti durante il travaglio; in quelle ultime, disperate ore, si era detta che se i suoi figli fossero rimasti senza madre l'unico da incolpare era Victor. Quando Thomas finalmente era nato, lo aveva guardato negli occhi e aveva deciso che sarebbe stato l'ultimo. Era stato solo l'istinto di conservazione a indurla a fuggire l'intimità? Negli ultimi mesi aveva esplicitamente rifiutato Victor, evitato l'amore. Dopo l'acquisto dell'isola il solo modo per rinfacciargli il proprio rancore era stato togliergli l'unica cosa di sé che per lui avesse un valore. Sapeva di aver sbagliato, e che, negandosi, aveva fatto del male a tutti e due.

Sporgendosi oltre la fiancata, vide la propria immagine ancora giovane riflessa nel lago e sorrise. Forse non era troppo tardi. Al suo ritorno, sarebbe stata di nuovo se stessa. Tutto sarebbe tornato come prima. Avrebbe discusso di contraccezione con Cathryn; avrebbe sfidato la Chiesa cattolica. Avrebbe comprato una serratura per la loro camera e soddisfatto i propri desideri. Sarebbe andata con lui sull'isola.

Aprendo un volume di Teasdale che Cathryn le aveva prestato, fece cadere un foglio ripiegato di carta velina. L'aveva lasciato lì apposta per lei perché lo trovasse?

Jack caro,

le parole non bastano. Come posso rispondere alle tue lettere? Tu sei indelebile, impresso nella mia carne per la vita. Tu lo sai.

Se fossimo tu e io, da soli! Questo è il pensiero a cui mi aggrappo, che mi tiene in vita: la speranza che in qualche modo, in una lotteria del destino in cui saremo vincitori, l'universo intero si dissolva lasciando soltanto noi. Un sogno. Ma quello che ci succede è reale, e ci sono esistenze intorno a noi che possono uscirne distrutte: stiamo sconvolgendo vite e destini di altri. Devi renderti conto che ovunque andremo, porteremo il peso di

La lettera si interrompeva lì. Isobel la lasciò cadere in grembo. Il fatto che Cathryn non manifestasse alcun rimorso o senso di colpa per le conseguenze della sua relazione, le aveva fatto pensare che ne fosse completamente priva. La lettera dimostrava il contrario. Isobel sapeva di essere una di quelle persone menzionate da Cathryn la cui vita sarebbe stata sconvolta. *Sconvolta*. Una parola eccessiva, melodrammatica. Ma Cathryn era melodrammatica. Una volta aveva usato un'espressione latina per descrivere la forza che muove le azioni di una persona: *modus operandi*. Se c'era una parola per definire tale forza nel caso di Cathryn, Isobel era certa che sarebbe stata senz'altro *drammaticità*.

Isobel la immaginò scrivere quella lettera seduta al tavolino della sua camera: doveva aver sollevato la penna dal foglio lasciando incompiuta l'ultima riga appena udito il motore della macchina di Liam che si avvicinava attraverso i boschi. Doveva essere arrossita, e aver riposto velocemente la lettera tra le pagine nascondendo il libro. Con le guance ancora in fiamme, aveva verosimilmente sceso le scale per accogliere sorridente il marito e preparargli la cena come se lui fosse la luce dei suoi occhi.

Isobel scacciò la scena dalla mente.

Chi era melodrammatica, adesso?

Il giorno dopo la scoperta della lettera, Cathryn e Jack attraversarono il Dedalo per raggiungere la capanna. Nel tardo pomeriggio, all'approssimarsi del tramonto, Isobel tamburellava nervosamente con le dita sul sedile della canoa, lanciando sguardi frequenti attraverso la distesa d'acqua. Avrebbe dovuto essere a casa a occuparsi di Louisa. Non aveva l'orologio, ma dall'inclinazione del sole capì che di certo erano passate le cinque. Mise il libro da una parte e rimase in attesa. Cosa doveva fare?

Si rese conto di non avere un piano nel caso Liam fosse arrivato. Si sentiva un'idiota, e di colpo provò rabbia nei confronti di Jack. Anche se avesse soffiato nel fischietto, non l'avrebbero sentita.

Dopo un'altra mezz'ora, levò l'ancora e cominciò a remare verso l'ingresso del Dedalo, tendendo l'orecchio per sentire se stavano tornando.

Si erano addormentati? Isobel guardò la strada più volte, certa che l'auto di Liam sarebbe apparsa rombando da un momento all'altro. Si addentrò nel Dedalo e spinse lo sguardo lungo il canale. Niente. Estrasse il fischietto dalla camicetta. Forse doveva chiamare.

Proprio nel momento in cui stava per farlo, sentì uno stridore di remi e una serie di colpi nell'acqua, come se la barca stesse per rovesciarsi. La voce di Jack le giunse attraverso l'acqua immobile.

"Cathryn, per favore, cerca di calmarti."

Cathryn singhiozzava. Quando entrarono nel suo campo visivo, Isobel la vide accasciarsi sul sedile e cominciare a dondolarsi avanti e indietro.

"Andrà tutto bene, Cathryn." Jack lasciò andare il remo per tendere la mano e asciugarle una lacrima. Lei sussultò e si scostò bruscamente.

Isobel sapeva che Jack stava cercando di controllare il tono di voce. "Andrà tutto bene. Troveremo un modo."

Mentre la barca scivolava davanti alla canoa, Cathryn si nascose il volto tra le mani per non farsi vedere. Ma Jack guardò Isobel abbastanza a lungo perché lei ne vedesse la stanchezza impressa nelle rughe profonde intorno alla bocca.

La pagaia nella sua mano le sembrava pesante come il piombo mentre ritornava lentamente verso la banchina. Cercò di ricordare l'ultima volta che aveva visto Cathryn sorridere.

Era stato molte settimane prima. Nel negozio l'aria era calda e immobile e per tutta la mattina non era entrato un alito di vento. Louisa indugiava sulla porta: stava per aprirla quando tornò indietro e si avvicinò alla finestra per ascoltare qualcosa in un misto di ansia e concentrazione.

"Perché non esci, Louisa?"

"Aspetto che smetta."

Isobel alzò gli occhi. "Che smetta cosa?"

"L'elettricità."

Cathryn si girò sullo sgabello. "Quale elettricità?"

"Non lo senti? Questo ronzio sui fili. È dappertutto."

"Ronzio? Fili? Oh, tesoro, questa non è l'elettricità! Sono solo le..." Cathryn e Isobel dissero all'unisono:

"Cical*i*e!"

"Cica*i*le!"

Isobel aggrottò un sopracciglio, e col volto impassibile canticchiò con la sua voce stonata: "Tu hai detto cical*i*e e io ho detto cica*i*le".

Cathryn scivolò giù dallo sgabello improvvisando un tip tap: "Tu hai detto pat*i*ate e io ho detto pata*i*te..." E in coro intonarono: "Cical*i*e, cica*i*le, pat*i*ate, pata*i*te..." Cathryn si scatenò, ballando in parodia del varietà e sbattendo i gomiti come ali. La scena terminò in una risata generale.

Isobel aspettò che Jack facesse scendere Cathryn sull'argine sotto il cottage. Ritornò poi al pontile e mentre saltava fuori dalla barca rivolse a Isobel un sorriso poco convincente. Lei gli posò una mano sul braccio.

"Jack, sta bene?"

Lui si strinse nelle spalle. "Non ne sono sicuro."

"Devo andare da lei?"

Le rivolse uno sguardo inespressivo: "Non credo che possa aiutarla. Non sono neppure sicuro di poterlo fare io".

Isobel gli vide spuntare una lacrima negli occhi e tese la

mano. Nel posarla per un istante sulla sua guancia avvertì il tremore che lo scuoteva.

Jack guardò il cottage e disse rivolto verso l'acqua: "Forse siamo tutti e due un po' scombussolati".

Isobel si svegliò troppo presto, in preda a un'oscura agitazione. Il cuscino era umido di sudore, la stanza opprimente.

Sospirò. Se continuava a fare così caldo, lei e Louisa si sarebbero spostate a dormire giù nel soggiorno.

Arrancò fino alla cucina e aprì il rubinetto. Dopo parecchi minuti l'acqua scorreva ancora fredda. Scese le scale della cantina e, toccando la cisterna, scoprì che era spenta. Gridò a Victor di scendere a riaccendere la fiamma: aveva troppa paura di farlo lei stessa. Quando aveva sette anni, una piccola esplosione di gas nel panificio di suo padre aveva provocato delle brutte ustioni a un giovane aiutante. Da allora, ogni volta che sentiva odore di gas, vedeva profilarsi quel volto sfregiato. Chiamò di nuovo dai piedi della scala, battendo sulla ringhiera per qualche minuto prima di rendersi conto che Victor non era in casa. Di colpo si sentì sciocca e indifesa. Lui era lontano, lontano miglia d'acqua. In qualche modo, durante la notte, aveva perso la cognizione del tempo tornando indietro di mesi.

Diede una pacca alla cisterna di ferro e sospirò. "Bene. Ne faremo a meno." Girò la manovella di alimentazione del gas e salì le scale. Dopo aver messo sul fornello un grande bollitore pieno d'acqua, gridò a Louisa di vestirsi e scendere. Trasportarono il bollitore in giardino insieme a una brocca di vetro e una confezione di shampoo regalata da Cathryn.

Louisa si tolse la camicetta e rimase in piedi nella vecchia tinozza di rame mentre sua madre le versava l'acqua sulla testa.

Non erano ancora le sette, ma i raggi del sole filtravano già attraverso la tettoia. La luce giocava sulle spalle e sul collo esile di Louisa: mentre le insaponava i capelli Isobel le esaminava il corpo. Il petto di sua figlia era piatto come quello di un ragazzo. Isobel sentì una fitta di rimpianto al pensiero che entro breve tempo sarebbe diventata una giovane donna. Destinata a diventare adulta lontano da lei, indipendente.

Louisa girò la testa e guardò attentamente sua madre attraverso la bionda cortina di capelli insaponati. "Ha un buon odore, mami, trovi?"

"*Non* trovo."

"Be', a me piace."

"Dovevi dire 'non trovi' invece di 'trovi'."

"Be', non trovi che ha un buon odore?"

"Sì, ha davvero un odore gradevole." Isobel lesse l'etichetta a voce alta: "Aroma di gelsomino. Per capelli più morbidi e lucenti".

"Promette anche bene. Mami, posso lavarti io i capelli?"

La luce del sole rimase sospesa in una goccia d'acqua che scese lungo la schiena di Louisa, riassorbita infine dalla cintura dei suoi pantaloncini.

"Sicuro."

Dopo averle avvolto un asciugamano intorno alla testa a mo' di turbante, Isobel scaldò altra acqua e prese uno sgabello. Si tolse la camicetta rimanendo in reggiseno e si chinò sulla bacinella.

Louisa le versò una brocca d'acqua calda sulla testa e, dopo avervi applicato lo shampoo, cominciò a massaggiare. Isobel si accorse con stupore che il suo tocco non aveva niente di infantile. Si era aspettata delle circonvoluzioni di lievi colpetti, ma Louisa frizionava con energica decisione, intenta al suo lavoro.

Isobel cominciò a muovere la testa assecondando il ritmo di Louisa mentre le strofinava il cuoio capelluto. Guardò i piedi squadrati spostarsi, saltellare e incrociarsi mentre la bambina lavorava. Quando era ferma, poteva vedere minuscole violette spuntarle in mezzo alle dita dei piedi.

Negli ultimi tempi Isobel si era abituata ad associare brani di poesia a quello che vedeva o sentiva, anche solo per capire se riusciva a recitarli a memoria. "*Bisbigli e risa leggere tra le foglie e i passi affrettati. / Nel sonno, dove tutte le acque si incontrano.*" Non riusciva a ricordarne l'autore.

Sentì l'acqua tiepida riversarsi su di lei, scivolarle lungo il collo, inondarle gli occhi col rischio di entrarle nel naso. *Nel sonno, dove tutte le acque si incontrano.* Di colpo ricordò il sogno che l'aveva fatta agitare lasciandola insonne durante la notte: si raddrizzò bruscamente, rovesciando la brocca addosso a Louisa. L'acqua si riversò sui piedi della bambina e sull'erba.

"Mami!"

Acqua. Tanta acqua. La canoa per poco non si ribaltò. Aveva sognato a occhi aperti, dimenticato di fare la guardia. Aveva dimenticato di sorvegliare il lago, la strada, il cielo.

Dov'erano Jack e Cathryn? Scrutò la costa. Nessuno. Le imposte del cottage erano sbarrate con assi, come se fosse chiuso per l'inverno. Una barca a vela si dirigeva verso la grande baia, troppo lontana per capire se era quella di Jack. Si spostò goffamente per guardare oltre il promontorio. Trattenne il respiro e proseguì pagaiando con forza dentro il Dedalo con movimenti sempre più faticosi e difficili. L'acqua chiara sotto la canoa si faceva via via più melmosa.

La capanna di Jack era sparita, eclissandosi su due gambe di pietra. Ma dove? Lontano. Troppo lontano per arrivarci a remi, pagaiando promontorio dopo promontorio. Scrutò i canali a nord che si spalancavano invitanti davanti a lei, i loro gorghi sussurranti: *Per di qua, Isobel.*

La palude di larici? Una forte folata di vento investì la prua e la canoa scivolò all'indietro. Gli energici colpi di pagaia di Isobel riuscivano a malapena a mantenere la barca stabile. Cominciò a cadere una pioggerella sottile, che presto si trasformò in sferzanti rovesci. Con una pioggia simile non sarebbe mai riuscita a trovare la palude. La canoa si inclinò, sospinta dalle onde, e spruzzi d'acqua le lambirono le gambe riempiendola di terrore. La pioggia arginata dalla tesa del cappello improvvisamente le ruscellò lungo la schiena in una sinistra carezza. La pagaia si bloccò nel fango. Isobel la spinse via abbandonandola e lasciò che la canoa andasse alla deriva.

Andò alla deriva tremante, smarrita. Per ore.

L'imbarcazione urtò la banchina. Come ci era arrivata? Isobel alzò lo sguardo e vide la Buick di Liam sbandare imboccando la curva, spruzzi di fango schizzare dalle gomme come uccelli bruni, sospesi in aria un istante prima di schiantarsi sul molo. Isobel cercò il fischietto, ma non lo trovò. Lottò per uscire dalla canoa. Cercò a tentoni il vestito inzuppato. I fanalini di coda dell'auto indietreggiarono, come gli occhi rossi di un animale notturno che corresse a ritroso. Isobel si aggrappò alle assi ruvide del pontile. Cinque pallidi bottoni caddero in acqua mentre estraeva con forza il fischietto impigliato nel vestito. Lo portò alle labbra e soffiò. Non ne uscì alcun suono. Ovviamente.

Cercò di nuovo di riempirsi i polmoni, respirando affannosamente. Non uscì niente. Neanche un filo d'aria. Il suo viso scottava ed era lucido di sudore. Si voltò per guardare la strada quando a un tratto apparve il volto di Jack. Le mise qualcosa sulla bocca facendola finalmente respirare. Che sollievo.

Dov'è stato? Ero così preoccupata!

Le aveva fatto qualcosa alla mano. Vide la punta del proprio dito medio stretta e immobilizzata in un ditale luminoso. Un'invenzione? Sorrise e provò ad alzare la mano. Meravigliosa. Illuminata dall'interno. Ricamare sarebbe stato molto più facile così. Avvicinando la mano al viso si accorse che il ditale era connesso a un filo. Aggrottò le sopracciglia e guardò Jack in attesa di spiegazioni. Non poteva cucire con quel filo penzoloni.

Lui le prese la mano e la sollevò. "È solo un termometro, vede?" Sorridendo diede un colpetto sulla lucina rossa.

Isobel cercò di respingerlo.

Dov'è Cathryn? Le sue parole riempirono di vapore inutile la maschera di plastica sul suo viso. Se la tirò via.

"Dov'è?"

L'uomo aggrottò le sopracciglia. "Chi?"

"Dov'era quel giorno? Dov'era la sua barca?"

"Isobel, dove si trova?"

"Sto tornando a casa ad asciugarmi. Cosa sta facendo qui?"

Il dottore sospirò, lanciando occhiate al monitor lampeggiante. Lei seguì il suo sguardo. "Sono il dottor Hertz, Isobel. Joel. Si ricorda di me?"

Lei esaminò la stanza. *Questa non è casa mia.* Quando provò a parlare, le parole inciamparono sulle gengive nude e le ricaddero in gola.

L'uomo la prese per le spalle e gentilmente la fece piegare in avanti. Le mise la mano sulla schiena nuda e appoggiò lo stetoscopio su un seno. "Respiri."

I suoi gesti erano precisi, accurati. Lei obbedì, respirò come le era stato detto, e dopo venne riadagiata sui cuscini morbidi. Un letto.

Sentì come un raschiare di ciottoli lacerarle il petto. "Perché sento così caldo?"

"Perché ha la polmonite."

"Nessuna meraviglia. Tutto quel tempo fuori, sotto quella pioggia."

"Non è stata fuori, Isobel. È stata qui. Sono settimane ormai. Ha avuto un ictus, ora è malata. È stata qui tutto il tempo."

Isobel toccò lo stetoscopio. Nel cerchio di metallo splendente vide un piccolo ma nitido riflesso di se stessa. D'improvviso trasse un faticoso respiro, che le si mozzò in gola con una sensazione di bruciore. Il dottore aggiustò qualcosa sulla maschera dell'ossigeno e gliela mise di nuovo sulla bocca. Le parole le uscirono smorzate e lontane. "Sì, tutto il tempo, naturalmente. Polmonite... certo."

Si deterse con le nocche un rivolo di sudore che ristagnava vicino alla banda elastica che le attraversava la guancia. *Polmonite.* Il corpo che affoga se stesso.

"Presto starà meglio. Potrà alzarsi e camminare."

"Camminare? Non voglio camminare, voglio andare a casa."

Disse queste parole ben sapendo che il dottore avrebbe frainteso. Non voleva andare nel suo appartamento, voleva andare a *casa*. Rivedere Victor che spuntava da un angolo di strada con un ridicolo fiore di carta in mano. Sedere in una canoa oscillante, schermandosi gli occhi dal sole per guardare gli amanti passeggiare su una spiaggia chinandosi a raccogliere lo stesso sasso. Sistemarsi sul suo sgabello da lavoro a scegliere qualcosa di carino per una falda. Tornare nel suo vecchio giardino, lavare i capelli di Louisa all'ombra di alberi da tempo abbattuti. Essere in pace.

Le diedero qualcosa per farla dormire, e quando si svegliò aveva la gola in fiamme, ma voleva parlare. Gli occhi di Thomas dicevano: *No, mamma, no. Hai bisogno di riposare.*

Ma quando lei cominciò, avvicinò la sedia al letto per ascoltare. Quando alla fine arrivò il suo turno, quasi fra sé domandò: "A cosa pensavi, seduta nella canoa in quei pomeriggi?"

Isobel sentiva il peso di ogni parola che premeva per uscire. "Pensavo di fare qualcosa di nobile, non soltanto per Jack e Cathryn. Per la prima volta pensai alle cose che contavano nella mia vita, cercando di capire cosa tuo padre significasse per me e che genere di madre fossi."

Thomas dovette piegarsi in avanti per decifrare le parole che gli giungevano in un'eco attraverso la maschera. "Non riuscivo a credere di aver lasciato che Victor vi portasse laggiù sull'isola, senza un tetto sulla testa. Non era passato molto tempo da quando ve la facevate addosso."

"Io avevo quasi sei anni." Ora Thomas sussurrava. "È stata l'estate più bella della mia vita."

"Sono stata egoista a non venire."
"Egoista? Che sciocchezza. D'altro canto, stavamo diventando grandi."
"E lontano da me. Questa era la parte difficile da affrontare. Sembravate così indipendenti. Mi chiedevo se avevo fatto tutto quello che avrei dovuto. Molte cose le facevo in modo automatico, come tutte le madri. Sai com'è la maternità: tutta istinto e preoccupazione. Cullare e nutrire e sorvegliare. Tener duro finché non foste stati abbastanza forti da lasciare il mio grembo e poi..."
"Poi?"
"E poi eravate già lontani. Mi sembrava che foste appena venuti al mondo e già ve ne stavate andando. Non mi venne mai in mente di seguire qualcuno di voi o di farvi tornare indietro. Eravate bravi ragazzi, in gamba. Bene educati a sufficienza per essere sguinzagliati in società, come diceva vostro padre."
Thomas rise.
Isobel sospirò. "È terribile e meraviglioso amare così tanto i propri figli."
"Ah!" Thomas annuì. "Intendi Louisa."
Isobel lo guardò. "Sì, Louisa. E te. Lo capii alla tua nascita. C'era qualcosa nei tuoi occhi."
Ci fu una lunga pausa prima che Thomas dicesse qualcosa. Abbassò lo sguardo. "Immagino di averlo saputo, un tempo."
"Le mie due stelle... Povero Henry, avrei dovuto amarlo di più."
La luce dorata della sera balenò nella stanza, facendo scintillare le superfici del letto, il girello di sostegno, e il portavaso in un angolo.
"Mamma, lo ricordo appena."
"Non hai avuto molto tempo per conoscerlo, vero?"
Thomas le prese la mano. "Deve essere insopportabile perdere un figlio."
"È sbalorditivo. Quello che si riesce a sopportare."

Poi, c'era qualcun altro a tenerle la mano. Si voltò a guardare il profilo di Louisa, il suo sorriso da Monna Lisa rivolto verso il soffitto. La luce della luna bagnava l'angusto spazio tra madre e figlia.

Isobel sentì che le doveva qualcosa in cambio di quella visita, ma aveva così poco da offrire. Non era sorpresa di vederla, ma si sentiva impreparata. Non riusciva a trovare un modo di scusarsi per esserle sopravvissuta.

"Non ho più fatto un cappello, da quando te ne sei andata. Ho chiuso il negozio, avevo fretta di lasciare Cypress. L'edificio c'è ancora. Mi hanno detto che è diventato una panetteria. *Di nuovo.* Buffo come la storia si ripete.

"Quando te ne sei andata a studiare all'Est, ho pensato che non ti avrei più rivista. Davvero. E quell'anno che hai trascorso a Parigi? Mentre tutte le altre ragazze passavano le vacanze estive nella campagna francese o in Italia o chissà da quale altra parte, *tu* sei venuta a casa... Non sapevo come ringraziarti. Mi hai aiutata a tenere in piedi il negozio. Avresti potuto lavorare da qualsiasi altra parte, ma sei tornata, hai *scelto* Cypress. Sono stati dei begli anni, ricordi? Un giorno sei partita per un giro di acquisti e sei tornata portando sedici rotoli di seta grezza e Robert. Mi ricordo che fu Thomas a condurti all'altare... era così bello... per darti in sposa al 'newyorkese'. Tutti lo chiamavano così, anche dopo la tua morte.

"Vorrei che Thomas fosse qui. Sarebbe felice di vederti. È sempre lo stesso, sempre in ghingheri e duro come l'acciaio, non ha bisogno di nessuno. È stato un bravo zio per le tue bambine, le vede molto più spesso di quanto abbia fatto io. Per una ragione o per l'altra non potevo sopportarle. E adesso sono signore di mezza età! Una di loro mi ha resa bisnonna proprio nel giorno del mio ottantesimo compleanno. Ho dei pronipoti al college. Ciò significa che tu sei nonna, immagina un po'!"

Sentiva il sapore delle lacrime che le colavano sul viso. "Oh, Dio! Dio... è bello vederti." Voltandosi nella fioca luce vide il volto sereno di sua figlia mutarsi in quello di un'estranea. Un volto paffuto, con un mento sfuggente. Il risvolto dell'abito elegante di Louisa si ripiegò in un colletto da infermiera fermato da una spilla di smalto rosso a forma di croce.

Isobel ritirò la mano da quella dell'infermiera e cercò di strapparsi la maschera dell'ossigeno, sibilando con voce impercettibile persino a se stessa: "Dica al dottor Hertz che può riprendersela, e gli dica anche che non voglio tubi nel naso".

Andò alla deriva per luoghi familiari: i corridoi color verde muffa della scuola, l'angusto secondo piano della sua casa a Cypress dove si aprivano innumerevoli porte, corsie d'ospedale pulsanti di luce, i passaggi tra le librerie della biblioteca con l'odore della cera e delle pagine disseccate di migliaia di volumi, i canali sinuosi del Dedalo. Mentre si muoveva, infime immagini catturavano il suo occhio: una cornacchia in cima al cestino che conteneva il suo pranzo, una porta che si apriva nella stanza vuota di un bambino, il suo stesso volto che spuntava da un carretto, libri che cadevano su pavimenti di marmo rompendo i dorsi, una foglia a forma di occhio che sembrava guardarla dalla riva. Pur spostandosi senza difficoltà, sembrava incapace di arrivare al letto. Non riusciva a raggiungerlo.

La luce mutò. Udì una voce allegra. "Guardati! Cosa diavolo hai lì sul dito? Sei proprio ridicola, attaccata a tutte queste macchine." Alzando gli occhi vide Cathryn nel vano della porta, con un mazzo di fiori sotto il naso. Sgattaiolò dentro parlando con aria da cospiratrice. "Togliti quell'espressione spaventata, non mi ha vista nessuno. Guarda, Izzy, *tulipani*. Che mattina ho passato! Non puoi immaginare quanto sia difficile trovare dei tulipani in estate. Sono dovuta arrivare praticamente fino in Olanda! E non dirmi che non dovevo. Sai bene che avresti fatto lo stesso per me."

Era molto bella. Indossava lo stesso completo che aveva il primo giorno che era entrata nel negozio, ed era rossa in volto come se avesse corso.

I fiori erano legati. Isobel accarezzò il nastro familiare.

"Lo riconosci? Viene da uno dei due berretti assortiti che facesti per me e Louisa. Rovistando tra le vecchie scatole ho trovato il mio. Era roso dalle tarme", si fece scivolare il nastro tra le dita, "ma questo è sopravvissuto."

Isobel mosse le labbra secche.

"Oh, non dire niente, Izzy. So esattamente cosa stai per chiedermi."

Non era né più vecchia né più giovane di quando l'aveva conosciuta. Si accomodò leggera sul bordo del letto e la mano liscia si posò sulla coperta. "Prima di arrivare al punto, voglio mostrarti qualcosa." Le esibì i polsi e sollevò la gonna per farle vedere le cosce. Poi indicò il collo. "Non noti niente?"

Un attimo dopo disse con una nota di impazienza: "Le cicatrici, Izzy! Le mie cicatrici sono *scomparse*".

Ci fu un movimento al di là della finestra. "No, non guardare. È solo la vecchia strada, polverosa come sempre. Dio, hai mai visto un'estate simile? Ricordi quando siamo scese in quella cava abbandonata per sfuggire al caldo? Tu vedesti quel microscopico serpente. In vita mia non avevo mai visto nessuno fuggire a gambe levate da una cosa così piccola." Rise con voce argentina. "Tirasti su in braccio Louisa così in fretta che lei non se ne rese neppure conto. Un serpente giarrettiera! Anzi, un bebè serpente giarrettiera, non era più grande di un verme! Non lo sapevi, Izzy? Non sapevi che niente poteva farti del male?"

I suoi occhi andarono verso la porta, poi tornarono su Isobel, mentre la voce tradiva la fretta di andarsene. "Ora è meglio che vada, cara. Volevo solo vedere come stavi."

Fece un passo verso la porta, ma poi di colpo si voltò con un largo sorriso. "Ero così melodrammatica, non è vero? Nessuno si è mai preso sul serio come facevo io, allora. Ero davvero un'idiota... Ricordi lo sproloquio sull'essere un'isola?" Si schiarì la voce e cominciò a recitare:

"*Cielo e nubi vanno alla deriva sopra di noi, maree salgono e scendono ai nostri piedi. Ci tocchiamo mai? O sono solo l'aria e l'acqua che tocchiamo a muoversi verso gli altri, le onde di riflusso che produciamo a raggiungerli, diluite e smorzate? Tutta la nostra essenza è solo suggerita, quando riveliamo in realtà così poco di quel che veramente siamo*... e bla bla bla..."

Rise. "Che presunzione! La verità è che alla fine tutto quadra. Questo ho capito. E finiamo sempre per toccare quelli che siamo destinati a raggiungere, dopotutto."

Le impresse un bacio caldo sulla fronte. "Abbiamo rivelato a sufficienza, Izzy. A sufficienza."

Sprofondò in un sonno nero, senza sogni. Quando si svegliò si ritrovò sotto una tenda a ossigeno, appoggiata ai guanciali in posizione seduta. Guardò a lungo attraverso la plastica increspata che deformava la luce e confondeva i contorni. Lo aveva immaginato un migliaio di volte. Morire sott'acqua. Alzò la mano sana per toccare la plastica. Il tubo dell'endovena punteggiato di luce avrebbe potuto essere il nastro di seta dei berretti che aveva confezionato per Cathryn e Louisa. Mentre armeggiava con la macchina fotografica, si erano messe in posa davanti a lei: con le teste accostate e gli indici affondati nelle guance, avevano fatto l'occhiolino canticchiando: *Pu-pu-pi-du...*

"Louisa." La voce echeggiò intorno a lei nello spazio ristretto della tenda. Chiuse gli occhi.

Aveva fatto un freddo terribile. Era il genere di notte invernale che Isobel più temeva, per quei cieli tersi, senza nuvole, e il profondo silenzio rotto solo dal riverbero lontano di un mondo che gelava: lo schianto dei rami secchi che si spezzavano, lo schiocco di pietre che si crepavano, il sinistro scricchiolio della superficie ghiacciata del lago che si spaccava.

Lo stridio vibrante delle ruote che slittavano sul ghiaccio.

Il lago si era aperto e l'aveva inghiottita. Il ghiaccio che si era riformato velocemente sopra la macchina aveva costretto le squadre di soccorso giunte sul posto il giorno dopo a usare le piccozze per fendere la crosta, ritagliando un ovale frastagliato che incorniciava il tetto della Chrysler verde di Louisa. Un ciondolo di giada nel vetro.

Era morta con gli occhi aperti. Guardava davanti a sé, la mano tesa verso il parabrezza, come per indicare qualcosa di interessante. Un blocco di ghiaccio che affondava a poco a poco. Un ondeggiante stelo beige rimasto dall'estate, dal colore sbiadito. Il ghiaccio sopra la macchina già si condensava in un drappo funebre, orrendo tessuto di gelo e acqua.

La definizione di freddo, aveva letto una volta, era così semplice da sembrare totalmente innocua: *assenza di calore.*

Ricordava chiaramente il disegno della cravatta che lo sceriffo indossava quando le aveva dato la notizia. Blu con diamanti gialli. L'aveva disprezzato per non essere in uniforme. Aveva un giaccone da sci con la cerniera aperta che mostrava la cravatta in poliestere, male assortita con la camicia da lavoro grigia. Assomigliava al padre, lo sceriffo che più di trentacinque anni prima l'aveva perseguitata con le sue domande su Jack e Cathryn e che in seguito le aveva comunicato ciò che era successo a Liam Malley.

Era rimasta come intontita nel vano della porta, con un paio di forbici che penzolavano da una mano, mentre l'altra fluttuava attraverso la nube del suo respiro. Lo sceriffo era rimasto a dondolarsi sulla soglia battendo alternativamente i piedi sul tappetino gelato.

Louisa? Impossibile. Era un errore. Era nata con la camicia, cosa che, come tutti sapevano, porta fortuna: così non si può annegare. Le forbici le caddero di mano.

Il giovane sceriffo teneva il cappello di lato contro la coscia, stretto tra l'indice e il pollice avvolti nel guanto. Lo aveva fatto dondolare avanti e indietro tenendolo per la tesa, in un gesto casuale quanto stupido. "Signora Howard, mi dispiace veramente. Sono stato a scuola con Louisa, sa."

Lo aveva fissato.

"Bene, allora, penso che dovrò comunicare la notizia al newyorkese."

"Si chiama Robert."

Lo sceriffo aveva abbassato gli occhi sulle forbici, incerto se fosse il caso di raccoglierle. "Certo. Chiedo scusa. Suppongo che con le ragazze via per la scuola vorrà farle tornare a casa. Bene, vado subito a dirglielo."

L'improvvisa, ferrea stretta di Isobel sul suo braccio lo aveva fatto sobbalzare. Eppure, doveva aver passato la settantina, anno più anno meno.

"No, non lo farà." Isobel aveva afferrato il cappotto appeso all'attaccapanni vicino alla porta. "Mi porti al lago. Mi ha sentita? Mi porti al lago, poi mi riporti a casa. Lo dirò io a Robert."

Perché non aveva insistito perché Louisa, da giovane, imparasse a nuotare? Perché non aveva pregato Victor di insegnarglielo?

Suo padre aveva provato, con lei, ma era troppo piccola. Era rimasta sorda ai suoi incoraggiamenti e poco dopo lui aveva perso la pazienza, l'aveva presa in braccio contro il suo stomaco umido e l'aveva portata ai bagni pubblici. La sua carne era molle, e Isobel aveva cercato di staccarsi dal risucchio viscido del suo vasto petto.

Una fila di ragazzi si tuffavano in acqua dall'estremità del molo prendendo la rincorsa uno dietro l'altro. Suo padre la issò un po' più in alto sulla prominenza del suo ventre. "Vedi come si divertono? È così che si fa. Basta saltare. Ci proviamo?"

Lei si era staccata dalla sua spalla per guardare. I piedi dei ragazzi martellavano la banchina, ginocchia di cicogna si alzavano a incontrare gomiti ossuti. Quando raggiungevano il bordo, i loro corpi si lanciavano avanti librandosi nell'aria per un istante infinito di totale libertà.

Isobel si era morsa la mano. "Va bene."

Suo padre era balzato in piedi senza lasciarle il tempo per ripensarci. "Tappati il naso quando saltiamo... prometto che non ti lascerò."

E invece l'aveva lasciata. Aveva preso la rincorsa lungo il pontile traballando con movimenti impacciati, facendo rimbombare le assi sotto il suo peso. Giunto alle ultime due, il legno si era incrinato con un brusco scricchiolio e un piede gli era rimasto incastrato nella fessura.

Isobel era sfuggita alle sue braccia come un proiettile. Inarcandosi all'indietro sull'acqua aveva visto il riflesso della figura vacillante del padre, il corpo grosso e tozzo che roteava comicamente le braccia come pale di mulino. Aveva riso nel vedere i grossi baffi fremere e la bocca stirarsi e torcersi in una smorfia.

Poi il suo corpo aveva incontrato l'acqua.

Un secondo prima stava volando e ridendo e improvvisamente sprofondava nelle tenebre. I movimenti delle sue braccia, così leggeri nell'aria, erano come un battere di ali appesantite mentre scendeva lentamente. L'acqua le aveva riempito le narici. Istintivamente aveva tenuto gli occhi aperti.

Aveva toccato il fondo. L'uscita. Dov'era l'uscita?

I pali del molo, avvolti da alghe viscose che ondeggiavano come stracci verdastri nella corrente, scivolavano via come fantasmi quando cercava di afferrarli. Verso la riva, le gambe dei bagnanti che sguazzavano nell'acqua formavano una pallida palizzata luccicante.

Era stata sopraffatta dall'istinto di inspirare e mentre inalava acqua, tradita dal respiro, un dolore atroce le aveva lacerato il petto.

Nel momento in cui i piedi avevano toccato il fondo, aveva capito di dover far presa nel fango e dirigersi verso i bagnanti malgrado il dolore. Allo stesso tempo si era resa conto che non l'avrebbe fatto. Di colpo aveva avvertito una fitta di tristezza, ripensando alla sua stanza, al letto con le lenzuola fresche di bucato, al soffice cotone della federa con le asole. Alla sua bambola, Amanda, che l'aspettava vestita come una dama appoggiata al guanciale. Al raggio di sole che, filtrando dalle imposte, la svegliava la domenica mattina, il suo momento preferito per poltrire a letto. Al pane tostato alla cannella. Ora aveva sabbia nella gola, come zucchero che non si voleva sciogliere. Sabbia che bruciava.

Se ne stava andando.

Aveva chiuso gli occhi su quel mondo vacillante.

Ma come era venuta, la tristezza era d'un tratto svanita, mentre una specie di abbagliante cometa esplodeva nell'acqua: gli occhi le si erano aperti contro la sua volontà. La forma appallottolata di un ragazzo si era dispiegata davanti a lei, membra scarne del colore delle conchiglie, capelli ondeggianti come alghe, colonne di bollicine che scappavano verso la superficie sfuggendo dagli angoli della bocca come briglie di perle di un cavallo marino. Aveva teso la mano verso di lei affondandole le dita nelle ascelle, cercando di trascinarla in superficie. Lei gli aveva resistito, irrigidendosi e facendosi pesante per restare a fondo. *Lasciami. Devo andare.*

Altre braccia si unirono a quelle di lui; Isobel aveva chiuso gli occhi per non vederle, mentre i suoi piedi abbandonavano le loro pantofole di fango.

Aveva tossito e vomitato sulla spiaggia, certa che non avrebbe mai dimenticato la promessa infranta di suo padre, né quel breve volo sull'acqua.

Sapeva esattamente cos'era accaduto a Louisa: era in grado di ricostruire un annegamento nei minimi dettagli, se voleva.

Se avesse potuto tornare indietro per un breve istante nel tempo, lo avrebbe fatto per salvare sua figlia. Forse insegnarle a nuotare non sarebbe servito a niente. Anche se fosse uscita viva dall'auto, probabilmente sarebbe morta congelata.

Erano passati venticinque anni. Isobel avrebbe voluto poter tornare indietro, per cambiare il corso di quella notte. Giusto per il tempo necessario a percorrere la lunga strada all'uscita di Cypress, e andare a mettere il proprio corpo di traverso tra quell'auto che slittava e l'acqua gelata.

13

Quando Thomas entrò, sua madre stava recitando qualcosa rivolta alla finestra. Le parole uscivano soffocate dalla tenda di plastica. Le si avvicinò.

Lei si voltò e la sua voce divenne più chiara. "*E il tordo che chiama fra la nebbia / Figlia mia.*"

Aveva gli occhi socchiusi; le ossa aguzze del cranio erano visibili anche attraverso la tenda.

"È Eliot, Thomas. Devi averlo letto a scuola."

Ogni volta che si svegliava dai suoi brevi sonnellini e apriva gli occhi, aveva come l'impressione di socchiudere una porta, dietro la quale c'era qualcuno in attesa. A volte era l'infermiera che aveva scambiato per Louisa. Altre volte era Thomas, Thomas in carne e ossa, che la vegliava immobile sulla sedia.

Nei momenti in cui era sveglia, vedendo che suo figlio desiderava comunicare in qualche modo con lei, era lieta che la tenda a ossigeno si interponesse tra loro. Le dava la vaga impressione di un bambino turbato e, volendo consolarlo, il meglio che potesse fare era alzare e lasciar ricadere la mano, non avendo nient'altro da offrirgli.

La plastica increspata frazionava i gesti dall'altra parte, trasformando ogni visita in una sorta di cortometraggio cubista. Schegge di colori si assemblavano, si separavano e si ricomponevano di nuovo. Forme si congiungevano, fondendosi in figure umane solo quando si immobilizzavano. La televisione, sistemata in alto in un angolo della stanza, trasmetteva puzzle in movimento di annunci pubblicitari della Toyota e commediole interrotte da scoppi di risate registrate. Le immagini del telegiornale ruzzolarono una sull'altra in un cupo caleidoscopio e i lineamenti di Tom Brokaw si offuscarono, confusi come la sua voce da ubriaco.

Le infermiere ondeggiarono, precipitando come grandi gru andate in pezzi.

Il cielo rimase ostinatamente vuoto. Non un soffio di vento, niente insetti, né uccelli, né suoni.

Isobel si riaggiustò le bretelle del costume da bagno e si sollevò dalla sedia a sdraio per guardare Louisa e Cathryn. Erano scese per il pendio rovente di granito fino alle secche e avanzavano sul fondale scivoloso, le braccia tese in fuori come funamboli. Louisa si avventurò soltanto fin dove l'acqua le arrivava alle ginocchia, ma Cathryn la implorò, le promise che non c'era alcun pericolo e, indicandosi le spalle, si piegò fin quasi a sfiorare l'acqua con i capelli mentre la bambina le si arrampicava sulla schiena.

Poi Cathryn girò su se stessa e partì solcando l'acqua come un cavallo al galoppo. Intonò un vecchio motivo, emettendo le strofe a singhiozzo e col fiato corto al ritmo del suo passo che procedeva a balzi.

"*Cavallino arrò arrò, mangia la biada che ti do...*"

"Zia Cathryn, ma in acqua non c'è la biada!" cinguettò Louisa ridendo come una matta.

Cathryn si fermò di colpo. "Oops. È vero. Va bene." Ruotò nella direzione opposta e galoppò più veloce.

"*Cavallino arrò arrò, mangia le alghe che ti do, portami fino al mare perché voglio là nuotare...* Ooooh!"

Si formò un gorgo e sparirono sotto l'onda da loro stesse provocata.

Isobel balzò in piedi col cuore in gola.

Louisa emerse per prima, tossendo acqua e battendo le palpebre. La testa di Cathryn sbucò con i capelli appiccicati alle tempie. Ridendo gridò: "È freeeeedda!"

Si volse verso riva e disse: "Izzy, com'è possibile che con questo caldo l'acqua sia così gelida?"

Louisa si immerse di nuovo. "Fredda!" Schizzò in aria. "Calda!" Cathryn si unì a lei, alzandosi a fatica. Tenendosi per mano saltarono su e giù nell'acqua, con i costumi rossi e gialli che si alzavano e abbassavano. "Calda! Fredda! Calda! Fredda! Calda fredda caldafreddacaldafredda!"

Sotto la giacca indossava di nuovo quella camicia scozzese.

"Jack, che ne ha fatto di Cathryn?"

Lui si chinò su di lei. "Isobel, ha detto qualcosa?"

Sbirciò attraverso la tenda, cercando di mettere insieme i frammenti di immagine in movimento. Caldo. Ho caldo.

Il dottore inclinò la testa.

Lo guardò. Aveva di nuovo parlato nel sonno?

Thomas all'improvviso sbucò da dietro il dottore. O gli era accanto?

Aveva il volto segnato dalla tensione e, quando si chinò su di lei, i suoi lineamenti ondeggiarono dietro la tenda. Isobel si passò la lingua sulle labbra e stavolta riuscì a sentire la propria voce sussurrare: "Cathryn è venuta a trovarmi".

Thomas scosse la testa.

Lei annuì, o almeno avrebbe voluto. I muscoli obbedivano ai suoi ordini sempre più di rado. "Anche Louisa. È stata qui."

"Mamma."

Il dottore batté sulla spalla di Thomas. Poi se ne andò, un manichino vestito di bianco che scomparve oltre la porta.

Thomas sollevò un angolo della tenda per infilare dentro la mano. Si schiarì la gola. "Ieri ero venuto ma tu hai dormito tutto il giorno."

In bocca aveva un sapore di latte rancido. "Quant'è la temperatura?"

Lui sollevò gli occhiali e guardò il monitor che univa il tubicino al dito. “Circa trentotto. Va molto meglio.”

“Non la mia. Fuori. Che tempo fa fuori?”

Thomas si strinse nelle spalle. “Più di trenta gradi. Troppo caldo per settembre. Un caldo umido opprimente.”

Isobel osservò gli sprazzi frammentati della luce del sole. “È vero. Faceva così caldo che siamo andate a mettere i piedi in acqua, o meglio, Louisa e Cathryn l’hanno fatto. Io ho solo guardato dalla riva.”

“Riposati, mami.”

Con grande sforzo si volse verso di lui. “Non faccio altro che riposare. Potrei avere un po’ d’acqua?”

L’aria nella tenda sapeva di alito cattivo ed eucalipto. Thomas fece una smorfia porgendole il bicchiere.

Avvertì un dolore bruciante mentre deglutiva l’acqua. Credette di ingoiare vetro in polvere, immaginò la spina dorsale disseccarsi, i dischi delle vertebre mutarsi in gesso. Riuscì a storcere il volto in un sorriso, per lui.

Thomas cercò qualcosa nella tasca del panciotto. Dopo un po’ si schiarì la voce.

“Mamma, era più vecchia o più giovane di te?”

“Chi?” Isobel si voltò e l’espressione di suo figlio le apparve deformata dalla plastica.

“Cathryn.”

“Un anno più giovane. Perché?”

“Così... curiosità.”

Lei si stava stancando e Thomas dovette chinarsi per riuscire a sentirla. “Tra noi c’era giusto un anno di differenza. Il suo compleanno cadeva il giorno dopo il mio.”

“Ti ricordi, per caso, il suo cognome da ragazza?”

“È una specie di esame?”

Thomas sorrise. Aveva lo stesso atteggiamento di Victor quando era intento a rimuginare su qualcosa.

Isobel batté le palpebre lentamente, così piano che Thomas ebbe paura stesse per addormentarsi, ma poi disse a voce alta: “Sì, mi ricordo”.

Un'immagine guizzò dietro le palpebre chiuse di Isobel: uno dei bauli da viaggio carbonizzati di Cathryn, con le cifre corrose ma ancora leggibili: CLM.

"Leigh. Si chiamava Cathryn Leigh Malley."

Quando aprì gli occhi, vide suo figlio infilare una penna e un piccolo taccuino nel panciotto.

Pur avendolo promesso, quel giorno non andò a Granite Point. Si asciugò i capelli, augurandosi di dimenticare quel sogno. Si incamminò verso il negozio con Louisa, trascinandosela dietro per un bel po' di strada finché lei si liberò dalla sua stretta lasciandosi cadere in una zona d'ombra, con fare caparbio. Si strofinò la spalla.

"Mami, mi stai tirando troppo forte!"

Con il dorso della mano Isobel si deterse il sudore che le imperlava la fronte. Cercando di tenere a freno l'irritazione, si accucciò accanto alla figlia.

"Ti stavo tirando? Mi dispiace, tesoro." Si fece vento con la mano. "Mio Dio, che caldo."

"Mami, perché sei così arrabbiata?"

"Arrabbiata? Non sono arrabbiata, Louisa. È solo che fa così caldo e io sono… oh, non lo so…"

"Agitata?"

Isobel guardò in direzione del lago, a quella distesa di vivida luce in lontananza. Si chiese cosa avrebbero fatto Cathryn e Jack quando fosse arrivato mezzogiorno e lei non sarebbe stata là a far da sentinella. Avrebbero trovato il modo di vedersi comunque? Avrebbero rischiato? Sperava che avessero abbastanza buon senso da rinunciare a incontrarsi.

Era stanca di preoccuparsi per loro. Sembravano incoscienti del pericolo che correvano, come bambini.

Louisa la tirò per la manica: "Mami, sei agitata?"

"Forse sì. Ma tu non c'entri." Aiutò la figlia ad alzarsi chiamandola con un nome che non aveva più usato da quando era una bimbetta ai suoi primi passi. "Vieni, Lulu.

Appena arriveremo in negozio preparerò un po' di tè freddo."

Restò indietro mentre Louisa saltava da una fenditura all'altra del marciapiede, lasciando l'impronta dei sandali sui minuscoli rilievi del catrame rammollito dal caldo.

"Ehi, non aspetti la tua mamma?"

"Oh, scusa, mami."

I commercianti prendevano aria fuori dai negozi deserti al riparo di spessi tendoni. Alcuni si facevano vento coi giornali. Rari clienti passavano camminando lenti, curvi sotto il peso di pacchi e borse. Isobel li salutò con un cenno del capo. Sentiva il calore del marciapiede filtrare attraverso la suola delle scarpe. Girando la chiave nella serratura, si fermò a guardare la strada. Aveva la vaga sensazione di essere osservata.

Il negozio era soffocante, malgrado le tende abbassate. Lavorò anche all'ora di pranzo, a labbra serrate. Doveva asciugarsi di continuo le mani per non macchiare di sudore il cappello che stava confezionando. La stanza era silenziosa, a parte lo stridio della matita di Louisa che di tanto in tanto graffiava il foglio, il fruscio della carta, il costante sibilo del ventilatore appeso al soffitto, i propri sospiri.

"Mami, posso andare a casa? Là fa più fresco."

"No. Va' fuori nel vicolo e fai scorrere dell'acqua fredda sui piedi. Oppure va' dal macellaio e chiedi alla signora Sima dei pezzi di ghiaccio."

"Ma perché non posso andare a casa, mami?"

"Perché voglio che tu stia qui."

"Perché? Qui si soffoca! Perché devo restare?"

Isobel diede uno strattone troppo forte all'ago e il filo si spezzò. Colpì il tavolo con un pugno. "Perché sì!"

Louisa finì per addormentarsi sul pavimento. La catena del ventilatore faceva languide piroette e Isobel si chiese se non avrebbe fatto meglio a spegnerlo. Fa aumentare il calore, pensò: l'aria calda viene solo rimescolata.

Nubi nere iniziavano ad addensarsi in cielo. Tirò su le tende e aprì le finestre davanti, sperando che entrasse un po' di brezza. Ma l'aria era immobile e opprimente, la strada deserta. Il frinio delle cicale si univa al sordo balbettio dei frantumatori della miniera.

Aveva sperato che Cathryn arrivasse. Dovevano parlare, loro due. Sedeva immersa in un tale immoto torpore che non si rese conto che la schiena le doleva perché era rimasta appoggiata allo spigolo di una mensola per un'ora. Fuori il grigiore si incupì sotto la cappa delle nubi. Forse il tempo aveva costretto Cathryn a rimanere a casa; forse non si era avventurata in bicicletta sotto un cielo che minacciava lampi.

Sapeva cosa doveva dirle, adesso. C'erano ancora troppe cose non dette fra loro.

Sarebbe potuta andare in macchina fino a Granite Point, pensò, ma non voleva portarsi dietro Louisa, né poteva lasciarla sola col rischio che si svegliasse in mezzo al temporale. Si sentì sopraffare dalla stanchezza al solo pensiero di mettere in moto l'auto e sedere sui sedili di cuoio bollenti.

Il suono del carillon alla porta la sorprese al punto che quasi gridò. Quando Doug Green, il conducente del battello postale, si affacciò alla porta, rimase seduta, facendogli cenno di entrare. Era fradicio di sudore e, avanzando lentamente, le porse un biglietto sgualcito che teneva tra le sue dita tozze. "Ho un messaggio da parte di Victor, signora Howard."

Lei aprì con cautela la busta umida. Diceva semplicemente: *I ragazzi tornano a casa giovedì!*

Isobel fece un profondo sospiro guardando il calendario appeso alla parete. "Non può essere", mormorò, mentre Doug sollevava il berretto.

"Sì, invece. Scommetto che è ansiosa di vederli, eh?"

Un lampo di calore improvviso trapassò la stanza in un bagliore argenteo. Passarono pochi secondi prima che il tuono rombasse in lontananza. Isobel guardò fuori, in attesa di un altro lampo. Voltandosi, vide Doug uscire a ritroso dalla porta abbozzando un saluto con la mano.

14

Per tutto il pomeriggio i lampi illuminarono gli angoli più riposti della stanza in guizzi intermittenti.

"Un miglio, due miglia, tre miglia..." Un rombo di tuono isolato fece tremare l'edificio. La tempesta dunque era al culmine a tre miglia di lì. Ma era giusto? Cercò di ricordare se si doveva semplicemente contare o dividere il totale in base a qualche formula matematica. Dopo aver acceso una lampada, si sedette per terra a guardare Louisa che dormiva. C'erano stati molti lampi. Si addossò alla pila di rotoli di feltro ammucchiati sul pavimento e giocò con i capelli della figlia, arricciandoglieli sulla guancia in umidi occhielli, asciugandole il sudore con rapidi tocchi dell'orlo della gonna. Un lampo accecante donò alla pelle di Louisa un lucore argenteo.

Lampi e rumorosi brontolii di tuono illuminarono le finestre facendo vibrare i vetri ma, stranamente, la pioggia non si decideva a cadere. L'intervallo tra il lampo e il rombo del tuono le ricordò quello del parto: la tensione lancinante che precede lo spasmo, il rilassamento e l'ansiosa immobilità del breve sollievo prima che tutto ricominci di nuovo. Aspettando le prime gocce, perse la cognizione del tempo. Infine udì i rintocchi del campanile.

Quattro... cinque... sei.

Mentre l'ultimo svaniva, un nuovo suono vi si sovrappose, un gemito lontano simile al ronzio di uno sciame di zanzare. Aumentando di volume, si rivelò una sirena in lontananza.

Isobel si sollevò a sedere: dalla finestra aperta provenne un soffio d'aria acre che l'afferrò alla gola.

Il lamento si prolungò prima di scindersi in due sirene distinte, quelle di due mezzi antincendio. Mentre rombando entravano in città, Isobel guardò le luci rotanti proiettare fasci di luce cremisi sulle facciate e le pensiline dei negozi. Louisa continuò a dormire, ma all'avvicinarsi degli automezzi cominciò ad agitarsi come se volesse uscire da un sogno che la intrappolava. Al tremito che scosse l'edificio, frammenti di vernice ambrata piovvero dal soffitto disseminandosi sulle mensole e tra le assi del pavimento.

Isobel guardò attraverso il vetro e vide tre camion del servizio forestale allinearsi dietro le autopompe; aggrappati alle fiancate vi erano una dozzina di uomini carichi di taniche d'acqua. Cercò di distinguere Jack tra loro. Il corteo sbandò a una curva e gli uomini vacillarono rischiando di essere sbalzati via dai loro ormeggi a causa del carico d'acqua che trasportavano. Isobel si alzò in piedi e vide i camion imboccare la stretta strada al confine della città.

La strada per Granite Point.

Batté le palpebre e si lasciò cadere sul pavimento, dove rimase seduta immobile finché le sirene svanirono. Fuori sul marciapiede risuonarono passi frettolosi e grida distanti furono coperte dal rombo di motori accesi. Louisa gemette nel sonno: Isobel la raggiunse strisciando sul pavimento, la prese tra le braccia e la cullò.

Sollevò gli occhi e osservò le scanalature del soffitto. Per tenere la mente occupata cominciò a contare i riquadri. Dondolando avanti e indietro ne calcolò una ventina in larghezza e poi cominciò a contarli nell'altro senso fin dove riuscì a vedere, finché le linee si dissolsero nell'oscurità.

Si alzò un vento incostante e, quando la porta si spalancò, la corda del carillon colpì la parete con subitanea violenza e i vetri tremarono. Attraverso la porta aperta vide pezzi di carta roteare nella strada in un turbinio di polvere. Stava per alzarsi a chiudere quando udì dei passi.

Si irrigidì, voltandosi dall'altra parte mentre qualcuno entrava con passo pesante e deciso. Levò gli occhi e li riabbassò appena vide che si trattava di Liam Malley. Questi percorse con lo sguardo la stanza, osservando gli angoli vuoti. Poi cominciò a indietreggiare verso la porta, ma lentamente, esitante, come se avvertisse una presenza. Stando accovacciata, Isobel si rannicchiò dietro i rotoli di tessuto, tenendo Louisa stretta a sé. Il gomito le rimase impigliato nel filo della luce, facendo cadere a terra la lampada sul bancone.

Al rumore dell'urto sul pavimento, Liam si voltò.

La lampada, rotolando, illuminò i volti di Isobel e Louisa in un alone giallastro.

Svegliata dal rumore, Louisa gridò all'apparire del volto striato di cenere dell'uomo. Liam si diresse verso di loro a passo deciso. Isobel strinse la figlia a sé.

Torreggiò su di loro, riuscendo a stento a controllare la voce. "Dov'è?"

Isobel sollevò Louisa e l'adagiò in mezzo ai rotoli di tessuto sotto il tavolo. Guardò Liam cercando di domare il tremito della voce. "Non lo so. Non è al cottage?"

"Il cottage è andato. E così metà dei boschi sulla costa meridionale." Si accovacciò vicino a lei e Isobel poté sentire l'odore del fuoco sui suoi abiti. Aveva la voce arrochita dal fumo. "E anche la baracca di Jack."

Isobel si morse l'interno della guancia. Avvertì un sapore di rame sulla lingua. Si guardarono negli occhi finché lei batté le palpebre. "Andata. Intende dire che è bruciata?"

"Da cima a fondo. Dov'è Cathryn?"

"Non lo so. Io... dove potrebbe essere?"

"È quello che le sto chiedendo, signora Howard."

"Gliel'ho detto, non lo so."

La tirò per il gomito obbligandola ad alzarsi e appena fu in piedi le lasciò andare il braccio, come se il solo fatto di toccarla gli ripugnasse. Il tono della sua voce le fece correre dei brividi lungo la schiena.

"Dov'è mia moglie?"

"Non lo so."

"Lei..." Stava tremando. "È l'unica persona a cui possa averlo detto. Glielo chiedo per l'ultima volta. *Per favore...*" Tremava e le sue mani nere di fuliggine continuavano a contrarsi a pugno per poi riaprirsi. "Può dirmi dove si trova mia moglie?"

"Glielo dico per l'ennesima volta, signor Malley: non ho idea di dove si trovi Cathryn." Sapeva che lui doveva fraintendere il tremito nella sua voce, pensando che gli mentisse, mentre il panico che si faceva strada dentro di lei le impediva di esprimersi normalmente.

Lui alzò i pugni ed eruppe in un grido, mentre con un braccio spazzava via tutto quello che c'era sul bancone. Un boccale pieno di matite volò contro la parete e andò in frantumi, i libri contabili caddero sulla sedia sbattendo come gabbiani ubriachi. La pesante calcolatrice colpì il suolo per ultima e il tonfo fu seguito da un rumore metallico degli ingranaggi che si mettevano in moto mentre la macchina sputava fuori la lingua di carta attorcigliata. Rimasero a guardare in silenzio finché la carta uscì completamente e la macchina si fermò con un ticchettio.

Liam parlò con forzata pazienza. "Non può provare a fare un'ipotesi?"

Ci provò. Non potevano che essere al cottage di Cathryn o alla capanna di Jack. La sua immaginazione, ostinata, non andava oltre questi due punti anneriti, come se, al di fuori, non ci fosse altro che il vuoto. Trasse un sospiro che suonava come una scusa.

"Non posso aiutarla."

L'atteggiamento di Liam si addolcì all'improvviso: la collera abbandonò il suo viso lasciando il posto a una grigia maschera di sfinimento.

La pioggia cominciò a cadere, tamburellando sulla pensilina di stagno sopra l'ingresso con un rumore di zoccoli. Louisa aveva smesso di piangere e stava seduta con le braccia intorno alle ginocchia in mezzo ai rotoli di tessuto, spostando in continuazione lo sguardo dalla madre all'uomo.

Ci fu una pausa durante la quale tutti e tre sembrarono intenti ad ascoltare la pioggia. L'aria viziata nel negozio cominciò a dileguarsi mentre dalla porta aperta entrava l'odore di umidità e legname bruciato, e il calore veniva mitigato da un vento impetuoso.

Liam si strofinò il viso pensieroso come per verificare che la barba crescesse. Sussurrò: "Signora Howard. Isobel. Ci sono molte cose di Cathryn che lei non sa. Soffre di periodi di profonda depressione. A volte non riesce ad alzarsi dal letto per settimane. I medici hanno cercato di spiegarmi questi episodi, ma la verità è che né io né lei, come tutte le persone sane, potremo mai capire cosa significhi vivere con quel genere di angoscia". La guardò negli occhi, martellandosi la tempia con un dito. "Una volta mi disse che nei giorni peggiori le sembrava di essere imprigionata negli abissi di un oceano gelato, un luogo senza fondo, senz'anima." Si prese il mento con una mano come se la testa fosse diventata a un tratto pesante, e si voltò a guardare la pioggia attraverso la finestra.

"Cristo. Ho sempre saputo che sarebbe finita. Ma questo. *Questo*."

Isobel gli si avvicinò e gli posò una mano sul braccio. Aprì la bocca, ma non riuscì ad articolare una parola. Vedendola turbata, Liam le coprì la mano con la sua.

"Isobel. Jack Reese non può aiutarla, come invece posso fare io. Non è in grado di sapere come. Vede, Cathryn nega la propria malattia persino a se stessa. Ha bisogno... ha bisogno che ci si prenda cura di lei."

La voce di Isobel uscì in un roco mormorio: "Ma se... se trova Jack Reese, troverà Cathryn".

Liam grugnì. "E dove potrei trovarlo? Tra le ceneri della sua dannata baracca? Non credo, anche se non meriterebbe di meglio. Anche la sua barca è sparita, sa?" Scosse la testa. "Domattina, quando il fuoco sarà spento completamente, cercheranno nel cottage. Forse proveranno a dragare il lago, ma scommetto che Jack Reese non verrà mai trovato. Mi sono addentrato persino nel Dedalo, oltre il punto dov'è la sua casa, e nelle paludi, ma di loro nessuna traccia." Si allontanò da lei, chinandosi a spazzolarsi con cura i pantaloni con le grandi mani. "Nessuna traccia."

Fuliggine e aghi di pino ricaddero sul pavimento. Isobel osservò la scena e si chinò a raccogliere una pietruzza silicea.

Liam si raddrizzò. "Io l'amo, sa?" Andò verso la porta. "L'amavo."

"Sono sicura che anche lei la ama."

Lui si incupì. "Lei non sa niente di noi", disse guardando in direzione della finestra. Il suo tono era aspro. "Ho paura quando la lascio la mattina e ho paura quando torno a casa la notte. Non riesco più a decifrare i suoi stati d'animo. Dovrebbe essere il contrario, dopo tutti questi anni insieme. Non so quando posso fare l'amore con lei, o quando potrebbe gridarmi di non toccarla. Non so quando posso lasciarla sola. Ha visto le cicatrici?" Si portò la mano al collo indicando la clavicola. "Quello che chiama il suo 'intervento'? Ha provato a tagliarsi la gola. Ero rimasto fuori solo per una quindicina di minuti per andare a prendere il latte. Aveva detto che voleva un frullato." Trasse un profondo sospiro. "Non può immaginare che lago possa formare sul pavimento qualche litro di sangue. La bottiglia mi cadde dalle mani e il latte si mescolò al sangue. Vetro dappertutto... la sua testa appoggiata contro il bordo della vasca. Sembrava che dormisse e il collo sanguinava, sanguinava... tutto il pavimento era rosa di latte e sangue. Fiumi scorrevano tra le mattonelle."

Isobel si appoggiò al bancone.

Liam si raddrizzò. "Ci sono state altre volte, come può immaginare."

Lei chiuse gli occhi pensando alla cicatrice sul polso di Cathryn.

Quella volta aveva detto che da bambina era rimasta impigliata in una siepe di filo spinato. Un giorno che Cathryn giocava sulla spiaggia con Louisa, Isobel aveva notato delle linee bianche stranamente regolari che le solcavano le cosce proprio sotto il bordo del costume da bagno. Cathryn, allegra, aveva risposto che erano roba vecchia. "Oh, vecchie cadute o scontri con la bicicletta."

Le parole di Liam la riportarono alla realtà.

"Vorrei che non le avesse insegnato a guidare." Non c'era rimprovero né rammarico nella sua voce, solo sfinimento.

"Dobbiamo trovarla."

"No." Afferrò il pomello della porta, studiandolo come se non ne avesse mai visto uno. "*Io* devo trovarla." La porta si aprì. "Verrà lo sceriffo. Le farà delle domande."

Isobel annuì.

Sulla soglia lo seguì con gli occhi e lo vide dirigersi verso la strada per Granite Point. A metà isolato si fermò, tirò su il colletto della giacca per ripararsi dalla pioggia e svoltò in un'altra direzione.

Isobel si sedette di nuovo sul pavimento, continuando ad annuire come un automa.

Louisa sgattaiolò fuori dal suo nido di stoffe e le appoggiò le mani sulle spalle. Accostò la guancia alla sua e sussurrò: "Mami, stai sanguinando".

Isobel abbassò lo sguardo. Un sottile rivolo rosso le macchiava il vestito all'altezza del ginocchio. Aprì il pugno serrato e vide la pietra silicea frantumata nel palmo della mano.

"È vero."

"Mami, andiamo a casa."

Mentre camminavano nell'oscurità, Isobel si accorse della pioggia solo quando cessò all'improvviso. Allora alzò lo sguardo, sorpresa. Dentro casa, asciugò i capelli di Louisa, l'aiutò a infilarsi il pigiama e la fece coricare nel letto suo e di Victor, rimboccandole le lenzuola. Poi attraversò il corridoio illuminato da una luce fioca. Dalla finestra del bagno vide la tempesta allontanarsi e la cappa di nubi diradarsi scoprendo il cielo stellato. Fece scorrere l'acqua nella vasca e vi entrò dopo essersi tolta il vestito bagnato. Nell'oscurità esaminò la saponetta che teneva in mano: era incolore come l'asciugamano steso sul pavimento. La vestaglia di seta che aveva posato sulla sedia, splendente di draghi rossi e dorati alla luce del giorno, era ora opaca e indistinta. La stanza e l'insieme dei mobili divennero una monocromia di grigi smorti. Immaginò il sangue sulle mattonelle: una pozza orribile.

Cathryn possedeva una monografia d'arte con riproduzioni di dipinti a colori e in bianco e nero. Queste ultime avevano la stessa tessitura sgranata della stanza da bagno a mezzanotte, e condensavano tutte le ombre in punti di oscurità e di luce. Isobel ricordò il nome del pittore: *Cézanne*.

Chiuse gli occhi e provò a immaginarsi il tormento di Cathryn, quell'ossessiva depressione. I grigi e le ombre di Cézanne rappresentavano forse i suoi periodi cupi, i suoi "episodi"? Nel libro c'erano poche tavole sparse a colori, tanto gioiose quanto le altre erano tetre. Quelle immagini dai colori vivaci riproducevano allora i suoi momenti di energia ed entusiasmo?

Si chiese dove fosse quel libro. In negozio? Tra le ceneri di Granite Point?

Si strizzò la spugna sul viso: l'acqua era diventata fredda. *Perché non me l'ha detto?*

Non era obbligata a farlo. Fin dal primo giorno in cui l'aveva incontrata aveva notato qualcosa di stonato nel suo sguardo: luminoso ma con qualcosa di guasto, come un prisma scheggiato.

Mentre percorreva il corridoio e scendeva a tentoni le scale al buio, Isobel cercò di concentrarsi sui suoi passi, mettendo con circospezione un piede davanti all'altro sul legno levigato come se il contatto con qualcosa di solido potesse impedirle di andare alla deriva, e ogni gradino fosse un'ancora a cui aggrapparsi per non volare via. Con le dita riusciva quasi a sentire le venature dei gradini.

Spense tutte le luci, come faceva d'abitudine. Dopo aver chiuso la porta di servizio, si diresse verso l'ingresso principale, fermandosi di colpo nel vestibolo per guardare fuori attraverso la finestrella della porta. Nubi temporalesche sospinte dal vento passavano veloci davanti al disco della luna. Una luce arancio sporco impregnava l'atmosfera. La luna scintillava e poi di nuovo scompariva dietro le nubi che le si ammassavano davanti.

Cathryn era forse in balia della sua mente come la luna, che non poteva impedire alle nubi di oscurarla?

Isobel si addossò con la schiena contro la porta. Cosa stava facendo? Andava in giro per la casa, chiudeva a chiave le porte... Scivolò sul pavimento e si prese la testa fra le mani.

Il mattino seguente andò al negozio. Louisa la seguiva pochi passi indietro. La scena che si trovarono di fronte dopo aver imboccato la Main Street le fece arrestare bruscamente. Fuori dal Jem's Diner si era radunata una squadra di ricerca: gli uomini erano fradici, con i pantaloni e gli stivali anneriti e bagnati a forza di attraversare i boschi carbonizzati. Bevevano da thermos ammaccati e chinavano la testa per confabulare con le nuove squadre che uscivano. Le nuove reclute sembravano ansiose di partire, e si agitavano sul posto come cavalli tenuti alla briglia. Alcuni dall'aria esausta stavano addossati contro i camion parcheggiati: pochi erano minatori, la maggior parte indossava l'uniforme del servizio forestale.

Due uomini appoggiati a un muro si raddrizzarono appena videro Isobel avvicinarsi. Avevano uno sguardo interrogativo, come se si aspettassero qualcosa da lei: che potesse dar loro un indizio, una pista qualsiasi. Isobel prese Louisa per mano e proseguì. Uno di loro fece un passo avanti per sbarrarle la strada ma lei non rallentò e, mentre marciava dritta su di lui, fissò con aria di sfida il suo volto interrogativo. Non aveva risposte per lui. Come non ne aveva per se stessa. Appena lei gli fu di fronte, l'uomo distolse lo sguardo e fece un passo di lato, improvvisamente intento a esaminare la spirale di fumo che gli saliva dalla sigaretta.

Le nuove reclute infilarono panini e bottiglie di limonata negli zaini. A un segnale convenuto, si issarono all'unisono l'equipaggiamento sul dorso e bilanciarono il peso del loro carico. Un uomo si sistemò sulla spalla un lungo fagotto di tela munito di bacchette. Isobel deglutì: una lettiga.

Gli uomini marciarono fino al confine della città, dove si disposero in fila indiana. Isobel non si mosse mentre uno dopo l'altro scendevano dalla strada nel canale e, dopo averlo attraversato, si arrampicavano fino a un boschetto di betulle sulla sponda opposta.

Louisa le tirò il braccio e indicò il Jem's Diner. Isobel si volse e vide una dozzina di facce che la scrutavano dall'altra parte del vetro. Quando ne incontrò lo sguardo, alcune persone tornarono ai tavoli o al bancone, mentre altre continuarono a fissarla.

L'odore dell'incendio persisteva dopo l'evaporazione della rugiada e l'atmosfera era torbida di cenere che restava in sospensione nell'aria. La bandiera dell'ufficio postale ne era impregnata e pendeva floscia sull'asta. Molti negozianti avevano spazzato via ciò che si era accumulato sui marciapiedi durante la notte. Alcuni avevano lavato le vetrine, che ora brillavano riflettendo lo spettacolo della strada. Davanti all'emporio erano parcheggiate carriole smaltate e un'ordinata fila di forconi era appoggiata contro il muro.

Come se non fosse successo niente. Come se fosse un giorno come tutti gli altri. Isobel aprì la porta ed entrò nel negozio: nel silenzio si udiva solo l'ansito del suo respiro. Come se avesse importanza che vendessero un rastrello o una lattina di vernice. I suoi passi echeggiarono sull'impiantito nudo. Louisa le passò davanti e andò a mettere la teiera sul fuoco. Dopo aver chiuso a chiave la porta, Isobel abbassò le tende di tela delle ampie vetrate anteriori. Contemplò il disordine ai piedi del bancone. Quando raccolse la calcolatrice, la manovella le restò in mano. La gettò nel cestino della spazzatura e radunò i libri contabili sparsi sul pavimento. Spazzò via i cocci del boccale e raccolse le matite sparpagliate.

Dopo averle lasciato una tazza di tè sul bancone, Louisa prese il suo album da disegno e si risistemò in mezzo ai rotoli di tessuto dove aveva trovato rifugio la notte precedente.

"Louisa, cosa stai facendo? Vieni fuori di lì!"

"Ma quell'uomo spaventoso potrebbe tornare."

"Il signor Malley?" S'inginocchiò e guardò sua figlia negli occhi. "Non credo, tesoro. E poi non è spaventoso, è solo triste."

"Non ci farà del male?"

"Certo che no, non farà del male a nessuno."

"Come lo sai?"

Con dolcezza Isobel prese Louisa tra le braccia. "Ascolta, Lulu. Con me sarai sempre al sicuro. Adesso alzati, ho un lavoretto per te." Le affidò il compito di etichettare e mettere in ordine i rotoli di tessuto. "Comincia con i più piccoli: svolgili e arrotolali di nuovo, e sistemali poi tutti in fila. Puoi farlo?"

"Credo di sì."

Guardò l'angolo dove Cathryn teneva le sue cose: una scatola di colori e un esile cavalletto pieghevole, una catasta di libri appoggiati su una sedia, i dischi per il grammofono nei loro astucci colorati. Sulla sedia c'era la logora cartella che l'amica si portava sempre dietro.

"Louisa?"

"Mi ci vorrà un bel po', mami."

"Lo so, ma sono sicura che farai un buon lavoro, tesoro." Raccolse la cartella. "Ascolta, mami deve rimanere un po' di là a fare una cosa, d'accordo?"

Attraversando il magazzino, vide perle di luce balenare sugli ottoni che Cathryn aveva lucidato. Sedette a terra con le gambe incrociate e si mise la cartella in grembo, esaminando la minuscola serratura del lucchetto. Avrebbe potuto aprirla con qualche piccolo arnese della macchina per cucire o con un ago da rammendo incurvato. Non sarebbe stato difficile.

Ma appena toccò il fermaglio con l'unghia, la molla scattò facendola sussultare.

Cathryn non l'aveva chiusa.

Le sue speranze svanirono di colpo. Se era aperta, non poteva contenere gli indizi che cercava. Trasse un sospiro profondo e l'aprì. Rovistando dentro, estrasse a uno a uno gli oggetti che conteneva e li dispose intorno a sé. Un'elegante boccetta di profumo di vetro blu cobalto, due sassi lisci e rotondi, un fazzoletto con le iniziali di Cathryn ricamate sopra, due buste marrone col suo nome scritto in una grafia che Isobel non riconobbe, un piccolo taccuino con la copertina di cuoio e un foglio sciolto che si rivelò essere una fattura.

Una delle buste conteneva due piume rosse di cardinale: una di colore brillante, l'altra più opaca come sono in genere le piume della femmina. Nell'altra busta c'era un pezzo dello strato più sottile, quasi trasparente, di una corteccia di betulla: era stato accuratamente piegato e decorato con disegni ornamentali, per poi venire appiattito e lisciato. Riconobbe i motivi che gli ojibwa usavano per i loro ricami. I disegni non erano fatti con appositi arnesi ma incisi con delicatezza da denti umani. L'aveva visto fare una volta, da bambina: aveva osservato le cortecce piegate a fisarmonica scivolare dentro e fuori dalle labbra delle squaw, che spaziavano i morsi al ritmo di un canto tradizionale, come se i disegni fossero note. Isobel espose la corteccia alla luce per distinguerne i motivi floreali. Non aveva mai saputo esattamente il nome di quell'arte artigianale, ma ne aveva inventato uno nel suo linguaggio infantile: *merletto a bocca.*

Mise da parte la corteccia e le piume e raccolse la fattura, cui era spillato un cartoncino sul quale era disegnata la stessa silhouette delle sue scatole per cappelli. Sopra c'era scritto:

ORDINE SOCIALE

12 DOZZINE DI COPERCHI RIFINITI, DIAMETRO 18 POLLICI

RIFINITURE DORATE
DISEGNO FORNITO DAL CLIENTE – DA RISPEDIRE
IMPRESSIONE IN RILIEVO DEL MOTVO: $ 175
SCATOLE GREZZE: $ 75
TOTALE: $ 250

Davanti all'ammontare del conto rimase a bocca aperta. Sollevò il biglietto per esaminare la silhouette che Cathryn aveva disegnato con inchiostro nero.

Come aveva potuto non accorgersene? Era il suo stesso profilo, senza ombra di dubbio. Cathryn si era presa la libertà di rappresentarla con un'acconciatura più elegante di quella che portava normalmente, ma il viso e il collo, la fronte alta, il naso regolare, il sottile labbro superiore erano certamente i suoi.

Non poteva piangere, ora. Non c'era tempo.

Dopo aver rimesso lo schizzo e la fattura nella cartella, prese l'ultimo oggetto: un taccuino rilegato in cuoio sottile con le pagine a righe, metà delle quali erano riempite con la minuta grafia di Cathryn. Una pagina su due era adorna di disegni e schizzi.

Le prime pagine descrivevano l'arrivo a Cypress. Nel loro tono Isobel percepì una punta di irritazione, come se Cathryn fosse andata a viverci controvoglia.

L'unico vantaggio di questa strana bicocca a Granite Point è che è al riparo da occhi indiscreti. Sono contenta che Liam non abbia affittato una casa in città, ma perché non mi ha lasciato restare a Oak Park?

Alcuni brani non erano redatti in forma completa e si limitavano a riportare occasionali riflessioni e frammenti di pensieri incompiuti, senza senso. Su queste pagine la penna era stata premuta con forza e le lettere quasi bucavano il foglio. Alcune frasi erano state cancellate con un rabbioso tratto di penna.

Nella parte centrale del diario la scrittura era più lucida. C'era una descrizione molto simpatica di Louisa e alcuni rapidi cenni sugli scorci migliori della città, accanto a una lista di luoghi che meritavano di essere ritratti: il vecchio teepee a Chalmer's Point, un capanno di pescatori abbandonato vicino all'approdo, una fattoria finlandese a sud della città. Dopo due pagine mancanti, seguiva una breve descrizione di Isobel.

L'incantevole modista dalle mani di fata, che non canta come un usignolo ma che sa fare qualsiasi altra cosa, o quasi. Invidio il suo talento, il suo cuore semplice.

Nessun accenno a Jack, eccetto un passaggio oscuro.

Oggi ho rischiato di morire. Stavo per essere uccisa. Mi sono svegliata in un posto, e ora mi addormento in un altro mondo, in un luogo completamente diverso.

Tutte le pagine seguenti erano state strappate.

Isobel si lasciò cadere il diario in grembo. Non forniva alcun indizio su dove potessero trovarsi in quel momento. Non c'era niente da comunicare allo sceriffo. Né a Liam.

Sospirando, appoggiò la testa contro l'armadio. Doveva trovare qualcosa da mangiare per Louisa. Non aveva preparato la colazione, non riusciva a pensare al cibo. Girò pigramente il libro tra le mani.

Notò che il retro della copertina era leggermente più spesso che sull'altro lato. Premendola, sentì un rigonfiamento sotto il cuoio. Passando un'unghia lungo il bordo, lo scollò agevolmente scoprendo un sottile foglio di carta da lettere. Aprì interamente il lembo. Estrasse con delicatezza la lettera e la spiegò. La calligrafia era la stessa della scritta CATHRYN impressa sulle buste contenenti le piume e la corteccia di betulla.

Era di Jack.

Isobel stese la lettera sul pavimento e trasse un sospiro profondo.

Una tipica lettera d'amore, enfatica, quasi imbarazzante.

Mia adorata, fino a un mese fa la mia vita era destinata a rimanere ordinaria. Per quanto lo cercassi, lo splendore mi sfuggiva...

Isobel scorse velocemente la pagina, fino alla fine.

... Un'esistenza può essere sconvolta in un istante, come è successo alla mia quando i nostri destini si sono uniti.

È accaduto tutto così in fretta, ma nella mia mente quel momento è fluido e lento come un sogno. Avevo appena imboccato la curva. Guidavo troppo veloce, ne ero consapevole. E tutto d'un tratto tu eri là. Ti ho vista e la tua immagine si è impressa a fuoco dentro di me. Rivedo ancora la scena, in un alone di colori surreali. Il rosso della bicicletta, il bianco delle tue mani, il verde accecante degli alberi sullo sfondo. Ho registrato in un istante il tuo atteggiamento, il rossore del volto, la ciocca di capelli incollata dal sudore lungo la guancia. Ricordo di essere rimasto sorpreso da quel dettaglio, così preciso. C'era della polvere sulla tua gonna blu, che aveva un motivo a collinette sull'orlo. Avevi le labbra socchiuse. Sono rimasto meravigliato dalla tua espressione: non era di terrore, ma piuttosto di contrarietà, come se avessi smarrito qualcosa. Ma i tuoi occhi dicevano altro. Erano gli occhi di una donna che stava per morire. Eppure, quando hanno incrociato i miei, vi ho letto soprattutto la pietà.

Saresti rimasta uccisa, di questo non avevo dubbi, ma ho capito anche che stavo guardando negli occhi il mio destino. Il camion ti avrebbe investita, non c'era niente che potessi fare per impedirlo. Nella frazione della frazione di un secondo ho preso una decisione: dopo averti investita avrei spinto il piede sull'acceleratore, deliberatamente girato il volante e deviato verso il burrone per morire anch'io. Il mio unico rimpianto era che saremmo morti separatamente, tu stesa lassù di traverso sulla strada e io giù, in mezzo a rocce e boscaglie di pini. Volevo che il nostro sangue si mescolasse nella morte, non potevo sopportare che la nostra fine non fosse simultanea, che tu mi precedessi, anche solo di un istante.

Ma il camion si è fermato. Ci ho pensato a lungo, innumerevoli volte, e non riesco a dare alcuna spiegazione logica di come un veicolo di due tonnellate spinto al massimo su un pendio ghiaioso abbia potuto bloccarsi così di colpo. È un mistero. Intervento del destino? Rinvio della fine? Mi chiedo a cos'altro dobbiamo ancora sfuggire. Non interrogherò mai più la sorte.

In Delirium Amoris.

Jack

Isobel rabbrividì nel leggere quella locuzione latina. C'era una frase aggiunta in fondo con la grafia di Cathryn: *Che altro posso fare di fronte a tali rivelazioni, se non sentirmi impotente? E consenziente. Disposta ad andare ovunque insieme a te. Ovunque.*

Isobel rilesse la lettera. "No", disse a voce alta, mentre le sue parole echeggiavano nello spazio angusto del magazzino. "Non basta. Non prova niente." Rimise il foglio nel suo nascondiglio premendo il bordo per incollarlo di nuovo.

"Niente."

Nascose la cartella nell'armadio in fondo alla stanza.

15

"Credi davvero che Cathryn fosse impotente come diceva?"

Isobel rifletté un istante. Dopo un po' si voltò verso suo figlio. "Una volta vidi un programma alla televisione, credo sia stato nel periodo della guerra nel Vietnam, una specie di tavola rotonda. Chiesero a quattro uomini famosi e rispettati la loro personale definizione di potere. Lo scrittore citò la bellezza, il generale il coraggio, il rabbino la pazzia e l'uomo d'affari i soldi. Questo risponde alla tua domanda?"

"Credo di sì."

"Jack e Cathryn mi hanno dato qualcosa, quell'estate, qualcosa che perfino ora non riesco a definire. Una prospettiva differente, una coscienza più aperta e consapevole della vita. Fu come se avessero lasciato aperta una porta – forse proprio quella attraverso cui erano evasi – e io fossi rimasta davanti a questa apertura vuota dalla quale un vento che trasportava tutto il fragore e l'essenza della vita venne a travolgermi."

Thomas faceva rotolare la penna avanti e indietro sul piano del comodino accanto al letto.

"Dopo, non potevo ignorare più niente. Dopo di loro la vita divenne più vasta, o almeno così parve a me."

Thomas aprì la bocca per fare una domanda, ma lei continuò: "Era tutto più facile, prima. Sotto molti punti di vista. Non mi ponevo molte domande".

Isobel si batté la mano sulla tempia. "La memoria. Un congegno sorprendente, vero? La maggior parte di ciò che cerco di ricordare ora mi giunge come un'immagine sfocata. Devo rovistare per tirar fuori le cose più semplici: un numero di telefono, se ho preso o no le pillole, il nome di una strada percorsa centinaia di volte. Ma alcuni ricordi irrompono spontaneamente dal nulla, come apparizioni. Trasparenti come vetro, più netti e dettagliati man mano che invecchio. Non è strano?" La sua voce giungeva sfalsata, come se la tenda a ossigeno differisse le parole.

Thomas sussurrò: "Non è poi così strano, credo".

"Riesco a ricordare ogni sfumatura, ogni angolazione della luce in certi momenti. L'improvviso alzarsi della nebbia sul lago dopo una tempesta, la sensazione della mano di tuo padre sulla mia caviglia mentre stavo in piedi sulla vecchia Ford. La volta che tu cadesti da quel grande acero in giardino! Pensavo che ti fossi rotto l'osso del collo!" Ansimò e allungò la mano sotto la plastica per toccargli il gomito dove era stato inserito il chiodo. "Ero in cucina, quando ti sentii gridare. Ricordo persino il rumore dei miei piedi che martellavano l'assito del portico, il verde dell'erba su cui eri steso, il fatto che il trifoglio vicino alla tua testa era in fiore e che il fiore era bianco come il tuo viso. Non osavo toccarti. Mi accovacciai per appoggiarti l'orecchio sul cuore, ma proprio in quel momento apristi gli occhi e mi guardasti, me lo ricordo molto chiaramente, e dicesti: 'Batte, mami, non preoccuparti. Non è il mio cuore che si è rotto, faresti meglio a dare un'occhiata al braccio'."

Thomas sogghignò. "Spezzato nettamente in due come un ramoscello. Ti ricordi la fascia blu che mi facesti, intonata alla mia uniforme da scout?"

Isobel aggrottò la fronte. "Non sei mai stato uno scout. Quello era Henry."

"Sì, io..." Si interruppe e chinò la testa. "Non importa."

"Sei stato qui tutto il giorno?"

"No. Non tutto il giorno. Stamattina ho lavorato."

"Pensavo che fossi andato in pensione."

"Infatti. Venerdì scorso."

"Oh, la tua festa di addio. Com'è andata?"

“È stato imbarazzante.”

“Oh, e il… cos’era? Il karaoke? Ti hanno fatto cantare?”

Raccolse la penna e la fece ciondolare tra le dita come la sigaretta di Sinatra. “Vuoi sentire?” Afferrò nell’aria un microfono immaginario e cominciò a cantare. “*I’m gonna waaake up… in a city that neeever sleeps…*”

“Basta, basta.” La flebile risata di Isobel si trasformò in un accesso di tosse. “Sei dotato nel canto, proprio come me.” Sprofondò nel cuscino, come trascinata dal peso della testa.

“Sei orgogliosa di me, eh?” Thomas tamburellò sulla plastica. “Ora dovresti dormire.”

“Dove te ne vai?”

“Ho alcune commissioni da fare.” Si piegò sulle sbarre del letto. “A proposito, domani non potrò venire. Sarò fuori città tutto il giorno.”

“Dove?”

Infilò la mano sotto la tenda e le rimboccò il lenzuolo sopra la spalla aguzza. “A Chicago, devo fare dei giri in città e fuori. Tornerò domani sera.”

Gli afferrò la mano, colta da un’ansia improvvisa. “Domani sera?”

“Non preoccuparti.” Lui ritirò la mano delicatamente. “Starò via solo un giorno.”

Isobel trasse un profondo sospiro. “D’accordo. Ti aspetterò.”

“Cosa vuol dire che mi aspetterai?” La guardò, ma lei girò la testa senza rispondere. Si diresse alla porta.

“Buona notte, mami.”

Alle quattro arrivò lo sceriffo. Si lasciò cadere su una sedia e, dopo essersi tolto il cappello, si asciugò la fronte con il dorso della manica sudicia. Isobel gli offrì un bicchiere d’acqua fresca, che lui scolò in sorsate rumorose.

“Signora Howard, ora ho due squadre di ricerca là fuori e il servizio forestale farà venire altri due camion pieni di uomini da Duluth." La guardò negli occhi e diede un'alzata di spalle. "So che lei non ha niente a che vedere con questo pasticcio, ma certa gente pensa che lei sappia qualcosa, dal momento che era così amica di Cathryn Malley."

Isobel deglutì: "Il fatto che fossi sua amica non significa che io sappia dove si trovi".

"Malley ieri è stato qui, vero?"

"Be', sì, ma solo per qualche minuto."

"Cosa voleva?"

"Cercava Cathryn, naturalmente."

"Nessuno l'ha più visto da ieri, non c'è traccia della sua macchina. Non s'è visto neppure su alla miniera." Lo sceriffo guardò con attenzione il bicchiere d'acqua che aveva appena vuotato. "Alcuni pensano che Liam Malley sappia qualcosa, o che perfino abbia fatto qualcosa."

"Fatto qualcosa? Cosa?"

"Forse qualcosa di brutto, come uccidere sua moglie, e anche Jack Reese. Che ne pensa?"

"È ridicolo." Isobel incrociò le braccia, serrandole strettamente contro il petto. "Non ha ucciso nessuno."

"Come fa a esserne così maledettamente sicura?" Lo sceriffo si alzò in piedi, le si avvicinò e appoggiò la mano alla parete sopra la sua testa. L'odore di tabacco rancido e sudore le diede la nausea.

"Ne sono certa..." Esitò. "Ne sono certa perché so che il signor Malley non si dava pensiero che per sua moglie."

"Si dava?"

"Si dà."

"Be', non so molto dei rapporti tra il signor Malley e sua moglie, eccetto naturalmente che lei faceva la puttana in giro alle sue spalle."

Isobel gli lanciò uno sguardo furioso. "La *puttana*?"

Lui annuì. "Vede? Sono al corrente di quello che c'è tra Reese e la signora Malley, o di quello che *c'era*. È l'unica cosa che so per certo." Si asciugò il collo con un fazzoletto sporco. "L'altra cosa di cui sono sicuro è che lei è l'unica a sapere cosa intendessero fare. Il loro piano, insomma. Adesso le farò una semplice domanda, voglio solo che mi dica sì o no. Ha idea di dove possano essere Cathryn Malley e Jack Reese in questo momento?”

Isobel vide Louisa in un angolo, che li fissava con le mani dietro la schiena. Stava addossata alla finestra come se volesse diventarne parte.

Isobel scosse il capo e si sforzò di guardarlo negli occhi. La risposta uscì in un fioco sussurro: “No”.

“Nessuna idea? Neppure una teoria?”

“Sceriffo Graham, lei ha visto troppi film polizieschi.”

Lui sogghignò. “Non c’è bisogno di essere sprezzanti. Bene allora, lasci che le esponga alcune delle mie personali teorie. Veda se una di queste le sembra plausibile.” Si diede un colpetto sulla narice. “Pensa che siano scappati insieme?”

“Vuole veramente che risponda a questa domanda? Perché non sono in grado di...”

“La barca di Jack è scomparsa.”

“E allora?”

“Non crede che questo sia un dettaglio rilevante?”

Lo fissò senza rispondere.

“D’accordo, proviamo questa. Annegati?”

Isobel si strinse nelle spalle. “Nuotavano entrambi molto bene.”

“Smarriti nei boschi?”

“Jack? Smarrito?” Scosse la testa, come se tale ipotesi fosse di una clamorosa stupidità.

“Allora ci ha pensato. Forse sono morti entrambi. Forse potrebbero... ah... essersi suicidati?”

Si scostò da lui, scivolandogli sotto il braccio e facendo sì che il bancone si interponesse tra loro. Per un attimo pensò che lui tendesse la mano per tirarla verso di sé e costringerla a guardarlo. Le lacrime che aveva trattenuto per tutta la mattina cominciarono a inondarle il viso.

“Potrebbe essere una qualsiasi di queste eventualità, suppongo”, disse infine.

Lo sceriffo grugnì. "O nessuna."

Isobel incrociò le braccia. "Giusto. O nessuna." Evitò di asciugarsi il viso con la mano. Non voleva che lui vedesse il suo dramma.

"Capisce il significato del termine 'complicità'? Capisce che è un crimine?"

Lei lo guardò, furiosa.

"Avrei potuto trascinarla giù alla stazione di polizia, sa? Avrei potuto interrogarla là. Ma non l'ho fatto per riguardo a Victor." Si voltò. "Signora Howard, se ha notizie dell'una o dell'altro, mi chiami, d'accordo? E anche se le torna in mente qualcosa che possa essere utile."

Chiusa a chiave la porta, Isobel andò in bagno e vomitò. Quando Louisa infilò la testa nel vano della porta, si stava lavando il viso.

"Mami! È ora di andare a casa. Per favore, andiamo?"

Uscendo dal negozio, si accorse che tutti la scrutavano distogliendo lo sguardo subito dopo. Percorse Main Street a testa bassa, camminando a passo spedito, con Louisa che le saltellava accanto per non restare indietro.

La via era invasa di gente: volontari dai volti sconosciuti erano sbarcati in città; una squadra di ragazzi era giunta dall'Arrowhead Camp per dare una mano nelle ricerche; da Minneapolis e St. Paul erano arrivate frotte di giornalisti. Le strade secondarie erano intasate di auto. Entrambi gli alberghi erano pieni e vicino al palco dell'orchestra erano state sistemate delle tende per ospitare le squadre in eccesso.

Isobel infilò un vicolo e camminò fino al confine della città, stringendo la mano di Louisa. Si arrampicarono sulla collina percorrendo il sentiero erboso tracciato dal continuo passaggio dei bambini.

Davanti a sé videro un gruppo di minatori gallesi aggirarsi sul pendio dietro le baracche dei finlandesi. Il fumo che saliva dalle pipe e dalle sigarette si raccoglieva in un'unica colonna.

Uno di loro gridò: "Eccoli!"

Isobel abbandonò il sentiero e andò a nascondersi dietro una pianta di sommaco, riparando Louisa col proprio corpo. Ma gli uomini si erano girati da un'altra parte. Sporse la testa e li vide gesticolare, non nella sua direzione ma verso una dozzina di minatori finlandesi che dalle loro file di case blu e grigie scendevano a zigzag per il viottolo ripido. Incontratisi sul pianoro, i due gruppi si unirono e cominciarono a parlare. Erano troppo lontani perché Isobel potesse distinguere le parole.

Uno straniero corpulento con un cappello floscio in testa salì ansimando su per la collina, senza prestare attenzione a Isobel e Louisa. Avanzando goffamente verso gli uomini, passò talmente vicino a Isobel che lei riuscì a sentirne il respiro affannato, a captarne l'odore di sudore. L'uomo imprecò quando la voluminosa macchina fotografica gli sbatté contro il fianco e il soffietto dell'obiettivo uscì fuori pronto per l'uso.

Si fermò qualche metro più avanti dal loro nascondiglio, si asciugò la fronte, e chiamò a gran voce il gruppo di uomini.

"Siete stati in giro, ragazzi? A cercare i piccioncini?"

Gli uomini si girarono in un unico movimento e scesero giù per la collina, formando una fila che serpeggiò lungo il sentiero. Nessuno rispose al fotografo finché non gli furono quasi addosso. Passando uno dei finlandesi urtò la macchina fotografica. "Non è loro che cerchiamo, ma il marito."

"Malley?" L'uomo balzò di lato seguendo la fila di uomini. "Liam Malley? Diavolo, si è volatilizzato anche lui?"

Camminavano a lunghi passi e l'uomo non riusciva a star loro dietro. Si fermò, aprì un taccuino ed estrasse un mozzicone di matita dalla tesa del cappello. "Ehi, qualcuno di voi sa come si scrive Malley? Con la *e* o solo con la *y*?"

Uno dei minatori, passandogli accanto, indicò con la testa il sommaco e Isobel. "Chiedilo a lei."

Seduta al tavolo, Isobel osservava Louisa preparare del tè freddo. "Sei sicura di non volere niente da mangiare, mami?"

Isobel fece un cenno di diniego.

Louisa si sedette e mangiò un panino improvvisato fatto con due fette di pane diverso. Un pezzetto di burro e qualcosa di colore biancastro scivolarono fuori da una parte.

Isobel rabbrividì. "Cosa ci hai messo dentro?"

Louisa si pulì le labbra e le mostrò il panino. "Uovo sodo e insalata di cavolo. Ne vuoi un po'?"

Isobel portò fuori il tè nel portico della cucina. Si lasciò cadere sulla sedia a dondolo di vimini, facendola scricchiolare. Cominciò a dondolarsi, lo sguardo perso sul giardino.

Victor avrebbe saputo cosa fare.

Come avrebbe potuto spiegargli...

Pensò di trovare qualcuno che andasse a prenderlo, per ricondurlo a casa quella notte stessa. Ma tutti gli uomini e i ragazzi disponibili erano fuori a cercare Jack e Cathryn. E Liam.

Strinse i pugni sulle ginocchia.

Si bloccò in quella posizione, immobile sulla sedia. *Dove potrebbero essere?* Provò a ricordare ogni parola udita per caso che potesse fornirle qualche indizio: posti di cui Jack o Cathryn avevano parlato, occasionali osservazioni su città o luoghi interessanti che avevano visto o desideravano vedere.

Si premette le nocche contro le tempie, come se quel gesto potesse portarle una qualche rivelazione.

Quando fuori fu completamente buio, si spostò nel soggiorno e accese una lampada. Sedette sul divano e riprese le sue elucubrazioni lì dove le aveva interrotte. La testa le pulsava. Louisa si era distesa sul tappeto del soggiorno e leggeva un libro, acciambellata intorno a un cuscino.

Isobel doveva aver dormito, almeno per un po', perché la notte che aveva contemplato dalla finestra era chissà come scivolata via e l'orologio sopra il camino batteva le cinque.

Un po' intontita, si alzò per coprire con uno scialle Louisa, che dormiva sul tappeto. Zoppicò fino in cucina per farsi un caffè. Aveva un piede intorpidito e diede un calcio contro la gamba della stufa per fargli riacquistare sensibilità. Il suo vestito era tutto spiegazzato. Versò l'acqua, macinò i chicchi, passandosi le dita tra i capelli sporchi e raccogliendoli dietro la nuca. Restò a guardare il pulsante di vetro della caffettiera, in attesa che il caffè filtrasse. Tenendo in bocca delle forcine, con una mano trattenne la coda e usò l'altra per appuntarsela sulla testa. Il campanello della porta suonò.

Cathryn? Si precipitò, slittando con le calze ai piedi sulle mattonelle dell'atrio. Armeggiando con la serratura, gridò: "Andiamo, *andiamo*!" Aprendo la porta singhiozzò: "Cathryn!"

Lo sceriffo Graham la guardò con occhi stanchi. Alla sua sinistra un giovane assistente sbadigliava strofinandosi i peli della barba. Isobel si accasciò contro lo stipite della porta. L'aspetto dei due uomini lasciava intuire che erano rimasti fuori tutta la notte. Guardò prima l'uno poi l'altro, e riuscì infine a chiedere: "È tornata? L'avete trovata?"

Lo sceriffo si tirò il lobo dell'orecchio con le dita sporche di fuliggine. "No. Ma abbiamo trovato Liam Malley, signora Howard."

"Dove?"

"Nei boschi, ai piedi della torre di controllo. Morto."

"Morto?" Isobel barcollò.

"Mami?" Louisa si era avvicinata silenziosamente, strofinandosi gli occhi.

"Dentro, tesoro. Torna dentro." La voce le morì in gola mentre allontanava la bambina e chiudeva la porta dietro di lei.

"Come? Com'è morto?"

"Non lo so, signora." Sul volto dello sceriffo non c'era traccia di emozione. "Forse è caduto. Potrebbe essere stato spinto. O essere saltato giù di sua spontanea volontà."

"Per favore... per favore, può portar via questa tenda?" Aveva chiamato l'infermiera e stava graffiando con le dita deboli la plastica.

L'infermiera si piegò a rimboccargliela sotto il materasso dal lato in cui era uscita di posto. "Il dottor Hertz ha detto che deve tenerla, dato che non vuole la maschera."

"Non mi importa cos'ha detto." Diede una manata alla plastica. "Mi sento imprigionata, qui sotto! Se non me la toglie lei, lo farò io!"

La donna sospirò. "Bene, ma questo significa che dovrà tenere di nuovo la maschera o i tubicini. A lei la scelta."

"Non m'importa. Non m'importa. Per favore, me la tolga."

A quel tono di supplica, l'infermiera esitò. Guardò il volto grinzoso e, sollevando un angolo della plastica, le fece scivolare un fazzoletto nella mano.

"Tenga. Si asciughi gli occhi, cara."

Victor le raccontò che avevano trovato un passaggio da Chalmer's Point su un camion del servizio forestale. Mentre si arrampicavano sul pianale nel retro, trascinandosi dietro i loro fagotti di canapa, aveva osservato i suoi figli vedendoli come li avrebbe visti lei, al loro ritorno. Thomas, senza un dente di latte davanti, aveva perso molto dell'adipe infantile. Henry era cresciuto di cinque centimetri. Entrambi avevano bisogno di un taglio di capelli, e la frangia schiarita dal sole che spioveva sui loro occhi aveva assunto il colore del platino. I loro volti erano scuri come burro bruciato. Gli occhi di Thomas risaltavano più verdi che mai. Braccia e gambe erano piene di lividi, graffi e punture di insetti. Aveva rattoppato e lavato i loro indumenti meglio che poteva, ma non c'era stato niente da fare contro gli strappi e le macchie di bacche e di grasso di pancetta affumicata. Sollevando Thomas per farlo salire sul camion, gli diede un rumoroso bacio sulla guancia. Il bambino rise strofinandosi energicamente dove la barba l'aveva sfiorato: "Papà! Mi fai il solletico!"

I loro corpi si erano lasciati dietro il pallore e la rotondità di quando erano partiti e, pur cenciosi e graffiati com'erano, i ragazzi apparivano sorridenti e in salute.

Victor si arrampicò nella cabina accanto al giovane guardaboschi al volante e tese il braccio abbronzato fuori dal finestrino per sentire la brezza.

"Abbiamo sentito l'odore di fumo per tutto il viaggio di ritorno dall'isola, due notti fa. Voi ragazzi avete avuto parecchio da fare, eh?"

"Merda, era solo un fuoco di bivacco, Vic. Siamo stati fortunati con il vento, abbiamo perso soltanto diciotto acri a Granite Point."

Indicò col capo i camion allineati sulla darsena, gli uomini, le lunghe barche dallo strano paranco. "Allora perché tutti questi uomini in giro?"

Il guardaboschi lo guardò di traverso. "Puoi tirar su il finestrino, Vic? È meglio che i bambini non sentano."

Nello stretto magazzino Isobel spingeva avanti e indietro la scala lungo il suo binario per distribuire meglio l'olio che aveva applicato alle ruote in modo da renderle più scorrevoli. Louisa la guardava, seduta sul pavimento in fondo alla stanza.

Isobel stava pensando a quando Jack e Cathryn l'avevano portata sulla torre di guardia. Cathryn era salita molto più in alto di lei, fin quasi in cima. Senza paura, con la sicurezza di uno spazzacamino, fino a quell'ultimo gradino, leggermente più alto degli altri a causa della botola soprastante. Era inciampata, rischiando di precipitare oltre la bassa ringhiera: Jack l'aveva afferrata appena in tempo.

Una volta arrivati in cima, Jack aveva spiegato che la memoria fisica subcosciente era così potente, così precisa nei suoi calcoli, che bastava salire due o tre gradini perché l'equazione fosse registrata dal cervello. Incontrandone uno di misura leggermente differente, chiunque sarebbe inciampato su quella frazione di spazio non riconosciuta dalla sollecita memoria del corpo.

Isobel lo ascoltava, aggrappata al tubo della stufa nel centro della stanza, in preda al senso di nausea che le dava l'oscillazione della struttura.

Cathryn si sporgeva dalla finestra, come in segno di sfida, con le braccia spiegate a volo d'aquila, e ammirava il panorama che le si stendeva davanti, esultante: "Non è magnifico?"

Liam doveva essere caduto. Ecco cos'era stato. Un incidente. Era andato a cercare Jack e Cathryn alla torre, si era arrampicato di corsa, al buio, ed era inciampato in quell'ultimo scalino diverso dagli altri.

Da questo a dire che era stato spinto... Isobel scosse la testa. Lo sceriffo aveva perso la ragione. Era un'assurdità. Liam Malley era un uomo ben piantato, agile. E forte. L'idea che qualcuno lo avesse spinto giù dalla torre era davvero idiota. E chi poi? Non Jack Reese. Ancora meno Cathryn.

Saltato giù? Altra sciocchezza. Liam era troppo assennato. Ci sarebbe voluto molto di più che il tradimento della moglie per costringerlo a fare una cosa simile. Era cattolico osservante e sapeva bene che il suicidio era un peccato mortale.

Per di più le ricerche erano appena iniziate. Liam non avrebbe mai perso le speranze così presto. C'erano ancora buone probabilità di ritrovare Jack e Cathryn. A meno che lui non fosse certo del contrario. L'immagine dei suoi occhi imploranti le insinuò una scheggia di dubbio nella mente. *L'amo, sa.* Ma Isobel ricordò che si era immediatamente corretto: *L'amavo.*

La voce sgarbata dello sceriffo le ronzava nelle orecchie. *Ha ucciso sua moglie e ha ucciso Jack Reese.* Le nocche le si sbiancarono mentre stringeva la scala. No. Assolutamente no. Impossibile.

"Mami, per favore! Smettila."

Isobel alzò gli occhi, sorpresa. "Ho quasi finito."

"Ma è tutto il giorno che spingi quella scala. Hai consumato il pavimento."

"Davvero?" Provò di nuovo la scala, spingendola con la punta delle dita in modo da farla scivolare velocemente fino in fondo alla stanza.

"Che ore sono, Lu?"

"Le cinque. Possiamo andare?"

"Va' avanti tu." Si pulì le mani nello straccio unto. "Io verrò fra poco e ti preparerò qualcosa da mangiare."

"È la terza volta che me lo dici. Ho fame."

"Va bene, va' a casa e fatti un panino."

La bambina si alzò, pulendosi la gonna dietro. "Mami, i suicidi vanno in paradiso?"

Isobel trasse un lungo respiro. "Non lo so, Louisa."

"Ma, allora, il signor Malley? Non sappiamo se è in paradiso… o all'inferno?" sussurrò sgranando gli occhi.

Isobel si diresse verso di lei, facendo scivolare il palmo della mano sulla superficie del bancone per tenersi salda. Attirò a sé il corpicino della figlia, soffocando un singhiozzo.

"Il signor Malley era buono. Era un uomo buono. Sono sicura che è in paradiso."

Le piccole braccia di Louisa circondarono la vita della madre. "Anche Cathryn è in paradiso?"

Isobel si sciolse dalla sua stretta e si inginocchiò.

"Cathryn non è in paradiso e neppure all'inferno."

"Ma lo sceriffo ha detto…"

"Non farci caso. Lui non sa niente."

"Ma tu come lo sai?" Gli occhi della bambina si riempirono di lacrime.

"Lo so perché lo so. Se fossero morti, io lo saprei." Le asciugò dolcemente le lacrime.

"Come?"

Si premette la mano della figlia sul cuore. "Lo saprei qui."

Prima di andarsene, Louisa aveva tirato su le tende: la luce del crepuscolo inondava la stanza. Isobel lasciò il magazzino, si lavò le mani e si sedette nel negozio. I lavori delicati erano da escludere: tremava troppo. Ma ebbe l'impulso di tenersi occupata, sperando che il lavoro la calmasse, quietasse quello strano tumulto che le si agitava dentro. Cercò di concentrarsi sul berretto che stava foderando, sapendo benissimo che avrebbe finito per strappare l'orlo per ricominciare da capo più tardi. Il raso si increspava sotto la sua mano, l'ago mancava puntualmente il segno. Pensò al turbine di attività a Granite Point. Gente che scavava nelle macerie in cerca di ossa. Immaginò le grandi travi del cottage crollare come una colonna vertebrale, un vascello che naufragava in una foresta bruciata. Volute di fumo come sottili punti interrogativi nell'aria. Uomini esausti che perlustravano i boschi, dragando inutilmente il lago. Poteva fermarli con una sola parola allo sceriffo.

Potrei far cessare tutto.

Aveva di nuovo frugato nella cartella di Cathryn. Non riusciva a credere di non averlo visto prima. Dopo aver aperto al massimo la cartella, l'aveva capovolta scuotendola. La fede d'oro le era rimbalzata in grembo. Ora l'anello era nella tasca del suo vestito e quel peso impercettibile le premeva sulla coscia.

"Potrei fermare tutto ora."

Toccò l'anello attraverso la stoffa. Poteva davvero?

Forse non erano scappati. Forse erano morti. Forse avrebbero trovato i corpi.

Ebbe la sensazione che le avessero scorticato il palmo delle mani.

Victor rimase per un lungo momento fuori dal negozio prima di bussare alla vetrina. Il lieve tamburellare delle nocche sul vetro fece trasalire Isobel, che per poco non lasciò cadere il berretto.

Se rimase sorpreso da ciò che vide – le file di cappelli, la nuova insegna, l'ordine inusuale – non lo diede a vedere. Isobel lo guardò, tenendo l'ago sempre sospeso, preparandosi al peggio mentre lui entrava dalla porta. I suoi occhi blu brillavano pallidi sotto la tesa del cappello. Quando si voltò, vide che aveva il collo scuro, eccetto la falce di luna chiara sotto il ciuffo ribelle, come se si fosse appena tagliato i capelli.

Entrò con circospezione. Studiò la stanza senza dire una parola, osservando le aggiunte che vi erano state apportate: il tavolo da imbastitura, gli acquerelli incorniciati, i rotoli di tessuto etichettati, le cataste di scatole per cappelli. Sollevò uno dei coperchi per esaminare la silhouette, poi alzò gli occhi e guardò Isobel paragonando i due profili. Alzò le sopracciglia in segno di approvazione. Dopo aver rimesso a posto il coperchio con cura, tolse il berretto e l'ago dalle mani della moglie e le appoggiò le mani abbronzate sulle spalle.

"Ciao, Izzy."

Quando lei cominciò a singhiozzare, la cinse con le braccia e la cullò, sussurrando: "Ecco la mia ragazza. Ecco la ragazza che ho sposato".

Isobel lo strinse forte, cercando di parlare tra i singhiozzi: "Victor, io… tu non lo sai. Cathryn, la donna che… la mia amica, e quell'uomo, Jack…"

"Calmati, Isobel, lo so. So tutto. Sono appena stato dallo sceriffo."

"Mio Dio." Scosse la testa. "Che cosa ho fatto?"

16

Isobel testimoniò nell'inchiesta sulla morte di Liam Malley. Victor le stette accanto mentre lei dava risposte più stringate possibile: *Sì, vostro onore* o *No, vostro onore.*

Riportò i fatti nudi e crudi. Non si tolse il cappello né i guanti bianchi.

Finito l'interrogatorio, Victor la condusse tenendola per mano fino alla chiesa di Nostra Signora del Lago, dove lei accese una dozzina di candele per l'anima di Liam. Alla porta esitò, poi tornò indietro e ne accese un'altra dozzina per Cathryn e Jack. Dovunque essi fossero.

Arrivati a casa, Victor le versò del gin liscio, che lei bevve in un sorso solo ancor prima di posare la borsetta. Parlò del funerale di Liam, che sarebbe stato celebrato nella cappella di Nostra Signora.

Victor esitò. "Forse faresti meglio a non andare, Iz."

"Non posso."

"Malley non aveva molti amici, ma suppongo che quei pochi non siano ben disposti nei tuoi confronti. I minatori sono una confraternita molto unita."

"Danno la colpa a me?"

Evitò di guardarla. "Be', non parlerei proprio di *colpa.*"

"Chiamala come ti pare, Victor: colpa, responsabilità. Io ci sono dentro. Se non andassi al funerale, darei l'impressione che la cosa non mi importi. E poi devo farlo. Lo devo a Liam."

Era possibile che Cathryn sapesse quello che era successo

e se ne stesse lontana? In un certo senso la mancanza di notizie era rassicurante per Isobel. Significava che Cathryn e Jack erano sani e salvi, ignari, e che stavano cominciando una nuova vita da qualche parte.

Non c'era nessuna bara. Il corpo di Liam era stato trasportato a Chicago. Isobel non poté fare a meno di chiedersi a chi fosse stato restituito. Dopo la breve cerimonia, i presenti furono riuniti nella sala da pranzo dell'hotel Vermilion per uno spiacevole intrattenimento in cui fu servito il caffè. Victor le rimase accanto, e non fu così terribile come Isobel si era aspettata. Doveva solo riuscire a sostenere lo sguardo di tutti senza crollare.

Affidò a Louisa il grammofono e i settantotto giri di Cathryn. Rimise la fede avvolta in un fazzoletto nella cartella di Cathryn, che ripose in un angolo della soffitta. Avrebbe conservato quelle cose per lei. Per il suo ritorno.

"Non è finita, vero?" Si premette al corpo di Victor, nel loro letto.

Lui la strinse contro di sé, cercando di scaldarle la schiena gelata. "No. Purtroppo no."

Guardarono le ombre degli alberi proiettate sul soffitto e ascoltarono i suoni dell'estate smorzati dalla brezza.

I bambini tornarono a scuola. Ogni mattina, dopo che erano usciti, Isobel aspettava a casa l'arrivo della posta. Di Cathryn nessuna notizia. Sapeva che aveva una sorella a Toledo. Per una settimana provò e riprovò le parole da dire, infine trovò il coraggio di cercare il numero. L'operatore disse che il telefono era staccato e che non c'era un altro numero a cui inoltrare la chiamata. Provò a casa di Cathryn a Oak Park. Rispose un agente immobiliare incaricato di venderla, mobili compresi. Non voleva dire chi gli avesse conferito il mandato, aggiunse che l'informazione era "riservata", ma infine cedette alle sue preghiere e le disse che era stato ingaggiato dal signor Colin Malley, domiciliato a Cork, in Irlanda. L'agente aveva una voce effeminata e arrogante. "Credo sia il padre del defunto. Il mio cliente è un signore di una certa età, e di salute precaria. Sarebbe preferibile non scombussolarlo ulteriormente."

Riprese ad andare in negozio ogni mattina. Era meglio lavorare. Meglio sedere accanto a Victor e tenere le mani occupate.

I sommachi lungo la strada al confine della città annunciarono l'autunno, virando a un colore scarlatto quasi dal giorno alla notte. Venti freddi portarono giorni di pioggia continua finché l'acqua torbida riempì canali e fossati e inondò i prati color del fieno tingendoli di verde per l'ultima volta. All'uscita della città, il segnale di PERICOLO D'INCENDIO fu abbassato per la prima volta da maggio. Pioppi e aceri iniziarono la loro metamorfosi, mentre l'ultima squadra di ricerca se ne andava.

Un bulldozer livellò le macerie del cottage di Granite Point.

Victor vi accompagnò Isobel in macchina.

Ciuffi di gramigna spuntavano alla base di ceppi sparpagliati e un manto di muschio ricopriva già la leggera depressione dove prima si ergeva la casa.

I camini erano crollati e i resti ora formavano due ammassi di granito, come tumuli gemelli eretti ai due lati di uno spazio vuoto.

Le uniche altre tracce dell'edificio di un tempo erano il sentiero irregolare di sassi e le colonne del pergolato in pietra, che ancora incorniciavano la veduta del lago. Le foglie della rosa rampicante si erano accartocciate, scoprendo le spine carbonizzate. Frammenti di vetro esplosi dalle finestre erano conficcati nel mortaio bruciacchiato come schegge di un obice. Isobel ne staccò uno: era seghettato all'estremità tagliente, mentre il bordo esterno era diventato liscio sciogliendosi al calore dell'incendio.

Fermandosi sotto l'arco del pergolato, Isobel guardò in direzione del lago. Si era aggrappata all'idea che Cathryn o Jack si sarebbero messi in contatto con lei, che le avrebbero inviato un segno, un qualche criptico messaggio di speranza. Ma era passato quasi un mese dall'incendio e dalla morte di Liam. Il susseguirsi di giorni d'ansia – cui si aggiungevano ora quelle macerie alle sue spalle – corrodevano quella speranza rendendola sempre più fievole. Si chiese quanti altri giorni sarebbero stati come il vetro che teneva fra le mani: a due facce e frastagliati di inquietudine. Solo le notti erano sopportabili, rese indistinte da un sonno indotto solo dalla misericordiosa pozione prescritta dal farmacista.

Victor era accanto a lei tra le rovine del pergolato. Indicandogli il pendio di granito che declinava fino alla riva del lago, Isobel riuscì a sorridere. "Una volta Louisa ha fatto il bagno là con Cathryn. Avresti dovuto vederla, Vic. L'acqua le arrivava al collo e non era minimamente spaventata!"

Victor le circondò le spalle con un braccio, scrutando per un attimo il pendio e il lago, poi le sussurrò: "Ecco cosa dovresti conservare di questa tragedia, Iz... i momenti migliori. Devi riuscire a dimenticare il resto".

Anche la capanna di Jack era bruciata. Si sospettava che l'incendio fosse doloso ma non c'erano prove. Gli articoli dei giornali avevano avanzato l'ipotesi che chiunque avesse appiccato il fuoco sapeva esattamente cosa stava facendo e che non potesse trattarsi se non di una persona che con il fuoco aveva dimestichezza. Altre voci sostenevano che era stato un fulmine a causare l'incendio.

Isobel non andò sull'isolotto, ma poteva facilmente immaginare la scena: un quadrato vuoto di fondamenta bruciacchiate intorno a un ammasso di rovine. Forse era rimasto un brandello della trapunta di Jack sospesa al ramo di un albero, una rosa di cotone attaccata a un viticcio contorto. Forse il cielo si rifletteva sui cocci di vasi che un tempo contenevano menta selvatica e trifoglio.

Victor arrivò a casa tutto sorridente, sventolando due biglietti ferroviari. "Partiamo."

"Per dove?"

"Andiamo in vacanza. Nel Michigan."

Isobel sospirò. "Non possiamo, Victor."

Gli affari andavano a rilento, e Victor doveva ancora rimettersi in pari dopo i mesi di assenza. Aveva perso il contratto per le uniformi della banda e anche vari clienti che in qualche modo avevano a che fare con la miniera. Era difficile dire se la morte di Liam c'entrasse in qualche modo, ma Isobel sapeva che sarebbe stata punita in un modo o nell'altro: se non direttamente, comunque attraverso suo marito.

Sapeva d'altro canto che ci sarebbero state ripercussioni sulla sua attività di modista a Cypress, almeno fino al giugno seguente, quando sarebbero arrivati i turisti, stranieri ignari dell'accaduto. Attraverso Kathleen della modisteria Pasal era riuscita a spuntare due grosse ordinazioni di copricapi estivi da due grandi magazzini di Duluth. Era occupatissima a onorare gli impegni e ne era lieta, anche se in realtà sarebbero bastati a malapena a coprire le spese.

Guardò i biglietti che Victor teneva in mano. "Hai perso la ragione? Non ci possiamo permettere di andare da nessuna parte."

"Sì che possiamo, Iz. Ho già preso in prestito i soldi."

"Victor! In prestito?"

"Izzy, hai bisogno di cambiare aria per un po'."

"E i bambini?"

"Tutto sistemato. La figlia maggiore dei Sima starà a casa con loro."

Isobel protestò. Victor le ficcò i biglietti in mano e insistette: "Solo un paio di settimane, Izzy. Devi riposarti".

Cambiarono a Duluth, salendo sul vagone-letto di un treno diretto a est attraverso il Wisconsin. Una tavolozza sfocata di betulle bianche e dorate sfilava via al di là dei finestrini striati di pioggia. Mentre si avvicinavano alla penisola superiore del Michigan, la pioggia e le betulle lasciarono il passo a pinete ombrose attraversate da squarci di pallido sole. Isobel trascorse l'ultima parte del viaggio accanto al finestrino, con la fronte schiacciata contro il vetro e la testa che ciondolava al ritmo del treno.

Victor tornò dalla carrozza fumatori odorando di sigaro e gomma da masticare alla menta.

"Ho parlato con gente di Sault Sainte Marie. Mi hanno consigliato questa piccola località di villeggiatura." Le porse un foglietto con un nome scribacchiato sopra. "È sulla costa."

"Che ne diresti di Mackinac?"

Victor la guardò. "È un'isola, Izzy. Dovremmo prendere un traghetto per arrivarci."

"Posso farlo." Si alzò a sedere e si toccò i bottoni vicino al colletto. "Sono in grado di prendere un traghetto."

L'albergo in cui presero una stanza era così vicino alla riva che Isobel di notte poteva sentire il rumore della risacca. Passavano le giornate a camminare sulla spiaggia, raccogliendo conchiglie, e nel pomeriggio allestivano falò quasi invisibili alla luce del giorno. Prima di cena, lei schiacciava un pisolino e scriveva le lettere giornaliere ai bambini.

Seduta fuori sulla terrazza, Isobel lasciava che il tè si raffreddasse mentre le ultime foglie cadevano coprendo le sedie di vimini con un rado tappeto ocra. Victor le prendeva spesso la mano, ma parlarono poco nei primi giorni che trascorsero da soli. Non le chiese mai apertamente di Jack e Cathryn. Rimase invece insolitamente silenzioso. A misura che i giorni passavano, la sua pazienza finì per costituire come un'altra presenza nella stanza, in attesa che lei raccogliesse gli eventi come sparse carte da gioco e li mettesse in ordine.

A poco a poco, Isobel trovò le parole per riannodare gli avvenimenti e ricomporre la storia frammentata di quell'estate. Cominciò con lo sciame di efemere che aveva scortato Cathryn fino in negozio, in quella prima giornata torrida di giugno. Terminò con l'odore di pino bruciato che mascherava quel vento che l'aveva spazzata via.

Isobel si riavvicinò a Victor. Nelle fredde mattinate si rannicchiavano l'uno contro l'altra, facevano l'amore appena svegli e poi restavano abbracciati stretti sotto le coperte proteggendosi dall'aria pungente che sibilava attraverso le finestre semiaperte, a guardare le nubi addensarsi sopra i rami scheletrici delle querce. E poi lei gli raccontava altre cose, passando ore a ricostruire giorni.

Gli raccontò di quando aveva insegnato a Cathryn a guidare; gli disse delle innumerevoli gentilezze di cui aveva colmato lei e Louisa; del serpente nella cava; della corona di margherite che aveva fatto starnutire Louisa a più riprese. Di quel giorno in cui Cathryn le aveva trascinate sottoterra.

La miniera organizzò il suo picnic annuale. Cathryn, Louisa e Isobel ci andarono insieme. Era l'anniversario della fondazione e la compagnia aprì i pozzi, invitando tutti i partecipanti al picnic a visitarli.

Louisa non voleva ma Cathryn riuscì a convincerla.

"Louisa, tu sai com'è il mondo quassù. Be', puoi perfino immaginare come sono fatte le montagne e le terre tropicali. Grazie a Dio, le abbiamo viste al cinema. Ma sottoterra? C'è un altro mondo laggiù, e io vorrei proprio vederlo. Non verresti con me?"

Proprio in quel momento un minatore vicino a loro sbraitò con voce petulante: "Nemmeno il diavolo in persona mi farebbe scendere là sotto nel mio unico giorno di riposo!" Si chinò e sputò, mancando d'un soffio il piede di Cathryn.

Questo contribuì a renderla ancora più determinata e risoluta. "Vedi?" le disse con aria decisa. "È il minimo che possiamo fare, sperimentare per un'ora ciò che questi uomini vivono giorno dopo giorno."

All'entrata, un volontario fornì loro elmetti con fari di foggia antica, del tipo che usavano i minatori di una volta. Gli elmetti erano pesanti e il fetore di kerosene bruciava le narici di Louisa. Aveva paura ma, se Cathryn scendeva, sarebbe scesa anche lei. Furono condotti in una gabbia di metallo, dove rimasero pigiati gli uni contro gli altri ridacchiando a quella forzata intimità. Il volontario aveva detto che l'ascensore poteva trasportare fino a quattordici uomini: per quanto nel loro gruppo fossero meno di dieci persone, stavano comunque stretti e scomodi, con le membra incastrate in mezzo ad altre come frammenti di un puzzle.

Appena la porta si chiuse, sprofondarono di colpo, trascinandosi dietro carrucole, catene sferraglianti e ganci enormi. La scabra parete del pozzo era appena visibile dalla finestrella della cabina fissata con del filo metallico. Il frastuono e gli urti costrinsero Isobel a scacciare un'immagine: quella di una bara di metallo che scivolava nelle profondità di un pozzo di pietra.

Mentre scendevano, lo spiraglio di luce in alto si oscurò all'improvviso e Louisa si rannicchiò contro Cathryn, piagnucolando.

Isobel era addossata alla parete opposta, separata da una barriera di corpi. La bambina ebbe un conato: alla luce della fiamma sul casco di Cathryn il suo viso appariva terreo. "Sto per v-v-vomitare."

Non c'era modo di raggiungerla in mezzo alla calca.

Cathryn si umettò due dita, spense la fiamma del faro del proprio elmetto, se lo tolse e lo tese a Louisa dicendo: "Tieni, bambina mia".

Molti passeggeri levarono mormorii di disgusto al rumore dei conati e dello schizzo sul metallo. Cathryn non ci badò. "Ci daranno un altro elmetto appena arriveremo in fondo." In qualche modo la gente riuscì a fare spazio e Cathryn poté chinarsi a pulire il mento di Louisa con un fazzoletto.

La discesa durò in tutto cinque minuti, ma il calore delle pareti di ferro e l'odore di vomito, di salsicce e insalata di patate, la fecero sembrare più lunga.

Appena arrivarono in fondo, la porta si aprì con fragore su un umido corridoio illuminato da una fila di lampadine appese in alto la cui luce si rifletteva in pozzanghere di acqua rossastra. L'aria che soffiava nel tunnel era gelida e il volontario spiegò con orgoglio: "Dieci gradi tutto l'anno. Questa brezza che sentite è dovuta ai cambiamenti di pressione atmosferica". Li guidò in mezzo alle pozzanghere. Louisa rimaneva costantemente appiccicata al fianco di Cathryn.

L'uomo si esprimeva come se la miniera fosse una sola grande casa, composta di innumerevoli corridoi e stanze. Il gruppo si muoveva in silenzio, con le fiamme dei fari che vacillavano a ogni passo. Lo spazio bastava appena a farli passare in fila indiana lungo una schiera di vagoncini.

"Il minerale viene trasportato fuori con questi."

Quelle specie di casse aperte arrugginite mostravano vistose ammaccature. Qualsiasi cosa Isobel riuscisse a distinguere era color marrone rossiccio: picconi e bastoni ricurvi delle dimensioni di una gamba umana erano allineati contro una parete della stessa tinta sangue. Tutto il corridoio era monocromo: anche le lampadine proiettavano una pallida luce ferrigna.

Alla fine del tunnel, si spinsero su per un'angusta scala a chiocciola emergendo in un'ampia caverna priva di qualsiasi sostegno. L'uomo accese una torcia sulfurea e la puntò verso la parete per illuminare le striature lineari della roccia. "Proprio là potete vedere stratificazioni di storia, gente." Librò in aria un pugno come per rappresentare la terra. "Il paesaggio, la crosta terrestre, sembrano immutabili visti in superficie, ma sotto, quaggiù, si susseguono incessanti metamorfosi, come si vede da questa roccia."

Le donne si agitavano, chinandosi di tanto in tanto e coprendosi la testa per proteggersi dai pipistrelli.

"La nefrite, la pietra di questa regione, è una delle più antiche del mondo. La vedete qui tra le venature del minerale. È una roccia metamorfica, che colate di lava basaltica hanno modificato decine di milioni di anni fa, prima dell'uomo." Descrisse un ovale sulla parete. "Questa roccia qui... avvicinatevi, vedete le forme arrotondate vicino alle venature? È la vostra nefrite. Uova intrappolate nel ghiaccio."

Radunò il gruppo in modo da formare un semicerchio e a turno tutti toccarono la pietra.

"Quello che vi mostrerò fra poco è qualcosa che la maggior parte delle persone non ha mai occasione di sperimentare, eccetto forse i ciechi." Spenta la torcia, si leccò il pollice e l'indice, emettendo una risatina beffarda. Senza avvertire, tese la mano e rapidamente pizzicò gli stoppini dei fari degli altri che, sfrigolando, si spensero uno dopo l'altro. "Benvenuti nella vera oscurità." Fece un sorriso sardonico e spense anche la propria fiamma.

L'ultima cosa che Isobel vide furono le mani dell'uomo che gli proiettavano un'ombra sulla fronte.

Quando il buio li inghiottì, ci fu un istante di silenzio carico di turbamento. Una delle donne ansimò. Isobel tese la mano verso Louisa ma trovò solo il vuoto.

"Mettetevi le mani davanti al viso." La voce compiaciuta del volontario echeggiò nella caverna. "Vedete? Oscurità totale. I feti nel grembo materno hanno più luce. E persino Giona nella balena."

L'aria intorno a Isobel divenne tangibile e la avvolse in un liscio drappo di velluto. I respiri delle persone e lo squittio di un pipistrello che volava sopra le loro teste uscirono amplificati. Un ciottolo che ruzzolava giù per una pendenza rocciosa avrebbe potuto sembrare un enorme masso.

Infine, ogni rumore cessò.

Isobel ebbe come l'impressione di venire assorbita in se stessa. Quella totale assenza di luce aveva qualcosa di straordinario. Lasciò che il proprio corpo si dissolvesse, chiedendosi se gli altri sperimentassero quel senso di totale serenità che lei provava.

"No, no", si lamentò una voce femminile. "Accendete i fari. Per favore!" Si udì un frusciare di vesti, lo strofinio di un fiammifero, qualcuno si mosse non appena il volontario accese la torcia. Il volto della donna terrorizzata venne illuminato.

Era Cathryn.

Tendendo un braccio, cercò di afferrare la torcia. "La dia a me!" Fece cadere la scatola di fiammiferi dalla mano dell'uomo e la torcia finì in una pozzanghera. Di nuovo buio e odore di fosforo, e di sudore freddo.

Louisa gridò. Isobel sentì il rumore sordo di passi affrettati e un altro grido. Appena l'uomo ebbe acceso di nuovo la torcia, tutti avevano gli occhi vitrei per il panico. Isobel sentì una zaffata di alito acido sul viso: Louisa era riuscita ad arrivare accanto a lei. Udirono un lamento provenire dal basso, alla loro destra. L'uomo accese rapidamente i fari e tutti si volsero a guardare: Cathryn era seduta per terra a gambe spalancate vicino alla pozzanghera, con la gonna alzata che scopriva un taglio sullo stinco. Abbassando lo sguardo scorse il proprio sangue e il lamento che emise sembrò quello di un animale.

Isobel e Louisa la sollevarono afferrandola ognuna per un braccio ma, quando cercarono di aiutarla a camminare fino alla scala, lei le respinse con uno strattone. Raggiunto l'ascensore, premette con furia il pulsante per avviare la salita.

L'ascensore risalì il pozzo lasciando indietro gli altri membri del gruppo, che arretrarono mormorando e scuotendo la testa.

Nessuno parlò finché non uscirono fuori, ormai al sicuro.

Socchiusero gli occhi alla luce, inalando una boccata d'aria calda.

"Cathryn, stai bene?"

"Mi spiace di essermi fatta prendere dal panico." Rise, sputò sul fazzoletto e tamponò il taglio con leggeri colpetti. "È stato sciocco da parte mia, vero? Suppongo di dover aggiungere la claustrofobia alla mia lista."

Mentre tornavano verso il luogo del picnic, Isobel chiese casualmente: "Dov'è Liam?" Sperava di poter mandare Louisa a chiamarlo perché riportasse Cathryn a casa.

Lei si strinse nelle spalle. "Oh, a casa. Forse a pesca. Non sopporta la folla."

Isobel osservò attentamente l'amica, ma vide che tutta l'ansia manifestata nella miniera si era dissolta alla luce del sole. Cercò di pensare a qualcosa da dire.

Quando Cathryn si piegò per scuotere la polvere rossa dalle pieghe del vestito di Louisa, madre e figlia si guardarono allusivamente negli occhi, stringendosi nelle spalle.

Mentre parlava, Isobel accarezzava la sottile peluria sul polso di Victor. "Prima della fine del picnic Cathryn aveva insegnato al violinista il motivo di una danza irlandese e mostrato a Louisa tutti i passi, come se avesse dimenticato il panico nella miniera, come se niente fosse successo."

Victor annuì ma rimase in silenzio.

Lei si girò bocconi. "Ora che te lo racconto, vedo tutto con molta più chiarezza. Quasi ogni giorno si ripeteva lo stesso copione: Cathryn ci portava su e giù, dalla luce al buio e dal buio alla luce, mostrandoci la cima delle colline e il fondo delle vallate, ma mai ciò che stava tra i due estremi."

La loro stanza d'albergo era piccola; c'era spazio appena sufficiente per un armadio, il letto con la testata in noce e un piccolo tavolino proprio sotto la finestra, su cui Victor aveva sparpagliato il contenuto delle tasche: il suo portafoglio marrone rossiccio, che teneva nella tasca posteriore dei calzoni e aveva preso perciò la forma curva della natica, l'anello portachiavi di bronzo, monete incrostate di sabbia, e la strana pietra piatta, grigia come il cielo d'ottobre, che portava sempre con sé da quando era tornato dall'isola. Sotto il tavolino, le scarpe giacevano accostate sul tappeto fatto all'uncinetto così come lui le aveva abbandonate: leggermente girate in dentro, come i suoi piedi.

Isobel tornava spesso col ricordo al periodo trascorso su quell'isola del lago Michigan, ricostruendo l'immagine delle cose di Victor disseminate in giro, incorniciate dalla modesta architettura della stanza. Subito dopo le tornava la sensazione del contatto e della pressione del suo petto contro la propria schiena, del peso delle sue braccia che coprivano le proprie, del mento non rasato che le sfregava l'orecchio, del pollice che pigramente le strofinava il capezzolo mentre le raccontava un sogno al suo risveglio o borbottava: "Buon giorno, signora Howard".

Negli anni duri che seguirono la sua morte, certe mattine d'autunno lei giaceva nel loro vecchio letto a guardare la stanza derubata delle sue scarpe logore, la scrivania sgombra degli spiccioli che lui sembrava avere sempre in quantità eccessiva. Il posto dove di solito aveva l'abitudine di posare il pettine e il portafoglio risplendeva, vuoto. Quando Isobel si girava sul fianco, appoggiando la tempia nel punto dove di solito incontrava le sue spalle, lacrime lente e salate imbevevano il cotone inamidato.

Non si sarebbe mai vestita di nero. Una volta Victor le aveva detto che il nero la faceva sembrare malaticcia, intendendo con ciò che la sua carnagione assumeva una tonalità giallastra. I suoi abiti da lutto erano verde acqua o delle tonalità del blu che lui preferiva. Isobel non si curava degli sguardi di disapprovazione e delle chiacchiere che circolavano in città:

indossava cappelli dai colori esotici, ornati da lunghe penne di uccelli tropicali.

In seguito, quando il doloroso periodo del lutto passò, si rinnovò con la morte di Henry e passò di nuovo, Isobel sostituì con riluttanza l'insegna sulla vetrina del negozio. Insistette nel voler grattare via lei stessa le vecchie lettere e, mentre i trucioli neri e oro di VICTOR HOWARD – SARTO si arricciavano e cadevano dalla spatola, si sostenne appoggiandosi ai pioli della scala.

Il nuovo nome era stato un'idea di Louisa: ISOBEL e, sotto, MODISTERIA DI QUALITÀ DAL 1936, negli stessi caratteri eleganti delle sue scatole per cappelli.

Parecchi uomini, persino qualche vecchio cliente di Victor, timidamente entravano nel negozio e giocherellavano nervosi coi cappelli toccando le falde, i fiori di stoffa e i nastri. Tossivano, si schiarivano la voce o strusciavano i piedi prima di trovare il coraggio di invitarla a vedere un film, a un concerto, o a cena al ristorante sul lago. Lei riusciva sempre a far sembrare il proprio rifiuto come se fosse da parte sua una gentilezza nei confronti dell'altro.

Semplicemente non riusciva a immaginare di cosa avrebbero potuto parlare, che cosa potesse mai avere lei in comune con un insegnante di storia, un sindacalista, un vedovo proprietario di un villaggio turistico.

Aveva superato da un pezzo i quarant'anni e le sembrava un'età assurda per ricominciare. Lavorava e aveva ancora dei figli da crescere. Quando Thomas e Louisa se ne andarono di casa per proseguire gli studi – l'uno al Politecnico nel Michigan, l'altra a un istituto d'arte e design a New York – Isobel si era ormai predisposta a una risoluta vedovanza, arrivando a provare un interesse meno belligerante nei confronti del suo giardino: invece di tentare di domarlo, lo lasciava crescere in libertà. Lesse libri di orticoltura, imparò a potare con mano leggera e cominciò a lasciare spazio alle piante invece di cercare di recintarle. Imparò a ricoprire di pacciame il terreno e a fertilizzarlo e, un giorno, con la pala conficcata in un mucchio di letame, osservò il giardino come se fosse un dipinto o un cappello, dove le aiuole erano composizioni cui avrebbe potuto aggiungere colore qui o volume là, conferire una forma o una tonalità particolare. Sistemò aiuole a semicerchio dove scatenare la sua fantasia, creò angoli di originali commistioni vegetali: delfinium blu e papaveri rosa salmone che spuntavano da un tappeto di erica bianca, convolvoli rampicanti che ricoprivano una staccionata bordata da canne color avorio. Piantò gigli lungo il viottolo di pietre che aveva sistemato lungo la riva del ruscello, e fece rifiorire le stesse piante perenni fuori moda che una volta aveva sradicato: malvoni, peonie, rose antiche e ortensie rampicanti. Destinò all'ombra di un boschetto felci e fiori di campo: rosmarino di palude, genziana, delicata sanguinaria e pulsatilla, così piccola e pallida che era necessario chinarsi per vederla.

Il prato erboso si restrinse anno dopo anno finché lo spazio bastò solo per una sedia e un tavolo. Lì si sedeva a leggere alzando gli occhi di tanto in tanto, sorpresa ogni volta da un particolare del giardino. Era come una stanza, bella come quelle descritte nei romanzi o nelle poesie che aveva tra le mani. Piangeva meno spesso.

A volte parlava a Victor, altre immaginava che lui le rispondesse, le sue risa mute da dietro le siepi di dulcamara.

In cuor suo aveva saputo che momenti di angoscia e di rimpianto erano in agguato, anche all'epoca in cui lei e Victor reimparavano a vivere insieme su quell'isola del Michigan. Aveva provato a comunicargli le sue paure durante le serate che trascorrevano nella sala da pranzo vuota dell'albergo. Lui allora le aveva detto una verità a suo riguardo: che un giorno si sarebbe scoperta più forte di quanto avesse mai immaginato.

Avrebbe poi finito per riconoscere che aveva ragione. Ma solo dopo che lui se n'era andato.

La stagione estiva era ormai finita e l'hotel era in gran parte chiuso: i corridoi erano avvolti in un'atmosfera spettrale, come se i passi e le risate dei villeggianti già partiti fossero stati trattenuti dagli spessi tappeti. Isobel trovò aperta una porta laterale e uscì sul prato in discesa, camminando lentamente verso il porticciolo, la fredda rugiada che le lambiva le caviglie.

Evitò la linda stradina che portava alla darsena, dove erano ormeggiati eleganti sloop e potenti yacht dagli interni di mogano. Si avventurò invece per uno stretto sentiero costeggiato da una fila di vecchi capanni di pescatori sconquassati e sbiaditi dal vento, con le assi di copertura scardinate come denti caduti. I moli erano disseminati di reti in attesa di riparazione. I gabbiani si libravano e scendevano verso il basso senza posarsi, planando solo quel tanto che bastava per beccare le reti catturando qua e là pezzi di esca in putrefazione.

Pescherecci tirati in secca giacevano inclinati in pose imploranti, con la prua sprofondata nella sabbia.

Lo scafo di una barca a vela danneggiata batteva contro i pali d'ormeggio; quell'urto ritmico fece venire in mente a Isobel un verso di Eliot: *Il bompresso schiantato dal gelo e il colore scrostato dal caldo.*

Camminò cauta tra le reti. *La travatura dei torelli fa acqua, c'è bisogno di stoppa per le falle.* C'era un passaggio in mezzo, ma riusciva a ricordare solo l'ultima parte: *Il risvegliato, le labbra aperte, la speranza, i bastimenti nuovi…*

Sorrise.

Raccontò a Victor di quando lei e Cathryn sedevano su una panchina vicino all'acqua e Cathryn parlava parlava, e le parole fluivano incessanti e le si raccoglievano intorno in una pozza. Gli spiegò come si fosse ben presto resa conto che era inutile tentare di interromperla quando cominciava: qualsiasi cosa Isobel dicesse stonava con le frasi di Cathryn, come un discorso pieno di banalità che cercasse di competere col canto di un uccello.

Distesa nel letto di quell'albergo sulla riva del lago, gli raccontò tutto questo usando ogni risorsa del vocabolario di cui disponeva. Giunta alla fine della storia si volse verso suo marito e disse: "Vedi? Non riuscirei mai a dire niente come lo diceva Cathryn".

L'ultima sera che trascorsero sull'isola faceva veramente freddo; al crepuscolo era ormai buio con l'approssimarsi dell'autunno. Dopo aver indossato guanti e pesanti maglioni, si incamminarono fino al porto. Piegati in avanti contro il vento, salirono sul molo e passeggiarono lungo quell'ammasso di pietre nere che si protendeva nell'acqua come un dito ricurvo. Un vento furioso li investiva da ogni lato, schiaffeggiando i loro indumenti che si incollavano al corpo.

Sostenendosi a vicenda con le braccia intorno alla vita, lottarono per rimanere in piedi finché le folate si smorzarono in un soffio costante. Isobel allora scoppiò a piangere. Victor cercò il fazzoletto ma il vento seccava le lacrime appena cadevano dalle ciglia.

Isobel portava una sciarpa color pesca avvolta attorno al collo: non appena si scostò per ritrovare l'equilibrio sulle pietre diseguali, la sciarpa le fu strappata di dosso e volò via in un turbine. La guardarono librarsi come un'ala pallida.

La luna raggiunse la sommità del cielo, sfiorando le onde con le sue labbra esangui finché la baia si gonfiò in un ondeggiante campo di viole nere. Isobel raggiunse la punta del molo. Il soffio gelato del lago Huron la investì come un'acqua battesimale, permeandole gli abiti fino a penetrarle nei pori. Avvertì dentro di sé una sensazione quasi corporea di alleggerimento, mentre scaglie di dolore si staccavano da lei, rapite dal vento come la sciarpa. Si soffiò il naso con energia e si girò verso Victor.

"Sono pronta, ora. Sono pronta per tornare a casa."

17

Allorché Louisa venne da New York per far visita alla madre, constatò che i capelli le si erano ingrigiti, che l'eloquio appariva un po' rallentato e che aveva un insolito atteggiamento di noncuranza. Il negozio era pieno di polvere ed esaminando i libri contabili trovò fatture non pagate e ordini inevasi ben oltre il termine di scadenza. "Mamma, che succede?"

Isobel alzò gli occhi da un libro sul commercio delle pellicce in Canada. "Oh, quello... mi ci devo mettere, prima o poi. Sono stata così occupata con il giardino. Ho costruito un nuovo viottolo di sassi: mi ci è voluto un sacco di tempo." Riabbassò lo sguardo sul libro e un momento dopo alzò un dito, rianimandosi all'improvviso: "Una delle principali cause di morte per i viaggiatori?"

"Mah... congelamento?"

"No."

"Scotennamento?"

"Nemmeno."

"Non lo so, mami, stanchezza?"

"Ci sei andata vicina. Stitichezza!"

Nel breve periodo trascorso a casa, Louisa aveva notato che la routine quotidiana di sua madre si era congelata in una serie di abitudini maniacali. Se il giornale non arrivava, trascorreva la giornata di malumore perché non poteva fare le parole crociate. Ogni mercoledì a pranzo mangiava insalata di pollo, altrimenti, se il pollo non c'era, non mangiava affatto. Trascurava la casa, aveva chiuso gran parte delle stanze e viveva confinata praticamente in cucina, in camera e nel suo acro di giardino ridotto ormai a una giungla. Quando Louisa aveva appoggiato la valigia sul letto nella sua vecchia stanza, un nugolo di polvere si era sollevato dal copriletto.

"Andiamo, alzati." Con uno strattone, la fece alzare dalla sedia vicino alla vetrina. "Hai solo cinquant'anni, santo Dio."

"Che vuoi dire?"

"Sono passati dieci anni da quando papà è morto, e tu non hai fatto altro che leggere libri assurdi e fertilizzare piante."

"Non è vero. Lavoro. E leggo anche altre cose."

Louisa diede un'occhiata alla catasta di libri della biblioteca pubblica che ingombrava il bancone. Si morse l'interno della guancia. "Parlo seriamente. E a proposito: metà di quelli avresti dovuto restituirla già da un pezzo."

Louisa accompagnò Isobel al salone di bellezza Seleskar e le fece tingere i capelli della tonalità biondo cenere di un tempo. Poi tolse dalla custodia l'abito di organdis color grigio tortora che aveva disegnato e cucito per lei e prenotò un tavolo al ristorante del club.

Al momento del dessert, pur conoscendo già la risposta, con fare casuale le chiese: "Hai già affittato l'appartamento sopra il negozio?"

La vedova gallese che abitava al piano di sopra era morta in aprile, ma Isobel non si era ancora decisa a mettere un annuncio.

"Lo sai che non l'ho fatto. Te l'ho scritto."

"Grandioso. Posso sistemarmici io, allora?"

Isobel esitò, il cucchiaino pieno di zucchero sospeso sopra la tazza di caffè. "Non puoi davvero aver pensato di tornare a vivere qui, Louisa. Cosa faresti a Cypress?"

"Vestiti." Estrasse la sua cartella dei disegni da sotto il tavolo e fece spazio sulla tovaglia. Le mostrò alcuni modelli e lo schizzo di una nuova piantina del negozio. "Lo so che c'è spazio per me."

Tornò da New York il mese dopo, con Robert. A Isobel lui piacque all'istante. Parlava poco ma, quando lo faceva, usava parole misurate e appropriate, essenziali come nella poesia. Sorrideva con facilità e adorava Louisa. Trovò in breve tempo un'attività, rilevando un negozio di attrezzature per canoe e acquistando una ditta di idrovolanti che era fallita.

Isobel offrì loro la casa dopo la nascita della prima figlia di Louisa.

"E tu, mami, dove vivrai?"

"Sopra il negozio." Rise. "Vi sfratto. Rivoglio la stanza di quand'ero bambina."

"E il tuo giardino?"

"Robert può fare un po' di spazio per installare un'altalena, ma non fargli toccare le mie aiuole di piante perenni. Sono sempre io il giardiniere."

Il conforto della routine fuse tempo e lavoro in una linea immutabile, anche se talvolta rovesciata. Gli ordini di vestiti e cappelli le costringevano a essere sempre una stagione avanti: in autunno lavoravano a stili primaverili, in inverno progettavano l'estate. Dopo un po' era diventato normale maneggiare stoffe di lana nel caldo di luglio. Gli anni che si succedevano si distinguevano e venivano ricordati in base alla tendenza, al taglio, alla linea; i decenni erano definiti dagli stili. Gli anni Cinquanta si caratterizzarono per una confusione di fogge bizzarre e gonne svasate; la voga delle tuniche con le pince e dei cappelli senza ornamenti andò presto in disuso negli anni Sessanta, quando si impose la moda dei tailleur in lana bouclé dalla linea diritta con bottoni rivestiti della stessa stoffa. Isobel creò infinite variazioni di cappelli ispirati a quelli di Jacqueline Kennedy. Guardarono tutti i film interpretati da Audrey Hepburn, affrettandosi a ordinare tessuti simili a quelli dei suoi abiti. Louisa e le sue aiutanti confezionarono centinaia di tubini e Isobel li completò con cappelli neri a tesa larga ornati da un nastro bianco.

Nei primi anni Settanta, quando fu la volta dei colletti larghi e dei tessuti in poliestere dai motivi vistosi, per Isobel fu il colmo. "È il trionfo del cattivo gusto. Andrò in pensione prima di essere costretta a soccombere a questo obbrobrio. Nessuno indossa più un cappello dai tempi di Eisenhower. Sono troppo vecchia per questo. Ho quasi settantacinque anni."

"Settantaquattro, mami."

"Se lo dici tu. E poi, ho altre cose da fare."

Louisa annuiva, paziente. Non era la prima volta che sentiva quella minaccia.

"Non puoi resistere solo per un altro anno?" Lei stessa si stava avvicinando alla cinquantina e aveva voglia di passare più tempo con Robert. Le figlie erano ormai adulte e la città attraversava una profonda crisi. Le miniere di anno in anno licenziavano sempre più lavoratori. Alla fine tacquero definitivamente anche i frantumatori. Le case venivano vendute a metà del loro valore e ancora non si trovavano acquirenti. I negozi chiudevano uno dopo l'altro. Louisa fu costretta a svendere la propria merce non appena abiti prêt-à-porter confezionati a Hong Kong riempirono gli scaffali dei pochi negozi ancora in attività.

Isobel lesse un articolo sul giornale. "Be', buone notizie, finalmente. Dicono che ci sarà il boom del turismo. Robert sarà contento." Aveva preso in gestione altri due villaggi turistici e ampliato il suo negozio di attrezzature per canoe.

Lei e Louisa smisero di andare alle sfilate annuali di New York e a Chicago per fare acquisti. In occasione dell'ultimo soggiorno nella città, Isobel prese un taxi e chiese al conducente di condurla a Oak Park.

Giusto per vedere, si disse. Voleva solo dare un'occhiata al genere di casa e di quartiere dove Cathryn aveva vissuto. L'inchiostro sul foglietto che teneva in mano era appena leggibile. A mano a mano che si avvicinava, contando i numeri civici sulla strada tranquilla, cadde in preda a uno strisciante malessere. Toccò la spalla del conducente.

"Torniamo in città, per favore." All'improvviso si era resa conto di non poter sopportare la vista di quella casa. Del resto, era inutile vederla. Non ne aveva bisogno. Era solo una casa, dopotutto, abitata da estranei. Non era rimasto niente di Cathryn. L'abitacolo dell'auto parve serrarsi intorno a lei. Accartocciò nel pugno il pezzetto di carta vecchio di decenni e lo lasciò cadere ai suoi piedi.

Dopo l'incidente che era costato la vita a Louisa, chiuse il negozio e scrisse la stessa breve comunicazione a clienti e fornitori. Seduta alla scrivania, stringeva la penna come se rischiasse di sgretolarsi tra le sue dita. *A causa di un lutto in famiglia...* Regolò i conti e lasciò libere le donne che avevano lavorato per la figlia fin dalla fine degli anni Cinquanta, dopo essersi assicurata che i versamenti per le loro pensioni fossero a posto. Robert l'aiutò ad attaccare giornali alle finestre e contattò un intermediario che vendesse i macchinari e gli arredi del negozio. Isobel sapeva che lui si sarebbe trovato in difficoltà senza di lei, ma non aveva altra scelta. Non poteva restare a condividere il dolore; aveva bisogno di rimanere sola con il proprio.

Mentre si dedicava al compito di liquidare una vita intera, sentiva il proprio corpo farsi stranamente più leggero, come se i calcagni non lasciassero alcuna impronta. Staccò il telefono e lavorò in silenzio, piegando e riponendo un centinaio di abiti che Louisa non aveva avuto il tempo di terminare. Passava le dita sulle cuciture, scoprendosi ad accostare improvvisamente la bocca all'orlo non finito di una camicetta per tagliare un filo.

Il corpo di Louisa era passato direttamente dal lago all'impresario di pompe funebri, che lo aveva chiuso nella bara. Isobel non aveva avuto modo di vederlo né di toccarlo.

Prima di lasciare Cypress, Isobel era passata dal negozio un'ultima volta. Aveva svuotato il registratore di cassa e percorso la traccia consumata sul parquet fino alla porta, attardandosi solo un istante. La sua borsa era leggera. Aveva scelto solo due oggetti da portare con sé: un collage di cavalli fatti con pezze di tweed scolorito incollate su un foglio e una bambola di legno con il collo trafitto da una puntina. Chiusa la porta dietro di sé, girò l'insegna sulla scritta CHIUSO.

Questa volta vestiva di nero.

Si trasferì con rapidità. Impiegò meno di un mese per trovare un appartamento a St. Paul. Thomas abitava a venti minuti da lei, nella periferia a nord della città; mandò un furgone per traslochi a caricare le sue cose e prese un mese di ferie per aiutarla a sistemarsi. Nei giorni che trascorsero a disimballare e disporre i mobili, lei non fece mai allusione all'incidente né menzionò una sola volta il nome della figlia. Thomas pensò che fosse in stato di choc. Quando tutto fu in ordine, le comprò un carrellino per andare a fare la spesa e una tessera di abbonamento per l'autobus e la portò a comprare piante da mettere sui davanzali delle finestre e sul balcone. Al vivaio, Isobel si fermò nella serra soffocante e osservò i cerei ficus dalle lucide foglie e le torreggianti palme tropicali.

"Lascia stare le piante, Thomas. Voglio solo vasi e terriccio, vermiculite e qualche lampadina che aiuti la crescita."

Quella sera scrisse una lettera a Robert: *Metti all'opera le mie nipoti. Voglio bulbi e sementi del mio giardino, e tutte le piante che facciano fiori bianchi.*

In autunno cominciò a lavorare come volontaria al teatro: ogni domenica, oltre a modificare e rammendare i costumi, organizzava e teneva in ordine il guardaroba della compagnia. Un lavoro che anche a Louisa sarebbe piaciuto molto fare, pensò.

In cambio delle sue prestazioni riceveva biglietti gratis, e poté così assistere a svariate rappresentazioni di Shakespeare e Beckett. Nel periodo natalizio Dickens monopolizzava a tal punto il cartellone che per gennaio l'eccesso di accento cockney aveva finito per darle la nausea.

Le piacevano Tennessee Williams, Horton Foote, Edward Albee e Thornton Wilder. Spesso tornava a vedere la stessa commedia di Williams per due o tre volte di seguito: le sembrava che più di ogni altro avesse compreso a fondo la condizione umana, colto la profondità del dolore.

Era gentile con gli attori ma parlava loro di rado: non le importava di conoscerli al di fuori dei ruoli che interpretavano. Ammirava il loro lavoro sul palco, poi ne spazzolava e stirava i costumi aggiustando le cuciture saltate a forza di gesticolare mimando ardore, o collera, o gioia totalmente fasulli.

Non stava mai ferma: teneva il suo appartamento immacolato, nutriva con fondi di caffè l'azalea color avorio, disponeva gusci di noce nel fondo del vaso per drenare l'acqua sotto l'impatiens pallida. Grattava via lo sterco dei piccioni dal balcone o dalle piastrelle sulla terrazza e lo mescolava al terriccio delle vaschette dove crescevano fiori dai petali vellutati, delle tonalità dell'osso e del guscio d'uovo.

Dopo un anno, si sentì in grado di sistemare l'album delle foto, ma non si soffermava mai su un'immagine di Louisa. I momenti peggiori erano le fredde ore nel cuore delle notti di febbraio. Allora i suoi sogni erano invasi dallo stridio di gomme che slittavano e dallo scricchiolio di croste di ghiaccio che si spaccavano.

Dal suo posto in loggione guardava gli spettacoli di danza classica e moderna e sentiva la rigidità che le bloccava le ossa davanti ai corpi elastici di giovani ballerini che si libravano in volo come getti d'acqua. Piroettavano a spirale, l'uno sopra l'altro, e lei invidiava la loro agilità, i loro salti armoniosi.

Era un teatro d'avanguardia, e a volte il repertorio tradizionale lasciava spazio a spettacoli e lavori teatrali sperimentali. A Isobel non dispiacevano: era persino divertita dall'estremo narcisismo, dall'incredibile egocentrismo che ci volevano per esibire agli spettatori esistenze così aberranti in nome dell'arte.

Era affascinata dal teatro, dall'eccitazione che vi si respirava. I macchinisti e gli attrezzisti la chiamavano "nonnetta" e a lei non dispiaceva. Non vedeva l'ora che cominciasse la stagione del balletto, anche se i ballerini attraversavano spesso sulle punte dei piedi la stanza del guardaroba, seminudi e dicendo oscenità. Sapeva che loro l'adoravano, ma immaginava che si divertissero a sciocCarla con parole come "scopata" o "finocchio" o lasciando aperta la porta del bagno quando rumorosamente vomitavano i loro pranzi in preda ad attacchi di bulimia.

Erano ragazzi e ragazze ambiziosi e concentrati nel loro lavoro, ma l'idea che persone tanto giovani fossero così nevrotiche la riempiva di sgomento. Quando i ragazzi si imbottivano le cosce con strati di fazzoletti di carta e di garza per aumentarne il volume, lei offriva loro manciate di ovatta, ritenendolo un sostituto dall'aspetto più naturale. Si sforzava di non sorridere. Rifiutavano per principio di usare dei diminutivi e si chiamavano con i loro nomi completi – William, Andrew, o Christopher –, anche se di tanto in tanto si scambiavano nomignoli come "stellina" o "micino". Alla fine di ogni ciclo di repliche le scrivevano una dedica sul programma, promettendole che si sarebbero ricordati di lei una volta diventati famosi.

La domenica mattina prendeva un autobus per Como Park, dove gironzolava nello zoo guardando scimmie e giraffe. Comprava cartocci di pesce essiccato da dar da mangiare alle foche. Si riposava tra i ciottoli del giardino giapponese scaldati dal sole e nei giorni freddi restava dentro la grande serra di vetro a fiutare gli odori di terriccio e fogliame, estraendo di nascosto dalla tasca briciole di Rice Krispies per la carpa bianca che nuotava sotto il ponticello.

Nel negozio di articoli da regalo della serra c'era una commessa che assomigliava un po' a Louisa. La porta del frigorifero di Isobel si riempì di calamite e cartoline che pubblicizzavano il parco.

Trascorreva le mattine degli altri giorni della settimana a passeggiare e di pomeriggio andava in biblioteca, dove leggeva il giornale alla luce dei raggi scintillanti di polvere che filtrava dai grandi quadrati dei lucernari.

Thomas si lamentava del fatto che non era mai a casa.

I contorni di Cypress cominciarono a sfumare nell'ombra, come se fossero confinati nei più lontani ripiani della memoria. Immagini racchiuse in involucri trasparenti, rievocate sempre più di rado. Man mano che la ferita per la morte di Louisa si rimarginava e il dolore si faceva meno acuto, Isobel cominciò a godersi la routine e le abitudini che aveva adottato.

Durante la giornata, evitava di restare nell'edificio che la ospitava. *Residenza per anziani*. La semplice definizione la disgustava: niente le sembrava più innaturale che vivere con un centinaio di persone della sua età. Quasi tutte erano donne.

Ascoltava le loro conversazioni nell'atrio, in lavanderia, passando davanti alla sala giochi. Tutte rivendicavano il primato della sofferenza, vantando con orgoglio la propria vedovanza e trasmettendo bollettini di malattie varie come se fossero i momenti più significativi della loro vita. Tutte avevano figli che le andavano a trovare di rado e disturbi inguaribili. Pur sapendo che alcune avevano perso un figlio, Isobel non avrebbe mai permesso a se stessa di entrare in intimità con qualcuna al punto di paragonare le rispettive perdite. Si teneva invece risolutamente in disparte, evitava queste donne che pianificavano i giorni in funzione degli sceneggiati televisivi parlando dei personaggi come se fossero membri della loro famiglia o amici intimi.

Quando morivano, al loro posto ne arrivavano altre che erano delle copie identiche alle precedenti. Isobel pensò di trasferirsi in un condominio, di affittare un appartamento in un edificio più piccolo abitato da famiglie, studenti o coppie. Ma Thomas preferiva che lei beneficiasse delle comodità offerte da quella sistemazione, dell'ascensore e della navetta che faceva la spola con la drogheria, del bagno munito di corrimano e della suoneria dell'allarme in camera. *Non si sa mai.*

Finì per lasciarsi convincere. La residenza tutto sommato le si confaceva, apprezzava la quiete garantita dagli spessi tappeti sul pavimento dei corridoi. Dalle sue finestre al ventesimo piano si godeva la vista sugli edifici del governo federale e sulla cupola scura della cattedrale di St. Paul, con il panorama della città che si apriva a ventaglio sotto di lei. Poteva andare a piedi fino al fiume, al magazzino dell'angolo, a teatro e, naturalmente, in biblioteca.

Il suo rifugio. L'ingresso somigliava al vestibolo di una chiesa, con le alte pareti rivestite di pannelli scuri; la sala di consultazione ispirava la stessa serenità di un parlatorio, nonostante le dimensioni. Pozze di luce soffusa proiettate dalle lampade da tavolo delimitavano piccole zone e le persone stavano chine in quei minuscoli santuari, i volti concentrati la cui espressione rispecchiava il tenore delle pagine aperte davanti a loro: meditativa, divertita, confusa, illuminata.

Le bibliotecarie erano sempre gentili, non mancavano mai di salutarla: "Buon pomeriggio, signora Howard", e a volte "Bella giornata, vero, signora Howard?" Imparò i loro nomi e, ascoltando di soppiatto frammenti di conversazione bisbigliati, aveva finito per apprendere qualche dettaglio della loro vita: una aveva dei problemi a casa, un'altra problemi di salute da quando le era stato asportato l'utero. Sapeva chi odiava la suocera e chi cercava di sopportarla; chi era preoccupata per i figli o aveva una relazione o doveva affrontare qualche altro guaio. La divertiva il fatto che non sapessero niente di lei. Non le facevano mai domande, come se fossero abituate solo a rispondere.

Si sedeva presso il banco principale per ascoltare le più svariate e spesso bizzarre richieste degli utenti, alle quali le bibliotecarie assolvevano come se fosse assolutamente vitale sapere come estirpare una talpa riottosa o quale fosse la capitale della Bolivia, dove trovare le statistiche sui casi d'incesto nelle campagne del Canada, o l'esatta ortografia del nome

Ceausescu. Tre impiegate andarono in pensione nel periodo in cui lei frequentò la biblioteca. Per le feste regalava loro confezioni di fazzoletti o saponette, a volte scatole di caramelle, anche se capiva dai loro sorrisi perplessi che con ogni probabilità non avrebbero mai usato il sapone o mangiato le caramelle. Non le importava. I loro ringraziamenti imbarazzati le bastavano.

Erano impressionate soprattutto dalla sua lunga frequenza della biblioteca. Tre o quattro giorni alla settimana, anno dopo anno mentre un decennio succedeva all'altro, la ritrovavano sempre allo stesso posto, una vecchia signora ben vestita che leggeva o si limitava a starsene lì seduta. Nei pomeriggi, la sua figura curva era diventata quasi parte del mobilio, come le logore sedie in pelle. E la sua presenza in qualche modo influenzava le bibliotecarie e i visitatori abituali, anche se non se ne rendevano conto: nella grande sala le cose andavano come dovevano solo dopo che lei si era sistemata al suo tavolo.

Sempre più vecchia, sempre con un fiore fresco appuntato al risvolto della giacca, anche in inverno. E sempre un fiore bianco. La tesa di strani cappelli fuori moda le adombrava il viso mentre stava china sui giornali, leccando la matita prima di cominciare le parole crociate quotidiane e alzando lo sguardo solo quando un raggio di sole si spostava o filtrava obliquo dai lucernari sul soffitto.

Quando pioveva evitava di andare in biblioteca. In quei giorni rammendava o faceva il bucato, scriveva lettere o cucinava qualcosa da congelare per i pasti della settimana seguente: una terrina di pasticcio di carne alla gallese, una pentola di minestra. Una volta alla settimana faceva il pane.

Fare il pane era diventato un riflesso condizionato. Le ricette del pane di segale tedesco o delle pagnotte viennesi erano impresse da qualche parte dentro di lei, al punto che era a malapena consapevole del fatto di mescolare ogni volta all'acqua la quantità giusta di lievito. Non contava mai le manciate di farina: semplicemente si fermava quando ce n'era abbastanza nella ciotola. Tastare l'impasto per vedere se c'erano bolle d'aria e nel caso lavorarlo era un gesto automatico, la cui memoria era inscritta nelle sue dita. Infornare era un gesto naturale del corpo: i movimenti si susseguivano come in un valzer culinario, e il vapore che si levava dalle pagnotte dorate ne sgranava le note.

La sua salute in generale era buona, con una strana eccezione. All'approssimarsi di una notte d'inverno ben precisa, per tre anni consecutivi, aveva dovuto essere ricoverata in ospedale a causa di gravi difficoltà respiratorie. Thomas l'aveva accompagnata al pronto soccorso dopo che lo aveva chiamato nel cuore della notte ansimando e parlando in maniera quasi incoerente. L'ultima volta aveva capito il nesso che legava questi episodi e che i medici non avrebbero mai potuto cogliere. Ogni volta, nel corso di quelle tre notti, c'era stato il rischio di una gelata: il freddo era stato intenso al punto di coprire i laghi e persino i fiumi di una coltre di ghiaccio. Ciascuna di quelle tre notti era stata caratterizzata dallo stesso immobile gelo di zaffiro della notte in cui era morta Louisa.

Nelle mattine di bel tempo attraversava la città a piedi: usciva puntualmente alle otto precise come se avesse un appuntamento e per le otto e mezzo era in centro, mentre la gente ancora affluiva dalla periferia.

Da autobus e pulmini scendevano davanti ai palazzi di uffici piccoli funzionari o modesti impiegati, riconoscibili dal taglio scadente dei loro abiti. I quadri dirigenti e gli uomini d'affari arrivavano più tardi, il volto più disteso sopra i colletti inamidati, con baveri di pelo di cammello e sciarpe di cachemire.

A meno che non facesse molto freddo, nessuno portava il cappello.

Poiché St. Paul era normalmente una città tranquilla, lei si gustava questo momento di frenesia mattutina. I furgoni delle consegne parcheggiavano in doppia fila suscitando concerti di clacson e stridii di freni. Quelle mattine sapevano di catrame fresco, gas di scappamento e freddo pungente. Isobel passava davanti ai palazzi degli uffici, salutando le guardie della sicurezza e gli altri volti familiari che incrociava: portieri, poliziotti, il vecchio giornalaio tedesco che la salutava sempre con un *Guten Tag*.

Approfittava di quelle ore per fare le sue piccole commissioni: faceva un deposito in banca, passava dalla pulitura a secco, pagava le bollette. L'ultima volta che aveva rinnovato la patente di guida l'impiegato aveva sgranato gli occhi, sbalordito dalla sua data di nascita. Isobel si era piegata sul bancone alzandosi in punta di piedi.

"Non si spaventi così", l'aveva rassicurato. "Non guido più."

Conosceva bene ogni isolato della città, la facciata di ogni edificio. Avendo letto libri d'architettura, era in grado di riconoscere lo stile di ciascuno: italianizzante, federale, gotico, barocco. Rivolgeva composti cenni della testa a certi doccioni che attiravano il suo sguardo, rispondendo al loro saluto lapidario, chiedendosi quante generazioni fossero passate sotto il loro sguardo. Migliaia di persone che avevano mosso migliaia di passi. E altrettante storie.

Le erano rimaste impresse le parole che Jack aveva pronunciato tanto tempo prima e spesso le recitava ad alta voce come una specie di credo. *Nota le cose più infime, le cose apparentemente insignificanti.* Lei si guardava intorno, assimilando lo spettacolo che le offrivano le strade, scoprendo gli infiniti quadretti che formavano la scenografia della città.

Attraversava il quadrato verde di Rice Park e sedeva a guardare la gente. A volte, vedendo passare un vecchio, pensava a Victor. Si sarebbe divertito con gli scoiattoli. Lei osservava il loro andirivieni sotto gli alberi di ginkgo come avrebbe fatto lui: autunno dopo autunno, quelle sciocche creature seppellivano le loro provviste nello stesso posto, proprio dove in inverno c'era la pista di pattinaggio che, gelando, avrebbe reso il loro cibo inaccessibile. Ogni volta che vedeva una coppia di vecchi dalla figura slanciata, non poteva fare a meno di cercare nei loro profili qualcosa che le ricordasse Jack e Cathryn. Chissà se un giorno una donna anziana avrebbe lasciato il braccio del suo compagno e, voltandosi, avrebbe esclamato con la meraviglia dipinta sul volto rugoso: "*Non ci posso credere, sei proprio Isobel Howard!*"

Sorrise. Improbabile come vincere alla lotteria.

Thomas disapprovava che lei uscisse durante l'inverno e la pregò almeno di usare le passerelle sopraelevate coperte. Ma lei si rifiutava di percorrere quei nauseabondi tunnel rivestiti di moquette, attraversati da folate di calore intermittenti che le soffiavano contro. Vedendosi sconfitto, l'accompagnò in un negozio di articoli sanitari a comprare almeno un bastone per sorreggersi durante le passeggiate. La sua agile andatura di un tempo si era rallentata e ormai camminava a fatica, eppure lui sapeva che continuava a girovagare incauta per le strade gelate e i vicoli ciottolosi. I suoi itinerari erano imprevedibili. Nella sua cucina Thomas aveva trovato sacchetti di un fruttivendolo e di un negozio di generi a basso prezzo situati dall'altra parte del fiume, nella zona più pericolosa. Sapeva che tornando a casa attraversava i dock quando cominciava a fare buio, senza rendersi conto che poteva imboccare per sbaglio qualche vicolo isolato.

Isobel strizzò gli occhi davanti a un espositore dove era schierata una fila di bastoni dalla punta di gomma e di stampelle. Dopo qualche minuto si girò e uscì risoluta dal negozio. Thomas le corse dietro, senza nascondere la propria irritazione.

"Ma'."

"Non chiamarmi ma'. I bastoni da passeggio sono fatti così, adesso? Così brutti, tutti di alluminio. E hai sentito quell'orrendo suono metallico? Lo stesso delle sbarre delle scimmie allo zoo." Poi sorrise al figlio con dolcezza. "Preferisco cadere."

Lui aprì la bocca, pronto ad alzare la voce, ma lei si era già avviata mettendo fine alla conversazione. Era di una tale ostinazione!

Thomas consultò il catalogo di un artigiano londinese che fabbricava bastoni e ombrelli in legno. Scelse un bastone da passeggio lilla con un pomolo d'argento che a suo parere si sarebbe adattato bene alla mano piuttosto piccola della madre. Quando l'oggetto arrivò, vide che somigliava a un'arma, tanto che esitò a darglielo. Girò il manico levigato per mostrarle le sue iniziali incise da una parte.

"Ah, questo sì che è bello!" Gli baciò la guancia. Sarebbe piaciuto anche a Cathryn. "È incantevole, Thomas. Fin troppo!" Gli strizzò l'occhio. "Sarebbe un peccato se lo dovessi usare per scacciare un vagabondo o un topo di fiume."

Quell'ultima eventualità non era poi così inverosimile. In quell'anno che aveva preceduto l'ictus, il fiume era diventato la sua meta più frequente. Quasi ogni giorno attraversava spedita il centro della città, martellando la strada col suo nuovo bastone da passeggio fino a raggiungere uno dei tre ponti principali. A volte, quando il tempo era bello, restava a guardare il traffico delle navi per ore, mentre le automobili sfilavano veloci dietro di lei e la città pulsava a ovest.

Immaginò come poteva essere vivere su una chiatta o una casa galleggiante come quelle sotto il ponte; pensò a quelle esistenze ordinate fatte di fatica e riposo, di lotta costante contro il vento, le onde e la putrefazione, alla forzata economia dello spazio, al piacere di lasciarsi portare dalla corrente. Si figurò una vita senza impedimenti, a giorni regolati dalle maree e dalle correnti piuttosto che dalla ragione o dall'ambizione. Poteva facilmente immaginarsi Victor a bordo di un'imbarcazione simile, il suo sguardo curioso proiettato sempre in avanti, cercando di prevedere in quale nuovo mistero si sarebbe imbattuto alla svolta successiva. Lo vedeva scivolare nel futuro, ingrigito dagli anni.

Forse loro due avrebbero potuto vivere insieme su una barca. Proprio un bel quadretto: trasportati sul filo della corrente, avrebbero guardato il cielo e il susseguirsi di sponde sempre diverse.

Arrivò a sentire l'istante in cui il fiume era sul punto di gelare, notando i cambiamenti nel sommovimento trasparente sotto le capriate del ponte. L'acqua rallentava fino a ondeggiare pigra, prima di formare un sottilissimo velo di ghiaccio. Avrebbe voluto vederla solidificarsi, ma non le riuscì mai. Il freddo intenso la costringeva a tornare al riparo della città, e l'acqua gelava durante la notte. Se fosse stata più giovane e robusta, sarebbe rimasta sul ponte una notte intera per essere presente l'istante in cui l'acqua avrebbe cessato di essere acqua.

In un'assolata giornata di maggio, l'ultima che avrebbe trascorso in biblioteca, dopo aver oltrepassato la porta girevole esitò. Qualcosa non andava. Delle ombre vacillavano capovolte in modo strano sul pavimento lucido, e quando alzò gli occhi vide degli operai camminare nell'aria. Figure rimpicciolite dalla distanza, forme sfocate dal vetro sporco, stavano in equilibrio sulle impalcature esterne proprio al di sopra del reticolo di lucernari, intenti a installare un finto tetto sui vetri.

Lesse l'avviso al pubblico in cui spiccavano parole come *responsabilità* e *pericolo*. Gli uomini che fluttuavano in alto oscurarono un quadrato di luce dopo l'altro come se sistemassero le pedine su una scacchiera. Isobel rimase a lungo nella grande sala a guardare in alto i riquadri di sole che venivano oscurati. Non c'erano altre fonti di luce, a parte le lampade da tavolo. Improvvisamente le ascelle le si coprirono di sudore, la gola si serrò per il tanfo di libri vecchi e lei fu bruscamente riportata indietro nel tempo a quel giorno in cui, in attesa di una tempesta, aveva alzato gli occhi contando i riquadri del soffitto nella sartoria. Vide Liam Malley entrare dalla porta per dirle che Cathryn era sparita.

Mentre gli operai sistemavano l'ultima tegola, udì un flebile gemito e si guardò intorno prima di rendersi conto che proveniva dalla sua stessa gola.

Una delle bibliotecarie le toccò il gomito. "Sta bene, signora Howard? Ha bisogno di nulla? Un bicchiere d'acqua? Un tè?"

Lei non staccava gli occhi dal soffitto. Sentì che una delle sue caviglie si piegava di lato mentre il tacco della scarpa premeva curiosamente sul pavimento di marmo, come se il suo corpo fosse schiacciato dal peso del passato.

Batté le palpebre guardando la bibliotecaria come per dire: *So bene dove mi trovo.* Poi lentamente le disse: "Le hanno chiuso gli occhi. Questa stanza diventerà cieca".

"Ma quei lucernari non erano sicuri, capisce? Credo che siano molto vecchi." La guardò con la tenera pietà che solitamente si riserva ai malati.

Isobel squadrò la giovane donna. "*Io* sono vecchia. Anche più vecchia di questa stanza. Oggi compio novantanove anni."

Thomas aveva una sottile busta di carta infilata sotto il braccio. La appoggiò sul letto.

"Mamma, dov'è la tenda a ossigeno?"

"L'ho fatta togliere."

Le tastò il polso. Era gelata, sebbene le avessero messo addosso una termocoperta. Aggrottò la fronte e si sedette.

"Ho qualcosa per te."

"Hmm?" Deglutire stava diventando difficile.

"Ricordi che ti dissi che dovevo andare a Chicago per affari?"

"Sì."

"Be', mentre ero là, ho scavato un po'."

"Scavato?"

"Ho fatto delle ricerche."

Isobel trasse un respiro. "Ah, bene."

Thomas si chinò, prese la busta sul letto e gliela mise sotto la mano.

Isobel lo guardò in tralice, rimpiangendo tutto d'un tratto la barriera offerta dalla tenda, a tal punto che pensò di chiedergli di farla riportare. Guardò con sospetto la busta e si ricordò delle domande che il figlio le aveva fatto sul cognome da ragazza di Cathryn e sull'età di Jack. Ricerche?

"Thomas." Abbassò gli occhi premendo la mano nodosa sulla busta. "Che cosa hai fatto?"

"Una scoperta. So che cosa è successo a Jack e Cathryn."

"Cosa?"

Le sorrise. "È tutto qui dentro, il tuo mistero, le domande che ti sei fatta in tutti questi anni."

Le tolse la busta di mano e la voltò. Due nomi erano scritti in grassetto: JACK ALAN REESE, CATHRYN LEIGH (MALLEY).

Isobel fece uno sforzo e toccò la scritta, passando un'unghia ingiallita sulle lettere stampate. Mentre lasciava ricadere la mano, la fede le scivolò dal dito e rotolò sulla coperta.

Per un attimo rimasero a guardare l'anello, poi Thomas lo raccolse. "Tieni, ti aiuto a rimetterlo."

Lei scosse il capo. "No, va bene così. Non credo che lo rimetterò." Esaminò la giuntura nodosa del suo dito. "Cadrebbe di nuovo."

"Ma..."

"Non sono nata con quell'anello al dito. Mettilo nella scatola per cappelli dentro l'armadio, per favore."

Thomas osservò la fede d'oro. Era modellata sul dito di sua madre: non era perfettamente rotonda ma aveva una forma più umana, sottile come una foglia nei punti in cui gesti ripetuti per decenni avevano consumato l'oro. Era ancora calda.

La tenne in mano con delicatezza, come se avesse paura di curvarla ulteriormente. La legò alla cordicella sfilacciata dell'album di foto: come cadde sul cuoio screpolato, l'ultimo calore che impregnava il metallo si dissipò. Thomas posò il golf di sua madre sopra l'album e chiuse il coperchio della scatola per cappelli. Il rivestimento era scolorito e il bordo si era consumato al punto che il cartone visibile sotto era ormai una lanugine color caffè. La silhouette in rilievo era ugualmente consunta, ma i contorni si vedevano ancora bene. Esaminò il profilo e diede un'occhiata a sua madre.

Era lei, senza dubbio. Il suo viso era cambiato, come è normale col passare degli anni: le mascelle si fanno più prominenti, i nasi si allungano, i capelli si assottigliano. Ma la forza che emanava il profilo inciso sulla scatola era sempre quella di sua madre, ancora irriducibile.

Indicò la busta, con voce incerta: "Non sei sorpresa?"

Lei sorrise. "Devi esserti dato molto da fare."

Thomas capiva quando lei lo prendeva in giro. Si sedette sul letto. La figura esile della madre formava solo un minuscolo rilievo sotto la coperta. Di colpo provò rabbia verso se stesso per aver sprecato un giorno intero a rintracciare i destini di estranei invece di passare il tempo con lei.

Isobel accennò alla busta col capo. "Immagino che tu abbia speso un sacco di soldi."

"No, non così tanti. Vuoi che te la apra?"

"No, non ancora. Puoi restare qui seduto per un po'? Sono molto stanca."

Piegò la testa per ricevere il bacio che lui le impresse sulla fronte. Con una mano stringeva quella del figlio. L'altra più debole si mise a tamburellare ritmicamente sulla busta.

È tutto qui dentro.

Come se una cosa simile potesse essere contenuta in una busta!

Non esisteva alcun possibile scenario, alcun destino traducibile in parole vergate in inchiostro sulla carta che lei non si fosse già rappresentata, che non avesse già immaginato.

Sessant'anni avevano riempito un archivio di possibilità. Isobel poteva percorrere le file di scaffali di questo fantomatico archivio, passare in rassegna le scene che anni di congetture avevano ampliato e ritoccato nei minimi dettagli. Alcune ipotesi erano state formulate coscientemente, altre si erano presentate in sogno. Dopo la loro scomparsa, per mesi li aveva sognati quasi ogni notte, ma soltanto un sogno l'aveva accompagnata fino agli ultimi anni della sua vita.

Tirando in secco la canoa su una sporgenza rocciosa all'ombra, Isobel prende una bussola dalla tasca, pur essendo certa che il posto sia quello senza bisogno di guardare l'ago. Si toglie la gonna, la camicetta e gli indumenti intimi fino a restare nuda. Si siede sulla sporgenza finché questa non le brucia le cosce. Poi si alza in quella canicola: è come se tutti i giorni dell'estate si fossero condensati in un singolo pomeriggio. Ha remato per molte braccia del Dedalo, avanzando faticosamente in mezzo alla palude per arrivare fino a lì, e ha una sete terribile. Mentre si arrampica sulla parete della scogliera, il busto bianco risplende ai raggi del sole di luglio. Non fa alcuno sforzo per salire. Senza sapere quanto sia profonda l'acqua sotto di lei, si lancia alla cieca nel canale. Il tuffo è preciso e silenzioso, l'acqua dolorosamente fredda. Anelli concentrici si formano quando il suo piede minuto scompare nella coltre nera.

Si sforza di scendere in profondità, scalciando forte sott'acqua. Sei piedi, dieci piedi… sicuramente il fondo è vicino. Scende ancora e le sue orecchie ronzano a causa della pressione. Nell'istante in cui si rende conto di non farcela, che deve lasciare che la corrente la riporti in superficie se vuole salvarsi, li vede.

Perfettamente preservati nelle acque ghiacciate, gli scheletri di Jack e Cathryn giacciono avvinti su una sporgenza, in una posa naturale, come se si fossero abbandonati sul letto in una pigra domenica. I colori della vestaglia di seta cinese di Cathryn sono sempre smaglianti, le cuciture intatte. La coda languida di una trota di lago che si agita vicino alla tempia di Jack intorbida l'acqua di limo e ne offusca il biancore dell'osso. Si abbracciano indisturbati. Al sicuro nella tomba del lago Cypress. *Al sicuro*.

Il suo tempismo è perfetto. Ogni giorno c'è un'unica frazione di tempo, qualche minuto per la precisione, in cui i raggi perpendicolari del sole riescono a penetrare le profondità del canale. La sporgenza dove giacciono Jack e Cathryn viene illuminata solo per pochi secondi di quei rari istanti. Nessun altro potrebbe trovarli. Mai.

Riesce a distinguerli solo per quei fugaci secondi. Solo lei può vederli, un groviglio di ossa d'avorio ancorate a un blocco di granito. Anche mentre scalcia in preda al panico verso la superficie, consapevole ora del rischio che ha corso, sa che quell'immagine è già un ricordo, e forse inaffidabile. Salendo, prova un senso di malessere pensando all'ironia di quella seta sopravvissuta alla carne. I suoi polmoni esploderanno.

Invece no. Irrompe in superficie, asfissiata dal suo stesso respiro, inalando grandi sorsate di aria acre di muffa. Proprio allora le viene in mente che non sa nuotare, si agita, affonda sott'acqua, si dibatte di nuovo raggiungendo infine la roccia e abbracciando quel porto scivoloso, appena in tempo.

Isobel sa che questa è una delle sue visioni più romantiche di Jack e Cathryn: una tragedia dell'amore, che risparmiava loro l'esistenza terrena che avrebbero potuto condurre se fossero fuggiti e avessero cercato di ricostruirsi una vita insieme. Sa che avrebbero potuto altrettanto facilmente scomparire in uno scenario più realistico, ma questi sogni a occhi aperti sono in qualche modo più prosaici.

Se li è immaginati in un posto di mare, da qualche parte sulla costa occidentale. Luoghi che aveva visto solo nei documentari televisivi o nei libri illustrati: le isole dello Stretto di Juan de Fuca popolate di gabbiani, l'aspra costa della Columbia Britannica. Su una spiaggia battuta dal vento, ben lontana dal Midwest, Jack ha costruito un cottage, ormai cadente e corroso dalle intemperie.

Lui e Cathryn hanno come unica compagnia i canneti, le dune, i marosi implacabili. Forse Cathryn dipinge delle marine al cavalletto vicino alla finestra, mentre Jack è fuori, impegnato in qualche umile incombenza, come rattoppare reti, riparare motori di pescherecci, o lavorare in un conservificio. È un lavoratore tenace e affidabile, anche se talvolta lento a rispondere quando lo chiamano, non essendosi mai abituato al suo falso nome: John, Jake o Mike.

Passano le mattine rastrellando la loro striscia di spiaggia per vedere che cosa hanno portato le maree: uno scatolone di tostapane elettrici arrugginiti; una cassa di cinghie di trasmissione; gallocce e pezzi di vele strappati dai loop di passaggio; un tozzo vaso giallo; un pesante collare da cane ispessito dal limo. Più spesso trovano immondizie. Cathryn cammina con un sacco di tela aperto mentre Jack trafigge i rifiuti con un bastone all'estremità del quale ha fissato un chiodo. Infilza buste di patatine, gli anelli di plastica delle confezioni da sei lattine, tappi di bottiglie. Resti di funzioni organiche si accumulano nel sacco: preservativi, pannolini, assorbenti interni. Certi giorni la plastica è così tanta che il bottino di spazzatura brucia con difficoltà.

Cathryn passa giorni chiusa in un silenzio plumbeo che neppure Jack riesce a penetrare, la sua malattia acuita dall'età e dal peso della morte di Liam. Lo ha mai saputo? Gli abitanti del villaggio li trattano come una qualsiasi coppia anziana, guardandoli con genuina indifferenza le rare volte che si fanno vedere in città per comprare generi di drogheria, lampadine o carta per acquerelli.

Forse si sono procurati documenti falsi e sono emigrati all'estero. In Francia o in Italia, dove Cathryn si trova sicuramente bene, ma Jack no. Non comprende la lingua: i loro vicini parigini sono odiosi. La quantità di prostitute a Roma lo deprime. Provano in un villaggio del Portogallo, ma Cathryn contrae un virus o qualche tipo di epatite. La sua salute in pericolo li obbliga a trasferirsi. Forse si sono insediati in qualche assurdo stato, tipo l'Alabama.

Isobel non sa perché le sia venuto in mente proprio quello, forse perché non avrebbe mai immaginato che Cathryn potesse viverci: avrebbe detestato il clima, la pigra pronuncia strascicata dei nativi, il cibo orribile. Se li immagina in una villetta o in un appartamento, dove avrebbero ricominciato da zero con tante belle speranze. Dopo qualche anno, la tragedia di Granite Point si sarà sbiadita come una fotografia a colori, lasciandoli liberi di vivere come una coppia normale, mentre il tempo avrà finito per metterli a confronto con i problemi di qualsiasi unione. Forse proprio ciò che li ha attratti l'uno all'altra – la sensibilità di Jack, l'instabilità emotiva di Cathryn – ha finito per logorarli spezzando il loro legame. Forse Jack si è trovato sopraffatto dalla dipendenza emotiva di Cathryn. Poiché nessuno dei due è abbastanza forte per farsi carico di entrambi, si sono chiusi ognuno nella propria disperazione, finché un giorno uno dei due, col pretesto di uscire a comprare un gelato o un pacchetto di sigarette, ha vagato fino alla stazione dei pullman per comprare un biglietto di sola andata per il prossimo treno in partenza, non importa con quale destinazione.

L'uno può essere morto prima dell'altro, ma Isobel si rifiuta di immaginare chi. Si rende conto che la coppia resta unita in tutti gli scenari da lei immaginati, perfino nella morte.

Ma ha comunque provato a immaginarli separati. A prefigurarsi Jack da solo. O Cathryn. Lei avrebbe insegnato arte o francese in una scuola privata, forse nel New England. Lunatica e nota alle ragazze per essere eccentrica nei giudizi e incline al favoritismo. Un tipo elegante che cammina per il campus dell'università nelle notti primaverili al chiaro di luna, recitando versi di poeti morti. Più stanca del solito alla fine di ogni monotono agosto, senza sapere esattamente il perché.

La memoria del corpo.

C'erano altre immagini che Isobel respingeva con fermezza. Lampi che talvolta le balenavano nella mente di notte, mentre giaceva da sola nel suo letto.

Si obbligò a considerare possibilità che in precedenza non voleva accettare, di cui avrebbe potuto trovare conferma nella busta che Thomas era così ansioso di farle aprire.

Forse l'orribile gesto che Cathryn aveva tentato più volte in passato alla fine è riuscito. Ha trovato un altro rasoio con cui dissanguarsi. La padrona di casa o uno dei suoi studenti hanno fatto la scoperta, indietreggiando alla vista del volto esangue illuminato da una fioca luna, della pozza scura che si allarga intorno alla sua gola incantevole.

O sono morti insieme? Due corpi rigidi nel folto di un bosco.

Il sangue penetra attraverso i sudari di fortuna che Liam ha rimediato da una tenda monoposto o forse attraverso la trapunta a rombi presa nella capanna di Jack. Col suo badile da campeggio Liam scava lottando contro radici e pietre ai piedi di un pino: l'oscurità ostacola il suo lavoro, le lacrime gli appannano la visuale. Con l'accento irlandese fattosi più forte, come succede quando è esausto, parla al corpo di Jack: "Bastardo. Fottuto bastardo", chiede, "perché mi hai costretto a fare questo? *Perché?*" Fende ripetutamente il suolo pietroso finché due fosse prendono forma davanti a lui. Abbastanza profonde perché non vengano disturbate dagli animali. E i corpi non siano mai ritrovati. Spinto dallo stivale di Liam, il cadavere di Jack rotola dentro, atterrando con un tonfo sordo. Cathryn viene teneramente deposta, come adagiata a dormire. La terra viene ricoperta con aghi di pino e fogliame.

Terminato il lavoro, si mette in cammino senza sapere con certezza dove dirigersi finché, poco prima dell'alba, raggiunge la base di una torre di controllo antincendi.

No. Ipotesi poco probabile. Da scartare.

Forse il loro destino, o meglio la loro storia ormai – poiché Isobel è certa di essere loro sopravvissuta – può essersi risolta in modo migliore, e queste scene si insinuano attraverso la corazza del suo cinismo. Potrebbero essersi sistemati a New York lungo una via fiancheggiata da alberi e dai marciapiedi soleggiati in un luminoso appartamento senza ascensore, nel porto verdeggiante di Brooklyn, o sulle rive di un tranquillo lago al Nord. Forse hanno adottato un golden retriever che adorano, e Cathryn può contare sui consigli di un bravo medico nei giorni peggiori; forse vanno in giro le domeniche nella baia su una piccola barca a vela. Cathryn potrebbe aver venduto i suoi acquerelli in una galleria e fatto amicizia con qualche artista. Jack forse fa un lavoro che non gli crea molti problemi e torna a casa fischiettando, atteso per tranquille cene sotto il portico e talvolta feste gremite di scultori e stilisti di moda. Forse hanno un giardino pieno di rose gialle e sono ingrassati un po' per via delle ricette francesi che Cathryn sperimenta in continuazione. E passano tranquille serate leggendo recensioni di libri sul *Times*, Cathryn col suo lavoro di ricamo in grembo, Jack intagliando fischietti di legno di salice. Leggendo a voce alta l'uno all'altra, con il rumore dei ceppi che cadono e lo scoppiettio delle braci nel caminetto a fare da contrappunto alle loro parole.

Forse in quelle calme serate ricordavano Isobel.

Due tombe lasciate all'abbandono, fianco a fianco su una collina di cedri, con dei nomi falsi incisi sulle lapidi gemelle.

Ma, col passare degli anni, tornava sempre alla stessa immagine, ossessionata da quel vivido sogno ricorrente: gli amanti in fondo al lago.

Ne immaginava il preludio. Sono seduti nella barca di Jack al crepuscolo; Cathryn indossa la sua bella vestaglia di seta. Una fiala aperta con una qualche pozione di erbe passa dalla bocca di lui alla sua. Un miscuglio amaro a base di stramonio o cicuta. Una lunga corda è arrotolata intorno alla loro vita, legata alla stessa pietra pesante per non essere separati. Un'ascia pronta per aprire un buco nel fondo della barca.

Un ultimo bacio, lungo e simile a un sogno, appena il veleno comincia a fare effetto. Una tregua in fondo all'acqua, insieme. La pace. Come non la si conosce se non una volta o due in tutta una vita. La pace di una bambina che giace nel crepuscolo sotto la volta di un cielo invernale.

Per un bel pezzo Thomas non riuscì a staccare la mano dalla busta. Sua madre gli aveva raccontato il sogno degli amanti in fondo al lago sotto la superficie increspata da piccole onde. Era sbalordito dall'estrema accuratezza dei dettagli.

Come poteva sapere?

Sarebbe rimasta stupita dalla misteriosa conoscenza che possedeva?

Thomas aveva elevati titoli di studio, aveva letto e imparato e viaggiato; aveva osservato il mondo, aveva diretto un'impresa. Sapeva fare complicati giochi con le carte, era in grado di leggere statistiche, di prevedere le tendenze dell'economia, di catturare un cervo, di identificare qualsiasi costellazione in entrambi gli emisferi; se la cavava con il latino, poteva ordinare in francese al ristorante. Sapeva fare una quantità di altre cose, possedeva innumerevoli competenze minori.

Guardando la donna che per quasi settant'anni aveva conosciuto, cui aveva voluto bene e che a volte aveva detestato, si rese conto di non sapere niente.

18

Gli occhi di Isobel si chiusero dietro il velo del sonno. Aveva lottato per rimanere sveglia, per immaginare altre possibilità. In fondo, non poteva avere certezze in merito al destino di Jack e Cathryn, così come non poteva sapere quando sarebbe cessato il battito del cuore nel suo petto.

Il suo petto. Quando Victor le batté leggermente sulla spalla, si svegliò su un letto di giubbotti di salvataggio che rivestivano le pareti della barca. Victor aveva formato un cerchio di sassi sulla sabbia e allestito un falò con pezzi di legno fluitati e corteccia di betulla. Aveva fatto un sogno, ma il ricordo si stava già dissolvendo; al risveglio i sogni le sfuggivano come il fumo sprigionato dal legno si avvolgeva a spirale salendo in cielo. Mentre lei dormiva le nubi si erano addensate basse nel cielo e l'aria si era rinfrescata.

Victor aveva remato tutto il tempo per condurla sull'isola. Lungo il tragitto Isobel si era addormentata, cullata dalla barca.

Udì voci gioiose, scoppi di risa. Si sollevò a sedere e sentì i suoi bambini che gridavano da una parte all'altra dell'ampio canale, mentre si davano la caccia a vicenda nel sottobosco. Giocavano a nascondino? Guardando nella direzione da cui provenivano le voci, credette di riconoscere la veduta dell'isola. L'angolazione era la stessa della fotografia.

"Probabilmente è stata scattata da questa spiaggia. La fotografia. Quella che portasti a casa insieme all'atto d'acquisto."

Lui volse lo sguardo sulla superficie dell'acqua. "Sì, penso di sì."

"È un'isoletta graziosa. Un giorno dovremo darle un nome."

Victor l'aiutò a scendere dalla barca. "Facciamolo adesso, ora che possiamo vederla tutta intera."

Sedettero su un tronco d'albero con le ginocchia che si toccavano e, mentre passavano in rassegna i vari nomi, Isobel li scriveva nella sabbia con un legnetto.

"L'isola del Sarto?"

Lui scosse la testa e le prese il legnetto dalla mano. "Che ne dici dell'isola della Modista?"

Lei schiacciò un paio di moscerini e cancellò il nome.

A turno si passavano il legnetto.

L'isola dell'Estate. Il Piede del Gigante (per la formazione di scisto cristallino sulla riva). *Santuario. Bacca.* Nessuno di questi andava bene.

Victor si diede uno schiaffo sul collo. "L'isola delle Zanzare!"

"No."

"Vorresti darle il nome di una persona? Magari quello della tua amica?"

Isobel cominciò a scrivere il nome di Cathryn nella sabbia, ma il legnetto si fermò prima che avesse finito di tracciare la C. Sorrise.

"Grazie, Victor, preferisco di no."

Era la sua terza e ultima visita sull'isola. Dalla scomparsa di Cathryn e Jack, ogni estate lei e Louisa si facevano traghettare dal battello postale e vi trascorrerevano la settimana della festa del Quattro Luglio.

Isobel sentì improvvise gocce tamburellarle il collo. La sabbia si corrugò davanti a lei, mentre la C veniva improvvisamente crivellata dalla pioggia. Victor si precipitò a capovolgere la barca.

Si spostarono sotto gli alberi e lei si voltò indietro verso l'acqua, sforzandosi di udire le voci dei bambini.

"Pensi che avranno abbastanza buon senso da rifugiarsi nel capanno?"

Victor le prese la mano, ridendo. "Che importanza ha?"

Si precipitarono attraverso i boschi per cercare un riparo in una macchia di betulle, quando il cielo si aprì. Victor la riparò con la giacca. Le foglie tremavano intorno a loro e lui fu costretto a gridare per superare il fragore dei tuoni. "Vieni! C'è una baracca di pescatori sull'altra riva!"

Slittarono sul sentiero scivoloso. Quando raggiunsero l'estremità dell'isola, Isobel non aveva più fiato in gola. La baracca consisteva in una semplice tettoia che copriva un tratto di terreno fangoso, ma offrì loro un riparo. Aspettarono, guardando cortine di pioggia coprire una dopo l'altra le isole vicine. Per un'ora torrenti d'acqua spazzarono il lago, mentre brividi ne percorrevano la superficie increspandola.

La tempesta si muoveva lentamente, allontanandosi verso ovest. Infine il sole irruppe indorando la nebbia densa che si alzava dal lago.

Mentre riattraversavano l'isola in senso inverso, una brezza capricciosa li investì, accompagnandoli sul sentiero in una danza di movimenti a spirale, scuotendo i rami alti degli alberi e agitando le foglie bagnate, che grondavano acqua come un effimero piovasco, le gocce brillanti di sole. Aghi di pino e muschio umido si appiccicavano alle loro scarpe inzuppandole. Isobel si fermò, tremante nella camicetta bagnata, e attirò Victor contro di sé. Le gocce di pioggia che gli cadevano dai baffi incontrarono le sue labbra offerte.

Al momento di vendere l'isola dopo la sua morte, Isobel scoprì che sull'atto notarile il vecchio nome era stato cancellato e sostituito con un altro vergato sopra a matita. La scrittura era quella di Victor.

L'isola di Isobel.

Il sole si era spostato. Thomas aveva cambiato vestito.

Isobel sentiva un gusto acido in bocca. Era passata un'altra notte?

"Non l'hai aperta?" le sussurrò lui all'orecchio.

La sua voce non tradiva alcuna sorpresa mentre riponeva la busta sul comodino, sentendo sotto le dita la sottigliezza della carta, il contenuto quasi privo di peso. I ritagli di due recenti articoli di una sola colonna, uno del giornale di Cypress, ripreso dal *Chicago Tribune*, descrivevano il macabro ritrovamento di un pescatore in vacanza: le ossa di un uomo e di una donna, una spilla d'oro a forma di quadrifoglio, brandelli di seta. Si trattava di congetture. I nomi di Jack e Cathryn venivano formulati con un punto interrogativo.

"No. Magari oggi."

La sua voce aveva una strana eco, come se parlasse attraverso un mantice piantato in gola e i polmoni funzionassero ognuno per conto proprio. Provò a fargli cenno di sedersi. Lui esaminava il pavimento. "Ho chiamato Robert. Sta organizzando di fare in modo che le figlie vengano qui domani con i bambini."

"Richiamali. Di' loro di restare a casa."

Thomas la guardò negli occhi. Lesse la determinazione nel suo sguardo. Rimasero seduti così, tra loro solo il ritmo dei respiri, finché un clacson dalla strada ruppe il silenzio.

"Sei stato un figlio meraviglioso."

"Mamma, io..."

"È una giornata magnifica, vero? Non riesco a vedere granché, oggi, ho una specie di nebbia davanti agli occhi. Ma sento ugualmente il sole. Deve picchiare forte."

Thomas guardò fuori. Il cielo era nuvoloso e denso di smog. "Sì, è una bella giornata, mamma. Nubi alte si muovono spinte da una brezza, proveniente da nord, credo."

"Sembra incantevole."

"Forse hai voglia di uscire? Potremmo chiedere a un inserviente o a un'infermiera di portare il tuo letto sulla terrazza. Ha le ruote. Ho visto altri letti là fuori, ieri. Probabilmente li fanno passare dalle porte del refettorio."

"Fuori?" Chiuse gli occhi davanti a cieli lavati dalla tempesta, un lago increspato d'oro al soffio di una brezza.

Sulla riva di un lago si era innamorata di Victor. Due volte. Solo una volta lui le aveva spezzato il cuore, e in quel momento non stava scherzando. Le spalle accasciate, il filo di saliva rossastra che colava dal labbro sulla manica della camicia. La contrazione del suo stomaco mentre si faceva forza per raggiungere il tavolo da lavoro. C'era una bolla, nella saliva: tutto quel che restava del suo ultimo respiro. L'aveva guardata scorrere verso la camicia con una lenta determinazione che Victor aveva avuto di rado nella vita.

Aveva avuto il tempo di pensare al significato della sua vita, ai suoi trionfi, a ciò che egli aveva trasmesso agli altri? O se n'era andato in una frazione di secondo, fulmineo come una porta che si chiude? Quando la bolla aveva incontrato il cotone inamidato si era aperta, si era sparsa, per poi venire assorbita.

In seguito, ci furono momenti terribili in cui era stata lieta che fosse morto. Come la volta che aveva guidato verso la stazione di Duluth ad aspettare il vagone che trasportava la bara di Henry.

E la volta in cui, seduta nel freddo abitacolo dell'autocarro dello sceriffo, ascoltava i colpi ritmici delle piccozze che rompevano il ghiaccio per arrivare all'auto di Louisa.

E quando, a sessant'anni, guardando il proprio corpo allo specchio, aveva scoperto di non essere più desiderabile. Era stata contenta, anche allora, nonostante non fosse stata priva di una punta di egoismo e vanità.

Altre volte non poteva fare a meno di pensare a come sarebbe stato vivere ancora insieme, invecchiare con lui, avere la sua spalla cui appoggiarsi. Si chiedeva se lo avrebbe mai rivisto.

La sua fede in Dio, la nozione stessa di paradiso o di religione si erano dissolte nel corso degli anni. Bisognava ora riannodare quei fili in una qualche parvenza di fede. Ma non sapeva da dove cominciare. Soprattutto, l'urgenza che sentiva la scoraggiò al punto da rinunciare all'idea.

"Una volta, per scherzo, tuo padre mi disse che erano gli angeli che lo avevano creato."

La sua voce scosse Thomas. "Davvero?"

"Tu sei tale e quale. Lo sai, vero?"

"A papà?" Si portò la mano ai capelli che si diradavano. "Sì, ho la stessa zucca pelata."

"No, non intendevo quello. Tu sei buono, come lui. Siete fatti della stessa pasta."

Thomas aprì la bocca, ma un impercettibile e improvviso cambiamento nel volto della madre gli impedì di parlare. Qualcosa. Si chinò su di lei: forse uno scherzo della luce. Le rughe profonde che le solcavano la fronte si erano attenuate, gli occhi erano meno incavati rispetto alla mattina.

L'angolazione della luce, sicuramente. Sentì che aveva la mano fredda e guardò ancora il suo volto languido. La carne che allentava la sua presa centenaria sulle ossa.

Isobel ricordò la sera in cui Thomas era tornato dopo la prima estate passata sull'isola. Un ragazzino ossuto dalla pelle scura, con la voce che fischiava attraverso lo spazio vuoto lasciato dai denti anteriori mancanti. Isobel era entrata in casa, e Thomas era stato il primo a raggiungerla: saltandole al collo le aveva cinto la vita con le sue gambe esili, piantandole baci umidi sul mento. Victor gli era andato dietro, avvolgendoli entrambi in un abbraccio.

Si sforzò di respirare piano, sempre più lentamente finché i polmoni non si rilassarono, rallentando il ritmo a ogni leggera inalazione. Il volto di un bambino. La sua dolce mano sulla sua.

La fede... Mentre camminava sul lungofiume di St. Paul, attraversato da binari serpeggianti, deviò verso il centro ritrovandosi in un intrico di dock e magazzini che non le era familiare. Dal Mississippi si era levata una nebbia rarefatta che offuscava qualsiasi punto di riferimento. Fece parecchi giri a vuoto prima di prendere in considerazione l'idea di essersi perduta. Rifletté sulla situazione, mentre proseguiva il suo cammino sui marciapiedi rovinati, allontanando rifiuti e cocci di vetro con la punta della sua scarpa da vecchia signora.

Non fu colta da un panico paralizzante, come si aspettava, ma avvertì solo un vago spiazzamento interiore, come se la sua bussola interna avesse smesso di funzionare. In realtà non le importava di essersi perduta. Lo scenario che la circondava aveva preso il sopravvento sulla sua volontà; non c'era niente da fare se non dare libero corso alla strana geografia che dirigeva a caso ogni suo passo.

Dopo aver camminato senza meta per alcuni isolati, provò un piacere inatteso all'idea di trovarsi in un luogo totalmente sconosciuto.

La nebbia era incantevole, un mantello dolcemente adagiato sulle sue spalle aguzze. Mentre le sue membra si rilassavano, la mente si lasciò invadere da un dolce torpore. Percepiva la presenza di Victor al suo fianco. Riusciva a sentire la sua voce nell'aria inebriante. *Izzy, qui non conosci niente. Non hai niente da temere.*

Si era perduto. Molte volte. Chissà cosa aveva provato. Pensò a quella vulnerabilità, al fatto di trovarsi alla mercé del primo estraneo incontrato, senza sapere se al prossimo angolo si sbucherà in un paesaggio familiare o in un vicolo più buio, più sinistro ancora. Si meravigliò dell'immensa fiducia che lui doveva aver avuto nella vita.

Proprio mentre desiderava di poterlo raggiungere oltrepassando quel velo umido per toccarlo, in virtù di un qualche artificio scenico se lo ritrovò dietro. Quando cominciò a cadere, precipitò all'indietro nelle sue braccia. Si lasciò cadere.

Era quella forse la fede? Cadere all'indietro dentro braccia, scene, vite così lontane nel passato da dissolversi in nebbia.

In una fredda domenica di febbraio, quando i bambini erano ancora molto piccoli, la caldaia si ruppe. Tutti e tre si infilarono nel suo letto, con indosso le giacche di lana che Victor aveva confezionato per loro. Mentre lui era fuori a cercare una chiave inglese, giocarono con Isobel a cercare le rime, recitando tutti gli indovinelli e gli scioglilingua che conoscevano. Cantarono filastrocche, guardando la nebbia densa formare rivoli alle finestre.

Il fatto di trascorrere quella mattina con l'unico impegno di tenere al caldo e intrattenere i suoi figli, diede a Isobel piena coscienza di quel dono che solo lei possedeva: la capacità di prendersi cura di quei bambini e di proteggerli. Amarli come nessun altro poteva.

Alla fine Victor piombò in casa con un arnese trovato nel garage. I bambini schizzarono giù dal letto e si precipitarono fuori dalla porta uno dietro l'altro. Una morbida valanga di piedi infilati nei calzettoni martellò le scale fino allo scantinato.

Lei rimase a letto, passando le mani sopra il copriletto nodoso, ascoltando il rumore dei tubi e le allegre voci infantili mentre Victor fingeva di fare un gioco di prestigio.

Udì gridolini distanti e un gorgoglio cavernoso quando la camera di combustione riprese a funzionare. Quindici minuti dopo Victor salì pesantemente le scale fino alla camera con una tazza di tè fumante tra le mani. Pulì le dita unte d'olio sulla camicia e sorrise, chiudendo con un calcio la porta dietro di sé.

Lei si sollevò a sedere e prese il tè. La casa era immersa nel silenzio. "Dove sono?"

Victor all'improvviso assunse la posa di un gobbo, lasciando ciondolare un braccio fino al ginocchio, mentre con la mano libera si sbottonava la camicia. Parlò scimmiottando una voce da cavernicolo: "I bambini? Be', chiusi nella carbonaia, mia cara". Balzò sul letto con agilità. Dondolando e facendo roteare gli occhi, si accovacciò minaccioso su di lei. "Ma non preoccuparti, ho lasciato un po' d'acqua e biscotti e... una candela smoccolata."

Isobel rise e lanciò un gridò appena lui le si gettò sopra facendo tremare il materasso.

Il tè si sparse sul copriletto.

Un copriletto macchiato. Il tè che si spandeva sulla ciniglia. Altri tessuti passati sopra, sotto, attraverso le sue dita: la trama e il peso degli anni. Il vestito di una bambola di cui aveva dimenticato il nome – Amelia? Anna? – ma di cui ricordava la stoffa di percalle blu così nitidamente come se la tenesse ancora in mano.

Il lembo di una camicia da notte che aveva usato per asciugare la bocca di un bambino orlata del latte del suo seno. Ricordava nettamente i dettagli del bordo merlettato della camicia da notte, la bocca del bebè. Ma qual era dei suoi figli?

Lo strofinaccio di lino che aveva usato per asciugare il caffè nel pomeriggio interminabile del funerale di Victor. Innumerevoli fazzoletti umidi di lacrime nascoste, fazzoletti macchiati del sangue di sbucciature, imporporati dalla marmellata strofinata via da una guancia morbida. Il ruvido velluto a coste dei pantaloni dei bambini consumati sulle ginocchia, la fodera in satin del suo cappotto preferito, il cotone leggero del vestito che copriva la straziante vulnerabilità delle scapole di una bambina.

Le pieghe rigide della bandiera americana sulla tomba di Henry.

I perfetti, perfetti risvolti delle giacche che Victor confezionava.

Il velluto incredibilmente serico dello strascico color avorio del vestito da sposa di Louisa.

Mentre ricordava, la sua mano si contrasse leggermente afferrando la coperta.

"Mamma?"

Ora che le stava più vicino, riusciva a distinguere le rughe profonde del suo volto. Tese la mano per toccargli la guancia, l'orecchio. La busta scivolò sul pavimento dietro di lui. Nessuno dei due ci badò. Isobel lisciò all'indietro i capelli del figlio.

Fili di seta tessuti nel corso di un'estate che era iniziata con una barca che si allontanava, e lei che guardava il volto di suo marito dissolversi dietro una cortina di fumo aureolato dal sole.

"Mamma... Ti piacerebbe uscire?"

Da questa grazia dissolta in spazio.

Teneva il mento di suo figlio nel palmo della mano.

La barca si fermò, il motore girò al contrario e la poppa indietreggiò emergendo da una nebbia giallastra.

Isobel sollevò l'altra mano dalla coperta con un gesto delicato e la mosse davanti al proprio volto: il movimento del braccio era improvvisamente fluido, il peso morto si alleggeriva. Ciò che da settimane cercava di ricordare le venne in mente di colpo, senza esitazione: quei versi erano stati sempre con lei. Come avrebbe potuto dimenticarli? Le parole si levavano ad accoglierla, pronunciate dolcemente come se provenissero dalla bocca di un amante, di un bambino diletto, di un padre amorevole. Versi che aveva riposto nella memoria e conservato per altri come benedizioni, ridiventavano a poco a poco percettibili e preziosi per lei, sussurrati a suo beneficio.

Che mari che spiagge che scogli grigi e che isole
Che acqua a lambire la prua
E profumo di pino e canzone di tordo nella nebbia
Che immagini ritornano...
... questo volto, meno chiaro e più chiaro
Il pulsare nel braccio, meno forte e più forte
Donato o dato in prestito? Più lontano delle stelle e
più vicino dell'occhio...

"Fuori? No, grazie, Thomas. Troppo trambusto."

... che isole granitiche verso i miei
legni
E il tordo che chiama fra la nebbia...

Le sue dita lasciarono il viso del figlio con una carezza. "Credo che rimarrò dentro. Resta pure dove sei."

... Figlia mia.

Si volse verso il fulgore che palpitava attraverso il vetro.

"Ma prima di andare, fammi un piacere, ti prego. Apri quella finestra. Più che puoi."

TASCABILI SONZOGNO
Periodico mensile anno XV "Best Seller" n. 225
Registr. Tribunale di Milano n. 102 del 7/2/1989
Direttore responsabile: Ornella Robbiati
Finito di stampare nel mese di maggio 2003 presso
il Nuovo Istituto d'Arti Grafiche - Bergamo
Printed in Italy

ISBN 88-454-2425-1